JASON ANSPACH   **NICK COLE**

IMPERATOR

BUCH 1   **BAND V**

GALAXY'S EDGE

ISBN: 979-8-88922-036-7

Alle Rechte vorbehalten. Version 1.2
Aus dem Englischen von Marcel Aubron-Bülles
Redaktion: Mona Gabriel
Herausgegeben von Galaxy's Edge Press

Coverabbildung: Fabian Saravia
Covergestaltung: Ryan Bubion
Satz: Kevin G. Summers

Besuchen sie uns im Internet:
InTheLegion.com | facebook.com/atgalaxysedge
Englischsprachiger Newsletter
(Sie erhalten eine kostenlose Kurzgeschichte):
InTheLegion.com

In einer weit, weit entfernten
Zukunft, am Rande der Galaxie...

Wann immer jemand über die Geschichte der Galaktischen Republik liest, so fängt er stets mit dem Zeitabschnitt an, der weit vor der Gründung der Republik liegt. Einer Zeit, die weit vor der Entstehung dessen lag, was später das Imperium genannt wurde. Bevor die früher so stolze Republik von innen heraus verfaulte und zerfiel. Vor den Barbaren. Vor der Entdeckung des Hyperraumantriebs. Vor all diesen Dingen...

... kam der Große Auftrieb.

Es fing an, als die Erde schließlich zu sterben begann, und diesmal schien es wirklich das endgültige Ende zu sein. Vergiftet, von Kriegen geplagt und zerstört. Damals wurden die gewaltigen Generationenraumschiffe gebaut, die ›Lighthugger‹, die die Lichtgeschwindigkeit fast erreichten und mit den Besten und Intelligentesten, die die Menschheit zu bieten hatte, bevölkert wurden. Sie setzten zu ihren jahrzehntelangen, ja, sogar manchmal jahrhundertelangen Reisen an, die sie mit Unterlichtgeschwindigkeit zu neuen Welten brachten, die sie dann nach ihren Vorstellungen veränderten. Dies war der Exodus, und er war der Anfang von allem.

Ihm folgte der Große Sprung. Es waren lediglich fünfzehn Jahre vergangen, nachdem das letzte Generationenraumschiff den Orbit verlassen hatte und immer noch dabei war, bis nah an die Grenze zur Lichtgeschwindigkeit zu beschleunigen, als die Menschen, die sie auf der sterbenden Erde zurückgelassen hatten — und einige Leute glauben heutzutage, dies wäre nur ein Mythos, den man einfach endlos wiederholt hatte —, eine fantastische, neuartige Technologie entwickelten, die sie als den Hyperraumantrieb bezeichneten. Das Reisen mit Überlichtgeschwindigkeit, ohne Wenn und Aber. Schneller als alles, was die Generationenraumschiffe erreichen konnten. Und mit einem Mal befreiten sich diese armen Gestalten, die die vermeintlichen oberen Zehntausend im Stich gelassen hatten, von den vergifteten Böden der Erde und dem Himmel über all dieser Zerstörung. Sie flohen in Massen und überholten die langsam vorankriechenden Lighthugger, sodass sie die neuen, fremden Welten Jahrzehnte vor denen erreichten, die sie zurückgelassen hatten. Bald schon bildete sich eine lose Allianz aus Welten, die der Hyperraumantrieb miteinander verband. Viele Jahre später entstand daraus eine neue galaktische Zivilisation, verbunden durch ein Netz aus feinen, alles miteinander verbindenden Fäden aus Lichtgeschwindigkeit. Dies war der Große Sprung, und er war der zweite und letzte Teil des Großen Auftriebs. Er läutete das Ende der Erde ein, und war der Anfang von etwas völlig Neuem.

Die Barbaren bestimmten die nächste Entwicklungsstufe der menschlichen Geschichte. Gefangen in ihren langsamen Generationenraumschiffen krochen sie durch das Weltall, auf sich allein gestellt, hunderte Jahre isoliert, und verloren im Nichts zwischen den Sternen den Verstand, während sie versuchten, mithilfe der neuesten Technologien ihre Utopien umzusetzen. Und als sie endlich wieder auftauchten, brachten sie einen Krieg mit sich, der fast fünfzehnhundert Jahre andauern sollte. Diese Ära war die Zeit der Barbarischen Kriege. Aus dieser Ära, aus diesem Konflikt, entstand die Legion, die die Kriege führen sollte, und die Galaktische Republik, die über die Galaxie herrschen würde, in guten wie in schlechten Zeiten. Und oft waren es schlechte Zeiten.

Dann kam das Imperium und mit ihm der *Imperator*. Ein Mann, von dem man nur im Flüsterton sprach. Ein nahezu unsichtbarer Mann, der sich in den finstersten Schatten verbarg.

Ein Mann, den einige als *Goth Sullus* kannten.

Dies ist seine Geschichte. Eine Geschichte über die Vergangenheit, wo es alles anfing, über die Gegenwart und wie es alles sein Ende fand.

4

PROLOG

Die Gegenwart.

Selbst jetzt befanden sich seine Streitkräfte in Bewegung. Und versammelten sich wie hungrige Krähen an einem leichenübersäten Schlachtfeld, während entlang seiner Neuen Imperialen Grenze weitere Kämpfe ausbrachen. Seine Admirale nannten sie nun so auf ihren ständig aktualisierten Lagekarten. Die Imperiale Grenze. Die Grenze eines Imperiums. Der sich kreisförmig ausbreitende Machtbereich auf der Sternenkarte, in deren Mitte sich Tarrago befand.

Nur wenige Wochen zuvor war eine zusammengewürfelte Flotte aus drei modernen Schlachtschiffen, die man unter größter Geheimhaltung jenseits des Randes der Galaxie gebaut hatte, in diesen Sektor gesprungen, um dessen Zentralwelt zu erobern. Den mächtigen, bestens geschützten Planeten Tarrago Prime.

Und jetzt herrschte er über einen Planeten. Diese zusammengewürfelte Flotte war nun eine Imperiale Flotte. Die zu einem... Imperium gehörte. Die Flotte würde über das Imperium wachen. Dieses Imperium *vergrößern*.

Goth Sullus war sich bewusst, dass dieses Imperium in diesem Augenblick nur über eine Welt verfügte — aber dies war erst der Anfang. Und er war dessen Imperator, bei einstimmiger Zustimmung. Seine Armee hatte sich gehorsam auf das Hangardeck gekniet, angeführt von Flottenadmiral Rommal, und im Nachgang der Schlacht von Tarrago genau dies verkündet.

»Heil Dir, Imperator!«, hatten sie ihm wie aus einem Munde entgegengebrüllt. Und sie hatten diese Worte immer wieder gerufen, als ob sie mit jeder Wiederholung ein wenig wahrer würden.

Und das war ohne jeden Zweifel wahr. Während sie vor ihm knieten, ging die besiegte Siebte Flotte der Republik in Flammen auf, als ihre Schlachtschiffe an ihr vorbeischwebten. Seine kampferprobten Stoßtruppen hissten über der zerstörten Sektorenhauptstadt von Tarrago die Imperiale Flagge. Der letzte, bemerkenswerte Widerstand der Legion wurde auf dem Mond von Tarrago gebrochen. Sie hatten Tarrago Prime eingenommen und die Orbitalwaffe erobert.

Aus seinem ersten Kampf gegen die legendäre Legion war er als Sieger hervorgegangen.

Gegen seine Flotte konnte die im Grunde kopflose Republik nicht viel ausrichten. Goth Sullus war sich dessen sicher, denn er kannte ihr finsterstes und am besten gehütetes Geheimnis.

Es gab keine weiteren aktiven Flotten, die sich ihm hätten entgegenstellen können.

Die vielgepriesenen ›fünfzehn Flotten der Republik‹ waren nur ein Mythos. Ein geschickt formuliertes, propagandistisches Meisterwerk, das nur einen Zweck hatte, nämlich die wie betäubt schlafenden Bürger der in sich zusammenfallenden Republik zu beruhigen. Es hatte immer nur eine einzige einsatzfähige Schlachtflotte gegeben — die Siebte Flotte —, und selbst diese war auf praktisch nichts anderes vorbereitet gewesen als den Kampf gegen irgendeinen unbedeutenden

Volksverhetzer, unbedeutende Warlords oder Piratenkönige, die sich auf noch unbedeutenderen Planeten festgesetzt hatten. Allesamt Möchtegerns, die darauf hofften, in den Plänen der galaktischen Mächte eine Rolle spielen zu können.

Die Siebte war Goth Sullus' Schwarzer Flotte in keiner Hinsicht gewachsen gewesen. Er war kein Möchtegern. Er war ein Eroberer. Die *Revenge*, *Terror* und *Imperator* hatten sich frontal auf die feindlichen Linien gestürzt. Ihre Jägergeschwader hatten sie direkt in den Kampf gegen den Träger der Siebten Flotte geschickt und selbst sofort damit begonnen, Breitseiten mit dem Superzerstörer des Feindes und seiner Begleitschiffe auszutauschen. Beide Seiten hatten schwere Schäden erlitten. Nur eine Seite hatte das Schlachtfeld als Siegerin verlassen.

Und seitdem hatte er die *Revenge* das Bantaar-Riff angreifen lassen, was beim Gegner zu verheerenden Folgen geführt hatte. Bantaar war ein wichtiger Handelsknotenpunkt zwischen den Kernwelten und den Mittleren Kernwelten, und dort wurde etwa ein Drittel des Handels der gesamten Republik abgewickelt. Das machte ihn zu einer entscheidenden Ertragsbasis für die Republik, die ihn von ihrer Einsatzzentrale aus bewachte, welche sich in dem Asteroidengürtel befand, die den Planeten umgab. Hohe Zolltarife gehörten zu den wichtigsten Werkzeugen einer Regierung, die ständig knapp bei Kasse war und ihre Bürgerinnen und Bürger daher ständig zur Kasse bat. Daher handelte es sich auch um den wichtigsten Militärstützpunkt der Republik.

Es gab keinen Zweifel, dass sowohl der Senat als auch das Haus der Vernunft die wirtschaftlichen Folgen bereits zu spüren bekamen, dachte sich Sullus. Die unvorstellbaren Geldmengen, die Vetternwirtschaft und

Korruption ihnen bisher eingebracht hatten, würden sich schon bald von einem reißenden Strom in ein dünnes Rinnsal verwandeln.

Ja, Goth Sullus hatte vor, seinem Feind nicht nur militärisch, sondern auch finanziell zu schaden. Dies war nun mal ein totaler Krieg. Und der totale Krieg verwandelte alles in ein Schlachtfeld. In einer solchen Situation gab es keine Regeln. Keine Kompromisse. Keine Grenzen. Es gab keine Tabus. Es hab exakt zwei Bedingungen, die erfüllt sein mussten, damit er seinen Krieg gegen das Haus der Vernunft beendete: entweder die völlige Zerstörung der Republik... oder ihre bedingungslose Kapitulation und die Akzeptanz seiner Herrschaft. Alle anderen Resultate waren inakzeptabel.

Er würde die Galaxie retten, bevor sie sich selbst zerstörte, selbst wenn er auf diesem Weg den größten Teil von ihr vernichten musste. Bei dem, was er wusste, gab es keinen anderen Weg in die Zukunft. Bei dem, was er gesehen hatte...

Bald schon würde er die *Terror* unter dem Befehl der tüchtigen Captain Vampa auf den Legion-Außenposten auf Daetroon hetzten, begleitet von sechs Tri-Jäger-Geschwadern. Daetroon war zwar nur ein Ausbildungszentrum der Legion auf Divisionsebene, das auf den Dschungelkrieg spezialisiert war, aber es stellte die wichtigste Legionspräsenz in diesem Sektor dar. Es jetzt auszuschalten, gemeinsam mit dem Bantaar-Riff, würde bedeuten, dass er die Kontrolle über den Tarrago-Sektor erringen würde, und ihm, dem...

Er zögerte.

Selbst er, der neue Imperator, Goth Sullus, hatte sich noch nicht an den Titel gewöhnt. Für einen Augenblick konnte er ihn nicht einmal denken. Dann dachte er an die

Konsequenzen, die dieser Titel mit sich brachte. An die Macht, die ein so unvorstellbarer Rang ihm verlieh. Das Wort besaß ein unfassbares Gewicht — eine Bürde, die nur die wenigsten getragen hatten oder jemals tragen würden. Dies war etwas, was er in all den Jahren, seitdem er diesen Weg eingeschlagen hatte, sich nie hatte vorstellen können.

Er erinnerte sich an eine alte Redewendung — aus einer Zeit, als man in den zerstörten Spielplätzen seiner Kindheit noch echte Bücher fand.

Schwer ruht das Haupt, das eine Krone drückt.

Auch wenn ihm seine Admirale und Generäle weder Lorbeerkranz noch altertümliche Krone aufsetzten, so war die Redewendung doch leicht zu verstehen. Heute mehr denn je.

Und es gab noch etwas, das ihn beunruhigte. Etwas rückte in seinem Gedankenpalast ganz nach vorn ins Blickfeld. Etwas, das er eher *spüren* als sehen konnte.

Beim Angriff auf den Tarrago-Mond war er schwer verletzt worden. Diese Verletzungen hatten ihm unglaubliche Schmerzen bereitet, und sie schränkten seine Konzentrationsfähigkeit ein. Er war schwerer verletzt, als seine Admirale vermuteten. Und natürlich durfte er ihnen das Ausmaß seiner Verletzungen niemals verraten. Sie waren genauso gierig nach Macht wie die Leute im Haus der Vernunft. Ihre Motivation mochten sich unterscheiden, aber sie hatten alle dasselbe Ziel.

Sullus konnte sich nicht in Stasis begeben, Dermalpflaster anfordern oder andere Heilmittel in Anspruch nehmen. Denn dann wüssten sie Bescheid. Er konnte auch keins der wirkungsvollen Beruhigungsmittel einnehmen, die den Heilungsprozess unterstützten. Sie würden ihn beeinflussen. Seine Kräfte beeinflussen.

Er schloss die Augen, um seinen Verstand von den Schmerzen, vom Leben, von der Galaxie und all ihren Problemen zu lösen. Hier und jetzt konnte er um sich herum spüren, wie sie alle nach seiner Macht gierten. Selbst wenn sie das noch nicht einmal selbst wussten. Er sah, wie sich finstere Mächte gegen ihn verschworen und sich in den Schatten seiner eigenen Flotte versammelten. Sich gegen ihn sammelten, um ihm das zu entreißen, was er erschaffen hatte. Was er sich ausgedacht hatte. Was *ihm* gehörte.

Und *das* war die nächste Schlacht, die er bestehen musste. Nicht der Kampf bei Daetroon. Nicht die Schlacht um die Hauptstadt der Republik, Utopion, oder wo auch immer die Republik ihre hektisch zusammengeworfene Reserveflotte versammeln würde, um sich ihm zu stellen.

Die nächste Schlacht würde er hier kämpfen müssen. Der nächste Kampf würde in seiner eigenen Flotte stattfinden.

Er konzentrierte sich darauf, die verborgenen Gesichter aufzudecken, die seinen Untergang planten. Ihn wie ein Rudel Raubtiere umzingelten, weil sie seine Schwäche spürten. Ihre hilflose Beute vor sich sahen, und alles für sich selbst haben wollten.

Oh, *was ich mit dieser unbegrenzten Macht alles Gutes tun könnte*, sagte sich jeder einzelne von ihnen. Und deswegen hatten sie beschlossen, die Jagd auf ihn zu eröffnen. In diesem Augenblick. Weil er verletzt war. Weil er nun am Schwächsten war.

Wie schon so viele Male zuvor fegte er die Dunkelheit beiseite und blickte tief in die Herzen der Verschwörer. Schon in der Vergangenheit hatte er diejenigen entdeckt, die Risse in ihren Herzen trugen. Die sich irgendwann in der Zukunft gegen ihn gewendet hätten, selbst wenn sie in diesem Augenblick glaubten, dass sie dazu gar nicht in der Lage waren. Er hatte sie entdeckt, bevor sie selbst wussten, was sie wirklich waren.

Und er würde sie auch diesmal finden. Solange er noch Zeit hatte.

»Aah!«

Sullus' Verletzungen rissen ihn aus dem stillen, unheilvollen Ort der in ihm ruhenden Macht heraus. Seine Nervenenden vermittelten nahezu unerträgliche Schmerzen, während sein Körper versuchte, sich selbst zu heilen, und doch nur neues, unsägliches Leiden hervorrief. Seine Augen blieben unter der Maske der Meditation verschlossen, doch sein Verstand war gezwungen worden, wieder eins mit seinem Körper auf dem Schlachtschiff *Imperator* zu werden.

Er spürte den real unter sich existierenden Thron, auf dem er saß. Er hörte in der Ferne das leise Wummern der riesigen Triebwerke der *Imperator*. Er spürte nur, was greifbar vorhanden war. Als ob er blind wäre. Denn als er zum ersten Mal die Kraft, die ihn durchströmte, gekostet hatte — sie zum ersten Mal genutzt, wie eine Waffe geführt hatte —, fühlte sich alles andere viel unbedeutender an. Fast schon wie Blindheit. Taubheit. Ein Leben, das nur zur Hälfte existierte, einer Totgeburt ähnlich.

Schrecklichste Armut, wo er zuvor reine Pracht erlebt hatte.

Ein *Imperium*.

Da war es — das Wort, das er in dem Moment, bevor er zur Suche nach den zukünftigen Verrätern angesetzt hatte, nur zögerlich in den Mund hatten nehmen wollen. Nun erinnerte er sich wieder daran, an den Trost, das geflüsterte, Glück verheißende Versprechen.

Ein *Imperium*.

Er würde über ein Imperium herrschen.

Heute der Tarrago-Sektor. Morgen die gesamte Galaxie.

Eine Schlacht stand bevor. Eine entscheidende Schlacht. Die Schlacht, um alle Schlachten zu beenden. Eine Schlacht, um all die Dummheiten der Galaktischen Republik und des Hauses der Vernunft und ihren Schoßhündchen im Rat des Senats zu beenden. Die Siebte Flotte war in Flammen aufgegangen und hatte nur ihren Träger retten können, aber die Republik würde schon bald eine neue Flotte zusammenschustern. Es war noch lange nicht vorbei.

Dann war da noch die Legion. Die sich ebenfalls versammelte. Und im Gegensatz zur Navy der Republik stellte die Legion einen ernst zu nehmenden Feind dar. Eine echte Herausforderung.

Goth Sullus stand auf. Er würde gehen. Denn es hatte begonnen. Die Schlacht im Inneren, vor dem, was noch kommen musste. Selbst jetzt, in den Fluren außerhalb seines privaten Heiligtums, konnte er spüren, dass sie die Jagd auf ihn eröffnet hatten. Er spürte, wie die Wölfe ihre Beute anvisierten.

Seine linke Flanke bestand nur aus qualvollen Schmerzen. Er ließ die Schmerzen hinter sich und ging durch die Dunkelheit seiner Zuflucht, die sich innerhalb des Privatdecks der *Imperator* befand. Sein Körper würde mit der Zeit heilen, wenn er überlebte. Das hatte sein Körper seit fast schon zweitausend Jahren getan. Seit seiner Zeit als Sklave auf der *Obsidia*.

Sein Verstand versuchte, sich aus seinen Gedankengängen zu lösen, während er sich auf das vorbereitete, das ihm nun bevorstand. Das Bild eines lang verschollenen Freundes tauchte vor ihm auf. Tyrus Rex. Auch er war ein Sklave gewesen. Ein Freund. Ein Retter. Der letzte Freund von allen Freunden.

Nun konnte es keine Freunde mehr geben.

Imperator.

Ein Imperator hatte keine Freunde. Nur Feinde, die sich ständig gegen ihn verschworen.

Selbst wenn sie ihm gegenüber loyal sind?, fragte er sich selbst. *Jeder einzelne von ihnen?*

Er dachte an die Besatzungen der Raumschiffe, die ihn umgaben. Er dachte an ihre Kapitäne, ihre einfachen Soldaten, ihre Kampfpiloten. An die Frau, der sie heute Morgen eine Medaille verliehen hatten. Lieutenant Haladis, die todbringende Pilotin eines Abfangjägers. Sie erholte sich immer noch von den Verletzungen, die sie sich in den letzten Momenten der Schlacht um Tarrago zugezogen hatte, als es schon mehr als deutlich gewesen war, dass sie gewonnen hatten. Aber das hatte sie nicht davon abgehalten, ihn mit unverhohlenem Stolz anzusehen, als er in der Krankenstation über ihr gestanden hatte.

Sullus hatte das Verlangen nach Rache in ihr gespürt — einen Rachedurst, von dem sie glaubte, dass er nun gestillt sei. Er wusste, dass dem nicht so war. Er konnte spüren, wie er bereits wieder in ihr erwachte. Sie hatte geglaubt, dass ihr Rachedurst durch die Träume eines Anderen gestillt werden könnte. Sie hatte ihre Rache mit seinen Träumen verwechselt.

Den Träumen eines Imperators.

Ja, diesen Träumen.

Sie hatten außerdem noch einem Stoßtruppler eine Medaille verliehen, einem riesigen, dunkelhäutigen Soldaten, der eine der Korvetten der Republik gekapert hatte, ganz allein und mitten im größten Kampfgewühl. Sullus musste sich eingestehen, dass er diesen Riesen mochte. Sein Name lautete *Bombassa*. Sergeant Okindo Bombassa.

Warum magst du ihn?, fragte er sich selbst. Er wartete darauf, dass ihm die Dunkelheit die Antwort lieferte — die Ablenkung, die nötig war, um den Schmerzen seiner Verletzungen zu entkommen. Er spannte die Muskeln an und öffnete und schloss seine mit Narben übersäte linke Hand immer wieder. Es war ein Wunder, dass er sie noch hatte.

Du magst ihn, weil er dich an Rex erinnert, flüsterte die Dunkelheit.

Er hatte Rex' Panzerung getragen, als er verletzt worden war. Die alte Mark-I-Panzerung, die er umgebaut hatte, nachdem er... nachdem er seinen Freund das letzte Mal gesehen hatte. Eine Panzerung, von den Wahnsinnigen an Bord eines Geisterschiffs namens *Moirai* erschaffen. Das an einem Ort verlorengegangen war, der auf den galaktischen Sternenkarten nur als Todeszone bezeichnet wurde.

Okindo Bombassa.

Rex.

Die Mark-I-Panzerung.

Die Träume vom Imperium.

All diese Dinge krachten nun aufeinander.

Goth Sullus stand lange Zeit am selben Punkt still und dachte an seinen alten Freund Tyrus Rex. Einen Freund, den er auf einem vergessenen Planeten umgebracht hatte, und das nur wegen eines Versprechens, das er hatte brechen müssen, um die Galaxie vor sich selbst zu retten. All diese alten Erinnerungen kehrten zurück, umzingelten ihn, drängten sich an seiner Meditation vorbei und versuchten einen Weg in seinen Verstand zu finden, genau wie sie es vor so langer Zeit schon getan hatten.

In der Dunkelheit seines Privatdecks bemerkte er, dass er vor etwas stehen geblieben war, das Sergeant Bombassa ihm gegeben hatte, als man dem Soldaten seine Medaille überreicht hatte.

Ein Schneidbrenner.

Ein simples Werkzeug, das der Unteroffizier genutzt hatte, um ganz allein eine Korvette der Republik zu kapern.

Er musterte das Werkzeug, das auf einem Sockel vor ihm lag. Es war nichts Besonderes und aus dünnem Metall gefertigt. Ein billiges Werkzeug.

Rex hatte während der Barbarischen Kriege eins dieser Werkzeuge ein ganzes Jahr lang als seine einzige Waffe benutzt. Sie hatten sich in einem riesigen, gestrandeten Raumschiff verbarrikadiert, und Tag für Tag, Deck um Deck gegen diese Monster gekämpft, die sie auf dieser brutalen Welt zu überrennen drohten. Ihre Lage hätte nicht verzweifelter sein können. Die moderne Kriegskunst hatte sich nach und nach zurückentwickelt, bis sie praktisch nur noch aus Handwaffen bestand, die mit einer Brutalität wie aus einem uralten Fantasyroman eingesetzt wurden. Schwerter und Magie.

Der Schneidbrenner war ein Gebrauchsgegenstand. Er sah aus wie eine übergroße Stablampe. Strapazierfähig. Ein Ausrüstungsgegenstand, den irgendein Abwassertechniker aus vollkommen praktischen Gründen am Gürtel tragen könnte, wenn er in die stinkende Finsternis nach unten kletterte. Daran war nichts Elegantes oder Schönes. Es handelte sich nicht um eine Waffe aus einer längst vergessenen Zeit, in dem der Adel und die Ehre eine Rolle spielten.

Aber seine Flamme hatte ihn schon immer fasziniert. Sie erinnerte ihn an eine Zeit, die die meisten längst vergessen hatten. Als Männer mit Schwertern aus Stahl um Imperien gekämpft und sie erobert hatten.

Imperien.

Der schwarze Riese hatte Goth Sullus mit seinem Schneidbrenner ein Imperium erobert. Und dann hatte er diesen Schneidbrenner seinem Imperator überreicht, als Geschenk.

»So ist es bei meinem Volk üblich«, hatte er Goth Sullus mit seinem tiefen Bass mitgeteilt. »Einem Geschenk muss mit einem Geschenk begegnet werden.«

Sullus hatte ihn angenommen und hier in seinem privaten Heiligtum unterbringen lassen, wo er auf diesem Sockel wahrscheinlich vergessen werden würde. Aber nun konnte er die zerstörerische Kraft des Werkzeugs spüren. Für ihn fühlte es sich wie eine beruhigende Salbe an — als ob ihm sein reines Potential zur Zerstörung eine Art Frieden brachte. Wie ein Symbol. Vielleicht sogar wie ein Symbol seiner selbst. Inmitten des Chaos, das sich um ihn herum ausbreitete.

Denn er war gekommen, um die Republik zu zerstören. Er würde sie zerstören, damit sie auf das, was kommen musste, vorbereitet war.

Wenn ein Imperium aus der Asche auferstehen sollte, dann sollte es mit dem Schwert erobert werden. Wie es schon immer geschehen war.

Er schloss die Augen und begriff nun, was seinen Verstand während der gesamten Meditation so zärtlich umschmeichelt hatte. Begriff, was er als Nächstes tun musste. Er hatte die Vergangenheit, die Gegenwart und die Zukunft bedacht, und die Möglichkeiten, die sie auftaten.

Sie machten Jagd auf ihn. Jetzt, in diesem Augenblick. Drei Teams, die man aus den mit Abstand besten Männern seiner Stoßtruppen ausgewählt hatte. Ehemalige Legionäre. Männer, die ihre Befehle befolgten. Männer, die sich nicht wegen eines Imperators oder eines Imperiums dieser Sache angeschlossen hatten.

Aber sie waren trotzdem eine Gruppe verzweifelter Männer. Eine Gruppe wie diese Plünderer, die sein altes Leben getötet hatten, das er vor so langer Zeit begonnen hatte, als kleines Kind. Damals hatte er vor solchen Männern Angst gehabt. Angst gehabt, bis er eines Tages... keine mehr hatte.

Die Männer, die ihn jetzt töten wollten, stellten die Hälfte seiner Leibwache dar. Zwei vollständige Kompanien schwer bewaffneter Stoßtruppen versammelten sich in den Schatten seines privaten Hangardecks, begleitet von zwei JK-AL-Mechs jenseits des riesigen Impenetrastahl-Portals, durch das der silberne Sternenschein in seine bläulich schimmernden, im Halbdunkel liegenden Räumen hereinfiel. Es war durchaus möglich, dass sie sogar Tri-Jäger-Abfangjäger einsetzen würden, um das gesamte Deck dem offenen Vakuum des Weltalls auszusetzen. Was den sicheren Tod für sie alle bedeuten würde. Auch für ihn. Das Vakuum des Weltraums interessierte sich wenig für geheimnisvolle, uralte Kräfte. Der Weltraum war gnadenlos und unerbittlich, wie er es schon immer gewesen war.

Goth Sullus schob die Kapuze seines Umhangs zurück, was den Blick auf einen großen, kahlen Kopf, kohlrabenschwarze Augen und ein kantiges Kinn freigab. Die vielen Jahre hatten ihn verändert. Und das in einer Art und Weise, wie es sich seine angstgetriebenen Untertanen nicht vorstellen konnten.

Er lebte wirklich in gefährlichen Zeiten.

Ein Sturm braute sich zusammen.

Ein Sturm, der die Galaxie zerstören würde.

Er war zu dem geworden, was die Galaxie dringend brauchte, vor langer Zeit und an vielen Orten, und jetzt war er hier an diesem entscheidenden Moment der Geschichte. Aber natürlich ahnte kein einziger dieser Möchtegern-Meuchelmörder da draußen, womit sie es wirklich zu tun hatten. Wie sollten sie auch? Er selbst hatte davon keine Vorstellung gehabt, als er sich vor so langer Zeit auf die Suche nach der Macht begeben hatte. Als er mit den Augen eines Kindes auf die zerstörte Erde blickte, vor zweitausend Jahren. Als er auf einem Planeten abstürzte, vor nicht einmal fünfzig Jahren.

Als er noch ein Anderer gewesen war.

TEIL EINS

DIE DSCHUNGEL DES WAHNSINNS

KAPITEL 1

Die Vergangenheit

Er schob jeden Gedanken an den Tod zur Seite, während er versuchte, den immer schneller fliegenden leichten Frachter unter Kontrolle zu bekommen. Wenn er sich nicht konzentrierte, dann würde er gegen den riesigen Berg vor ihm krachen — den Berg, den man in das Ebenbild irgendeines außerirdischen Warlords verwandelt hatte. Die Schwerkraft dieser verlorenen Welt hatte das herabstürzende Raumschiff erfasst und zog es in ihre tödliche Umarmung. Unter dem metallverstärkten Cockpitfenster wich die glühend heiße rote Wüste einem Hochplateau aus vom Wind zerklüfteten Felsen und furchterregenden Klippen, die von einem Meer aus Wanderdünen verschluckt wurden.

Als er die obere Atmosphäre durchstoßen hatte, die aus Dunstschleiern und schwefelfarbigen Wolken bestand, hatte er das Bauwerk zuerst gar nicht bemerkt. Und dann, als er unter dreitausend Meter gefallen war und alle Warnleuchten im Cockpit panisch blinkten, war er viel zu beschäftigt damit gewesen, einen Gleitpfad hinzubekommen. Aber jetzt erhob sich der riesige, von außerirdischer Hand geformte Fels wie ein Schicksalsberg vor ihm, als ob sein langer Sprung durch die Dunkelheit zwischen den Galaxien dazu verurteilt wäre, an genau dieser Stelle zu enden. Ein Denkmal, das

Äonen überdauert hatte, nur um seinen katastrophalen Aufprall zu erwarten.

Die Alarmsirene für die nachlassende Antriebsenergie plärrte kontinuierlich — die Warnung vor dem drohenden Totalausfall. Wenn er in den nächsten Sekunden nicht etwas unternahm, würde er sterben.

»Ich glaube, man wird uns gleich zerschlagen, sollten wir auf das Hindernis in unserer Flugbahn prallen, Meister«, warnte der Bot, der im Sitz des Co-Piloten neben ihm saß.

Es hörte sich weniger wie eine Warnung, sondern mehr wie ein vernichtendes Urteil an, als ob es dem Bot irgendwie gefiel, dass ihr Ende nahte. Der Bot sprach stets in einem überheblichen Tonfall, der ihn unheimlich und herablassend klingen ließ, egal, was er sagte.

»Arretiere die Repulsoren an der Unterseite«, brüllte der Pilot, damit seine Stimme den heulenden Wind außerhalb des Rumpfs und das dröhnende Geklapper praktisch aller Dinge im Raumschiffsinneren, die die Turbulenzen hin- und herwarfen, übertönte. Ihre Geschwindigkeit überstieg die üblichen Vorgaben für einen regulären Wiedereintritt deutlich. »Wir werden es mit einer Gleitlandung versuchen.«

Die Frachter der VN-708-Reihe waren mit zwei uralten Tratt-und-Kleider-Ionenantrieben ausgestattet, die als Manövriertriebwerke funktionierten — und im Augenblick lieferten ihm die Anzeigen im Cockpit den blinkenden Hinweis, dass beide Triebwerke mit Fehlstarts zu kämpfen hatten. Sie hatten während des Hyperraumsprungs zu diesem vergessenen Planeten, der fünf Jahre lang gedauert hatte, im Winterschlaf gelegen, und jetzt, wo er sie dringend brauchte, weigerten sie sich, den Betrieb aufzunehmen.

Der Pilot verzog ob seiner Nachlässigkeit das Gesicht. Er hätte sie unbedingt überprüfen müssen.

»Zweitausend Meter, Höhe fallend«, skandierte der Bot. Ja, er hörte sich definitiv begeistert an. Als ob eine Wette platziert worden wäre, und der Bot seinen Gewinn nur im Fall eines völligen Triebwerkversagens mit tödlichen Konsequenzen abholen könnte.

Dem Piloten war die Flughöhe sehr bewusst. Und ihm war klar, dass sie sehr schnell an Höhe verloren. Diese Manövriertriebwerke mussten unbedingt starten, damit er sein herabstürzendes Raumschiff aus dem Weg dieses riesigen Bergs steuern konnte.

Als er aus dem Cockpitfenster nach unten blickte, sah er für einen Sekundenbruchteil ein riesiges, echsenähnliches Wesen auf einem hohen Wüstenplateau. Es hatte einen massigen Hals und ging auf zwei Beinen. Es musste zehn Stockwerke hoch sein.

Er hatte keine Zeit, um es sich genauer anzusehen.

»Übernimm die Steuerung«, befahl er dem Bot. »Ich werde versuchen, die Turbinen freizudrehen.«

»Was immer Sie auch tun, ich schlage vor, dass Sie sich damit beeilen, Meister, wenn Sie weiterbestehen möchten«, antwortete der Bot. Er hielt kurz inne und neigte den Kopf, als ob er überlegte. »Ich hänge zwar nicht sonderlich an einer langen Laufzeit, aber ich hatte mir immer vorgestellt, dass mein Ende meinen Dienstleistungskapazitäten angemessen ausfallen würde. Vielleicht mit einer Kompanie toter Legionäre zu meinen Füßen, die durch meine beachtlichen Tötungsfähigkeiten ihr Ende gefunden haben.«

Der Pilot stürzte in Richtung der Antriebskonsolen an der Cockpitrückseite. Er machte die Hauptschalter für den Ionenantrieb ausfindig und legte beide Schalter auf die Ruhestellung um. Dann drehte er den Startknopf auf die Zündungsposition und wartete.

Nichts.

Als er sich umdrehte, um erneut einen Blick auf den Höhenmesser zu werfen, sah er den riesigen, gemeißelten Fels am Horizont. Es war eine Statue von einer Größe, wie er sie in keiner anderen Welt in der Galaktischen Republik gesehen hatte. Ein riesiger, außerirdischer Krieger, der den gesamten Berg umfasste und wie ein riesiges, humanoides Krokodil aussah, in den Naturstein getrieben. Der Krieger hob eine krallenbewehrte Hand in Richtung des roten Zwergs am flammend roten Himmel. Als ob er im Lauf der zahlreichen Äonen seiner Existenz immer nach dem sterbenden Stern gegriffen hätte.

Er erinnerte den Piloten irgendwie an etwas aus Ägypten, vor dem Auftrieb. Er versuchte sich an Ägypten zu erinnern. Einen Ort mit toten Pharaonen und vergessenen Gräbern, mehr fiel ihm nicht ein — und das auch nur mit Mühe. An manchen Tagen musste er sich konzentrieren, um sich überhaupt an die Erde erinnern zu können.

Verschwende deine Zeit jetzt nicht darauf, an so was zu denken, brüllte er sich an, während sich das Raumschiff weigerte, endlich wieder zu funktionieren.

Das ist keine Zeitverschwendung, denn hier endet alles, gab er sich selbst die Antwort. *Das Ende deiner törichten Queste.*

Er schaltete die beiden Turbinen der Ionentriebwerke auf rotieren, in der Hoffnung, dass dies die Startsequenz unterstützen und die Triebwerke zünden lassen würden, wenn er das nächste Mal den Zündschalter umlegte.

»Sir...«, setzte der Bot an. Diesmal lag keine Herablassung in seiner Stimme. Sie war ersetzt worden durch Vorsicht, einen warnenden Unterton und vielleicht verbunden mit der Erkenntnis, dass eine längere Laufzeit doch die begehrenswertere Variante wäre.

Der Bot will weiterleben, dachte der Pilot, und dieser Gedanke stammte aus einem tief verborgenen Teil seines Verstands, der immer mit ihm sprach. Ihm immer zusah. Und sein Verhalten stets beurteilte.

Er stellte den Schalter auf Ruhestellung, schloss die Augen und wechselte die Sequenz auf Kaltstart. Es fühlte sich an, als ob das wilde Rütteln das gesamte Raumschiff jeden Moment auseinanderbrechen lassen würde, und selbst wenn die Triebwerke endlich zündeten, lief ihnen so langsam die Zeit davon, dem Echsenmann in Bergform auszuweichen.

Er legte den Zündschalter wieder um.

Ein lautes *BÄÄÄMM* ertönte im Backbordtriebwerk, und ein Schadenssignal meldete sich mit lautem Piepen. Alle Antriebsleuchten auf Backbord wechselten auf rot.

Der Pilot starrte aus dem Cockpitseitenfenster und reckte den Hals, um das große Rechteck des Manövriertriebwerks in Augenschein zu nehmen, das vom Flügel herabhing. Es war explodiert, und nun zogen sie eine dicke schwarze Rauchspur durch den schwefelverseuchten Himmel hinter sich her.

Aber Triebwerk Nummer zwei, auf der Steuerbordseite, war gestartet. Sie hatten Energie. Ein wenig.

Kaum nennenswert.

Der Bot riss das Steuerhorn bereits nach Steuerbord, so dass sie der riesigen Statue, die mal ein Berg gewesen war, mit Müh und Not ausweichen konnten. Der Abstand betrug weniger als hundert Meter, und sie konnten sehen, wo das verwitterte, ockerfarbene Gestein abgesplittert war oder ihm große Stücke fehlten, weil es unzählige Jahrtausende unter einer brennend heißen Sonne gestanden hatte, die auf keiner der dem Piloten bekannten, republikanischen Sternenkarten auftauchte. Das uralte Steinmonster schien durch das Cockpitfenster über ihnen wütend auf sie hinabzustarren, und sein Grinsen verhieß ihnen nur Übles.

Hinter dem Denkmal übersprang der Frachter die gezackte Kammlinie und raste über ein riesiges Tal hinweg, in dem sich neben einem dunklen Dschungel ein dampfender gelber Sumpf abzeichnete. Der Pilot suchte hektisch nach einem Platz, an dem er landen konnte. Denn dies war in jedem Fall das Ende dieses Flugs. Sie stürzten ab.

»Anschnallen!«, brüllte er, als er zum Pilotensitz zurücksprang und das Steuerhorn packte. »Landeklappen raus. Volle Schubumkehr jetzt!« Er hörte, wie er selbst hyperventilierte, während er die Befehle erteilte, die die letzten Sekunden des Raumschiffs entscheiden würden. Nur die wenigsten Leute überlebten den Absturz eines Raumschiffs.

»Ich möchte Sie daran erinnern, Sir, dass ich meine Position ungeachtet aller Sicherheitsvorkehrungen halten kann, die Ihr zerbrechliches Dasein benötigt, um Ihre anfällige Existenz zu gewährleisten.«

Der Pilot ignorierte den Bot. Er stellte sicher, dass die Repulsoren an der Unterseite auf maximale Leistung eingestellt waren, und schaltete dann die Deflektoren ein — was immer das auch bringen sollte, wenn sie erst mal auf das Blätterdach des Dschungels knallten.

Das alles nahm er wahr, in den wenigen, aber irgendwie unglaublich langen Sekunden vor dem Aufprall. Seltsame Fledermausschwärme flogen und kreisten über dem Dunst, der vom Dschungel aufstieg. In der Ferne konnte er zwischen den Baumwipfeln Ruinen ausmachen, die mit Schlingpflanzen überwuchert waren.

Und dann tauchte das Raumschiff hinab in das finstere Zwielicht der wild wuchernden Natur.

Es folgte ein lautes, furchterregendes *KNAAACK*, als ob ein großer Stock zerbrochen worden wäre. Dann ertönte eine Explosion, als der Steuerbordantrieb unter dem Energiebedarf der Repulsoren nachgab und wie ein Böller zerstob. An mehreren Stellen des sich auflösenden Rumpfs hörte man das Kreischen zerreißenden Metalls.

Und dann herrschte Stille.

Nur wenige Sekunden nach dem Absturz sah es über den dicht gedrängten Baumwipfeln so aus, als ob noch nie ein Raumschiff aus der Dunkelheit des Weltalls hier reingerast wäre. Es sah so aus, als ob der dampfende gelbe Dschungel es verschluckt und im selben Augenblick vergessen hätte.

Und dann kehrte der uralte Wald auf dieser verlorenen Welt zu seinem üblichen Tempo zurück. Unsichtbare Monster brüllten einsam in der Ferne, in der Bruthitze. Ein seltsamer Vogel gab ein geisterhaftes, heulendes Klagen von sich.

Dem Piloten waren diese Geräusche nur undeutlich bewusst. Er war sich auch undeutlich der Tatsache bewusst, dass er aufstehen musste. Um sicherzustellen, dass es ihm gut ging. Er wollte, dass sein Bot mit ihm redete und ihn aus diesem Gefühl des Schwebens zwischen Bewusstsein und Unbewusstsein weckte.

Irgendwann gab die verlorene Welt der Nacht den Vorzug vor dem Tageslicht. Aufgeblähte, korpulente Monde stiegen über ihren zerklüfteten Gebirgszügen auf, den finsteren Dschungeln und den grauen Ruinen einer Zivilisation, die schon lange vor dem Siegeszug der Galaktischen Republik untergegangen war.

Eine Republik, die nun alles mit einer unsichtbaren, aber eisernen Faust regierte. In der restlichen Galaxie. Zu Hause.

Aber nicht hier, jenseits des Randes, irgendwo in den fernen Welten zwischen der Milchstraße und der Kleinen Magellanischen Wolke. Hier draußen, jenseits der Ränder aller Galaxien, befand sich ein Ort, wo Entfernungen den einfachen Verstand überstiegen.

Hier draußen gab es so etwas wie die Galaktische Republik nicht. Hier draußen gab es nur Monster.

Hier draußen... war man rettungslos verloren.

KAPITEL 2

Es regnete.

Er spürte, wie die dicken Tropfen auf sein Gesicht klatschten. Seine Augen waren geschlossen, als langsam das Geräusch feuchter Schläge an seine Ohren drang. Heftiger Regen, der auf Blätter tropfte. Plötzliches, hartes Platschen. Er konnte den Regen auch auf dem Rumpf hören, wo er wie ein andauernder, dröhnender Hagelsturm klang.

Der Rumpf meines Raumschiffs, dachte er.

Er war immer noch im Raumschiff. Und es hatte einen Aufprall gegeben. Er war immer noch in seinem Sitz angeschnallt. Ihm taten alle Muskeln weh. Sein Kopf fühlte sich an wie... wie... stumpf. Als ob er aufgeplatzt wäre. Es klingelte in seinen Ohren, aber wie in weiter Ferne. Das Hintergrundgeräusch zum strömenden Regen.

Er schrie. Zumindest dachte er, dass er das täte. In dem traumartigen Zustand zwischen Wachsein und Bewusstlosigkeit schrie er laut auf — aber als er langsam zu sich kam, wurde ihm klar, dass dieses Geräusch mehr einem Stöhnen ähnelte. Er stöhnte. Oder krächzte, denn sein Hals war ausgetrocknet.

Er öffnete die Augen und sah nichts. War er blind? Hielt er die Augen noch geschlossen? Er zuckte mit den Augenlidern, spürte, dass seine Augen offen waren und blickte suchend umher, aber er konnte nur Dunkelheit erkennen.

Dann sah er Kristalle.

Nein, keine Kristalle. Regen. Auf der zerschmetterten Frontscheibe des Cockpits. Der auf dem kaputten Sicherheitsglas hinablief, entlang unzähliger, feiner Risse. Er konnte nichts erkennen außer diesem wässrigen Linienmuster.

Wo bin ich?

Das war wichtiger als fast alles andere.

Und der nächste Gedanke... der nächste Gedanke machte ihm ein wenig Angst. Es hätte ihm größere Angst eingejagt, wenn er nicht an einer Art... Gehirnerschütterung gelitten hätte. Ja. Er hatte definitiv eine Gehirnerschütterung.

Und woher weißt du das?

Was ihn zur Frage brachte...

Wer bist du?

Das war die Frage, die ihm Angst eingejagt hatte. Weil er sich nicht sicher war, dass er sie beantworten konnte. Er war sich nicht sicher, wer er wirklich war. Er war im Lauf vieler Jahre viele Personen gewesen. Aber... wer war er, *jetzt und hier*?

Eine Schulter war ausgerenkt. Vielleicht hatte er sich ein Handgelenk gebrochen. Er tastete in der Dunkelheit mit seiner unverletzten Hand nach dem Gurtschloss. Er zerrte daran, hörte ein metallisches Klicken und spürte, wie er langsam nach vorne fiel, als sich die schweren Gurte von ihm lösten, die ihn festgehalten hatten. Er atmete tief durch. Es schmerzte sehr, tief einzuatmen. Er hustete.

Regen fiel durch einen Riss im Cockpit von oben auf ihn herab. Er wischte sich das Wasser aus dem Gesicht. Und spürte das Blut auf seiner Hand.

Sein Kopf hatte einen ordentlichen Schlag abbekommen.

Das war aber alles. Hoffte er.

Denn er konnte wohl kaum auf einen Arzt hoffen... tja, denn der nächste Arzt war auf jeden Fall sehr weit weg. Und er hatte den langen, weiten Weg hierher angetreten, um die Galaxie zu retten. Was nicht passieren würde, wenn er vor seiner Rückkehr starb.

Immerhin scheinst du zumindest grundlegende medizinische Kenntnisse zu haben.

Aber... *wer bin ich?*

Er stolperte durch die Finsternis des zerstörten Flugdecks und kroch dann vorsichtig mit den Händen seinen Weg ertastend durch die herabgefallenen Konsolen und zerstörten Flugrechner. Im Raumschiff herrschte absolute Dunkelheit. Kein Strom. Nicht einmal Notstrom.

Er schnupperte in der kühlen Luft, um möglichen Rauch zu bemerken. Jeder Astronaut wurde in der Ausbildung darauf trainiert, zuerst auf Rauch zu prüfen. Immer. Die ganze Zeit, um genau zu sein.

Astronaut?

Nun, das war ein uraltes Wort.

Bist du ein Astronaut?, fragte er sich selbst. *Warst du ein Astronaut? Irgendwann mal... vor langer Zeit?*

Das konnte er nicht beantworten.

Er kroch weiter zum Heck des Raumschiffs und ertastete sich seinen Weg durch etwas, was ihm vertraut war. Bekannt war. Und doch war jetzt alles anders, weil es zerstört war. Zerstört.

Du hast fünf Jahre in diesem Raumschiff verbracht.

Das schien unmöglich. Wer würde denn im Angesicht des Hyperraumantriebs jemals so lange in einem Raumschiff sein müssen?

Er schaffte es bis zur oberen Luke auf der Backbordseite, durch die man direkt vor dem Flügel nach draußen gelangte. *Dem Flügel.* Dies war wirklich ein uralter Frachter. Der gebaut worden war, als Frachter noch aerodynamische Fähigkeiten hatten haben müssen, während man sie gleichzeitig schon mit der neuen Repulsorentechnologie ausstattete.

Das war vor einer langen Zeit gewesen...

Er tippte auf das Lukenbedienfeld. Nichts.

Er ließ sich ächzend auf das Deck hinab, öffnete ein Wandfach und holte eine Kurbelstange hervor. Er schob sie in den Mechanismus zur manuellen Öffnung, mit dem er die Luke aufbekommen konnte und begann sie zu drehen.

Das war noch bevor wir uns kennenlernten...

Die plötzliche Erinnerung war fort und hier und jetzt bedeutungslos. Oder zumindest unvollständig. Alles, was er vor seinem inneren Auge sehen konnte, wenn er an diese Erinnerung dachte, waren die Schatten über ihm. Dinge, die früher einmal Menschen gewesen waren und sich für Götter gehalten hatten. Sie selbst nannten sich den Pantheon. Damals, als er ein Sklave auf einem Raumschiff namens *Obsidia* gewesen war. Selbst jetzt ließ ihn diese Erinnerung frösteln.

Er drehte die Kurbelstange weiter und ignorierte die scharfen, schmerzenden Stiche in seinem ausgekugelten Schultergelenk. Er sollte es wieder einrenken. In Ordnung bringen. Aber zuerst musste er hier raus.

Der Regen prasselte weiter auf den Schiffsrumpf. Stetig, aber langsamer und sanfter. Als ob der Sturm in den ihm unvertrauten Himmel seinen Zorn ausgetobt hatte und nun damit zufrieden war, das Vergessen mit beruhigend klingendem weißen Rauschen zu fördern.

Die Luke klappte auf, und die Gerüche der Nacht strömten ihm entgegen. Die nach Eisen duftende Bitterkeit des herabfallenden Regenwassers. Der süßliche Modergeruch des sich selbst verschlingenden Dschungels. Wachse oder stirb. Bewege dich oder stirb.

Außerhalb des Raumschiffs konnte er nichts erkennen. Weder Feuer in der Ferne, noch irgendeine Form der Hilfe. Nichts außer Schwärze. Er hatte sich eingeredet, er wäre allein, und nun hatte er es sich selbst bewiesen. Aber er konnte hören. Er hörte, wie der sanfte Regen auf Pfützen und Blätter tropfte. Sie hörten sich nach großen, dicken Blättern an. Vermutlich eine Art Palmblätter.

Es ergab keinen Sinn, das Raumschiff vor dem Tageslicht zu verlassen, wann immer das auch sein mochte. In der Finsternis umherzuirren war ein bombensicherer Weg, sich zu verletzen. Er war von Trümmern des Absturzes umgeben. Er befand sich in einer gefährlichen Umgebung. Sicherlich gab es hier Raubtiere.

Der Absturz.

Er wusste, dass es einen Absturz gegeben haben musste. Das war ziemlich offensichtlich.

Er war auf einem Planeten abgestürzt. Ein Planet, nach dem er gesucht hatte... schon seit sehr langer Zeit gesucht hatte. Sich daran zu erinnern, war erstaunlich, denn er wusste in diesem Augenblick immer noch nicht, wer genau er war. Es war fast so, als ob seine Identität nicht so wichtig war wie die Erinnerung, wie lange er nach diesem verschollenen Planeten gesucht hatte. Als ob sein Gehirn vor langer Zeit die Entscheidung getroffen hatte, eine Information für wichtiger als eine andere zu halten. Und jetzt, im Königreich zertrümmerter Schädel, gehorchte sein Gehirn nur dieser Hierarchie.

Oder vielleicht hast du ja diese Entscheidung getroffen? Die Entscheidung, das Eine für wichtiger als das Andere zu halten.

Vielleicht.

Der Name dieses Planeten war *Morghul*. Die Spur zu dieser uralten Welt hatten Wahnsinnige an einem Ort des Wahnsinns hinterlassen, die sich als Götter hatten verehren lassen, und die wie Teufel gelebt hatten.

Und vielleicht war Morghul nicht einmal der Name des Planeten. Vielleicht war dies irgendwo auf irgendwelchen Karten nur eine Richtungsangabe gewesen — oder eine Warnung in einer längst vergessenen Sprache. Denn wer würde der Raserei eines Wahnsinnigen schon Glauben schenken? Wer würde denn schon Teufeln vertrauen?

Er erinnerte sich an noch viel mehr...

Morghul lag auf etwa einem Viertel der Strecke, die sich als gähnende Leere zwischen den großen Galaxien auftat. In den Tiefen des Nichts, dort in der Dunkelheit. Zwischen den gigantischen Supersternhaufen, wo die lebenden und toten Welten sich versammelten und umkreisten, zwischen diesen Punkten lagen die verlorenen Welten, die ins interstellare Nichts geschleudert worden waren, unerwünschten Kindern gleich, derer man sich in den Abgründen vergessener Leeren entledigte. An diesem Punkt umkreiste Morghul seinen uralten Stern, in Ewigkeit.

Er hatte die Theorie gehört, dass der Stern dieses Planeten, ein sterbender Roter Zwerg, früher einmal Teil der Milchstraße gewesen sein musste. Eine Theorie, die ihm ein brabbelnder, erblindeter Kundschafter des alten stellarkartografischen Dienstes erzählt und in einem seltenen Augenblick der Klarheit die wahnsinnige Behauptung aufgestellt hatte, er hätte diesen Ort schon einmal besucht.

Die Milchstraße, das war meine Galaxie, dachte der Mann, der sich nicht erinnern konnte, wer er war.

Und wie viele Welten, die an ihren Sternen hängen, war dieser verlorene Planet schon vor langer Zeit in die ferne Finsternis ausgestoßen worden. Ausgestoßen, sodass niemand Anspruch auf ihn erhoben konnte, unerkannt und den ängstlichen Spezies unbekannt, die die heißen Spiralnebel für sich beanspruchten und das Unbekannte dazwischen in Geistergeschichten und Aberglauben wiedergaben. Zumindest behauptete das dieser Kundschafter, der wahnsinnig zu sein schien. Er sagte, dass der Planet aus der Galaxie ausgestoßen worden war.

Und als der Mann, der sich nicht erinnern konnte, wer er war, über dieses Wort nachdachte — *ausgestoßen* —, fühlte es sich wie eine Strafe an. Die Art Strafe, die allein für die gefallenen Engel gedacht war, die sich in Dämonen verwandelt hatten. *Ausgestoßen aus dem Paradies.*

Aber wahrscheinlich lag dies eher am kosmischen Murmelspiel, das die Gesetze der Physik in jeder Galaxie betrieben. Diese verschollene Welt und ihr sterbender Stern waren einfach aus den Kreisen dieser Galaxie geschleudert worden — ein stellarer Verlierer im kosmischen Spiel. Ein wenig geachtetes Tigerauge mit einem Riss in seiner Oberfläche, das man gegen eine bessere Murmel eintauschen konnte.

Stellare Murmeln. Wahrscheinlich war es nicht mehr als das.

Aber wenn die Gerüchte und Legenden zutrafen... dann war es etwas viel, viel Wichtigeres. Wenn die

Legenden zutrafen, dann war diese Welt einen Besuch wert. Denn trotz all der Dinge, an die er sich nicht erinnern konnte, erinnerte er sich doch daran, dass die Galaxie in Schwierigkeiten war. Vor allem die Galaktische Republik. Bedroht von innen wie von außen. Und er war hier hergekommen, um die Kräfte zu finden, die den entscheidenden Unterschied ausmachen könnten, um ihr Überleben zu garantieren. Abgesehen von den unzähligen Bevölkerungen vieler, vieler Welten. Jede andere Option hatte man bereits ausprobiert, so wie man in einer Familie versuchte, das eine drogensüchtige Familienmitglied daran zu hindern, sich weiter zu zerstören. Nichts hatte funktioniert. Und am Ende blieb... nur noch dieser letzte, verzweifelte Versuch. Obwohl ihm eigentlich genau dies durch feierlichste Schwüre verboten war.

Der schiffbrüchige Pilot lehnte sich an das Schott und glitt an ihm herab, vor der geöffneten Luke und der jenseits liegenden, regnerischen Nacht. Immerhin begann er sich ein wenig zu erinnern.

Immerhin wusste er nun, wie dies geschehen war.

Aber nicht, wer er war.

Und auch nicht warum.

Er konnte sich daran erinnern, ein Sklave an Bord der *Obsidia* gewesen zu sein. Ja. Und sich allein daran zu erinnern, an diese furchtbare Zeit, brachte ihn dazu, weitere Stücke des Puzzles zusammenzufügen, das er im Moment darstellte. Die *Obsidia* war nach dem Mars-Krieg gekommen. Das schien zu stimmen. Und der Mars-Krieg war nach dem Großen Sprung gekommen, den die Entdeckung des Hyperraumantriebs möglich gemacht hatte. Auch das schien richtig zu sein. Und das alles war nur wenige Jahre vor deiner Geburt passiert, inmitten der Ruinen von Los Angeles, ermahnte er sich. Und davor...

Seine Gedanken schweiften ab, und er zwang sich dazu, sich wieder auf das Problem seiner eigenen Geschichte zu konzentrieren.

Und davor hatte es den Exodus gegeben, als Raumschiffe wie die *Obsidia* und die *Moirai* von der Erde geflüchtet waren, um die Reichen und Mächtigen von einer zerstörten Welt wegzubringen.

Und aus welchen Gründen waren die *Obsidia* und der Pantheon so wichtig? Jetzt und hier, in diesem Augenblick ohne Erinnerung, da er eine Gehirnerschütterung hatte? Warum war dieses Raumschiff der Ausgangspunkt?

Er dachte einige Sekunden lang darüber nach.

Ist es nicht. Es kam schon vorher. Und genau das macht es so wichtig.

Die *Obsidia* war einer der Lighthugger gewesen. Eins der Generationenraumschiffe, die sich mit Unterlichtgeschwindigkeit durch die Finsternis gequält hatten — und das obwohl die Terranische Navy und all die anderen, durch den Hyperraum miteinander verbundenen Welten, die das Ziel der *Obsidia* waren, bereits die Fähigkeit besaßen in nur wenigen Tagen, manchmal sogar nur Stunden, zwischen den Planeten hin- und herzuspringen. Seit fast vierzig Jahren reiste die Menschheit bereits mit Hyperraumantrieb, bevor irgendein Funktionär meinte, es wäre doch nett, die alten Generationenraumschiffe ausfindig zu machen und sie in die langsam wachsende, galaktische Familie einzubinden. Und daher entsandte die Terranische Navy die *Challenger*, um den Kontakt zur langsam dahinschleichenden *Obsidia* herzustellen.

Er dachte darüber nach. Er erinnerte sich daran, als Offizier an Bord der UNS *Challenger* gedient zu haben. Er und die restliche Besatzung waren an Bord eines Raumschiffs gegangen, das bis zum Anschlag mit größenwahnsinnigen Wahnsinnigen bevölkert gewesen war, die ihre über vierzig Jahre fast klösterlicher Einsamkeit dazu genutzt hatten, absurde technologische Fortschritte zu feiern, ganz abgesehen vom Aufbau einer Zivilisation, die mindestens zur Hälfte einem Irrenhaus glich.

Und sie, die Besatzung der *Challenger*, waren an Bord dieses Raumschiffs zu Sklaven gemacht worden. Sklaven, die dem Pantheon zur Befriedigung ihrer perversen Gelüste dienten. Rex. Reina. Und du. Die Besatzungsmitglieder der *Challenger*. Und noch einige andere. Aber ihr wart die einzigen, die von diesem Schiff fliehen konnten… fünfzehn Jahre später. Fünfzehn Jahre, nachdem die Terranische Navy euch offiziell in der stellaren Finsternis als verschollen erklärt hatte. Fünfzehn Jahre, in denen man an euch herumexperimentiert und euch mithilfe technologischer Fortschritte verändert hatte, die die Galaktische Republik in den kommenden, fast zweitausend Jahren nicht mehr erreichen sollte.

Und woher weißt du das?, fragte er sich selbst. Dann erinnerte er sich, warum die *Obsidia* so wichtig war. Das war nicht der Grund, warum er hier war, auf diesem verlorenen Planeten jenseits des Randes der Galaxie, auf der Suche nach etwas, mit dem die Republik ihre eigene Zerstörung abwenden konnte. Aber es könnte die Antwort auf die Frage sein, wie er es hierher geschafft hatte. Wie er lange genug hatte leben können, um all die Hinweise zu finden, die ihn hier hergebracht hatten.

Denn die Experimente, die man an Rex, Reina... und ihm selbst durchgeführt hatte... hatten ihnen eine Lebensspanne jenseits aller Vorstellungskraft ermöglicht. Der Pantheon wollte sie am Leben halten, um ihre perversen Gelüste jahrzehntelang befriedigen zu können — bis in alle Ewigkeit.

Du bist fast zweitausend Jahre alt und warst gerade in deinen Fünfzigern, als die Challenger *an diesem Albtraum andockte.*

Auch damals hatte es schon Technologien gegeben, die das Leben verlängerten. Aber sie waren nichts im Vergleich zu den Entdeckungen an Bord der *Obsidia*.

Du warst in deinen Fünfzigern und sahst aus wie achtundzwanzig, als ihr an der Challenger *angedockt habt. Fünfzehn Jahre später sahst du sogar noch jünger als achtundzwanzig aus. Und fast zwei Jahrtausende später, hier inmitten der Trümmer eines zerstörten Frachters, hätte man dich auf höchstens zweiundvierzig geschätzt.*

Der einzige Grund, warum die *Obsidia* von Bedeutung war, war, dass sie es ihm ermöglicht hatte, viel länger als die meisten anderen Leute zu leben.

Es waren ein wenig mehr als hundert Jahre nach seiner Flucht von der *Obsidia* vergangen, als er erneut an einem Lighthugger andockte, diesmal als Captain seines eigenen Raumschiffs, der *Lexington*. *Moirai* war der Name des Lighthuggers. Man hatte ihn dorthin geschickt. Und auch dieses Raumschiff erwies sich als Albtraum.

Dieses Raumschiff war der Anfang der Spurensuche, die ihn auf diesen verlorenen Planeten jenseits der bekannten Galaxie geführt hatte.

KAPITEL 3

Wenn es in der Nacht nichts anderes zu tun gibt, als dem Regen auf einer seltsamen, fremden Welt lauschen, dann hat man Zeit zum Nachdenken. Die Nacht war lang. Die Stunden vergingen nur langsam. Schlafen... oder denken. Und beim Denken erinnert man sich an die Dinge, die man vergessen hatte.

Wie zum Beispiel an das Warum. Warum war er hier hergekommen?

Warum hatte er die Reise in die fernen Weiten, in die Leere des Universums angetreten? Jenseits des Randes. Jenseits des bisher bekannten Wissens. Hinaus ins Unbekannte.

Sklaverei.

Es hatte mit Sklaverei begonnen, unglaublicherweise. Ein Sklavendasein, das er jahrelang an Bord des Lighthuggers *Obsidia* erleiden musste. Ein Sklavendasein, das ihm die Fähigkeit verliehen hatte, ein sehr langes Leben zu führen. Es war eine Art Abschiedsgeschenk, und die Schenkenden grinsten, als sie es ihm präsentierten, denn sie wussten, dass es ein Fluch war.

Das Ereignis, das ihn hier herbrachte, kam erst später, als er den Quanten-Palast entdeckte... und den Lighthugger *Moirai*... und die Suche einer wahnsinnigen Besatzung nach dem, was sie als Quant bezeichnet hatten — etwas von viel größerer Bedeutung, als sie es damals verstanden hatten. In diesen Jahren entdeckte er den Ausgangspunkt eines Weges, der ihm die Antworten auf all die Fragen bringen sollte, die ihn in seinem Leben gequält hatten.

Das war hundert Jahre, nachdem er als Sklave auf der *Obsidia* geschuftet hatte. Damals gab es die Galaktische Republik noch gar nicht. Man hatte dank des Hyperraumantriebs knapp dreißig bewohnbare Welten erreicht, und diese dreißig prosperierenden Welten hatten sich zu einem losen Bündnis zusammengefunden, weil sie versuchen wollten, gemeinsam die Probleme zu lösen, mit denen sie sich konfrontiert sahen. Gelegentlich schossen sie aufeinander.

Aber noch davor, damals, in einer längst vergangenen Zeit, als der Mann, der sich nicht erinnern konnte, auf dem Weg zu seinem Studium an der NASA-Akademie gewesen war, hatte er einen Artikel in irgendeinem, noch erhaltenen Magazin gelesen. Es war ein Museumsstück über den Exodus, als die Eliten von der sterbenden Erde flohen. Sie machten sich in ihren gigantischen Unterlichtgeschwindigkeitsraumschiffen auf den Weg — irgendein Witzbold hatte ihnen verbittert den Namen *Lighthugger* verpasst — zu anderen Sternen, anderen Planeten, die ihnen theoretisch eine neue Heimat werden konnten. Diese Raumschiffe waren Archen. Die Raumschiffe von Forschungsreisenden und Pilgervätern. Kolonieschiffe. Aber sie waren auch riesige Lustschlösser, mit modernster Technologie ausgestattet und auf dem neuesten Stand von Forschung und Design. Technologische Wunder. So wie es die *Obsidia* gewesen war. So wie es die *Moirai* war.

Das waren nicht die ersten Unterlichtgeschwindigkeitsraumschiffe. Diese hatten die Erde in einer Phase verlassen, die man später als die

Pilgerfahrt bezeichnete. Diese frühen Entwürfe, diese experimentellen Schiffe waren zweckmäßig eingerichtet, und es gab an Bord weder Annehmlichkeiten noch irgendeinen Luxus. Sie waren fast hundert Jahre zuvor in die Tiefen des Weltraums aufgebrochen, und sie hatten Pilger und religiöse Fanatiker an Bord. Die wahrscheinlich alle tot waren.

Aber die Eliten — die Berühmtheiten und Oligarchen der bankrotten Nationen der irdischen Vergangenheit — reisten stilgerecht. Sie brachen gemeinsam auf, die ›letzte große Hoffnung‹ der Menschheit, als die vergifteten Meere nach jahrhundertelangen Warnungen schließlich die Erde überfluteten. Zu diesem Zeitpunkt war die Umwelt längst durch die ständigen Kriege zerstört, während denen man ständig einen Frieden versprach, der sich als unmöglich zu erreichen erwies. Nur noch ein weiterer Feldzug.

Als das uralte Stromnetz der Belastung nicht mehr standhalten konnte und schließlich zusammenbrach, und die Seuchen wie Wirbelstürme über sie alle hinwegfegten, die in den immer schneller wachsenden Slums der Besitzlosen herangezüchtet wurden, verabschiedete sich ›die letzte große Hoffnung der Menschheit‹ in ihren riesigen Raumschiffen und nahm nicht nur ihren begehrten Genpool, sondern auch all ihr Vermögen und all ihr Wissen mit sich.

Die Erde war am Ende. Und sie waren mit ihr fertig.

Wer sich nicht in ihren Kreisen bewegte, konnte haben, was noch von ihr übrig war.

Für diejenigen, die sie im Stich ließen, war das das Beste, was ihnen jemals passiert war. Denn fünfzehn Jahre später gelang es den Menschen, den Planeten zu verlassen — und ihre Lösung war wesentlich besser als mit unvorstellbar langsamer Unterlichtgeschwindigkeit voranzukriechen.

Der Hyperraumantrieb.

Eine wunderbare Technologie, die es den Menschen erlaubte, im Handumdrehen von Stern zu Stern zu springen.

Die neuen Raumschiffe ließen die Lighthugger ziemlich alt aussehen.

Und jetzt bist du hier. Fünf Jahre Hyperraum, und jetzt bist du endlich hier. Zweitausend Jahre später und jenseits des Randes der Galaxie.

Einen Moment lang saß er in der zertrümmerten Luke des zerstörten Frachters und musterte den dunklen Dschungel, spürte den sanften Regen, der etwas nachzulassen begann, den Wind, der die breiten Palmblätter wie tanzende Schatten hin- und herbewegte... einen Moment lang erinnerte er sich sogar fast an seinen richtigen Namen.

Seinen verlorenen Namen.

Den Namen, den er schon seit langer Zeit nicht mehr benutzt hatte.

Er hatte viele Namen nutzen müssen. Die meisten Leute kamen nicht mit jemandem klar, der wesentlich länger als sie lebte. Und daher hatten sich er und Rex und ja, Reina, etwa alle fünfzig Jahre neue Namen zugelegt. Keine Pseudonyme. Denn irgendwann begannen die Namen, sie zu *formen*. Und ließen den alten Namen sterben. Wie ein Stern, der in die Dunkelheit der Galaxie geschleudert wurde.

Cas—?

Sein Name war Cas...

Der Name lag ihm auf der Zunge. Nicht wie all die anderen Namen, die er irgendwann mal angenommen hatte — die drängten sich in seinem Kopf zusammen, mit all ihren Erinnerungen. Aber der erste Name... den hatte er vor fast zweitausend Jahren getragen.

Das war eine lange Zeit.

Niemand war so alt wie er und die beiden anderen.

Einer der anderen war sein bester Freund. Ein großartiges Geschenk in einem Leben, das einen immer seltener Freundschaften schließen ließ. In einem Leben, in dem jeder neue Freund lange vor einem sterben würde. Was für eine Last...

Und die andere war die Liebe seines Lebens. Das war sie seit dem Tag, an dem sie ihn zum ersten Mal an Bord der *Obsidia* geweckt hatte. Diese Liebe war immer stärker geworden, trotz all der Jahre und der Wahrheiten, die so viel Zeit mit sich brachte.

Es gab nur noch drei Überlebende der Reise in den Quanten-Palast an Bord der *Obsidia*, hundert Jahre danach... drei, die überlebt hatten und zurückgekehrt waren. Rex und Reina waren dort, als er die geheimnisvollen Spuren entdeckte, die ihn zu diesem verlorenen Planeten geführt hatten. Damals waren sie natürlich noch ein Geheimnis gewesen. Etwas zum Entdecken, das für einen Mann, der Jahrhunderte Zeit hatte, eine Möglichkeit war, seine Zeit zu verbringen. Aber das Geheimnis, das ihn zu diesem einsamen, kleinen Planeten geführt hatte, hier draußen in der endlosen Finsternis jenseits des Randes der Galaxie, war mehr als nur ein Geheimnis. Wie manche Geheimnisse, den besten Geheimnissen... verbarg es etwas Bedeutsames.

Das Geheimnis wahrer Macht. Einer Macht, die eine Galaxie in Ordnung bringen konnte, die auf dem Weg war, sich selbst zu verschlingen. Eine Galaxie, in der die Schwachen die Mutigen und die Tapferen beherrschten.

Eine Galaxie, die sich ihren wirklichen Problemen niemals stellen würde, wenn nicht jemand die Zügel in die Hand nahm.

Im Quanten-Palast hatte er die Spur aufgenommen. Die Spur hatte ihn hier hergeführt. Und obwohl er das nie gewusst hatte, hatte sie ihn schon die ganze Zeit gelockt. Nach ihm gerufen. Ihn beschworen. Als ob sie herausfinden wollte, ob er ihrer würdig sei.

Diesen Gedanken hing er nach, und sie begleiteten ihn in dieser regnerischen Nacht. Erneut überdachte er alle Rätsel, nahm sie in Augenschein, wartete darauf, dass sie ihren angestammten Platz einnahmen und sich ein Muster herausbildete, das er verstehen konnte.

Das Geheimnis, nach dem er gesucht hatte, lang in der Dunkelheit des Dschungels vor ihm verborgen, in der regnerischen Nacht. Er war hier hergekommen, um es zu entdecken. Und es in Besitz zu nehmen. Es mit sich zurück zu nehmen... und die Republik vor sich selbst zu retten. Vor allem.

Er würde die Dinge in Ordnung bringen, wenn das überhaupt noch geschehen konnte. Seine Ziele waren immer gut gewesen. Und wer seine Methoden in Frage stellte, konnte zur Hölle fahren.

In diesem Augenblick tauchte ungefragt ein Bild vor seinem inneren Auge auf. Das Bild eines jungen, stolzen Manns. Eifrig. Hoffnungsvoll. Naiv. Bereit, die Erde zu verlassen und ins Unbekannte aufzubrechen.

Damals war ich zwanzig, erinnerte er sich. *Gerade mal zwanzig.*

Geboren im Jahr des Exodus. Im Jahr unserer Freiheit wurde ich fünfzehn. Das Jahr des Hyperraumantriebs.

Fünfzehn Jahre nach dem Exodus, als die überheblichen, oberen Zehntausend von der zerstörten

Erde geflohen waren, hatten die Geeks das Potential des Hyperraumantriebs erschlossen, und die Menschen, die sie zurückgelassen hatten — die man der versprochenen Rettung durch die Lighthugger für unwürdig befunden hatte —, waren nicht länger auf einer zerstörten Welt gefangen. Sie waren tatsächlich die Erben der Galaxie und bereit, sie so weit zu erforschen, wie es ihnen möglich war. Es war ihr offenkundiges Schicksal.

Der unglaubliche Hyperraumantrieb.

Das Experimentalschiff wurde auf einem Schrottplatz in Houston zusammengefrickelt. Die Geeks machten das alles ganz allein. Ohne Förderung. Ohne Regierung. Ohne Bürokratie.

Mit einem Mal wurde das Unmögliche Wirklichkeit. Sofort.

Er lachte darüber, während er in der Luke des zerstörten Frachters saß, den er auf irgendeiner Welt entdeckt hatte, die im Grunde nicht mehr als ein Restpostenladen war. Aber das Geräusch, das er machte, war ganz leise. Trocken. Ein sanftes, einmaliges Glucksen. Sie waren Geeks, und sie haben uns alle gerettet.

Geeks. Ein uraltes Wort. Er war ein uralter Mann, der alle uralten Worte kannte. Mit der Zeit würden er und diese alten Worte den Ruinen der mysteriösen Alten gleichen. Ruinen, die man auf praktisch jedem Planeten entdeckt hatte, zu denen der Hyperraumantrieb sie gebracht hatte.

Er lachte, denn die Galaktische Republik, die mit Abstand aufgeblasenste Regierung, die er jemals erlebt hatte, war durch die Geeks überhaupt erst möglich geworden, und das ganz allein, ohne die geringste Hilfe irgendeines Politikers. Weil man eine Republik, die die gesamte Galaxie umfasste, ohne den Hyperraumantrieb gar nicht hätte haben können. Das war unmöglich.

Die Geeks flogen einmal durch den Orbit eines bewohnbaren Planeten in Alpha Centauri, nahmen alles auf, und sprangen dann zur Erde zurück. In weniger als einem Tag waren sie weiter gereist als alle anderen vor ihnen. Noch in derselben Nacht hatten sie die Baupläne für den fantastischen, neuen Hyperraumantrieb auf die Open-Source-Server des Neuen World Wide Webs hochgeladen. Jetzt konnten alle Freiheit haben.

Sie mussten sie sich nur selber bauen.

Alle — *alle* — konnten reisen, wohin immer sie auch wollten. Wo auch immer die Lichtgeschwindigkeit sie hinbringen würde. Natürlich würde das Folgen haben, aber das war eben Teil ihrer Verantwortung.

Von vielen hörte man niemals wieder. Während der gesamten fast zweitausend Jahre seit der Erfindung des Hyperraumantriebs fanden Kundschafter, Forschungsreisende und Kolonisten gelegentlich die Überreste derer, die während der Pilgerfahrt oder dem Exodus verlorengegangen waren. Einige Vermessungsraumschiffe fanden Stammesgemeinschaften vor, die praktisch zu Wilden verkommen waren — wie vergessene Kinder, die nicht einmal mehr wussten, woher sie stammten, sondern nur noch bruchstückhaft erhaltene Mythen erzählten. Aber in den meisten Fällen entdeckten sie bloß die Überreste alter Raumschiffe und missglückter Landungen auf Welten mit rauen, gnadenlosen Umweltbedingungen. Nicht alle hatten das Glück, in einem der uralten Frachter, der sich nie wieder in die Luft erheben würde, den Wiedereintritt in eine Atmosphäre zu überleben. Nicht alle überlebten die Herausforderungen, die ein Dschungel bot, in dem praktisch jede Pflanze und jedes Raubtier tödlich für sie sein konnte.

Und wer wusste schon, wie viele von ihnen einfach in Sterne gerast und von ihnen zerstört worden waren. Verloren in alle Ewigkeit.

Verloren... in alle Ewigkeit.

Er saß da, lauschte dem Regen und betrachtete die Nacht. Mit dieser Möglichkeit wollte er sich nicht auseinandersetzen.

Er verdrängte die Gedanken, hob den Kopf und öffnete den Mund, um den Regen zu trinken. Wenn er ohnehin irgendwann herausfinden musste, ob er giftig war, warum nicht jetzt? Warum das Leiden verlängern?

Er schluckte. Es schmeckte nach Wasser. Scharf. Eisern. Nass.

Diese ganzen Eliten... die Berühmtheiten, die Politiker, die oberen Zehntausend, die Brutalkapitalisten und die Demagogen, die das Volk aufhetzten... sie waren alle auf funkelnden Privatstädten in die stellare Finsternis aufgebrochen. Einige von ihnen schliefen auf ihrem Weg, und andere schwelgten im Luxus all der Annehmlichkeiten, die ihnen ihre technologisch ermöglichte Langlebigkeit bot. Und während der Exodus seinen Lauf nahm, wurden sie von den Hyperraumreisenden, die andere Welten in nur wenigen Stunden erreichten, einfach vergessen.

Mit zwanzig bin ich der Terranischen Navy beigetreten.

Man hatte ihn bei der NASA darauf vorbereitet, an Bord der ersten Großkampfschiffe im Weltall arbeiten zu können. Man hatte ihn der *Challenger* zugeteilt.

In diesem Augenblick erinnerte er sich.

Caspar.

Sein Name war Casper gewesen.

Ensign Sullivan. Das war es dann auch schon. Ensign Casper Sullivan.

In der Ära, in die er geboren worden war, vor dem Hyperraumantrieb, im Schatten der nuklearen Asche des Neuen Amerikanischen Dunklen Zeitalters, waren die alten Namen noch sehr beliebt gewesen. *Als ob unsere Mütter, die uns in den Trümmern irgendeines Einkaufszentrums geboren hatten, sich umgesehen und gewusst hatten, dass wir etwas besseres brauchten, als das Leben, das damals vor uns lag,* dachte er.

Als ob sie gewusst hätten, dass das Leben hart sein würde.

Dass sich die Galaxie als grausam erweisen würde.

Also, ich gebe dir zumindest einen vornehmen Namen, Kind. Tut mir leid, dass wir uns praktisch in eine zweite Steinzeit zurückgebombt haben. Hier hast du einen Namen, den ich in einem Buch gelesen habe, bevor wir es verbrannt haben, um uns daran zu wärmen... etwas aus einer vergangen Zeit, als die Menschheit noch etwas Besonderes war. Tut mir leid, dass wir uns in die Luft gejagt haben und dass die Besten von uns davon so angewidert waren, dass sie sich einfach verabschiedet und die Verlierer zurückgelassen haben. Als ob sie uns einen Streich gespielt hätten, von dem neun Zehntel des Planeten nichts wussten.

Tut mir leid.

Casper. Das war ein Name aus längst vergessener Zeit. Damals, als die Welt noch neu war. Als es noch Helden gab, die gegen Monster kämpften und ihre Tapferkeit bewiesen.

Er starrte in die Dunkelheit jenseits der Trümmer seines Raumschiffs. Im Lichtschein eines der beiden Monde dieses Planeten konnte er da draußen etwas erkennen, einen Umriss, der sich durch die Dunkelheit bewegte. Der den Dschungel durchquerte.

Und plötzlich in seine Richtung blickte. Das Ding hatte rot glühende Augen. Unmenschliche Augen, die zugleich vertraut und furchterregend aussahen.

Aber es kam nicht näher.

Casper hielt weiter Wache.

Irgendwann tauchte vor ihm in der Dunkelheit der Bot auf. Er konnte ihm kaum sehen, aber sein Umriss war unverkennbar.

Es handelte sich um ein TJK-Modell. Taktischer Jäger-Killer. Schnitter-Variante. Und er gehörte ihm.

»Ah... Meister!«, rief er aus. Der Bot hielt eins der schweren Blastergeschütze aus dem bestens ausgestatteten Arsenal des Raumschiffs in seinen Händen. Er hatte einen ganzen Monat auf Ankalor verbracht, auf dem Nachtmarkt, um die besonderen Ausrüstungsgegenstände zu besorgen, die er für seine Expedition brauchte. Aber TJK-133 war schon lange davor an seiner Seite gewesen. Sie stellten TJKs nicht mal mehr her. Man hatte diese Maschinen auf die schwarze Liste gesetzt, auf der die Waffen standen, mit denen Kriegsverbrechen begangen werden konnten. Sie beherrschten ihren Job zu gut. Das Sayed-Massaker und all die anderen. Und sie waren nie wirklich *komplett* vertrauenswürdig gewesen, das hatten sogar ihre Entwickler eingeräumt.

»Sie leben«, sagte er mit seiner bösartig klingenden Stimme, die einen Butler nachahmte, begleitet von einer kurzen, drolligen Fanfare. »Ich war davon ausgegangen, dass Sie tot sind oder im Sterben begriffen. Und da ich keinerlei Programmierung zur Lebensrettung besitze und auch kein Interesse habe, solch niedere Funktionen auszuüben, da sie zu meiner Hauptaufgabe, Leben zu nehmen, nicht wirklich passen, habe ich mich entschieden, einfach abzuwarten.«

Casper sagte nichts.

Ich bin Casper, dachte er. Ich bin andere Menschen gewesen. Und vielleicht waren diese anderen Menschen sogar anders als ich. Vielleicht war jeder einzelne von ihnen eine Rolle, die ich spielen musste, um auf dem Weg voranzukommen, der mich schließlich hier hergeführt hat. Die Chance, es endlich anders zu machen und die Galaxie zu dem zu formen, was sie sein muss. Aber ich bin Casper. So habe ich damals angefangen. Das war ich ganz zu Beginn. Und als der bin ich hier hergekommen.

Aber wer werde ich sein, wenn ich wieder gehe?

Wer sagt denn, dass du gehen wirst?, flüsterte eine andere Stimme.

Casper. Ich bin Casper.

»Wie lange bin ich ohnmächtig gewesen?«, fragte er den Bot.

TJK-133 stand inmitten der Trümmer des zerstörten Raumschiffs, das bei seinem brutalen Absturz in den dichten Dschungel zerfetzt worden war, und scannte langsam die Dunkelheit. Der Wind und der Regen ließen allmählich nach, und einer der Monde, eine fette kreideweiße Kugel, erhob sich weiter über den hohen, skelettartigen Baumwipfeln, deren Äste sich als geisterhafte Umrisse abzeichneten.

»Drei Tage, Meister. Ich hatte vor, Sie morgen zu beerdigen. Ich bin froh, dass ich dies meiner morgigen Aufgabenliste nicht hinzufügen muss.«

Es folgte eine lange Stille.

Dann veränderten die rot leuchtenden, optischen Systeme des Bots ihre Position, und sein Blick landete auf ihm. Casper fragte sich, ob er sein lasergestütztes

Zielerfassungssystem aktivieren würde. Sodass ein roter Punkt in der Mitte seines Schädels auftauchte.

»Wir sind hier nicht allein, Meister«, stellte der Bot nüchtern fest. »Da draußen ist etwas.«

KAPITEL 4

Schwaches, fast schon unmerkliches Licht fiel durch das dichte, fremde Blattwerk. Als sich der Himmel im Osten langsam aufhellte, hievte sich Casper aus den Trümmern und kletterte auf den Waldboden hinab.

Die Überreste seines Schiffs, bei dem er sich niemals die Mühe gemacht hatte, ihm einen Namen zu geben — einem Raumschiff, das er in einem Restpostenladen auf Tongath gekauft hatte — lagen vor ihm, am Ende der Trümmerspur, die es in den Dschungel geschlagen hatte. Verbrannte Sträucher und zerfetzte Bäume lagen im rosafarbenen Morgennebel. Früher war es mal ein mittelgroßer leichter Frachter gewesen. Nun war es praktisch in zwei Teile zerfallen. Die beiden Flügel waren vom Mittelkiel abgebrochen, und die Triebwerke versanken in einem moosbedeckten Wasserlauf, der weiter in den Dschungel hinein verlief. Wie viel schlimmer hätte es ihn erwischen können, wenn die Repulsoren und Deflektoren nicht einen Teil des Schadens abgefangen hätten?

Es würde nie wieder fliegen. Es würde diesen Planeten niemals verlassen.

Casper dachte darüber nach, wie weit er sich in die Abgründe zwischen den Galaxien hinausgewagt hatte. Dieser Gedanke drohte all seine Pläne durch Hoffnungslosigkeit zu ersetzen.

Niemand würde nach ihm suchen kommen.

Niemand würde ihn finden.

Wie sollten sie auch? Niemand in der gesamten Galaxie wusste, dass er noch lebte. Er war während der Schlacht von Telos ›gestorben‹. Mit dem Schlachtschiff *Unity* in der Atmosphäre von Telos IV untergegangen, umgeben von Kreuzern der Barbaren, die das letzte große Raumschiff der Republik in Stücke zerfetzt hatten.

So lautete die offizielle Berichterstattung.

»Aber offensichtlich ist das nicht passiert«, lachte er vor sich hin.

In der vergangenen Nacht hatte er sich seine Schulter wieder eingerenkt und eine Schlinge angefertigt, damit er seinen Arm ruhigstellen konnte. Vielleicht war das Handgelenk nicht gebrochen. Vielleicht, vielleicht nicht. Es tat weh, aber nicht mehr so schlimm wie zuvor.

Er schritt am Rumpf entlang und überlegte sich, wie er am besten retten konnte, was noch zu retten war. Wie er sich verschanzen sollte, egal, wie lange es dauern würde, bis er bereit war für den nächsten Schritt. Und der nächste Schritt war die Suche nach einem Ort, von dem er nur Gerüchte gehört hatte. Ein Ort, den man den Tempel von Morghul nannte.

Als er TJK-133 gefragt hatte, was er mit den Worten ›wir sind nicht allein‹ meinte, hatte er die rätselhafte Antwort bekommen: »Das ist das Einzige, was ich zu diesem Zeitpunkt zuverlässig berichten kann, Meister.«

Casper hatte gedacht, dass der Bot das Raubtier mit den verstörenden Augen meinte. Aber TJK-133 hatte noch finsterer als sonst gewirkt. Als ob er ihm irgendwelche Informationen vorenthielte. Als ob er genau wüsste, was da draußen herumlief, nur wollte er es nicht sagen.

So würde es mehr Spaß machen.

Wenn er ehrlich war, benahm sich der Bot schon länger ein wenig merkwürdig. Die meisten Leute hätten ihm schon längst seinen Speicher gelöscht. Oder hätten sich seinen Materialwert auf dem Schrottplatz auszahlen lassen. Casper hatte sich gegen beides entschieden. Er hatte ihn nach dem Massaker bei Sayed versteckt, in den Höhlen unter seinem Anwesen auf Bahaca.

Die TJKs hatten schon von Anfang an mit einer seltsamen Programmierung zu kämpfen. Sie wurden auf Terminierungs-Missionen entsandt, bei denen kein einziger Mann eines Mordkommandos Chancen aufs Überleben gehabt hätte. Im Gegensatz zu den meisten anderen Bots besaßen sie wenige Sympathie- und Emotionsalgorithmen.

Aber theoretisch, so ermahnte sich Casper, wie er es schon oft getan hatte, *war er darauf programmiert, mich zu beschützen.*

Und jetzt war er das einzige Ding, mit dem er reden konnte — und er wusste, wie wichtig es war, jemanden oder etwas zu haben, mit dem man in Ausnahmesituationen sprechen konnte. Er konnte sich daran erinnern, dass er mal vor langer Zeit zwei ganze Jahre verbracht hatte, ohne ein einziges Wort mit jemand anderem zu wechseln. Er hatte spüren können, wie er in diesen langen, einsamen Monaten langsam in den Wahnsinn abrutschte. Und den Verstand zu verlieren war etwas Furchtbares. Also, egal, wie lange er hier sein würde — mit der Langlebigkeit, die man ihm aufgezwungen hatte, könnte er sehr lange hier sein —, er würde sich mit dem seltsamen Bot unterhalten. Und wenn es ihm nur half, nicht den Verstand zu verlieren.

»Lass uns einen Teil der Trümmer für einen Lagerplatz wegräumen«, sagte er zu dem Bot, als ob er wieder ein Offizier am Anfang seiner Laufbahn in der Terranischen Navy wäre, der seine Truppe zur Arbeit motivieren musste. »Direkt vor dem Frachtraum. Den benutzen wir für die Vorräte.«

Der Bot ließ seinen Blick über die Trümmer schweifen. »Ich brauche nur sehr wenige Vorräte, Meister. Meine aktuell aktive Batterie wird noch einhundertsechsundzwanzig Jahre reichen. Außerdem bezweifle ich, dass wir auf einer so feindseligen Welt wie dieser lange überleben.«

Casper hielt inne. »Was meinst du mit ›feindselig‹?«

Aber der Bot marschierte einfach los, um seine Waffe an den Rumpf zu lehnen. Er schnappte sich ein Stück der Schiffspanzerung, das sich vom Rumpf gelöst hatte und warf es in den Dschungel. Es war offensichtlich, dass der Bot kein Interesse daran hatte, mehr zu sagen.

Lass es dabei bewenden, Casper, ermahnte er sich.

Mein Name ist Casper. Das stimmt.

Er hatte immer noch Schwierigkeiten, sich an alles zu erinnern. Die Erinnerungen kamen langsam zurück, aber sie passten noch nicht richtig zusammen.

Den Rest des Tages verbrachten sie damit, ihr Lager einzurichten. Sie hatten bis zum Abend auch gut brennbares Feuerholz gesammelt, das heiß und hell brannte, und außerdem von den Lebensmittelvorräten gerettet, was zu retten war. Casper hatte sich mit einem kleinen, aber leistungsstarken Handblaster aus dem Schiffsarsenal bewaffnet. Er zog sich den Waffengürtel an und übte einige Male das schnelle Ziehen mit der Waffe.

Die Nacht würde er in seinem Quartier verbringen, wie schon in den letzten fünf Jahren zuvor, abgesehen von gestriger Nacht. TJK-133 würde ihm mit ständigen Patrouillen Schutz bieten.

Er hatte tagsüber praktisch keine Insekten gesehen, was für einen sumpfigen Dschungel ungewöhnlich war.

Aber jetzt, als die Dunkelheit mit schnellen Schritten heraneilte und die Welt allen Lichts beraubte und es im Dschungel in der Dämmerung unheimlich still wurde, tauchten riesige Insekten auf und stürzten sich aufs Feuer. Glücklicherweise schien sich keins von ihnen für ihn zu interessieren.

Er saß stundenlang da, starrte ins Feuer und dachte darüber nach, warum er hergekommen war. Und die Erinnerungen schlugen wie Wellen über ihm zusammen.

TJK-133 starrte ihn von der anderen Seite des Feuers an. »Sie erinnern sich, Meister.«

Diese Aussage des Bots verwunderte ihn. Bots hatten sich, zumindest soweit er wusste, nur selten für das Innenleben lebender Wesen interessiert, außer man bat sie direkt darum.

Als er noch Flottenadmiral gewesen war, hatten die Leute akzeptiert, wenn er lange grübelnd geschwiegen hatte. Sie hatten nie auf eine Antwort von ihm bestanden, wenn er sich zu einer schwierigen, strategischen Entscheidung durchzuringen hatte. Aber hier draußen, jenseits des Randes der Galaxie, konnte er es sich nicht leisten, launisch oder introvertiert zu sein. Dieser Weg führte in den Wahnsinn. Er musste sich zu einer Antwort zwingen, denn schließlich ging es am Ende um seinen Verstand.

Trotzdem fragte er sich, wie der Bot bemerkt hatte, dass er sich erinnerte.

»Das stimmt«, antwortete Casper, als ob der Bot nicht nur ein Lebewesen sei, sondern auch ein guter, alter Bekannter. Es war besser, den Bot zu vermenschlichen, als sich komplett emotional von ihm zu abzuschotten und ihn als Werkzeug oder Diener zu behandeln. Er konnte sich mit den Problemen, die eine solche Vermenschlichung mit sich brachte, auseinandersetzen, wenn er von diesem Planeten wieder weggekommen war.

Wenn er jemals hier wegkommen sollte.

»An den Quanten-Palast«, sagte der Bot.

Das war keine Frage.

Es war eine Feststellung.

Casper sah von den Flammen auf und starrte TJK-133 an. Der Bot sah ihn unbewegt an. Er erwiderte seinen Blick. Er konnte die roten Leuchten der optischen Systeme auf sich spüren. Sie betrachteten ihn nicht nur, um alle verfügbaren Daten aufzunehmen, damit die Prozessoren des Bots sie verarbeiten und auf dieser Basis Milliarden Entscheidungen pro Minute treffen konnten. Nein, diese Kameras musterten ihn auf der Suche nach etwas jenseits aller Daten. Nach etwas nicht Greifbarem.

Die Ebene der Vermenschlichung, die du in einer wahnsinnig kurzen Zeit erreicht hast, grenzt schon fast ans Lächerliche, ermahnte sich Casper.

Casper bemerkte, dass sein Mund ein wenig offen stand. Er fragte sich, ob sein Kopf nach dem Absturz immer noch durcheinander war. Oder ob die harte Arbeit im Laufe des Tages ihn mehr erschöpft hatte, als es eigentlich der Fall sein sollte. Vielleicht wurde er nun doch endlich alt.

Fast zweitausend Jahre alt, aber niemand würde dich älter als zweiundvierzig schätzen.

»Ich habe mich erinnert«, sagte Casper.

Er wartete, um herauszufinden, was als Nächstes geschehen würde. Musterte die vollautomatische Tötungsmaschine, die reden wollte. Als ob sie mit nonverbaler Kommunikation auf jeden beliebigen Anreiz reagierte, den er ihr lieferte. Das war nämlich etwas, worauf sie nicht programmiert worden war.

Nur... der Bot zuckte mit den Achseln. Direkt vor ihm. Kaum merklich. Für einen kurzen Augenblick hob sich sein Schulterbereich in Richtung seines insektenähnlichen Kopfes voller MicroFrame-Prozessoren.

Aber vielleicht war das ja nur eine optische Täuschung?

Vielleicht.

»Woher weißt du vom Quanten-Palast?«, fragte Casper. Nur drei Menschen wussten davon, und sie waren einen Pakt eingegangen.

Die Maschine drehte ihren Kopf langsam, um ein Geräusch irgendwo in den Tiefen des Dschungels wahrzunehmen. Als die Nacht hereingebrochen war, hatten seltsame, unsichtbare Vögel — zumindest vermutete Casper, dass es sich um Vögel handelte — damit begonnen, der alles verschlingenden Dunkelheit ihre verzweifelten Schreie hinzuzufügen. Dieser Lärm schaffte es, ab und zu das kaum merkliche, aber ständig lauter werdende Klicken unzähliger Insekten zu übertönen. Jedes Mal, wenn im Lauf der Nacht das traurige Klagen der unsichtbaren Vögel ertönte, verstummten die Laute der Insekten, die sich Casper einfach als Grillen vorstellte, schlagartig.

Und manchmal ertönte der Schrei eines anderen Vogels. Als eine Antwort, irgendwo in der Nacht, von einer Kreatur gleicher Art. Was schon fast... wundervoll und fantastisch klang. Fast schon schön, auf unvergessliche Weise.

Außer natürlich man kannte gängige Raubtiertheorien der Xenozoologie. Dann nahmen die seltsamen Schreie eine ganz andere Bedeutung an.

Es *konnten* die Schreie von Raubtieren sein. Die miteinander kommunizierten. Und jagten.

Der Bot drehte seinen Kopf, bis er Casper wieder in den Blick nehmen konnte. Die unverwandt rot leuchtenden optischen Baugruppen musterten ihn im Flammenschein.

»Weil Sie mir alles erzählt haben«, sagte er.

»Warum?«, fragte Casper sofort. »Warum würde ich dir alles erzählen?«

Denn das hätte er auf keinen Fall.

»Weil das Schicksal der Republik von dem abhängt, was wir hier tun, Meister. Das war die ›Befehlsrangfolge‹, die Sie in meiner Missionsprotokolldatenbank aktiviert haben. Sekundärbegründung für das Teilen von Informationen war die Tatsache, dass Sie Gedächtnisprobleme haben. Ein Nebeneffekt Ihres fortgeschrittenen Alters — auch wenn Sie auf Demenz und eine ganze Reihe anderer, genetisch bedingter Erkrankungen untersucht worden und die Resultate allesamt negativ ausgefallen sind. Sie sind in bester gesundheitlicher Verfassung, abgesehen von Ihren akuten Verletzungen. Vielleicht liegen Ihre Gedächtnisprobleme daran, dass Sie ein Mensch sind und daher in mehrerlei Hinsicht zerbrechlicher als ich.«

Casper lauschte dem leisen Knistern und Knacken des Lagerfeuers zwischen ihnen. Der aufsteigende Rauch roch blumig und seltsam. Er würde sich mit der Zeit daran gewöhnen.

»Vielleicht sollten Menschen nicht so lange leben, wie Sie es tun«, stellte TJK-133 nach der langen Stille fest, die seinen Worten gefolgt war. »Ich mutmaße, dass Sie ihre Fähigkeit zur lückenlosen Erinnerung verlieren. Als Nächstes wird wahrscheinlich Ihr Verstand leiden. Zumindest entnehme ich dies der Analyse der neurologischen Daten über die menschliche

Wahrnehmung, die man mir zur Verfügung gestellt hat, um effizienter terminieren zu können.«

»Warum bin ich hier?«, fragte Casper den Bot.

Der Bot antwortete ihm nicht sofort. Einige sehr unangenehme Sekunden vergingen.

»Sie glauben, dass auf diesem Planeten der Schlüssel zu einer Macht zu finden ist, um die Ordnung in der zerfallenden Republik wieder herstellen zu können. Was Sie bis heute nicht haben erreichen können — ob nun durch List, Morde, Krieg, Diplomatie, ökonomische Theorien und einer ganzen Reihe anderer Möglichkeiten —, hoffen Sie zu erreichen, sobald Sie die Geheimnisses dieses Orts aufgedeckt haben. Um genauer zu sein: Sie suchen den Tempel der Niederen Menschen. Das Morghul-Tor.«

Nun fiel ihm alles wieder ein.

Die *Lexington*.

Der Quanten-Palast.

Und natürlich der Dunkle Wanderer.

Alle Hinweise, die ihn von der Schlacht innerhalb des Palastes, innerhalb einer anderen Realität, diesem Ort des Nichts im Universum... hier hergeführt hatten.

Er war hergekommen, um eine Galaxie zu retten, die nicht gerettet werden wollte. Eine Galaxie, die sich nicht selbst retten würde. Er war hier hergekommen, um eine Quelle der Macht zu finden, die mit nichts zu vergleichen war und die bisher nur ein einziges Mal erlebt worden war — von ihm, an einem Ort, der nicht existieren konnte, wenn man das Universum fragte.

Casper stand auf. »Ich bin müde. Ich lege mich schlafen. Bleib heute Nacht in der Nähe des Raumschiffs, 133.«

Er ließ den Bot zurück, der in die Flammen starrte und gleichzeitig ihre gesamte Umgebung scannte.

Später, als er in seiner Koje inmitten der Trümmer lag, dachte er über den Lighthugger *Moirai* und die Leichte Mars-Infanterie nach. Über all die Toten, die sie an diesem leblosen Ort zurückgelassen hatten. Über seinen Freund Tyrus Rex. Und wie dies alles angefangen hatte. Er schlief schon bald ein und träumte, auch wenn er das nicht wusste. Die Träume waren wie eine Erinnerung.

KAPITEL 5

In seinem Traum ging Casper an all den Toten vorbei, die sie nach der Landung der *Lexington* hatten zurücklassen müssen, als sie unter schwerem Beschuss den Hangar des gigantischen Archeraumschiffs namens *Moirai* eroberten. Das war zu Beginn der Barbarischen Kriege gewesen. Zu einem so frühen Zeitpunkt, dass es gar nicht zu den großen Auseinandersetzungen gehörte, die noch folgen sollten — als die Wilden in ihren Unterlichtgeschwindigkeitsraumschiffen aus den Tiefen des Weltalls aufgetaucht waren und anfingen, Planeten zu überfallen, sich mit anderen, verlorenen Lighthuggern zusammenzuschließen und sich anschließend wie ein unkontrollierbares Virus auszubreiten, das einen geschlossenen Kreislauf des Wahnsinns mit sich brachte. Bevor auch nur ein einziger Mensch begriffen hatte, wie barbarisch diese Kriege verlaufen würden.

Das war hundert Jahre nach der *Obsidia*. Casper, Commander an Bord der Angriffsfregatte *Lexington*, war von der Konföderation der Welten ausgeschickt worden, um an Bord des Lighthuggers *Moirai* zu gehen und eine Wissenschaftlerin zu retten, die vor Kurzem bei einem Überfall entführt worden war. Das Schicksal hatte Tyrus Rex mit ins Spiel gebracht, als Anführer des Enterkommandos, das aus einer Einheit der Leichten Mars-Infanterie bestand, die früher mit der Erde verfeindet gewesen, aber jetzt Mitglied der lockeren Konföderation der Welt waren, aus der später die Galaktische Republik hervorgehen würde.

Sie waren hier, um Reina zu retten. Auch das war Schicksal. Sie war die von den Wilden gefangen genommene Wissenschaftlerin, die sie irgendwo in den Tiefen ihres Lighthuggers versteckten.

Casper merkte, wie er einige der Verstorbenen musterte in dem Gedanken, dass sie gar nicht wirklich tot waren, sondern einfach nur eine Rolle spielten. Als ob es sich um eine Art Entertainment handelte oder eine Übung, in der die ›Toten‹ sich tot stellen mussten, weil die Show es so verlangte. Oder eine Lektion. Aber in seiner Erinnerung war es nicht so. In seiner Erinnerung waren sie wirklich alle tot.

Casper, der zweitausend Jahre in der Zukunft in einem zertrümmerten Raumschiff schlief, wusste irgendwie, dass es sich nur um einen Traum handelte.

Er trat über die Leichen der Männer vom Mars, die Teil der gemischten Einsatzgruppe gewesen waren. Er verließ die Angriffsfregatte der Terranischen Navy, die *Lexington*, deren Laderampen und Fahrwerk ausgefahren waren, und durchschritt das uralte Hangardeck der *Moirai*.

Die meisten Toten gehörten zur Delta Company, Drittes Bataillon, 47. Brigade der Leichten Mars-Infanterie. Man hatte sie als erste Angriffswelle ausgewählt, um die Landezone innerhalb des Hangars der *Moirai* zu sichern. Sie waren unter heftigem Beschuss durch die Barbaren gelandet. Und von seltsamen, halb menschlichen Wesen in Stücke gerissen worden, die von allen Decks herbeigerannt kamen. Wahnsinnige, die zur Hälfte Mensch und zur Hälfte Maschine waren, und elektronisch verstärkte, 8-Bit-Schreie von sich gaben und mit uralten Projektilwaffen herumfuchtelten. Dies waren manchmal die Nachfahren der Besten und Intelligentesten, die die alte Erde während des Exodus verlassen hatten, und manchmal waren es die Besten und Intelligentesten persönlich. Aber jetzt waren sie seltsam und nachmenschlich. Aufgrund ihres langsamen Kriechens durch die Dunkelheit zwischen den Welten hatten sich ihre Unterlichtgesellschaften, abgeschottet von äußerlichen Einflüssen, durch die seltsamsten Philosophien verändert und waren rückständig, ja, fast schon animalisch geworden.

Casper schritt an ihren von Energieblitzen durchbohrten Leichen vorbei. Ihre Augen flatterten unter geschlossenen Lidern, als ob auch die Toten in ihren Träumen in Erinnerungen schwelgten. Manchmal öffnete einer von ihnen die Augen und lächelte, als ob er sagen wollte: »Ist schon okay, ich bin gar nicht in dem Jahr gestorben, das die alten Kalender früher mal als 2122 bezeichnet hätten. Wir tun alle nur so.«

Aber dann, so dachte Casper, der das leise Donnern von automatischen Gewehren vor sich hörte, *hättest du überlebt und es geschafft, die Republik kennenzulernen. Und selbst wenn du sehr lange gelebt hättest, wärst du zu dem Zeitpunkt, an dem ich diesen Traum habe, trotzdem schon lange tot. Du warst nie einer der Sklaven an Bord der Obsidia. An dir hat man nie herum experimentiert wie an mir. Wie an Rex. Und wie an Reina auch.*

Das abgehackte Rattern des Kugelhagels breitete sich mit hohem Donnern auf dem gesamten Hangardeck der *Moirai* aus, einem vierzig Kilometer breiten, rotierenden Zylinder, der fünfzig Kilometer lang war. Im Vergleich dazu wirkte die winzige *Lexington*, als wäre sie bloß ein Shuttle.

Ich bin sehr alt, dachte Caspar, während er die gigantischen Innenräume des riesigen Lighthuggers musterte, *aber niemals älter als das, was vor mir kam.*

Die Leichte Mars-Infanterie setzte Krieg-Systeme-Energiewaffen ein — magnetisch beschleunigte Strahlen mit einer Leistung von vierzig Watt. KS-99er. Blaster würde es erst in gut hundert Jahren geben. Die KS-99 gaben kleine Energieblitze ab, die menschlichem Fleisch und ungepanzerten Systemen brutale Schäden zufügen konnten. Man hatte sie in den Rüstungsdistrikten von Saffron City auf dem Mars hergestellt. Wahrscheinlich vor dem letzten Terranischen Krieg, als der Mars noch ein Planet gewesen war und kein halbmondförmiger Trümmerhaufen, der auf seinem Marsch um die Sonne eine schwindende rote Staubspur hinter sich herzog.

Casper trug die Tarnuniform der Terranischen Navy. Er blieb nach seiner Flucht von der *Obsidia* fünf Jahre lang in der Navy, während sich Rex zum Mars aufmachte, um sich der neuen Armee anzuschließen. Und als der Krieg ausbrach, kämpften sie gegeneinander, obwohl sie Freunde waren — und die Überlebenden desselben furchtbaren Albtraums. Auf den Krieg folgte schließlich der Frieden, auch wenn es nur daran lag, dass vom Mars nicht mehr viel übrig war, worüber man sich hätte streiten können. Zu diesem Zeitpunkt diente die Leichte Mars-Infanterie als eine Art Fremdenlegion innerhalb der Terranischen Streitkräfte. Und jetzt waren sie Teil der vereinigten Einsatztruppe, die hier hergekommen war, um die *Moirai* anzugreifen, gemeinsam mit der Besatzung der *Lexington*.

Casper schritt über die ausgelöschten Soldaten der Delta Company hinweg. Er war allein und versuchte sich Rex anzuschließen — aber aus irgendwelchen seltsamen

Gründen funktionierten die Kommunikationsgeräte der *Lexington* innerhalb des Lighthuggers nicht. Es gab aber noch einen weiteren, dringlicheren Grund für den Captain der *Lexington*, seine Angriffsfregatte zu verlassen und sich dem Enterkommando anzuschließen, das sich gerade seinen Weg ins Innere der *Moirai* freikämpfte. Der Lighthugger näherte sich einem verbotenen Bereich des Weltalls, den man nur als die Todeszone kannte, und das mit großer Geschwindigkeit.

Casper erreichte die Soldaten. Feindlicher Beschuss hielt sie an Ort und Stelle fest. Major Rex leitete den Angriff. Sie versuchten die Verteidigungslinien der Wilden zu überwinden, die sie daran hinderten, das Innere des Raumschiffs zu erreichen.

»Ich sehe drei Eingänge in die Hauptwohnkomplexe«, brüllte Rex seinen Soldaten zu. »Team Eins mit mir. Wir greifen frontal an. Teams Zwei und Drei, Zangenbewegung um diese Barbaren, während sie versuchen, uns aufzuhalten.«

Rex führte Team Eins unter schwerem Beschuss voran.

Die Männer an den Flanken zogen die Aufmerksamkeit der Wilden auf sich, während Rex' Truppe versuchte, durch die labyrinthartigen Tunnel hinab in den Wohnkomplex zu gelangen. Casper erinnerte sich, dass er mit vorangegangen war, um die Kommunikation zwischen den Einheiten wieder herzustellen. Um Rex mitzuteilen, dass sich ihr Zeitfenster, sich ohne Schwierigkeiten vom Lighthugger verabschieden zu können, schon bald schließen würde.

Die *Moirai* war auf dem Weg in die Todeszone. Von dort kehrten keine Raumschiffe zurück.

Er schloss zu Rex auf, während die Mars-Soldaten brutales Dauerfeuer aus den Gängen vor ihnen abwehren mussten, das vollautomatisch auf sie abgegeben wurde. Unterschallmunition zischte an ihren Helmen vorbei und prallte an den Schotts in ihrer Nähe ab. Die Barbaren setzten immer noch Feuerwaffen ein. Uralte Maschinengewehre.

»Rex, wir haben praktisch keine Zeit mehr«, ermahnte ihn Casper. »Entweder kämpft ihr euch durch oder zieht euch zurück, bevor das Raumschiff die Todeszone erreicht.«

Eine riesige Luke, zwei Stockwerke hoch, die wie die glänzende Tür eines alten Tresorraums aussah, wurde aus ihren Angeln gesprengt. Aus dem nun entstandenen Loch flogen ihnen noch mehr Geschosse entgegen.

Einer der Soldaten vom Mars löste sich von der Wand und nahm seine KS-249 in den Anschlag, um gnadenlose Feuerstöße abzugeben — die schwerere Variante des KS-99. Ein Ausbruch flüchtiger, elektrischer Knackgeräusche bedeutete, dass die Ladungskammer in Energieimpulse umgewandelt wurde. Die anschließend in einem wütenden Angriff aus zuckenden Blitzen auf die Feinde niedergingen.

Doch dieser Ehrfurcht erregende Anblick zwang die Wilden nicht, Schutz zu suchen. Stattdessen konzentrierten sie einfach ihre vollautomatischen Waffen auf den Mars-Soldaten, der in dem Wissen starb, dass sein Feuerschutz Rex und dem Team die Möglichkeit geboten hatte, eine dunkle Passage in einiger Entfernung zu erreichen.

Casper lief es kalt den Rücken hinab, als das grüne Blitzgewitter der Vierzig-Watt-Waffen der Leichten Mars-Infanterie den Korridor vor ihm erhellte. Die Männer trugen Graphenraumanzüge mit Brust-, Schulter- und Armplatten sowie Knie- und Schienbeinprotektoren aus einer Verbundlegierung, zusammen mit schweren Kampfstiefeln. Die Helme bestanden aus Kevlar, das mit der Graphenpanzerung verschmelzen konnte, um begrenzte Einsätze in giftigen oder sauerstofflosen Umgebungen zu ermöglichen.

Einen Soldaten erwischte es mitten ins Visier. Sein Körper krachte auf das Deck. Die Männer der Terranischen Navy, die ihnen zur Unterstützung zugeteilt worden waren, waren zu beschäftigt mit den Männern, die sie retten konnten.

»Noch zehn Minuten, und wir sind in der Todeszone, Rex.«

Was Casper damit meinte, war klar. Aus dem Totraum inmitten des Universums, in dem keine Navigation möglich war, war bisher kein einziges Aufklärungsschiff zurückgekehrt. Es handelte sich um einen komplett sternenfreien Raum, in dem alle Messinstrumente verfälschte Messwerte lieferten, und das schon, wenn man sich diesem Bereich nur näherte. Die meisten Sternenkarten vermerkten an dieser Stelle nur ›gesperrt‹.

Und doch hatte die *Moirai* nach ihrem Überfall auf Al-Baquar 7 den direkten Weg dorthin eingeschlagen. Und jetzt flogen die *Moirai* und die Lex gemeinsam direkt in einen Bereich des Weltraums hinein, den niemand bei klarem Verstand jemals betreten würde.

»Sauber!«, rief einer der Soldaten, der hinter der riesigen Luke an die Wand gedrängt stand.

Rex führte seinen Arm zweimal schnell mit geballter Faust von unten nach oben und vollzog die Geste des Schneidens mit der Hand. Daraufhin stürmten die Infanteristen in die Dunkelheit dahinter.

Caspers ältester Freund drehte sich zu ihm um und sagte über den rauschenden Kanal, den er nur aufrechterhalten konnte, weil er den Blickkontakt zu ihm suchte: »Wir lassen sie nicht hier zurück.«

›Sie‹ war in diesem Fall Dr. Reina Benedetti.

Caspar war in seinem Traum froh, dass sie sie diesmal nicht zurücklassen würden. Er hatte andere Träume, in denen sie sie tatsächlich zurückließen. Und diese Träume waren keine Träume... Das waren Albträume.

In diesem Augenblick konnte er sich nicht erinnern, was damals in der Vergangenheit wirklich geschehen war. Als ob in seinem Traum alles möglich wäre. Die Zukunft musste nicht das sein, was sie heute geworden war.

Für Casper gab es zwei Dinge, vor denen er sich wirklich fürchtete. Die Furcht, auf der *Moirai* zurückgelassen zu werden. Und die Furcht, jemand anderen dort zurückzulassen. Vor allem Reina. In der Todeszone. Im Quanten-Palast. In alle Ewigkeit, mit dem Dunklen Wanderer.

Dem Grauen.

Dem Grauen, auf alle Ewigkeit... in der Hölle zurückgelassen worden zu sein.

Casper zuckte hoch, war schlagartig wach und keuchte schwer. Er saugte die feuchte Dschungelluft ein, als ob er in seinem Traum ertrunken wäre.

Nun war er wach und konnte sich erinnern, an welcher Stelle sein Traum geendet hatte. Er erinnerte sich an die Wahrheit dessen, was als Nächstes geschah. Sie hatten sich in eine der Luftschleusen reingehackt und sie geöffnet, um in die außenliegenden Decks mit ihren Quartieren zu gelangen, wo die Luft nach Tod roch und auch danach schmeckte, und Casper folgte Rex und seinen Teams hinein in das geheimnisvolle Innere der *Moirai*.

Er erinnerte sich an noch viel mehr.

Er erinnerte sich an den Dunklen Wanderer im Quanten-Palast auf der anderen Seite der Todeszone.

Er erinnerte sich an die Albträume, die seinen Verstand quälten.

Wie hatten sie sie genannt?

Casper nahm einen Schluck aus einer Feldflasche, die er im zerstörten Frachter neben seine Koje gelegt hatte. Es kostete ihn Mühe, sich daran zu erinnern, wie sie sie genannt hatten...

Prophetinnen.

In der Nacht inmitten des Dschungels auf diesem verlorenen, einsamen Planeten jenseits des Randes der Galaxie hörte er im Unterholz langsam knirschende Schritte. TJK-133 kam am Rumpf vorbei und zertrampelte unter seinen Füßen die Blätter und Ranken, die sich bereits am zerbrochenen Raumschiff entlanghangelten. Als der Bot an Caspers Schlafplatz vorbeiging, fühlte er sich wie ein Teufel an, der ihn des Nachts heimsuchte.

KAPITEL 6

Der seltsame Traum verfolgte ihn auch noch am nächsten Tag. Im milchigen Lichtschein, der durch das Blätterdach des seltsamen, fremden Dschungels herabfiel, kehrten bruchstückhafte Erinnerungen an den Traum immer wieder zurück. Casper versuchte herauszufinden, was daran real und was falsch gewesen war.

Er verbrachte den Tag damit, sich im Wrack seines Frachters weiter zu verschanzen und die rettenswerten Vorräte zu sortieren. Er würde nicht hier bleiben. Auf diesen Planeten zu gelangen, war nur der erste Schritt gewesen. Nun stand er vor der eigentlichen Reise — dem vollständigen Durchsuchen einer unbekannten Welt. Der Suche nach dem Tempel des Morghul. Es könnte Jahre dauern, ihn zu finden.

Er könnte sich als die letzte Hoffnung für die Galaxie erweisen.

Zuerst brachte er sein Arsenal in Ordnung. Er kontrollierte den Zustand aller Waffen, ölte sie und verschloss sie in ihren Waffenkisten in der Hoffnung, dass sie so vor der drückenden Luftfeuchtigkeit des Dschungels geschützt waren. Er suchte sich ein Blastergewehr mit einem sehr guten Zielfernrohr für die Jagd aus und stellte es zur Seite. Der Handblaster befand sich immer noch im Holster an seinem Oberschenkel. Nach den Aufräumarbeiten an diesem Tag fühlte sich sein Handgelenk geschwollen und die Haut gespannt an, aber es würde schon werden. Es war nicht gebrochen.

Als er nach draußen kam, informierte ihn TJK-133, dass sich zwei Kilometer südlich eine Quelle mit Trinkwasser befand. »Ich habe den Weg für Sie markiert, Meister«, sagte er mit unbewegter Stimme. »Als ich die Quelle entdeckt habe, habe ich an Sie gedacht. Ich weiß, dass für Ihre schwächliche Spezies Wasser wichtig ist, um die Einsatzfähigkeit zu gewährleisten. Und daher habe ich mich entschieden, Sie von ihrer Existenz in Kenntnis zu setzen. Ich habe keinen Zweifel, dass Sie sie auch allein entdeckt hätten... mit der Zeit.«

Caspers Verstand arbeitete noch immer verzögert, als er versuchte, sich den nächsten Schritt zu überlegen. Jetzt, wo sie Wasser gefunden hatten, würde er Nahrung brauchen. Das Raumschiff verfügte über reichlich Vorräte in Anbetracht der Länge seiner Reise, aber nicht alle Vorräte im Frachtraum konnten ihn auf seiner Reise begleiten. Außerdem bevorzugte Casper es, diese Rationen nur im äußersten Notfall zu essen. Diese Vorräte hatten eine sehr lange Haltbarkeit, und er würde sie dringend brauchen, sollte es zu einer Hungersnot oder einer Trockenperiode kommen.

Aber etwas an der Aussage das Bots machte ihm zu schaffen. Die Worte, die der Bot verwendete hatte...

»Und daher habe ich mich entschieden, Sie von ihrer Existenz in Kenntnis zu setzen.«

Als ob er sich andere Verhaltensweisen überlegt hätte. Überlegt hätte, etwas anderes zu tun, als ihm beim Überleben zu helfen.

Wolltest du wirklich zusehen, wie ich vor Durst sterbe?, fragte sich Casper. *Mir beim Sterben zusehen in dem Wissen, dass sich das Wasser, das ich so dringend brauchte, direkt in meiner Nähe befand?*

Am Ende spielte es keine Rolle. Der Bot war sein einziger Gefährte auf diesem einsamen Planeten.

Und vielleicht handelte es sich ja nur um eine Eigenart in der Programmierung der Maschine. Die TJK-Serie war in einigen der hässlichsten Konflikte in der Geschichte der Republik eingesetzt worden. Kriege, die es nicht in die Nachrichten geschafft hatten. Kriege ohne Helden. Kriege, bei denen Brutalität ein grundlegender Teil jeder Strategie gewesen war, zusammen mit chemischer Kriegsführung und Orbitalbombardments.

Kriege ohne Sieger.

Oder aber... vielleicht war an der Programmierung des Bots überhaupt nichts Seltsames. Vielleicht bildete er sich das alles nur ein. Sein Verstand war halbwegs in Ordnung — die lange Reise hatte ihm nichts anhaben können —, aber er fühlte sich immer noch... seltsam. Er hatte fünf Jahre allein im Kälteschlaf verbracht, während er durch den Hyperraum gerast war. Was richtete das mit dem Verstand eines Menschen an?

Überraschenderweise gab es erhebliche Lücken in der Forschung zu Folgen des Langzeitkälteschlafs — wahrscheinlich weil es dafür keinen Bedarf gab. Man konnte von einem Rand der Galaxie zum anderen in nur wenigen Standardmonaten reisen. Der Kälteschlaf war eine Technologie aus der Zeit vor dem Hyperraumantrieb, und sie wurde nicht mehr benötigt, außer man nahm Sprünge vor, die Jahre dauerten. Und das machte niemand.

Außer dir, ermahnte sich Casper. *Denn der Standort dieses Planeten lag mehrere Jahre Reisezeit jenseits der bekannten Galaxie.*

Es gab eine Theorie, dass ein jahrzehntelanger Kälteschlaf der Grund dafür war, dass einige der Barbaren so komplett wahnsinnig geworden waren. Nicht alle Lighthugger hatten sich dafür entschieden, ihre persönlichen Utopien noch im Flug zu entwickeln. Einige hatten sich für den Kälteschlaf entschieden, um ihre aufwändig gestalteten Gärten Eden erst dann zu betreten, wenn sie das Gelobte Land erreicht hätten, oder welchen weit entfernten Brocken im Weltall sie sich als Ziel ihrer Reise auch immer ausgesucht hatten. Für sie waren diese langwierigen Flüge durch die Leere des Weltalls in etwa so, als würden sie wie eine einsame Seifenblase in einem dunklen Bad dahintreiben, bis die Seifenblase schließlich platzte und geifernde Bestien zum Vorschein kamen, die nur Tod und Schreckens kannten. Bestien, die früher das Beste in der Menschheit repräsentiert hatten, und jetzt ihre Menschlichkeit aufgegeben hatten — sie waren Wilde, mit einem völlig fremdartigen Verstand.

Wie die Prophetinnen, ertönte eine flüsternde Stimme irgendwo aus den Tiefen seines eigenen Kopfes. Sagte der ständige Beobachter, den er seit seiner Gehirnerschütterung hatte — oder dem fünf Jahre langen Rasen durch den Hyperraum.

Oder war es vielleicht TJK-133 gewesen, der sich wieder daran gemacht hatte, die Trümmer zu sauberen Haufen zu stapeln? Hatte der Bot etwas gesagt, und er selbst hatte es als Stimme in seinem Kopf missverstanden?

Diese Stimme, egal, welchen Ursprung sie hatte, flüsterte ihm erneut zu. *Was würde passieren, wenn du hier draußen stirbst? Was würde der Bot tun? Was würde er erschaffen, wenn er hier allein wäre, auf sich gestellt?*

Nichts Gutes, dachte sich Casper. Und er wusste, dass diese Aussage noch mehr zutraf, als ihm eigentlich klar war. Als ob er eine furchtbar finstere Vision der möglichen Zukunft erhalten hatte. Bei dem Gedanken lief es ihm kalt den Rücken hinunter. Er entschied sich an etwas anderes zu denken.

Wie die Prophetinnen?

Sie, die Prophetinnen, waren der erste Hinweis auf die verborgenen Kräfte gewesen, die sich in den Tiefen des Universums verbargen. Sie hatten die ersten Geheimnisse entdeckt. Ihre Fortschritte waren ihm Wegweiser in das nebelhafte Unbekannte gewesen. Und selbst wenn — so ermahnte er sich, als er sich auf einen Baumstamm setzte, den sie zum Lager hinübergebracht hatten — selbst wenn du nie gewusst hättest, wonach du suchen sollst, ermahnte er sich... so hättest du trotzdem danach gesucht. Einen Weg, um all die Dinge zu tun, die getan werden mussten, wenn weder die Menschheit noch die Galaxie sie zustandebrachten.

Die Rettungsmission an Bord der *Moirai* hatte all dies in Gang gesetzt...

Diese...

Diese...

Diese Suche?

Ja.

Diese Mission glich einer uralten Schriftrolle, die langsam entrollt wurde und den Blick auf eine Fabel voll mythischer Helden und magischer Kräfte freigab. Der Anfang und die Reise, beides auf einmal. Eine Queste, die aus der Vergangenheit hier hergeführt hatte. Auf diesen Planeten. Diesen unentdeckten Planeten, der wie ein unerwünschtes Kind aus der liebevollen Umarmung der Spiralgalaxie gerissen und vergessen worden war.

Und die Prophetinnen hatten Casper den Weg gezeigt. So hatte alles angefangen, obwohl er es zu Beginn nicht verstanden hatte.

Das erste Mal hatte er einen Blick auf eine Prophetin geworfen, als sie wie eine seltsame, fast ärmliche Gestalt hinter einer Gruppe halb menschlicher, erhöhter Wilder aufgetaucht war. ›Erhöht‹ - so hatten sie die Verbindung aus Technologie und Mensch bezeichnet, wie es auch die meisten Barbaren-Gemeinschaften taten. Als ob sie sich ganz allein weiterentwickelt hätten, um die unglaublichen schlechten Leistungen der Evolution und die fehlende Bereitschaft der Menschheit, nur die Stärksten überleben zu lassen, endlich hinter sich zu lassen.

Casper kaute geistesabwesend auf seinem Essen herum, und seine Gedanken kehrten zu dem Traum zurück.

Rex' Männer feuerten brutale Energiesalven ab. Aber die kybernetischen Teile der Erhöhten Wilden fügten sich zu einer Panzerung zusammen, die sie schützte. Um jeden der Wilden tänzelte ein Schwarm winziger Drohnen herum, wie vampirartige Schmetterlinge, wehrten jeden Schaden ab und taten wahrscheinlich noch ganz andere Dinge. In ihren Anfangstagen war es selten, dass sie einen der Wilden mit einem Treffer unschädlich machten. Sie konnten eine Menge Feuerkraft einstecken.

Aber sie waren auch Sklaven, genau wie du und Rex es gewesen waren, auf einem anderen Raumschiff, ermahnte sich Casper. *Sie wussten es nur nicht.*

Die Leichte Mars-Infanterie waren die härtesten Soldaten, die in den stellaren Grenzkriegen vor der Existenz der Republik zum Einsatz gekommen waren. Sie feuerten und rückten auf die Wilden vor und gaben ihr Leben, um wertvollen Raum in den Korridoren zu erobern und so ihre Mission erfolgreich abschließen zu können. Um eine Konsole zu finden, in die sie sich reinhacken und so die Position der Wissenschaftlerin ausfindig machen konnten, nach der sie hier suchten.

Nein, nicht einfach nur eine Wissenschaftlerin.

Reina.

Die Frau, die Casper liebte, obwohl er es ihr noch nie gesagt hatte, abgesehen von diesem einen Mal... aber es war besser, wenn er das vergaß.

Er konnte sich erinnern, wie er sie geküsst hatte. Nur ein einziges Mal. Als er dachte, wenn die Galaxie so blieb, wie sie es zu diesem Zeitpunkt war, dann hätte er damit zufrieden sein können. Er hätte sein ständiges Streben nach der Wiedergutmachung eines Unrechts, dessen Ursprung er vor so langer Zeit vergessen hatte, beiseitelegen können. Solange sie an seiner Seite war, hätte die Galaxie alles andere haben können. Sie hätte um sie herum zerfallen können, wenn es so hätte sein sollen.

Diesen Weg hatte sie ihm angeboten. Das Gegenteil seiner Selbst zu sein.

In den Korridoren ging ein Soldat zu Boden, und Rex deckte Casper auf seinem Weg mit einem Blitzgewitter aus kurzen, heftigen Feuerstößen. Casper rannte, so schnell er konnte, und zerrte den verletzten Mann aus der

Angriffszone. Der Sanitäter der Truppe kümmerte sich gerade um einen anderen niedergeschossenen Soldaten.

Casper ließ im Lichtschein grüner Energieblitze aus den Sturmgewehren der Infanteristen seinen Blick über die Szene vor ihm schweifen. Die konturlosen Gesichter der Wilden wirkten fast schon verschwommen. Ihre seltsame Technologie umwirbelte sie, und die Drohnen sahen nun eher aus wie kleine Krähen als wie Schmetterlinge — ein finsterer Wirbel, der eine Erweiterung ihrer selbst war. Und auf den Wänden zu beiden Seiten der vorrückenden Streitkräfte war Wahnsinn in Worte gefasst worden. Graffiti, gezeichnet von den Händen Wahnsinniger, die hier in der interstellaren Finsternis den Verstand verloren hatten.

Das Herz des Menschen ist einer der finstersten Orte in der Galaxie.

Die Eroberung der Sterne ist nicht schön anzusehen... also schau am besten nicht zu genau hin.

Wenn wir fertig sind, werden sie verstehen, wer sie wirklich sind.

Man redet nicht mit unvernünftigen Tieren. Man diszipliniert sie. Und wenn sie nicht lernen... dann löscht man sie aus.

Der Tod hat sich in mich verwandelt.

Solche Zeilen und vieles andere stand auf den Wänden geschrieben. Wände, die einst in der Perfektion eines Kühlraums gestrahlt und den Traum eines Bühnenbildners dargestellt hatten, wie die Zukunft aussehen sollte — eine Mischung aus poliertem Chrom und wahnsinniger Wissenschaft. Einem Hightech-Laden gleich, der die neuesten, technischen Spielereien als leicht zu bewirkende Wunder an die Überreichen verkauft hatte.

Als Kind war Casper mal durch die Ruine eines Einkaufszentrums spaziert. Sein Vater hatte ihm etwas gezeigt, was er Apple Store genannt hatte. Man hatte jede Glasfläche zerschmettert, und die Tische waren schon vor langer Zeit als Brennholz verfeuert worden. Inmitten der Trümmer und dem Staub lagen zertrümmerte Smartphones, denen man die wichtigen Bauteile entnommen hatte, sodass sie ihren eigentlichen Zweck nicht mehr erfüllen konnten. Und während sein Vater Kupferkabel aus den Wänden riss, entdeckte Casper Fotos von dem Geschäft, wie es zu seinen besten Zeiten ausgesehen hatte.

Es war ein ganz anderer Ort gewesen.

Ein wunderschöner Ort.

Das Raumschiff aus dem Traum seiner Vergangenheit, die *Moirai*, hatte früher einmal genauso ausgesehen. Aber auch das Schiff war nicht mehr zu gebrauchen und war der Dunkelheit zum Opfer gefallen.

Die toten Marineinfanteristen der Barbaren, die auf dem Boden vor ihm lagen, trugen verspiegelte Masken. Keine Augen, keine erkennbaren Sensoren... nichts. Nur ein blanker Spiegel. Es lag etwas unglaublich Befremdliches darin, in diesen furchtbaren, letzten Minuten, während die *Moirai* mit maximaler Geschwindigkeit in die Todeszone abtauchte. Und den bekannten Weltraum für das Unbekannte verließ.

Casper erinnerte sich an den Gedanken, dass niemand wirklich wusste, was dort passierte. In der Todeszone. Es schien genauso wahrscheinlich, augenblicklich zerstört zu werden wie jedes andere Ergebnis, was jemals theoretisch diskutiert, aber nie ausprobiert worden war. Dass die Todeszone etwas darstellte, was jenseits des legendären Schwarzen Lochs lag. Dass sie den gigantischen Lighthugger packen und zum kleinsten nur erdenklichen Ding zerquetschen würde.

Damals begann er über diese Möglichkeit nachzudenken, nachdem er die Worte der ersten Prophetin, auf die sie getroffen waren, gehört hatte. Als sie starb, flüsterte sie noch das Wort ›Quant‹. Denn genau das bedeutete das Wort: die kleinste, nur erdenkliche Informationseinheit. So waren die Wilden damit umgegangen, was immer sie hier draußen allein angestellt hatten. Als sie Dinge getan hatten, die niemals hätten getan werden dürfen.

Casper war schon früher auf Außerirdische getroffen, grausame Monster mit zahlreichen Augen und noch mehr Tentakeln, die im Grunde Variationen von Lebensformen waren, die es auch auf der Erde gab. Spezies wie die Tennar waren für die Tintenfische das, was die Wobanki für die Katzen darstellten. Die bekannte Galaxie war zur damaligen Zeit voll wirklich furchterregender Dinge. Und es sollte für die Republik noch furchterregender werden, als sie sich in Richtung der dunklen Ränder der Galaxie ausbreitete. Jenseits des Randes schien es Sachen zu geben, bei denen niemand den Mut aufbrachte, sich ihnen zu stellen. Jenseits des Randes gab es nur Orte voller Monster und Aberglauben.

Doch hier draußen in den schattenumwobenen Bereichen der Galaxie, an Bord der *Moirai*, wo die Zeit gegen sie lief und ein unbekannter Ereignishorizont vor ihnen lag, der mit großer Wahrscheinlichkeit eine

Art Vergessen für sie alle bedeutete, weil sie zu Staub zerquetscht werden würden — hier in den dunklen Korridoren, wo der Wahnsinn in Großbuchstaben an den Wänden prangte, waren es die Prophetinnen, die so bizarr und verstörend waren, wie er es noch nie zuvor erlebt hatte. Sie missachteten alle bekannten Gesetze des Universums. Und das hatte den Verlauf seines Lebens verändert.

Casper zerrte den angeschossenen Soldaten in eine Art dunkler Nische, die für Instandhaltungsarbeiten genutzt wurde. Heftiges Energiefeuer und Geschosse zischten um ihn herum durch die Luft. Der Durchgang war rund wie ein Rohr und wirkte wie eine große Arterie innerhalb des Unterleibs eines Leviathans. Eine Arterie, die mit den wirren Worten eines Wahnsinnigen tätowiert zu sein schien, der in der Einöde des Weltalls verloren war.

Es waren nicht mehr viele Soldaten übrig. Rex war noch auf den Beinen und war von Männern umgeben, die von den gnadenlosen Geschossen der Wilden niedergemäht wurden. Irgendwie schienen diese rasend schnellen Kugeln, die von einer Waffe abgefeuert wurde, die vor ewig langer Zeit der Menschheit völlig normal erschienen war, schlimmer als das Feuer aus hochkonzentrierter Energie, mit dem sie auf den Angriff reagierten. Das feuchte Klatschen, die zersplitternde Panzerung. Die Schreie, als Muskeln und Knochen zerfetzt wurden. Das plötzliche, aufblitzende Zischen von Querschlägern, ganz nah, so persönlich. All das ließ diese Geschosse schlimmer erscheinen als von weißglühender, freigesetzter Energie durchbohrt zu werden.

Es war ein nur zu verständlicher Gedanke, über den Rückzug zur *Lexington* nachzudenken. Aber da war ja Rex. Ein Mann, den Casper seit mehreren Lebzeiten kannte. Ein Freund. Sein einziger Freund. Der auf die angreifenden Barbaren schoss, die versuchten, sie in dem verrückten Gewirr der Gänge im Außenrumpf oberhalb der Wohnkomplexe der riesigen *Moirai* zu überrennen. Rex konnte nicht vorrücken und er weigerte sich zurückzuweichen.

In dieser Pattsituation griffen die Wilden sie mit ihren Geheimwaffen an, und die Prophetinnen traten zwischen ihnen hervor. Es war das erste Mal, dass er auf sie treffen sollte, aber oft schien es ihm, als ob ihn die Erinnerungen an ihre schreckliche Macht schon immer begleitet hatten. Sie marschierte mitten ins Kampfgewühl, während um sie herum die Toten und Sterbenden auf dem Deck lagen, den gesamten Weg bis zurück zum Hangar.

Ein lauter Knall ertönte, als ob ein Blitz eingeschlagen wäre. Aber der Knall kam von außerhalb des Rumpfs. Oder zumindest fühlte es sich so an. Das seltsame violette Licht, das die Wilden im Inneren des Raumschiffs erschaffen hatten, flackerte kurz und erlosch. Und in diesem Augenblick erinnerte sich Casper daran, dass diese Beleuchtung dem üblichen sanften Weißton der überteuerten Luxusgeschäfte für die Superreichen entsprochen hatte, in einer Welt, in der die meisten Nichts hatten. Er hatte Fotos dieser Raumschiffe auf längst nicht mehr genutzten Promiwebseiten gesehen, die von den Archivaren wiederentdeckt worden waren. Vor langer Zeit, als alle noch bei Verstand gewesen waren, hatten die Dinge wirklich besser ausgesehen. Idyllisch.

Die Realität, die sich nun vor ihm abspielte, hatte etwas von einem albtraumhaften Zerrspiegel.

Irgendwie schaffte es Rex, die Wilden doch ein paar Meter zurückzudrängen. Einige der Barbaren zogen sich in seltsamen Sprüngen zurück, die kaum etwas Menschliches an sich hatten. Sie wirkten wie Schakale oder Affen, die vom Ansturm der Technologie plötzlich aufgeschreckt worden waren. Halb Mensch, halb Maschinen... sie schienen nur noch elektronisch plappernde Biester zu sein. Brutale, knurrende Wesen mit uralten, furchtbaren Schusswaffen. Es fühlte sich an, als ob man etwas betrachtete, was man selbst gewesen war und was man in den kommenden Jahrhunderten werden würde, wenn nicht alles nach Plan verlief. Es fühlte sich an, als ob man gestörte Großeltern vor sich sah, die zugleich wilde Kinder waren.

Und aufgrund meiner Zeit auf der Obsidia, dachte Casper später, als er sich diese Erlebnisse erneut in Erinnerung rief, *habe ich lange genug gelebt, um all diese wirklich gewordenen Schrecken sehen zu können in den tausend Jahren Krieg, die erst noch folgen sollten.*

Die Prophetin schritt durch die dicht gedrängten, fliehenden Wilden hindurch. Sie kam auf sie zu, als wäre sie sich der Schüsse, die Rex und die Soldaten um sie herum abfeuerten, überhaupt nicht bewusst. Sie hob eine Hand, die Linke. Knochig und blass. Fast schon blutleer. Sie wirkte wie eine normale, wenn auch fremde Frau. Wie eine Idealdarstellung, die man in einem Museum betrachtete und bewunderte. Aber sie war auf sonderbare Weise mager. Lange Phasen in der Schwerelosigkeit hatten einige Menschen in lebende Vogelscheuchen verwandet. Das lange Leben in den großen Lighthuggern hatte oft dasselbe mit den Wilden angestellt.

Rex und seine Einsatztruppe hatten keine Skrupel, sie zu erschießen. Sie verschoben ihr Ziel von den flüchtenden Barbaren, die in den finsteren, verworren Gängen hinter ihnen verschwanden, und feuerten nun auf sie. Die ersten ihrer Schüsse bewegten sich praktisch in Zeitlupe auf sie zu. Heiße grüne Energieblitze zuckten aus ihren Waffenläufen und erhellten die mit geistesgestörten Graffiti überzogenen Wände. Für Casper fühlte es sich so an, als ob sich seine innere Kamera mit stark verlangsamter Geschwindigkeit bewegte und auf Zeitlupe wechselte, um ihm die grauenhaften Bilder besser zeigen zu können, die der von ihnen anvisierte Körper gleich bieten würde.

Daran konnte sich Casper erinnern. Wie er zusah, als ihre ersten Schüsse aus hochkonzentrierter Energie in Zeitlupe auf sie zurasten. In dem Wissen, dass sie ihre schlanke Gestalt durchschlagen, brennende Löcher hinterlassen und in die dunklen Tunnel hinter ihr weiterrasen würden. Sie würden diese schmale Röhre erleuchten, in dem der Tod Hof hielt, dann in der Dunkelheit verschwinden und schließlich in einem Funkenregen auf einem uralten Gerät explodieren.

Nur taten ihre Schüsse nichts dergleichen.

Stattdessen wurde ihr Massenfeuer von ihr abgelenkt, als ob sie eine Art persönlichen Deflektorschild besäße. Was zu dem damaligen Zeitpunkt unmöglich gewesen war. Zu dieser Zeit nahmen die Deflektorschilde an Bord eines jeden Raumschiffs riesige Bereiche ein. Ein abgelenkter Schuss zuckte gen Decke direkt über ihrem Kopf und hüllte sie in einen hellen Funkenregen, der ihre Anwesenheit mit einem pyrotechnischem Tusch ankündigte. Andere Schüsse bogen einfach zur Seite ab. Die Energieblitze schienen durch etwas kontrolliert zu werden, das außerhalb ihrer eigenen Kraft lag.

Die Soldaten feuerten weiter, auch wenn es nichts zu bringen schien.

Casper kauerte über dem Körper des sterbenden Soldaten, zog seine Handwaffe und feuerte ebenfalls.

Seine Schüsse schlossen sich dem funkelnden Blitzgewitter an, das nichts erreichte, außer alles in ihrer Nähe zu zerstören.

In seiner Vorstellung erhob sie sich über sie alle, und sie war der leibhaftige Tod.

Der Tod hat sich in mich verwandelt.

Und dann hob sie eine Hand an ihre Schläfe. Die andere Hand. Die Hand, die leblos an ihrer Seite herabgehangen hatte. Ihre rechte Hand. Sie hielt sie in einer Geste, als ob sie plötzlich stechende Kopfschmerzen habe oder einem ernsten Gedankengang folgen wollte, der ihre Konzentration benötigte — ein wichtiger Gedanke, bei dem sie die Außenwelt aussperren musste, wenn auch nur für einen Augenblick.

Und dann explodierte einem der Soldaten direkt neben Rex der Schädel in seinem Kevlar-Helm.

Die Infanteristen neben Rex stellten das Feuer ein. Auch Casper, der noch auf dem Boden kniete, stellte das Feuer ein. Sein Mund stand ihm vor Verblüffung offen. Keiner von ihnen hatte jemals so etwas gesehen. Und jeder von ihnen hätte betont, dass sie auf ihren vielen Missionen und Durchquerungen der bekannten Galaxie eine Menge seltsame Dinge gesehen hatten. Oder zumindest von dem, was damals die bekannte Galaxie darstellte. Im Rückblick war das nicht wirklich viel gewesen.

Es war eindeutig, dass diese schlanke Frau ihren Verstand dazu genutzt hatte, den Kopf des Soldaten platzen zu lassen, als ob es sich um einen einzelnen, nervigen Pickel gehandelt hätte, den es zu beseitigen galt.

Aber das war natürlich Hokuspokus.

Voodoo. Aberglaube.

Das Gegenteil der Wissenschaften, die sie damals so verehrt hatten.

Was wir bis heute noch tun, sinnierte Casper. *Als ob alle wüssten, dass es das Übernatürliche gab, sich aber dagegen stemmten, dass es seinen Stiefel in den Türspalt zu ihrer Vorstellungskraft rammen konnte, aus Angst, dass anschließend etwas sehr Unangenehmes seinen Körper durch diese schmale Öffnung wuchten könnte.*

Jetzt hatten die Wissenschaften den Aberglauben praktisch ersetzt, wirkten wie eine Religion, deren schamlose Götzen vom Haus der Vernunft seinen Bedürfnissen angepasst worden waren. Aber damals dachten sie noch, sie lebten in einem neuen Zeitalter der Aufklärung, das der Hyperraumantrieb mit sich gebracht hatte. Für Hexenkünste und Gebete gab es keinen Platz

Es gab nur die Wissenschaften.

So, wie es schon immer gewesen war, hatte mal jemand zu ihm gesagt.

Aber, was sich jetzt vor seinen Augen abspielte, war *Macht*. Eine Macht, die sich absolut nicht erklären ließ, die auf unbehagliche Weise die Grenzen zur Zauberei und dem Übernatürlichen überwand. Denn wenn sie keine Hexe war... was sollte sie dann sein? Wie lautete die Erklärung für eine Person, die mit reiner Willenskraft in der Lage war, jemand anderen zu vernichten?

Ihre Hand fiel von ihrem Kopf herab. Sie atmete schwer. Es war offensichtlich, dass sie von der Anstrengung, ihre Schüsse abzulenken, sehr erschöpft war, ganz abgesehen davon, dass sie den Kopf eines Manns hatte explodieren lassen. Es herrschte eine tödliche Stille.

Rex warf sein Gewehr zu Boden und rannte auf sie zu. So hatte er es schon immer getan. Wenn andere aus dem Kampf flüchteten, rannte Rex mitten ins

Schlachtengetümmel. Er riss sich den Plattenschneider vom Rücken. Alle Infanteristen vom Mars trugen diese Kreissäge als Brechwerkzeug mit sich, an ihren Rucksäcken befestigt, und ihr Handgriff ragte über seinem rechten Schulterblatt hervor. Er zog das Werkzeug heraus, drückte auf den Startknopf und holte zu einem wütenden Schlag aus.

Die Klinge begann sich zischend zu drehen, nur einen Augenblick bevor er sie von der Schulter zur Hüfte aufschnitt. Sie schrie auf, als er die Industriekreissäge durch ihren zerbrechlichen Körper zog.

Dann brach sie in einem blutigen, durchscheinend wirkenden Haufen zusammen.

Im flackernden Halbdunkel des Wahnsinns in diesem Tunnel wirkte Rex, der über der Leiche des toten Mädchens stand, wie ein Krieger vergangener Zeiten, der gerade die Hohepriesterin des anderen Stamms mit einer Knochenaxt oder einem Stein erschlagen hatte. Wenn man die Technologie, Waffen und Panzerung für einen Augenblick vergaß. Dies war ein uraltes Bild, und er wirkte wie ein Krieger längst vergangener Zeiten. Und so würde er immer aussehen. Jetzt stand er da und blickte auf seinen besiegten Feind hinunter.

Casper schloss mit gezückter Pistole zu ihm auf. Er hielt die Waffe immer noch auf sie gerichtet, als ob sie sich plötzlich wieder zusammenfügen und über das Deck schweben könnte, um sich an ihren Seelen zu laben.

Sie murmelte etwas.

Ihr blasses, fast ätherisches Gesicht war voller Blut. Beschmiert mit ihrem eigenen Blut. Aber es war immer noch das Gesicht einer jungen Frau. Die noch lebte. Gerade so.

Casper fragte sich, ob sie damals so alt gewesen war wie er jetzt, ein Opfer der Suche der Wilden nach dem ewigen Leben. Oder war sie auf ihrem langen Flug durch den Kosmos irgendwo in dieser Dunkelheit geboren worden? Auf der Suche nach dem gelobten Land, das niemand jemals den Barbaren versprochen hatte, außer sie sich selbst.

Ihre Lippen bewegten sich. Wiederholten etwas, während ihre Kräfte nachließen und sie dem Leben und allem, was die Galaxie jemals geboten hatte, entsagte.

Casper beugte sich zu ihr hinab, um ihre Worte besser verstehen zu können. Rex tat das nicht. Er war noch nie neugierig gewesen. Für ihn waren Leben und Tod eine klare Angelegenheit. Es gab keine großen Geheimnisse. Es ging nur darum, auf den Beinen zu bleiben. Nur so kam man im Leben voran.

»Ich heiße das Quant willkommen... und es heißt mich willkommen«, flüsterte sie. Sie wiederholte es ständig, während sie die Welt verließ.

Als Casper sich wieder seiner selbst bewusst wurde, während er das längst verstorbene Mädchen diese Worte in einer Erinnerung hatte sprechen hören, saß er neben der kalt gewordenen Asche eines Feuers neben den Trümmern seines Raumschiffs. Der Himmel hatte sich rot gefärbt. Der sterbende Rote Zwerg verschwand im Westen, und die Nacht brach herein. Die Bäume wirkten wie knochige Finger, die verzweifelt nach dem verblassenden Feuerschein am Himmel tasteten. Als ob sie flehen würden. Oder etwas vom Himmel im Empfang nahmen.

TJK-133 saß ihm direkt gegenüber.

Casper blinzelte zweimal.

»Ihr seid zurück, Meister. Soll ich ein Feuer machen?«
Und dann fügte die Maschine recht unheilvoll hinzu: »Es
kommt jemand.«

KAPITEL 7

Sie konnten es schon aus weiter Ferne hören. Wie schweres Artilleriefeuer an einem heißen Tag, das quer über das Land donnerte und mit plötzlichem, ohrenbetäubendem Krachen endete. Das erste Krachen war ein dumpfes, aber nachhallendes *Rumms*, als ob etwas aus großer Höhe herabgestürzt wäre.

Casper warf dem Bot einen schnellen Blick zu. Es herrschte dunkle Nacht. Die Monde hingen als fette, aufgeblähte Scheiben über dem Dschungel.

In dem kurzen Moment vor dem nächsten Krachen fragte er sich, was auf einem so verlassenen und verlorenen Planeten ein solches Geräusch im Dschungel verursachen konnte. Und ob sich das Geräusch wiederholen würde.

Er hatte halb gehofft, dass dem nicht so wäre und ihn dies auf diesem seltsamen Planeten immer als Rätsel begleiten würde... als es geschah. Das nächste Krachen war ebenso weit entfernt. Gefolgt von einem weiteren. Und noch einem. Als ob ein vierbeiniger Riese über die Baumwipfel hinwegmarschierte, und seine riesigen, baummstammartigen Beine den Boden unter dem Blätterwerk mit einem explosiven, rhythmischen Rumms erzittern ließen.

Das Krachen kam näher. Ein brennender Holzscheit rutschte aus dem Feuer zur Seite und rollte auf den matschigen Boden ihres Lagers. Casper sprang auf, als heiße Funken in den Nachthimmel stoben.

Die langsamen, wuchtigen Explosionen hörten nicht auf und wurden mit jeder einzelnen ein wenig lauter. Groteske Vögel erhoben sich wie unerwünschte Gäste, die man auf einer Party beleidigt hatte; flogen in die Luft und entschlossen sich mit lautem Kreischen und Rufen zu gehen, ohne dass irgendjemand Protest einlegte.

Casper fühlte sich extrem verletzlich und ungeschützt. Er packte das Jagdblastergewehr und legte es sich über die Knie. Nun konnte er *spüren*, wie der Boden unter seinen Füßen erzitterte. Aber als sich die Trümmer des zerstörten Raumschiffs in seiner Nähe in Reaktion auf das gleichmäßige Erbeben des Bodens ächzend zu bewegen begannen, wurde ihm klar, dass, was immer da auf ihn zukam, groß genug war, um ein Blastergewehr ignorieren zu können, egal, wie viel Energie es verschoss.

Casper hatte das unbestimmte Gefühl, dass es auf dem Weg zu ihm war. Das musste es sein. Es schien keine andere Möglichkeit zu geben.

Das nächste Geräusch, das er zu hören bekam, war das knackende Bersten von Bäumen in der Ferne. In der stillen Leblosigkeit der hitzegeschwängerten Nacht wurden ihre alten Stämme zur Seite gedrückt.

Caspers Verstand bemühte sich verzweifelt, eine Erklärung hierfür zu finden. Irgendeine Erklärung. Er musste sich schließlich eingestehen, dass es keine passende Erklärung gab. Handelte es sich um eine Art unterirdischer Gasexplosion, die auf natürliche Weise einen neuen Riss durch das Land zog? Brach die Landschaft davor schrittweise zusammen, auf dem Weg zu ihm? War er so weit gekommen, nur um von einer Art

Dschungelkrater verschluckt zu werden, während die Trümmer seines Raumschiffs auf ihn herabregneten?

Oder handelte es sich um eine Maschine?

Oder ein Monster?

In diesen schrecklichen Momenten der Unwissenheit war alles Furchtbare möglich. Was in solchen Situationen vermutlich das Schlimmste war.

Der Boden zitterte nun, als ob er von einem kompletten Geschwader republikanischer Bomber eingedeckt würde. Das hatte er einmal aus nächster Nähe erlebt. Aus sehr gefährlicher Nähe. Aber so etwas passierte halt, wenn man überrannt wurde und einem die Optionen ausgingen. Man forderte Verstärkung an und lebte damit, dass sie auch die eigenen Leute aufs Korn nahmen.

Und das Ding, was immer es sein sollte, da draußen im finsteren Dschungel... es brüllte. Ein prähistorisch anmutendes Geräusch. Das Brüllen verwandelte sich in ein Kreischen — und dann in Geheul. Alles daran klang gigantisch.

Casper rannte zur Notfalltasche, die er am Nachmittag mit geretteten Vorräten aus dem zerstörten Raumschiff befüllt hatte.

»Komm schon!«, brüllte er den Bot an. »Schnapp dir dein Blastergewehr und folge mir.«

Was immer es war, es war *definitiv* auf dem Weg hierher. Vielleicht war es das mächtigste Raubtier auf diesem verstoßenen Planeten. Vielleicht hatte es gesehen, wie das Raumschiff vom Himmel gefallen war und kam nun vorbei, um zu sehen, ob es sich vielleicht als Futter eignete. Vielleicht war es schon vorher auf dem Weg hierher gewesen. Wer konnte das schon wissen? Casper wusste nur, dass er von der Absturzstelle wegmusste. Und das schnellstens.

Er erinnerte sich an das riesige Echsenwesen, das auf zwei Beinen durch die rote Wüstenebene gegangen war, vor der riesigen Statue, in die er fast mit seinem Raumschiff hineingerast war. Jenseits des Gebirges, draußen in der kochend heißen Einöde. Das zweibeinige Echsenwesen hatte die Größe eines mehrstöckigen Gebäudes gehabt. Vielleicht war es aus der Nähe noch größer.

»Wo genau«, setzte TJK-133 an, als sie durch den Dschungel rannten, »versteckt man sich vor etwas, das laut meiner Sensoren mindestens zwanzig Meter hoch ist, Meister? Und übrigens... es bewegt sich mit einer Durchschnittsgeschwindigkeit von vierzig Kilometern die Stunde. Ich bezweifle sehr stark, dass wir in der Lage sind, vor ihm davonzulaufen. Sie sollten sich angemessen auf Ihr Ende vorbereiten, indem Sie sicherstellen, dass Ihre Waffe vollständig geladen ist. Ich habe dies immer als tröstlich empfunden, denn so besteht für mich zumindest theoretisch die Möglichkeit, einen oder mehrere meiner Feinde im Augenblick ihres Triumphs zu töten.«

Casper beeilte sich, vom Wrack wegzukommen, indem er einem schmalen gewundenen Dschungelpfad folgte. Harte, scharfe Blätter zerrten an ihm und schnitten in seine Haut, und schleimige Ranken schienen sich wie Pythons um ihn legen zu wollen. Er schüttelte sie alle ab und dachte nur daran, dass er möglichst viel Abstand zwischen sich und das Wrack bringen musste.

Sie erreichten einen Sandstrand neben einem mondbeschienenen Fluss, dessen silbern funkelnder Lauf in der Finsternis des Dschungels verschwand. Sie sahen nun hinter sich, oberhalb der fernen Baumwipfel des übel riechenden Dschungels, wie sich vor dem einsamen, niedrig hängenden Mond ein dunkler

Umriss abzeichnete. Der Umriss bewegte sich auf das Raumschiff zu.

Er ähnelte einer Echse. Einer riesigen Echse. Der Schädel war glatt. Die schwere Stirn von Höckern überzogen. Ihre schuppige Schnauze war mit scharfen Zähnen besetzt. Sie öffnete ihr Maul und heulte, und der Dschungel um sie herum erzitterte. Bäume schwankten, und einige, die schon seit Jahrhunderten verfaulten, stürzten um.

»Runter!«, zischte Casper, als das Monstrum seinen Schädel vor dem Hintergrund des dunkelblauen Nachthimmels zur Seite drehte.

Der Bot kniete sich hin und scannte den Dschungel. »Jetzt, wo wir die ersten Einheimischen getroffen haben, muss ich meine ursprünglichen Einschätzungen, die erste Woche unseres Aufenthalts auf diesem Planeten überleben zu können, deutlich nach unten korrigieren, Meister. Haben Sie irgendwelche letzten Wünsche oder Bitten, damit ich diese an die Rettungsteams weitergeben kann, sollte ich Ihr Ableben überleben? Obwohl ich stark bezweifle, dass wir jemals gefunden werden.«

Casper hörte, wie Metall zerfetzt wurde. Impenetrastahl, um genau zu sein. Das Raumschiff, offensichtlich. Casper kannte das Geräusch. Er hatte gehört, wie ein Rumpf unter den Belastungen einer Schlacht kapitulierte. Er wusste, wie sich ein versagendes Schott anhörte. Wie Metallbalken unter dem Druck eines Gravitationsfelds nachgaben und kreischend zerbrachen. Das furchterregende Getöse eines Raumschiffs, das mit einer größeren Masse als der eigenen kollidierte.

»Es ist auf der Jagd nach dem Raumschiff, Meister«, erklärte TJK-133. »Wir scheinen doch noch die Chance darauf zu haben, auf diesem verlassenen Planeten einen noch grausameren Tod sterben zu können. Allein an einem Ort, von dem niemand weiß, dass er existiert. Wenn man überlegt, wie unsere Chancen stehen, dann stehen uns als Todesart nahezu unendliche Möglichkeiten zur Verfügung.«

Casper hörte zu, während die Kreatur das Raumschiff zerfetzte. Irgendwann wurde ein Teil des Rumpfs, ein Teil des Cockpits, über die Baumwipfel hinweggeschleudert, als ob es kein tonnenschweres Bauteil eines interstellaren Raumschiffs sei, sondern ein einfaches Spielzeug. Ein Spielzeug, dass dem launischen Kind nicht mehr gefiel, das mit ihm gespielt hatte. Das riesige Stück Impenetrastahl flog in einem hohen Bogen durch den Nachthimmel über sie hinweg. Das Mondlicht spiegelte sich auf dem Metall, während Ausrüstungsgegenstände herabregneten.

Dann krachte es auf dem Strand hinter ihnen zu Boden.

Casper überlud sein Blastergewehr, indem er alle verfügbare Energie in den nächsten Schuss legte. Ein leiser, hoher Ton, der sofort wieder verstummte, ließ ihn wissen, dass er nun feuerbereit war.

»Wirklich?«, fragte der Bot. Sein sarkastischer Unterton klang durch seine elektronische Stimme noch trockener. »Ich bezweifle sehr, dass Ihr Blaster mehr erreichen kann, als dem Biest unsere genaue Position zu verraten — und es vermutlich so sehr zu verärgern, dass es auf uns zustampfen wird, um uns unter seinen Füßen zu zerquetschen... Meister.«

Casper ignorierte ihn und wartete. Ein großer Teil seines Lebens hatte sich um den letzten Schuss, die letzte Chance, den letzten Widerstand gedreht. Warum nicht auch jetzt?

So, wie es schon immer gewesen war.

Hatte nicht alles, sein gesamtes Leben zwischen den Sternen, immer auf ein solches Ende hingedeutet?

Casper wartete ab, was das Monster als Nächstes tun würde. Und ignorierte die einzige Antwort, die nur er geben konnte. Er versuchte immer sicherzustellen, dass eine Niederlage niemals in Frage kam... bis es dann geschah.

Das laute Krachen an der Absturzstelle ließ langsam nach. Das Monster heulte auf, als ob man es seiner Belohnung beraubt hätte. Als ob es für sich auf rätselhafte Weise den Sieg über unbelebte, fabrizierte Gegenstände beanspruchen wollte. Als ob es ihnen versprechen wollte, dass sie nun auf jeden Fall festsaßen.

Als ob das nicht schon längst mehr als deutlich gewesen wäre.

Und dann... marschierte das Monster hinfort in die Nacht, in eine andere Richtung, weg vom Fluss. Weg von Casper. Seine wuchtigen Schritte ließen den Boden erzittern und sorgten dafür, dass sich der Sand unter seinen Füßen bewegte. Seine zerstörerischen Schritte waren noch einige Zeit lang zu hören, während es in die Tiefen des seltsamen Dschungels eindrang. Aber schließlich war es, was immer es sein mochte — Monster, Dämon, Raubtier, Tier, Traum... es war fort.

Sie standen da.

Es herrschte Stille.

Casper sah zum Nachthimmel hinauf. Und wartete. Spürte, wie er zu zittern begann. Diese Erfahrung hatte etwas von einer menschlichen Urangst gehabt. Eine Angst, die in seinen Verstand programmiert worden war. Vor einem Monster fliehen zu müssen, dass mehrere Stockwerke hoch war. Und daran hatte er nichts ändern können.

Es erinnerte ihn an die Tatsache, dass er trotz seiner Langlebigkeit immer noch fragil war. Es hätte ihn zertreten können, und nichts von dem, was der Pantheon auf der *Obsidia* angerichtet hatte, hätte das in Ordnung bringen können. Kugeln, Blasterfeuer, Messer — oder von einem Monster in einem Dschungel zertreten zu werden... Alles, was sein Leben beenden konnte, würde das auch tun.

In dieser Hinsicht war er genau wie jeder andere Mensch auch.

Wie seine uralten Vorfahren, die noch in Höhlen lebten, weil die Menschheit noch nicht zum mächtigsten Raubtier des Planeten aufgestiegen war. Er war sich seiner Sterblichkeit schmerzlich bewusst.

Er kontrollierte sein Blastergewehr und ließ die Energie auf ein normales Niveau zurückkehren. Dann ging er zu dem Teil des Cockpits hinüber, das auf dem Strand gelandet war.

Die Fenster blickten auf den langsam fließenden Strom hinaus. In dem Bereich unter dem Hauptcockpit, wo sich die Bordelektronikprozessoren befunden hatten, gab es genügend Raum für ihn, um dort Unterschlupf zu finden. Es erinnerte ihn an eine Höhle. Eine, in der sich auch seine Vorfahren verborgen hätten, damit sie nicht von ihren Monstern zertrampelt würden. Oder wie eine Zuflucht für Mäuse in einem alten Spukhaus.

Vor fünf Jahren war er der ranghöchste Admiral der Republik gewesen. Kommandant einer Flotte, die aus zwei Schlachtschiffen, drei Trägern, vierzehn Kreuzern und zahlreichen Zerstörern und Korvetten bestanden hatte. Die Anzahl der Besatzungsmitglieder an Bord des Schlachtschiffs allein betrug fünfzehntausend.

Jetzt...

Er betrachtete die durch Zufall aus seinem zerstörten Raumschiff entstandene Höhle. »Wir werden hier lagern... direkt neben dem Fluss«, verkündete er leise.

Der Bot bestätigte dies mit einem Klicken und nahm Haltung an. »Soll ich totes Holz sammeln und ein Feuer machen, Meister? Ich weiß, wie sehr Feuer Ihre Spezies tröstet, wenn sie sich in einer so ernsten Notlage befindet, die sich vermutlich als tödlich erweisen wird.«

KAPITEL 8

Die Nacht zog sich dahin, und in den frühen Morgenstunden schien sie einen Punkt erreicht zu haben, in dem die Zeit gar nicht mehr zu vergehen schien. Und was hatte Zeit jetzt noch für eine Bedeutung? Das Raumschiff war zerstört. Die Schiffsuhr war nicht mehr. Mit der Zeit würde sich jedes verbliebene Gerät, das die galaktische Normalzeit nachhielt, abnutzen und schließlich stehen bleiben. Oder unzuverlässig werden. Im Grunde hatte die Zeit hier jede Bedeutung verloren.

Casper saß vor dem Feuer und versuchte eine Liste zusammenzustellen, wonach er am Morgen suchen musste, während er gleichzeitig den Gedanken zu verdrängen versuchte, dass er sich vermutlich durch seine Reise zu diesem Planeten selbst umgebracht hatte. Ja, er war durchaus in der *Lage*, lange zu leben, aber das machte ihn nicht immun gegen Schmerzen, Verletzungen, Erkrankungen oder Hunger. Oder den Naturgewalten ausgesetzt zu sein.

Wahrscheinlich würde er hier draußen sterben. Und das bald. Also konzentrierte er sich auf das Wesentliche.

Nahrung.

Einen Unterschlupf.

Medikamente.

Waffen.

Sein ursprünglicher Plan hatte gelautet, zuerst einige Aufklärungsmissionen zu starten, um den Tempel von Morghul zu finden. Es hätte für ihn immer die Möglichkeit gegeben, zum Raumschiff und den Vorräten zurückzukehren. Nun gab es nichts mehr, zu dem er hätte zurückkehren können. Kein Raumschiff und die Vorräte... Tja, er befand sich mitten in einem Dschungel, und in dieser Umgebung würde alles Essbare bald verfaulen. Alles würde nur ein paar Tage lang halten, darüber hinaus konnte er sich auf nichts verlassen. Alles, worauf er sich zuvor verlassen hatte, stand nicht mehr zur Verfügung.

Er musste eine Entscheidung treffen.

Während des Absturzes hatte er keine Zeit gehabt, sich einen Überblick über die Topographie des Planeten zu verschaffen. Er konnte sich praktisch an nichts erinnern, nur einige vage Eindrücke. Sie waren zu steil in die Atmosphäre eingedrungen. Zu schnell. Zu nah am Planeten. Er war so sehr damit beschäftigt gewesen, einen unkontrollierten Absturz zu verhindern, dass er keinen einzigen der Scans hatte durchführen können, die er im Vorfeld geplant hatte. Scans, die seine Suche deutlich erleichtert hätten.

Die einzigen Orientierungspunkte, die er hatte, waren der Dschungel, das Gebirge und die Wüste. Und die rätselhafte Statue des riesigen Echsenwesens. Diese Statue war der einzige Hinweis auf irgendeine Form der Zivilisation. Nun — er würde zur Statue aufbrechen. Und danach vielleicht weiter zur Wüste? Dahinter hatte er doch ein Meer gesehen, oder? Er glaubte, sich zumindest daran erinnern zu können. Er würde—

»Meister«, setzte der Bot an.

Casper hatte ebenfalls entdeckt, wovor ihn der Bot warnen wollte, und er hob eine Hand, um ihn zum Schweigen zu bringen.

Ein kleines Wesen kam am dunklen Fluss entlang auf sie zu, direkt über den Strand. Der sichtbare Mond war auf seinem Weg hinter den fernen Bergen verschwunden, wo die einsame Statue auf ihn wartete, und ihren Blick über eine uralte Einöde schweifen ließ, in der es nur Vögel, Insekten und umherstreifende Monster gab.

Casper legte den Sicherungshebel an seinem Jagdblastergewehr um. TJK packte das schwere Blastergeschütz und tat es ihm nach. Als das Wesen schließlich im Feuerschein auftauchte, schien ihr Verhalten geradezu lächerlich. Was immer es auch sein mochte, es war kaum mehr als einen halben Meter groß.

Sein Weg über den Strand erschien willkürlich, als ob es jeden Stein, jeden Kiesel und jeden Stock untersuchte, aber sein Ziel war offensichtlich. Es kam direkt auf ihr Feuer zu.

»Soll ich es töten, Meister? Damit Sie Ihren Hunger an seinem gebratenen Fleisch stillen können? Ihr beständiger Bedarf an Nahrung macht sie diesbezüglich sehr schwach. Und ich liebe es zu töten.«

Casper schüttelte seinen Kopf.

Es hielt einen Wanderstock in der Hand. Also war es nicht einfach nur ein Tier. Es handelte sich um intelligentes Leben. Wahrscheinlich einem Stammes- oder Nomadenvolk zugehörig. Vermutlich territorial. Vielleicht wusste es, wo sich der Tempel von Morghul befand. Oder vielleicht kannte sein Stamm Lieder und Geschichten, die ihm Hinweise zu den uralten Ruinen liefern würden, nach denen er suchte.

Und dann trat das kleine, bisher undeutlich zu erkennende Wesen, dessen humanoide Gestalt von der Nacht verborgen gewesen war, in den Lichtschein ihres Lagerfeuers.

Es hatte zwei Arme, zwei Beine, und es war zottelig. Nicht in dem Sinne, wie menschliche Haare zottelig sein konnten, sondern eher wie Fußbodenbeläge zottelig sein konnten. Sein gesamter Körper war von kurzen, lockigen karmesinroten Haaren überzogen. Es hatte eine Knollennase, und seine beiden schwermütigen kohlrabenschwarzen Augen waren noch größer als die Nase. In diesen beiden Augen spiegelten sich die Flammen wirbelnd und tänzelnd.

Es setzte sich auf der anderen Seite des Feuers auf einen Baumstamm, ohne irgendein Trara oder sich vorzustellen. Dieser mühevolle Vorgang wurde von reichlichem Murren begleitet. Als ob dies absolut normal wäre. Als ob dies so zu sein hätte.

Dann sah es sie an und ergriff das Wort.

»Urmo.«

Darauf folgte ein längeres Schweigen, das nur vom einzigen anderen Geräusch begleitet wurde, dem leise knisternden Feuer. Das Wesen musterte sie und wartete auf ihre Antwort. Seine dunklen Augen wechselten zwischen dem Bot und dem Menschen hin und her.

Casper hatte schon früher Erstkontakt-Szenarien durchgestanden. Vor langer Zeit, als ein großer Teil der Galaxie noch unbekannt gewesen war, war er der erste Mensch gewesen, der auf die Tennar traf. Er versuchte, sich an das Protokoll zu erinnern, konnte aber am Ende nichts anderes bieten als das Wort zu wiederholen, das ausgesprochen worden war.

»Urmo«, sagte er.

Das kleine Wesen nickte begeistert und begann auf dem Baumstamm auf- und abzuhüpfen.

»*Urmo!*«

»Urmo!«

»URMO!«, rief es.

War ›Urmo‹ sein Name?, dachte Casper.

Ihm fiel wieder ein, dass er ein Blastergewehr auf seinen Knien liegen hatte, und legte es zur Seite. »Bist du… Urmo?«, fragte er.

»URMO! URMO! URMO!«, rief es.

Aber das stellte nicht klar, ob sich dieses kleine Ding selbst als ›Urmo‹ bezeichnete. Es schien einfach nur begeistert, dieses rätselhafte Wort ständig zu wiederholen.

Casper wandte sich an den Bot. »Sagt dir Urmo irgendetwas, 133?«

»Hmmm…« Der Bot schien nachzudenken. Er gab klickende und surrende Geräusche von sich, als er aus der Totenstille zur plötzlichen Aktivität wechselte. Er ließ seinen Blick durch die Dunkelheit schweifen, als ob er etwas spürte. »Es lässt nichts bei mir klingeln, wie man so schön sagt, Meister. Aber ich erinnere mich an eine ziemlich brutale Auseinandersetzung während der Schlacht von Sansabaad, bei der ein Hool, den ich gerade erdrosselt hatte, ein ähnliches Geräusch von sich gegeben hat. Ob es nun ein Wort, ein Fluch oder der ungeschickte Versuch irgendwelcher letzter Worte gewesen ist, als ihm der Tod vor Augen stand, weiß ich nicht. Ich vermute, er ist einfach an seinem eigenen giftigen Blut erstickt. Daher dieses Geräusch.«

Stille.

»Hilft Ihnen das, Meister?«

Casper schüttelte den Kopf.

Er musterte das kleine Wesen und versuchte es erneut. Er führte seine Hand in einer großen Geste, die den Wald, den Fluss und die Nacht umschloss.

»Urmo?«

Erneut brach das kleine Wesen in Freude aus. »URMO! URMO!«

Dies wiederholte sich im Laufe der Nacht. Egal, was Casper auch versuchte, alles wurde mit demselben Jubel und dem einen Wort begrüßt. Und jedes Mal wartete das kleine Wesen darauf, dass Casper erneut das Wort ergriff. Es musterte ihn erwartungsvoll. Es wirkte hoffnungsvoll. Und es wurde nie enttäuscht.

Jedes einzelne Mal wiederholte es: »URMO, URMO, UMRO!«

Irgendwann war Casper frustriert, stand auf und ging zu dem dunklen Fluss hinüber. Die Kühle der Nacht fühlte sich gut an, nachdem sein Gesicht zu lange dem Feuer zugewandt gewesen war, und vor allem deswegen, weil er verzweifelt versuchte, mit jemandem zu kommunizieren, der sich offensichtlich als außerirdischer Schwachkopf erwies. Er schloss die Augen und lauschte dem leise über die Steine plätschernden Gewässer. Das sanfte Gemurmel entspannte ihn. Er tauchte ganz ihn diese Stimmung ein und versuchte, nicht darüber nachzudenken...

Auf einem Planeten gestrandet zu sein, von dem niemand wusste, dass er existierte.

Dass er den Tod vor Augen hatte.

Mit welchen Problemen die Republik zu kämpfen hatte.

Er dachte ständig an die Republik. Er hatte an ihrer Gründung entscheidend mitgewirkt, obwohl niemand — oder nur sehr wenige — wirklich wusste, in welchem Ausmaß er beteiligt gewesen war. Und selbst diese wenigen waren inzwischen alle tot. In den Geschichtsbüchern stand sein Name als Cyrus Caine, der als Erster den Entwurf der Verfassungsurkunde unterschrieben hatte, aus der später die Galaktische Republik entstanden war. Damals, als diese Unterschrift noch etwas gewesen war, auf das man hatte stolz sein können. Damals, bevor die Gerichte angefangen hatten, die Verfassung auszuhöhlen und sie zu einem Spielzeug zu machen. Als sie die grundlegend in der Verfassung geregelten Rechte einschränkten und neue Rechte hinzufügten, bei denen es nur darum ging, gewissen galaktischen Minderheiten Sonderrechte einzuräumen. Die Charta war etwas wirklich Besonderes gewesen — aber das war vor langer Zeit, bevor die Fäulnis eingesetzt hatte.

Damals hatten die Leute noch große Visionen entwickelt. Als die Republik allseits beliebt gewesen war, und alle Bürgerinnen und Bürger ihr mit einem Gefühl der Vaterlandsliebe begegnet waren. Als sie noch ein Projekt gewesen war. Ein großes Experiment. Etwas Edles.

Sie hatten sogar Filme darüber gedreht.

Schauspieler hatten ihn dargestellt. Hatten Cyrus Caine gespielt. Immer wieder.

Schauspieler, die schon längst tot waren.

Und dann hatte der Revisionismus Einzug gehalten und aus dem Mann, der er eine Zeit lang gewesen war, etwas ganz anderes gemacht.

Die Melodie, die das über die Steine im Fluss plätschernde Wasser erzeugte, erinnerte ihn an all die verlorenen Dinge, für die er hier war. Die richtigen Dinge, die er zurückbringen musste, egal wie.

Und dann wurde ihm plötzlich klar, dass er Stimmen hörte, die ein Gespräch führten. Einen Austausch. Einen Wortwechsel. Etwas anderes als…

»URMO! URMO! URMO!«

Er wirbelte herum, und es schien ihm einen Augenblick lang, als ob TJK dem kleinen Weisen mit Nachdruck zunickte. Als ob zwischen dem Wesen und dem Bot ein tatsächliches Gespräch stattfände.

Als ob die beiden miteinander redeten.

Aber als er zum Feuer zurückkehrte, starrten sich die beiden einfach nur an.

»Hat er... etwas anderes gesagt?«, fragte Casper 133.

Der Bot drehte den Kopf, bis sein Blick — Casper hatte sich entschlossen, ihn nicht als Zielerfassungssystem zu verstehen — auf ihm zu ruhen kam. »Nein, Meister. Wir haben kein einziges Wort gewechselt. Wir haben bloß hier rumgesessen und uns gegenseitig angestarrt.«

Irgendwo draußen im Dschungel schrie plötzlich ein Vogel und kreischte, als ob er brutal getötet würde. Das Feuer knisterte, und nur das traurige Echo dieses Schreis hing noch in der Luft. Als ob er bis in alle Ewigkeit die nächtlichen Pfade dieses seltsamen, vergessenen Ortes beschreiten würde, der jenseits der bekannten Galaxie lag. Bis in alle Ewigkeit klagen würde, ohne dass ihn jemand zu hören bekäme.

DIE LEKTION DER ANDEREN WEGE

Der Meister hat den Schüler in die tiefste Dunkelheit geführt, an einen Ort tiefster Stille im Inneren des Tempels.

Aber der Tempel ist viele Orte, und die Aussage, dass man im Tempel ist, sagt nichts darüber, wo man sich befindet. Wir haben solche Launen hinter uns gelassen.

Aber die Aussage, dass man beim Meister ist... Nun, dies kann man mit Bestimmtheit sagen. Und es gibt nur eine einzige Aussage, die darüber hinausgeht und alle Dinge deutlich macht.

Aber dies ist natürlich die erste Lektion. Die direkt zu Beginn gelernt wird. Die vor allem Wissen kommt. Die die ganze Zeit nur darauf gewartet hat, einfach akzeptiert zu werden.

Sie ist Teil deiner Selbst, und du bist Teil von ihr.

Meditation.

Dieser Ort der tiefsten Stille, wo der Schüler sich selbst findet, ist wie eine Ebene ohne Horizont. Es ist ein grauer, nichtssagender Ort. Seine schiere Existenz ist das Nichts. Was ironisch ist. Aber der Schüler hat festgestellt, dass jedes Mal, wenn etwas Ironisches zu bemerken ist, die nächste Lektion kurz bevorsteht. Soll die Klarheit sich offenbaren, so müssen Kräfte aufeinandertreffen. Nur so kann Weisheit errungen werden.

Und daher fragt er sich, welche Lektion dieser Ort zu bieten hat.

Der Meister nähert sich ihm.

»Es werden sich dir immer Hindernisse in den Weg stellen. Auf deinem Weg... immer.« Der Meister hält inne, wie es seine Art ist. Jedes seiner Worte wiegt schwer, hat eine Bedeutung und ist in sich Schlussfolgerung. Dem Schüler muss genügend Zeit gegeben sein, um diese Wahrheiten aufzunehmen.

Dann spricht er weiter. »Keine Entscheidung ist jemals einfach. Es wird dir an Klarheit fehlen. Nicht nur, dass du die richtige und die falsche Entscheidung erkennst... beide sind immer offensichtlich... sondern all jene Möglichkeiten, für die du dich entscheiden könntest. Wähle aus diesen aus... und dann wirst du mächtig sein.«

Im Tempel hat die Zeit keine Bedeutung.

Außer sie ist Teil der Lektion.

Der Taurax taucht im Nebel des Nichts auf. Aber nicht der Taurax, wie ihn die Galaxie heutzutage kennt. Nicht das vierarmige, wahnsinnig gewordene Raubtier, das kaum mehr als ein Tier ist. Ein Spielzeug, das sich fangen und einsperren lässt, um in Gladiatorenkämpfen der Unterhaltung zu dienen. Nein. Einst, vor langer Zeit, bevor es das gab, was heute existiert und eines Tages nicht mehr sein wird, bevor dieses Ding, das sich Galaktische Republik nennt, dem sein Verstand entsagen musste, damit er es besser verstehen kann, damit er es besser zerstören kann ... vor all dem waren die Taurax die Hüter der Alten.

Niemand weiß dies, außer denen, die hier im Tempel sind.

Und dies trifft auch auf viele andere Dinge in der Galaxie zu.

Hier im Tempel gibt es nur den Meister und den Schüler.

Früher waren die Taurax eine Kriegerklasse. Die Kriege, die sie führten, waren unvorstellbar in ihrer Grausamkeit, und sie, die Taurax, galten als eine Art ultimative Waffe. Ein furchterregender Wirbelsturm, den man auf Spezies losließ, die anschließend nicht mehr existierten. Man stelle sich früher fruchtbare Welten vor, die heute trostlose, luftlose, zerstörte Mondlandschaften waren. Trümmergürtel von Gasriesen waren früher imposante Welten gewesen.

Bei ihnen handelte es sich nicht um hirnlose Monster, sondern uralte Echsen auf der Suche nach Blut und Fleisch. Die Taurax waren grausam. Denn ihr Verstand erfreute sich an der Grausamkeit. Sie waren die Herren der Waffen. Die Herren des Schmerzes. Die Herren des Leids.

Der Taurax kommt auf ihn zu, ein furchterregender Anblick.

Das Nichts erzittert, hat Angst vor dem Nahen eines Albtraums.

Das muskulöse Hinterteil des Monsters treibt den Taurax immer schneller voran.

Er hält auf den Schüler zu.

Der kann nichts anderes tun als ausweichen.

Die Finte, für die sich der Schüler entscheidet, ist irgendwie falsch. Der Taurax rennt seine Beute über den Haufen und zerquetscht mit seinem zwei Tonnen schweren Körper praktisch alle Knochen im Körper des Schülers.

Entgegen aller Logik bleibt er mitten im Sprint auf dem Körper des Schülers stehen. Er greift mit einem seiner vier langen Arme nach unten, und seine Krallen zerfetzen den Schüler, während er ihn mit seinem Gewicht im Nichts verankert.

Der Schüler kann all dies spüren. Jeden zerbrechenden Knochen. Jeden zerfetzten Muskel. Jedes zermalmte Organ. Jeden einzelnen Nervenstrang, der in Agonie aufschreit.

Und dann ist der Schüler wieder zurück im Nichts — aber vor ihm zeigt sich das andere Selbst, das gerade in Stücke gerissen worden ist. Brutal ermordet.

Erneut stürmt der Taurax auf ihn zu, ein furchterregender Anblick.

Diesmal nimmt der Schüler Kampfhaltung ein. Auch wenn seine Gestalt und seine Fähigkeiten, sich zu verteidigen, gegen eine solche beeindruckende Waffe wie den Taurax wenig auszurichten vermögen... ist es doch eine andere Entscheidung.

Eine neue Entscheidung.

Der Taurax zieht vier alte Schwerter. Jedes von ihnen ist wie die glänzenden Hackmesser eines Metzgers geformt. Als die krallenbewehrten Hände am Ende der vier muskelbepackten Arme mit außerordentlicher Geschicklichkeit die Waffen in Besetzung versetzen, verwandeln sie sich in einen Klingenwirbel.

Die rechte Hand des Schülers wird am Handgelenk abgetrennt. Der linke Arm wird am Ellbogen zerteilt. Das dritte Hackmesser wird in die Brust des Schülers gerammt, wobei es Knochen und Knorpel durchbohrt. Und mit brutaler Gewalt weitergetrieben wird, bis es die zitternden, darunter verborgenen, lebenserhaltenden Organe zermalmt.

Der Schüler hat die Zeit, jeden einzelnen, schnellen Angriff mitzuverfolgen. Jeden furchtbaren Schnitt.

Das vierte Hackmesser zuckt im Bogen durch die Luft und köpft den Schüler.

Er nimmt all dies wahr, und er spürt, wie unmöglich es ist, einem solchen Gegner standzuhalten.

Und dann sieht sich der Schüler nur wenige Meter entfernt von dem Ort beider brutaler Gemetzel stehen, im grauen Nichts. Und sieht, zu welchem Ende seine Entscheidungen geführt haben.

Und wieder kommt der Taurax auf ihn zu, ein furchterregender Anblick.

Siehe alle Möglichkeiten, die dir zur Verfügung stehen, flüstert der Meister durch den Äther des Nichts. *Entscheide dich... und dann wirst du mächtig sein.*

Erneut gewinnt der Taurax, indem er den Schüler in zwei Stücke reißt. Der Schüler hatte versucht, die Kraft seines Verstands einzusetzen und eine Energiewelle auszusenden, die schwächere Feinde zurückgeworfen hatte — aber er erkennt die Hoffnungslosigkeit seines Vorhabens noch bevor er es versucht. Und flieht.

Weil er nicht noch einmal grausam sterben möchte.

Aber genau dies passiert.

Der Taurax kommt auf ihn zu, ein furchterregender Anblick.

Der Schüler zieht eine lange, einschneidige Waffe uralten Ursprungs. In den wenigen Sekunden des Ansturms überlegt er sich, welchen Angriff er versuchen soll. Den Vorwärtsstoß. Den Überkopfhieb. Den Endhieb. Den Klingenwirbel. Den Tod der tausend Schnitte.

Sie alle bieten sich ihm als Möglichkeit an. Alle schlagen fehl.

Und der Schüler spürt all die Fehlschläge in der schrecklichen Szenerie, die ihn umgibt.

Spürt alle Tode.

Alle Schmerzen.

Alles Versagen.

Hundert verschiedene Tode werden zu zweihundert. Erst als er über tausend grausame, brutale Tode erlitten hat, lässt der Schüler sie alle hinter sich. Sein Verstand beginnt nun stattdessen alle Möglichkeiten durchzuspielen. Wenn das nicht funktioniert, dann vielleicht dies? Und wenn das nicht der Fall ist, vielleicht dann die fünf zyklischen Permutationen?

Was, wenn es noch andere Kräfte gibt?

Er versucht es mit den stärksten Waffen, die er kennt. Die N50.

Der Taurax, blutend und zerfetzt, reißt ihm immer noch den Kopf vom Leib.

Der Schüler sieht es, spürt es, und es spielt keine Rolle. Denn nur einige Schritte weiter im Nichts hat er eine Splittergranate geworfen.

Der Taurax schlägt sie zur Seite und kommt mit extremer Brutalität auf ihn zu.

Aber das ist nicht wichtig, denn der veränderte Schüler, der er nun ist, entleert das Batteriepack eines Blastergeschützes, während er Schritt um Schritt zurückweicht, und immer wieder neue Batteriepacks einführt, bis das Monster komplett durchlöchert ist. Dann lässt der Schüler die Waffe fallen, stürzt sich auf den Gegner und ruft die Kraft in ihm selbst an, um dem Monster die Kehle durchzuschneiden.

Nur reißt der Taurax eine Klinge nach oben und zerteilt den Schüler.

Und so stürzt er sich einige Schritte weiter nicht auf den Feind, sondern wirft die Splittergranate, und der Taurax schnappt sie aus der Luft und rennt so nah ihn heran, dass sie beide zerfetzt werden.

Und so weiter und so weiter.

Er setzt sogar die legendäre Handkanone seines Freundes Rex ein. Während er auf die Kreatur schießt, setzt er all die Kraft ein, die ihm sein Verstand zur Verfügung stellt, um sie zu erdrosseln, und spürt, wie ihn seine Kräfte ganz schnell verlassen. Die Reaktion des Taurax ist ein Sturmangriff, bei dem er sein Schwert dem Schüler so hart ins Herz treibt, dass die Klinge auf dem Rücken wieder herauskommt.

Und schließlich ist der Schüler nicht mehr der Schüler. Er ist das Schlachtfeld unzähliger Tode, das durch tausende Szenarien eines blutigen Zweikampfs Darstellung findet. Ein Zweikampf, der sich exponentiell wiederholt, ausbreitet, ausufert, und sich mit jeder Kleinigkeit zu einer neuen Auseinandersetzung entwickelt.

Er sieht sie alle vor sich.

Er ist sie alle.

Er reicht in das Nichts hinaus auf der Suche nach der einen, die funktioniert. Sein Verstand lässt die gesamte Brutalität, die Schmerzen zurück, die ihn umgeben, die Schmerzen, die er bei jedem Sieg des Taurax empfindet. Er lässt alles los, und er entdeckt eine mögliche Realität...

... in der der Taurax *nicht* gewinnt.

Der Taurax kommt auf ihn zu, ein furchterregender Anblick.

Der Schüler wechselt nach rechts, was das Monster dazu bringt, seinen Ansturm zu überdenken. Sich neu zu orientieren. Und mit der einen Kralle zuzuschlagen, nicht der anderen. Denn all dies ist schon einmal geschehen. Mehrfach.

Der Schüler schlägt an der Stelle mit dem alten Schwert zu, wo sich die Kralle befinden wird, und rammt die schräge, rasiermesserscharfe Spitze durch den fleischigen Teil der Kralle.

Das Monster heult auf und setzt seine drei anderen Waffen ein, um den Schüler anzugreifen... aber der Schüler ist nicht mehr dort, wo er hätte sein sollen. Denn dieser Angriff, der Angriff des Monsters, ist schon so oft erlebt worden, und der Schüler ist ihm bereits ausgewichen.

Der Monster heult wütend auf und stößt mit einem unmenschlichen Brüllen seine gesamte Luft aus. Und mit dem Werden der Macht, einem Werden, das aus tausendfach tausenden Toden entstanden ist, unterbricht der Schüler die Luftzufuhr des Monsters.

Dem Monster ist nichts wichtiger als der nächste Atemzug.

Nach nur zwei Schritten kippt es um, wird bewusstlos, und ergibt sich dem schwarzen Loch, das ihm die Sehkraft raubt.

Es ist machtlos und kann sich nicht mehr wehren, als der Schüler ihm das Genick bricht. Dieser letzte Schritt zeigt, wer genau der Sieger ist.

Der Meister schwebt am Gemetzel einer Million toter Schüler vorbei — und einem toten Taurax. Der Schüler geht in die Knie. Erschöpft. Leer. Und doch spürt er, wie neue Kraft ihn durchfließt. Als ob ihn seine Schwäche nur stärker gemacht hat.

Im Tempel sind dies die Lektionen des Meisters.

»Der Weg des Scheiterns ist nicht zu übersehen. Jenseits dieses Weges triffst du die Entscheidung. Dann wirst du mächtig sein.«

Damit endet diese Lektion.

KAPITEL 9

Der beruhigende Klang des Regens ließ Casper einschlafen. Er trommelte sanft auf die Oberfläche des zerstörten Cockpits. Er war hinauf in die Überreste des Flugdecks gekrochen und hatte dort seinen Mantel ausgebreitet, um darauf zu schlafen. Wenigstens musste er nicht auf dem Boden schlafen. Auf allen Planeten, die er jemals besucht hatte, hatte es Schlangen gegeben.

Er träumte von der verlorenen Zeit der *Moirai* und ihrer Reise in den Quanten-Palast, oder was die Sternenkarten fälschlicherweise als die Todeszone bezeichnet hatten. Diese vor langer Zeit vergangenen Stunden, vielleicht Tage, in denen die Zeit keine Bedeutung gehabt hatte. Der Ort, wo er zum ersten Mal auf die Hinweise getroffen war, die ihn nach all diesen Jahren an diesen Ort gebracht hatten.

»Ich heiße das Quant willkommen... und es heißt mich willkommen.«

Im Sterben hatte sie diese Worte geflüstert. Die Prophetin. Ein scheinbar normaler Mensch mit fast schon magischen Kräften.

Zu diesem Zeitpunkt waren die übrig gebliebenen Männer von Rex' Einsatzkommando der Leichten Mars-Infanterie aus den anderen Korridoren des Außenrumpfs zusammengekommen, um sich auf den letzten Angriff auf die Hauptwohnkomplexe der *Moirai* vorzubereiten. Während die Soldaten ihren nächsten Schritt planten, schickten sie Patrouillen zu ihrem Schutz aus, oder versuchten eine Verteidigungsstellung zu errichten, so gut es in diesen engen Korridoren möglich war.

»Was hat sie gesagt?«, hatte Rex Casper gefragt, während der Sergeant ihrer Truppe die Batteriepacks gleichmäßig unter den Männern verteilte und ihre Ausrüstungsgegenstände entweder weggeworfen oder angepasst wurden.

Das war der Moment, als du ihn das erste Mal belogen hast, dachte Casper. *Du wusstest damals noch nicht mal, warum... aber du hast es getan.*

Warum?, meldete sich die neugierige Stimme in seinem Kopf. *In diesem Augenblick... hatte das Wort ›Quant‹ keinerlei Bedeutung für dich. Also, warum hast du deinen besten Freund angelogen?*

Quant. Die kleinste, unteilbare Energieeinheit. Eine Zähleinheit.

Selbst damals — und daran erinnerte er sich jetzt, auf der anderen Seite unzähliger Jahre — hatte er gewusst, dass sie ihm ein Geheimnis verraten hatte. Ein Geheimnis von großer Macht. Immerhin hatte er gerade den Einsatz dieser Macht gesehen, die mit nichts in der bekannten Galaxie vergleichbar war. Und von diesem ersten Moment an hatte das Geheimnis seine Haut unter Strom gesetzt und summte leise, tief verborgen, in seinem Schädel. Wie schon Gollum von einst, hatte auch er es nicht teilen wollen. Er hatte verstanden, dass es ein... Schatz war. Etwas Besonderes. Etwas Wichtiges.

Etwas nur für ihn.

War das der Grund?, fragte er sich selbst und verspürte das vertraute Unbehagen, wie immer wenn er diesen Gedankengängen nachhing.

Casper lag auf dem Boden seines zweimal zerstören Raumschiffs inmitten eines finsteren Dschungels, wo furchterregende, riesige Monster die Nacht durchstreiften. Hier konnte er den anderen, ehrlicheren Teil seines Verstands Fragen stellen hören, ihn anzweifeln, und ja... *anklagen* für all die Vergehen, die er auf seinem Weg begangen hatte.

Zu seiner Verteidigung konnte er anbringen, dass er nach einer festen Sicherheitsrichtlinie gehandelt hatte. Vom Weltraumkommando der Vereinten Nationen. Selbst im Traum hatte sich dieser Name — *Weltraumkommando der Vereinten Nationen* — uralt angefühlt. Es hatte nichts mit der interstellaren Allianz zu tun, die man die Galaktische Republik nannte, die sich über alle Spiralarme der Milchstraße erstreckte.

Das *Weltraumkommando der Vereinten Nationen* war so alt wie dieser vergessene Ort, den man Rom genannt hatte. Oder die Hethiter. Oder Nimrod, der Gewaltige Jäger von Ur.

Aber damals, als der Hyperraumantrieb gerade mal hundert Jahre existiert hatte, waren die Anweisungen des Weltraumkommandos das geltende Gesetz. Und sie hatten ihm aufgetragen herauszufinden, welche Geheimnisse die Lighthugger verbargen, denen sie nachgespürt hatten. Weil sie wussten, dass diese alten Raumschiffe neue Geheimnisse enthielten. Unglaubliche Geheimnisse. Die Erde wollte sie haben. Brauchte sie. Zumindest dachten sie das.

Warum?

Aus zwei Gründen.

Grund Nummer Eins war der Hyperraumantrieb. Oder vielmehr was der Hyperraumantrieb angerichtet hatte. Denn ab dem Moment, an dem alle die Baupläne und Bauanleitungen besaßen und das dazugehörige Wissen, um Reisen bei Überlichtgeschwindigkeit zu ermöglichen, nun ja, ab diesem Moment bauten sich auf dem ganzen Planeten Leute selbst ein Raumschiff und verließen die Erde. Denn zu diesem Zeitpunkt war der Planet nur noch ein sich täglich verschlimmerndes Desaster. Die Menschheit hatte sich im Weltall verteilt und war nun durch riesige, interstellare Entfernungen zersplittert — und die Spezies als Ganzes hatte kaum noch die Gelegenheit, sich um Forschung und Entwicklung zu kümmern.

Was direkt zu Grund Nummer Zwei führte. Die Lighthugger hatten sich zu großen, wissenschaftlichen Experimenten entwickelt, vor allem in der Sozialtechnik. Und das war von Anfang an die mit ihnen verbundene Absicht gewesen. Die Eliten hatten schon immer für Utopien geschwärmt, und an Bord der Lighthugger hatten sie endlich die Möglichkeit dazu. Sie besaßen die vollständige Kontrolle über diese Umgebung und hatten praktisch unbegrenzt Zeit, an den Menschen an Bord herumzupfuschen, während sie bei Unterlichtgeschwindigkeit durch die Dunkelheit zogen. Da es keinerlei äußere Einflüsse gab, konnten sie ihre gesamte Energie auf sozialtechnische Experimente konzentrieren. Auf Gentechnik.

Nun konnten sie experimentieren.

Und das taten sie auch.

Was die sich schnell und über riesige Strecken verteilende Menschheit nicht leisten konnte oder wofür sie nicht die Zeit hatte — denn die meisten Menschen hatten es einfach zu eilig, mit ihrem neuen, fantastischen Hyperraumantrieb durch die Gegend zu flitzen —, in diese Aufgabe investierten die langsam dahinkriechenden

Eliten im Übermaß. Ihre Zivilisationsblasen, die sich bei Unterlichtgeschwindigkeit voranquälten, widmeten sich nur einer einzigen Sache: Forschung und Entwicklung.

Auf einem der Lighthugger hatte man versucht, die Kräfte des menschlichen Verstands weiterzuentwickeln, indem man in völliger Dunkelheit lebte und lange Phasen ohne Schlaf zubrachte. Als das Weltraumkommando schließlich das Raumschiff entdeckte und durch den Rumpf brach, stellten sie fest, dass sich die Menschen im Inneren als Dämonen bezeichneten. Sie behaupteten, dass die Menschen, die früher ihre Körper bewohnt hatten, alle fort waren. Sie sagten, dass sie, die Dämonen, von außerhalb gekommen waren, aus der Dunkelheit. Ihre Psychen waren zerbrochen. Sie waren völlig wahnsinnig.

Oder war das bloß, was wir glauben wollten?, fragte sich Casper.

Auf einem anderen Raumschiff hatte man versucht, eine umfassende Wohlfahrtsgesellschaft zu errichten, was nach kürzester Zeit in Stammeskriege übergangen war. Der daraus entstandene Bürgerkrieg endete darin, dass sie ihre eigenen Lebenserhaltungssysteme zerstörten. Einer ihrer Anführer gründete einen Todeskult und lud die Überlebenden in eine ›Cloud‹ hoch, die er Walhalla genannt hatte. Selbst die größten technologischen Fortschritte der Republik hatten es niemals möglich gemacht, eine menschliche Persönlichkeit vollständig zu digitalisieren. Also hatte er sie in Wirklichkeit einfach umgebracht und ihre Leichen als Nahrung missbraucht. Das Weltraumkommando hatte das Raumschiff entdeckt, etwa fünf Jahre nachdem ihnen die ›Nahrung‹ ausgegangen war.

Aber obwohl viele der Lighthugger den Blick auf real gewordene Albträume voller Wahnsinniger freigaben

— die außerdem oft bis an die Zähne bewaffnet waren, mit schrecklichen, neuen Waffen, die auf den früher führenden Waffensystemen basierten —, so enthielten sie auch wertvolle Forschungsarbeiten zur Langlebigkeit, Energiegewinnung, zu Kommunikationsgeräten und überhaupt jeder Form von Technologie. Das war der wahre Grund, warum die Vereinten Nationen diese alten Lighthugger geknackt und geplündert haben wollten. Denn manchmal glich die in ihnen enthaltende Technik einem Wunder.

Das war das Problem mit dem Hyperraum. Alle waren zu sehr damit beschäftigt, die Grenzen der bekannten Galaxie auszuweiten, nur um sich selbst eine Scheibe von ihr abzuschneiden. Niemand drehte irgendwo Däumchen und *entwickelte* tatsächlich die Dinge, für die die Mikro-Zivilisationen der Lighthugger alle Zeit der Welt gehabt hatten. Nachdem ein so großer Teil der Erdbevölkerung den Planeten fluchtartig verlassen und sich in der gesamten Galaxie verteilt hatte, war die menschliche Gesellschaft zersplittert, und es dauerte sehr lange, bis man es schaffte, sich wieder, zumindest ansatzweise, zu vernetzen. Das Problem war nicht nur, dass sich kaum jemand um die notwendige Forschung kümmerte, sondern dass auch eine Menge Leute in einem sehr gefährlichen Universum getötet wurden.

Auch bedeutete die Tatsache, dass man in den Hyperraum springen konnte, nicht, dass man auch wusste, wo man landen würde. Um ehrlich zu sein: Es war im Grunde ein Wunder, dass nicht alle, die den Hyperraumantrieb benutzten, sofort starben, wenn man nach heutigen Navigationsstandards ging. Es gab einen Punkt, an dem sich die menschliche Bevölkerung auf ihrer Flucht von der Erde so weit in der Galaxie verteilt hatte und die Mitglieder ihrer Spezies so schnell starben, dass es statistisch betrachtet möglich schien, dass ihre Überlebenschancen innerhalb von fünf Jahren gen Null tendieren würden.

Daher kannte das Weltraumkommando der Vereinten Nationen nur zwei oberste Direktiven. Die eine war allgemein bekannt, die andere ein großes Geheimnis. Die allgemein bekannte Direktive lautete, dass die Menschheit in der einen oder anderen Form miteinander verbunden bleiben sollte, indem sie sich eine Exekutive gab. Damit die hundert neuen, politischen Experimente, die auf Dutzenden Welten verteilt aus dem Boden geschossen waren, durch die Vorstellung gemeinsamer, menschlicher Werte zusammengehalten werden konnten. Und das galt auch dann, als außerirdische Spezies und ihre Regierungen Anteil an dieser Entwicklung nahmen, und sich selbst in das Netzwerk der durch den Hyperraumantrieb miteinander verbundenen Welten einbrachten.

Und so entstand die Navy des Weltraumkommandos der Vereinten Nationen.

Deswegen gab es die *Lexington*.

Direktive Nummer Zwei, die geheime Direktive, lautete, alle Technologien und Forschungsarbeiten aus den Lighthuggern sicherzustellen, in denen die Eliten geflohen waren. Der Hauptgrund für die Geheimhaltung war natürlich, dass, wenn die Vereinten Nationen diese neuen Technologien in ihren Besitz und die Kontrolle darüber bewahren konnten — egal, ob sie nun entdeckt, entwickelt oder gestohlen worden waren —, dann hätte sie ein überzeugendes Argument, die zersplitterten Gruppierungen wieder an den Tisch galaktischen

Zusammenhalts zu bringen. Und das würde der Menschheit eine Überlebenschance geben.

Und so kam es, dass die sterbende Prophetin genau das flüsterte ... das Geheimnis.

Du wusstest es von Anfang an, warf sich Casper selbst vor. *Du hast es als etwas Wertvolles erkannt. Aber die eigentliche Frage lautete doch... wusstest du, wie wertvoll es sein würde?*

»Ich heiße das Quant willkommen... und es heißt mich willkommen.«.

Und so hast du zu einem Mann aufgesehen, den du seit deiner Versklavung an Bord der Obsidia nur als deinen Freund gekannt hattest,... und du hast ihn angelogen. Stimmt das in etwa?

»Nichts. Nur Gebrabbel. Sie ist verrückt«, sagte Casper zu Rex, während sich die Soldaten um sie herum darauf vorbereiteten, tiefer in die *Moirai* vorzurücken.

Ich hatte schon eine gewisse Vorstellung, gestand sich Casper im Traum ein. In seiner Beobachtung des Traums. *Um ehrlich zu sein, ja, ich wusste damals schon, dass es etwas Wichtiges sein musste. Ich konnte es... spüren.*

Dessen war er schuldig. Und er war vieler, noch schlimmerer Verbrechen schuldig.

»War«, sagte Rex. »Sie *war* verrückt. Jetzt ist sie tot.« Er versah sein Blastergewehr mit einem neuen Batteriepack. »Wir rücken vor. Die inneren Wohnkomplexe sollten nur noch ein paar Decks entfernt sein. Du musst nicht mit uns mitkommen, Casper. Du kannst zur *Lexington* zurückkehren. Wenn wir nicht in zwei Stunden zurück sind oder du nichts von uns hörst, hebt ihr ab und verschwindet. Und schießt einen kompletten Fächer Antiraumschiffsraketen auf sie ab.«

»Ich glaube, wir sind hier bis zum bitteren Ende dabei. Wir werden sie retten«, lautete Caspers Antwort, und er musste nicht erklären, wer ›sie‹ war. Sie wussten es beide.

Also habt ihr den geschundenen Leichnam zurückgelassen, flüsterte die Stimme, während sich Casper durch den Traum über längst geschehene Ereignisse bewegte. Den Leichnam der Prophetin, obwohl in diesem Augenblick niemand in seiner kleinen Truppe, niemand, der an Bord dieses verlorenen Raumschiffs, dieses tragischen, umherstreifenden Albtraums eines Geisterschiffes gegangen war, niemand wusste, dass diejenigen, die diese Zaubertricks beherrschten, Prophetinnen genannt wurden. Sie waren die Botschafterinnen von etwas Bedeutsamerem. Etwas Mächtigem. Etwas, was sich nur dort in der ewigen Nacht hatte finden lassen.

Casper rückte mit Rex und dem, was von ihrer Truppe übrig war, weiter vor. Die Leichte Infanterie teilte sich in Teams auf, kontrollierte jede Abzweigung, jeden aufgegebenen Raum, und arbeitete sich tiefer in das Raumschiff vor.

Die Uhr war nun bedeutungslos. Die Chronometer der Soldaten funktionierten hier in der Todeszone nicht.

Weißt du, egal, was du in deinem Leben alles warst, zu Beginn warst du ein Astronaut, erzählte sich Casper in seinem eigenen Traum. *Ein Segler zwischen den Sternen. Und du wusstest schon, dass die* Moirai *und die an ihr angedockte* Lexington *bereits die Todeszone erreicht hatten. Eine Art stellare Rossbreiten, aus denen kein anderes Raumschiff je wieder zurückgekehrt war.*

Ein Ort der Albträume.

Ein Ort verschollener Raumschiffe.

Und der verlorenen Seelen.

Als Casper aufwachte, erinnerte er sich an alles, was in der vorherigen Nacht geschehen war. Ein Schatten huschte durch das fahle Morgenlicht, das durch das rissige Cockpitfenster hereinfiel und vom dichtem Dschungel gefiltert wurde, der den Strand und den Fluss umgab. In diesem Schatten lag der Wunsch, sich wieder hinzulegen und aufzugeben.

Weil...

Fassen wir das mal zusammen, dachte Casper schweigend.

Der Absturz.

Das Monster, das zerstört hatte, was er versucht hatte, zum Überleben des Absturzes zusammenzukratzen.

Und die Aufgabe selbst.

Die Queste, den Tempel von Morghul zu finden. Den Tempel, zu dem die Prophetinnen ihm den Weg gezeigt hatten.

Nannte man sie wirklich Prophetinnen? Oder nennst nur du sie so, du ganz allein?

Warum? Warum bist du den ganzen Weg hier hergereist, nur um allein auf einem Planeten zu sterben, der sich außerhalb der liebevollen Umarmung der Galaxie bewegte?

Um die Republik vor sich selbst zu retten.

Um die Galaxie vor sich selbst zu retten.

Das Blastergewehr hatte er zum Schlafen neben sich gelegt. Zu diesem Zeitpunkt in seiner Expedition besaß er nur noch einen funktionierenden Ausrüstungsgegenstand. Auf nichts anderes konnte er sich verlassen. Nichts anderes war sicher. Das Gewehr und der Mantel, auf dem er lag, waren das Einzige, was er noch wirklich sein Eigen nennen konnte.

Warum verlässt du dich nicht auf den Bot?, fragte ihn die andere Stimme.

Er machte sich nicht die Mühe, sich selbst zu antworten, denn er hatte so viel gedacht, dass seine Gedanken wildem Geplapper zu ähneln schienen. Und das erschien ihm so früh am Morgen zu verrückt. Er würde sich das mit den Selbstgesprächen für die Nacht aufheben, wenn er Zweifel an seiner Queste hatte und beruhigende Worte brauchte.

»Entweder stehe ich auf«, flüsterte er müde in Richtung des geborstenen Glases über dem Cockpit, »oder ich werde mich nie von dieser Stelle wegbewegen.«

Er kletterte die Leiter hinunter, die vom Flugdeck zum Strand führte.

Der Bot hatte geborgene Trümmer auf den Sand gezogen, und das kleine rothaarige Wesen durchwühlte sie gerade. Es nahm die verbogenen Teilstücke von früher nützlichen Dingen zur Hand und prügelte auf sie ein, bis sie noch nutzloser wurden.

»Urmo. Urmo. Urmo.«

Gib jetzt auf, flüsterte die andere Stimme im Anblick all dessen, was getan werden musste. *Gib jetzt auf… solange du noch kannst.*

Noch nicht, antwortete er.

Er machte sich auf den Weg herauszufinden, was er aus dem Dschungel noch retten konnte und aus dem Wrack, wo immer sich das Ding auch befinden mochte.

KAPITEL 10

Es gab nicht viel zu finden. Das Raumschiff war zertrampelt und quer durch den Dschungel geschleudert worden. Viele Bruchstücke lagen im Fluss, im Matsch oder waren im Sumpf verschwunden. Aber er hatte noch seine Notfalltasche. Sein Gewehr. Einen Handblaster. Seinen Mantel. Und etwas zu essen.

Der Stimme der Resignation versuchte sich noch einmal an ihm. Die Hoffnungslosigkeit seiner Situation schlug wie tosende Wellen über ihm zusammen, während er mit müdem Blick die mutwillige Zerstörung des Raumschiffs in Augenschein nahm.

Welchen Sinn hatte das gehabt? Es war fast so, als ob das riesige Ding...

Nenne es nicht Monster, ermahnte er sich.

... ihm absichtlich gefolgt wäre, sich auf die Suche nach seiner Absturzstelle gemacht hatte von seinem verlorenen Ort irgendwo im Dschungel aus, nur um alles zu zerschlagen. Um seine Überlebenschancen zu verringern. Um seine Erfolgschancen zu verringern.

Als ob es *entsandt* worden wäre.

Oder beschworen?

Als ob dieser sinnlose Akt der Zerstörung eine persönliche Angelegenheit wäre.

Er schob diese Gedanken zur Seite, denn diesen Angriff zu etwas Persönlichem zu machen, ihn irgendeiner finsteren, dunklen Macht zuzuschreiben, nachdem er die gesamte Galaxie nach den Hinweisen durchsucht hatte, die ihn erst an diesen Ort gebracht hatten, zu denken, dass man ihm jetzt Monster entgegenwarf, damit er nicht finden konnte, weshalb er überhaupt hier war... das war einfach zu viel.

Er wandte sich ab und kehrte zu seinem neuen Lager am Fluss zurück.

Er würde vor Monstern fliehen.

Er würde sich den Problemen stellen.

Er würde sich vorwärts kämpfen und diese epische Heldenreise abschließen, die vor so langer Zeit im Quanten-Palast an Bord der *Moirai* ihren Anfang genommen hatte. Er würde den Tempel finden, auf den die Prophetin hingewiesen hatte, auch wenn ihr nicht klar gewesen war, dass sie genau das getan hatte.

Auf dem Rückweg roch er Rauch. Und als er die Lichtung erreichte, sah er das kleine Wesen am Feuer sitzen. Zwei riesige, albtraumhafte Fische mit flachen Mündern und riesigen Fangzähnen brieten aufgespießt im trägen Qualm über dem Feuer.

Also gab es zumindest Nahrung. Selbst wenn sie aus Monstern bestand, die im Fluss lebten. Offensichtlich.

Und sie hatten Wasser.

Bleibe und verbringe hier den Rest deiner Tage. Wasser und Nahrung. Ein Lager. Schlafe in den Trümmern deines Raumschiffs. Daraus lässt sich ein Leben machen.

Und... überlass die Galaxie sich selbst.

Hast du je darüber gedacht, meldete sich der andere Teil seines Verstands erneut, dass die Galaxie gar nicht darum *gebeten* hat, vor sich selbst gerettet zu werden? Dass das nie passiert ist? Und dass sie mit größter Wahrscheinlichkeit einen Weg finden würde, auch weiterhin zu existieren — ohne dich?

Das kleine rothaarige Wesen murmelte immer wieder ›Urmo‹, während es sich um das Feuer kümmerte und mit seinen kleinen, fast zierlichen Pfoten ständig kontrollierte, wie zart der Fisch war. Als Fett herabtropfte, schoss eine Flamme hinauf und verbrannte die Haare am Arm des kleinen Wesens. Es riss seine verbrannte Pfote zurück und drohte dem Feuer auf geradezu ulkiger Weise mit erhobener Faust.

Und warum war dieser Traum von dem, was vor so langer Zeit geschehen war, das fragte sich Casper, immer noch in seinem Kopf und verlief als geradlinige Unterhaltung, die er sich ansehen sollte? Er kannte das Ende. Er kannte die Tragödie, die Verluste, den Schrecken... und ja, die *Hoffnung* aufgrund der Spur, die ihn hier hergeführt hatte. Aber warum es erneut durchleben? Warum lief dies alles mit einer Geschwindigkeit ab, die er nicht kontrollieren konnte? Als ob seine Erinnerungen von jemand anderem betrachtet würden. Als ob er ihnen damit etwas lieferte.

Unterhaltung?

Bestätigung?

Ein Geständnis?

Sie waren alle auf der *Moirai* gestorben.

Alle... fast alle.

Oder handelte es sich um eine Art Prüfung? Wenn er den Test bestand, würde man ihm dann erlauben weiterzugehen?

Was er auf der *Moirai* entdeckt hatte, war... etwas, das wundervoll sein könnte. Etwas, das in den richtigen Händen die Galaxie vor sich selbst retten könnte. Was niemand außer ihm wusste. Niemand hatte die Hinweise erkannt, war ihrer Spur gefolgt und hatte sprichwörtlich die Einbahnstraße des Sprungs ins universelle Nichts gewagt.

Waren das nicht die Gedankengänge eines Wahnsinnigen?, fragte die andere Stimme. *Dass sie die Einzigen sind, die Dinge erkennen, die nicht erkannt werden können. Dass sie diejenigen sind, die alle voreinander retten können. Dass sie über besondere Kräfte verfügen.*

Wer schaut sich diesen Traum meiner gesamten Erinnerungen an? Wer beurteilt mich?

Das kleine Wesen — er hatte sich entschieden, die kleine Kreatur ›Urmo‹ zu nennen — schien der Ansicht zu sein, dass seine Mahlzeit fertig gebraten war. Urmo schnappte einen der Fische vom Feuer, pustete, sang mit geschlossenen Augen immer wieder ›Urmo‹ mit einer Art glückseliger Zufriedenheit und stürzte sich dann mit winzigen Fangzähnen und großem Genuss auf sein Essen. Lautes Schnauben ertönte. Der Genuss des Wesens, als es den Fisch verspeiste, verwandelte es von einem süßen, fast schon puppenhaften Wesen in ein Monster.

Es hielt inne und sah misstrauisch zu Casper auf.

Casper streckte eine Hand nach dem anderen albtraumhaften, aufgespießten Fisch mit seinen langen Fangzähnen aus. Urmo musterte ihn und wartete. Würde es ihn plötzlich angreifen, weil sein territoriales Verhalten ihn dazu zwang, sein Essen zu verteidigen, oder würde es mit ihm teilen, weil es eine Form der Intelligenz besaß? Diesen schmalen Grat konnte man nicht erkennen, nicht vorausahnen, bis man ihn überschritten hatte. Bis der Grat überschritten war, und ihn dort gefletschte Zähne erwarteten. Oder auch nicht.

Casper nahm sich den Fisch. Urmo sah einfach zu. Das kleine Wesen würde ihn also nicht umbringen.

Der Fisch möglicherweise schon.

Er nahm einen Bissen. Der recht fade schmeckte, aber der Fisch war essbar. Damit konnte er sich ernähren. Und es hatte ihn nicht umgebracht — noch nicht.

Er spazierte ans Ufer des träge dahinfließenden Flusses, trank kühles Wasser und lauschte der Stille, die im Dschungel um sie herum herrschte.

Er beschloss, die Entscheidung über den nächsten Schritt bis zum nächsten Morgen aufzuschieben. Die Hoffnungslosigkeit, die ihn immer wieder befiel, machte ihn unfähig, irgendeine strategische Entscheidung zu treffen. Er kam zu dem Schluss, dass er sich am Morgen besser fühlen könnte — und sich damit in einem besseren Gemütszustand befinden würde, um sich den nächsten Schritt zu überlegen.

In dieser Nacht, nachdem er beim Feuer gesessen und nichts anderem als der Stille im Wald und dem gelegentlichen ›Urmo‹ gelauscht hatte, tastete er im Medikamentenfach seiner Notfalltasche herum und entdeckte einige Beruhigungsmittel. Er wusste, dass sie seine Träume reduzieren würden. Vielleicht brauchte er einfach nur eine ordentliche Mütze Schlaf. Er warf zwei Tabletten ein und wickelte sich in einem der überschüssigen Mumienschlafsäcke ein, die er im Frachtraum gefunden hatte. Er hatte ihn in einem Baum wiederentdeckt, eine lange Strecke vom Wrack entfernt.

Und bevor es ihm klar wurde, war er bei dem Versuch über nichts nachzudenken, wieder dort gelandet: beim Außenrumpf der *Moirai*, bei den Infanteristen vom Mars, die alle sterben würden, in diesen schattenumwobenen, albtraumhaften Korridoren, und bei seinem alten Freund Rex.

KAPITEL 11

»Irgendetwas stimmt hier nicht«, sagte Private LeRoy, der nicht überleben würde. *Ja, so lautete der Name des Soldaten*, dachte sich Casper in dem Traum. *LeRoy*. Der die *Moirai* nicht überleben würde.

Casper rückte gemeinsam mit der Leichten Mars-Infanterie durch die dunklen Korridore des Außenrumpfs vor. Die Marineinfanteristen nutzten das taktische Licht, das an den Läufen ihrer KS' angebracht war, und durchleuchteten die finsteren Gänge des baufälligen Raumschiffs.

»Diese alten Kolonieschiffe haben etwas an sich, das ganz und gar nicht stimmt...«, sagte der Soldat.

»Halt die Klappe, LeRoy«, zischte Sergeant Trask. »Das Erste, was du an den Wilden verstehen musst, Junge, ist, dass bei denen gar nichts stimmt.«

Casper war direkt hinter Sergeant Trask. Sie verfügten neben Rex, dem Sergeant und Caspar noch über zwei Gruppen der Leichten Mars-Infanterie. Sie gingen mit dreiundzwanzig Mann hinunter in das riesige Raumschiff. Nur zwei von ihnen kehrten zurück. Casper zählte sich selbst nicht dazu. Und die andere Person auch nicht.

»Captain«, ertönte Trasks Stimme über den Kanal. Er hatte auf die Frequenz gewechselt, die für die Kommandoebene reserviert war.

Erst eine Sekunde später begriff Casper, dass der Sergeant ihn angesprochen hatte. Genau genommen hatte Rex den Rang eines Majors der Leichten Mars-Infanterie. Er, Casper, war der Captain der *Lexington*.

War.

Er war der Captain.

Er *ist* der Captain. Im Traum war er noch der Captain der Angriffsfregatte *Lexington*.

»Ja, Sergeant«, lautete daher Caspers Antwort.

»Sind wir schon in der Todeszone?«, fragte der Unteroffizier.

Casper warf einen Blick auf seine Uhr — eine alte Omega Seamaster von der Erde. Ein Geschenk seines Vaters, als er seinen Abschluss an der NASA-Akademie gemacht hatte.

»Seit etwa zehn Minuten, Sergeant«, antwortete Casper, der wusste, dass die Chronometer bald nicht mehr ordentlich funktionieren würden.

»Also... wir sind noch nicht tot, oder?«

»Fühlt sich nicht so an.«

Vor ihnen, hinter einer verlassenen Kreuzung, an der zerstörte Rohrleitungen wie die Haarsträhnen einer Hexe von der Decke herabhingen, befand sich die riesige Haupttür, die nach den alten Plänen, die sie aus den Archiven heruntergeladen hatten, in den Hauptwohnkomplex führte.

»Von hier kommt keiner zurück, oder?«, fragte der Unteroffizier. Sie redeten immer noch über den privaten Kanal. Und er wollte immer noch irgendetwas über die Todeszone herausfinden, etwas, was nicht den Geistergeschichten entsprach, die sie alle kannten. Als ob Casper ihnen bisher irgendetwas vorenthalten hätte. Etwas, das ihnen möglicherweise das Leben retten könnte, allen Gegenbeweisen zum Trotz.

Rex, der sich an der Spitze der Männer befand, bedeutete ihnen, die Kreuzung zu sichern. Nach dem ersten Waffengang hatten sich die Barbaren tiefer ins Raumschiff zurückgezogen, aber manchmal konnten sie alle das Gegacker der Wahnsinnigen in der Dunkelheit hören, oder plötzliches, schrilles Gelächter, das aus langen, gewundenen Quergängen ertönte und schließlich in den fernen Schatten verstummte.

»Nein. Aber wir schaffen es hier raus, Sergeant«, antwortete Casper, während er zusah, wie sich Rex' Killer an die Arbeit machten.

Sie bezogen um die große Luke Position, die in die inneren Wohnkomplexe führte, und erwarteten ein hartes Feuergefecht. Bereit, jemandem auf der anderen Seite dieses jahrhundertealten Türschlosses die größte Überraschung seines sehr langen Lebens hier draußen in der Dunkelheit zu verpassen.

»Das können Sie nicht versprechen, Sir«, flüsterte Trask über den Kanal. Dann unterbrach er ihre Verbindung und eilte nach vorne, um seine Männer vor dem Angriff korrekt zu positionieren.

Rex gab Casper das Zeichen, mit der Feuerunterstützung und ihrem Blastergeschütz zurückzubleiben. Die bedrohlich wirkende Waffe war direkt auf die Tür gerichtet. Jeder, der auf der anderen Seite stand, würde vom konzentrierten Schnellfeuer zerfetzt werden. Das Geschütz fuhr schnell hoch, und es ließ nicht mehr viel übrig, nachdem es seine Tötungsarbeit erledigt hatte.

Dieser Ort erinnert mich viel zu sehr an die Obsidia, dachte er in den Sekunden vor dem Angriff. Viele der Lighthugger waren von demselben Unternehmen gebaut worden, und die Ähnlichkeiten waren deutlich zu erkennen. Aber er verdrängte die fünfzehn Jahre, die er als stumpfsinniger Sklave auf einem dieser Raumschiffe verbracht hatte. Verdrängte das Grauen, das sein Verstand gelernt hatte zu vergessen, damit er weiterleben konnte.

Einer der Hauptgründe, warum er in der Navy geblieben war, war die Möglichkeit, jedes Raumschiff der Wilden in Staub zu verwandeln, ohne jemals wieder eins betreten zu müssen. Aber dann hatte er herausfinden müssen, dass die Vereinten Nationen keines dieser Raumschiffe zerstören wollten. Sie wollten sie untersucht, durchsucht und geplündert haben.

Das war, was sie wirklich wollten.

Erbeutete Technologien.

Die real gewordenen Träume der Wahnsinnigen, damit sie von anderen genutzt werden konnten.

So, wie es schon immer gewesen war.

KAPITEL 12

Jenseits der zentralen Schleuse zum Hauptwohnkomplex des alten Raumschiffs lag nichts außer einer riesigen, finsteren Leere. Casper konnte spüren, dass dies die Soldaten verunsicherte. Sie alle waren Killer. Sie alle hatten nicht nur an Schlachten im Mars-Krieg teilgenommen, sondern auch Einsätze auf einem Dutzend verschiedener Planeten und auf unzähligen Raumschiffen hinter sich. Sie hatten sich weit genug im Kosmos herumgetrieben, damals, in den ersten Tagen des Hyperraumantriebs, dass sie ziemlich seltsames Zeug gesehen hatten. Aber dieses gruslige, alte Raumschiff war etwas anderes. Alles daran schrie geradezu ›Geisterschiff‹.

Die legendären Raumschiffe der Rama-Klasse waren vierzig Kilometer breit. Im inneren Wohnkomplex sollte sich vor ihnen eine lebende, atmende Welt erstrecken, mit eigener Schwerkraft, eigenem Himmel und Wolken. Im Inneren des Zylinders sollten sich überall Städte befinden, über ihnen, unter ihnen und zu beiden Seiten. Eine Welt, die auf den Kopf gestellt war. Aber statt irgendeines dieser Dinge vor sich zu haben, sahen die Soldaten und Casper nichts als Dunkelheit.

»Wir haben Luft«, murmelte Sergeant Trask über den Kanal.

Casper wusste, dass sich Rex jede nur verfügbare Information anschauen würde, bevor er über den nächsten Schritt entschied. So hatte er es schon immer getan. In den meisten Fällen traf er die Entscheidung langsam, aber wenn es die Situation verlangte, dann gab es keinen schnelleren Mann als ihn. Er hatte genügend Tote hinterlassen, um das jedem deutlich zu machen, der sich die Mühe machte, einen Blick in die öffentlichen Archive zu werfen.

»Patrouillenformation. Zugeteilte Abschnitte überwachen. Erste Gruppe, Abmarsch. Sergeant Trask, Sie nehmen die Zweite. Abstand einhalten«, befahl Rex.

Die vordersten Infanteristen bewegten sich ohne zu zögern auf die Laderampe zu, die zur Oberfläche hinaufführte, dem Boden sozusagen, dieser aus Menschenhand entstandenen Welt, die ihren Blick auf sich selbst gerichtet hielt. Als sie den Rand erreichten und bemerkten, dass weit vor ihnen im Zylinder eine spärliche Beleuchtung existierte, die den Raum in eine Art andauerndes Zwielicht tauchte, kniete sich Casper hin und betastete den Boden.

Es war Erde. Echte Erde.

Genau wie auf der *Obsidia.*

Sie standen auf einer riesigen, sich vor ihnen ausbreitenden Ebene, die sich nach oben zu einem Himmel bog, bis sich der Kreis über ihnen schloss und dort die geisterhaften Umrisse zerstörter Städte zu erkennen waren. Das fahle Licht, das ihnen aus der Ferne entgegenleuchtete, ließ die Gebäude, die zwischen ihnen und der Lichtquelle standen, wie die Grabsteine eines Friedhofs bei Nacht wirken. Oder wie Vogelscheuchen in einem aufgegebenen Feld im Spätwinter.

»Vor uns ist eine Stadt, zwei Kilometer entfernt, in Richtung... äh... Himmelsrichtungen funktionieren hier nicht, Sir. Mein Head-up-Display gibt gleich seinen Geist auf. Sagen wir einfach 28 Grad auf dem Kompass.«

Das sagte zu diesem Zeitpunkt einer der Infanteristen. Corporal Davis. Die Infanteristen vom Mars trugen Kampfhelme, die wie eine moderne Fassung der alten spartanischen Helme wirkten. Auf ihren internen Head-up-Displays wurden die taktischen Informationen und jede Kommunikation in Echtzeit dargestellt. Casper trug einen dünnen, virtuellen Bildschirm vor seiner Hornhaut, der ihm einen ähnlichen Head-up-Display-Zugang ermöglichte. Die Terranische Navy stattete ihre Soldaten nicht mit Panzerungen aus.

»Hätten Drohnen mitbringen sollen«, sagte einer der Infanteristen über den Kanal. »Dann hätten wir uns in ein paar Sekunden einen Überblick verschaffen können.«

»Hättste, wennste, könnste«, ermahnte ihn eine andere Stimme.

»Klappe«, befahl Trask.

Trask schien sich wesentlich mehr Sorgen zu machen als irgendeiner seiner Männer. Als ob er schon oft genug in schlimmen Situationen gewesen wäre, um zu ahnen, dass sich jetzt die nächste anbahnte. Vielleicht, so dachte sich Caspar, fühlten sich die Jungen zu unbesiegbar, um sich ernsthaft Gedanken zu machen, trotz eindeutiger Beweise, dass sie praktisch schon tot waren.

Oder vielleicht spielte es für sie keine Rolle.

Oder vielleicht ist das ihre Art, mit dem Unbekannten zurechtzukommen, flüsterte eine andere Stimme.

»Abmarsch... in Richtung dieser Stadt«, sagte Rex. »Bei Feindkontakt teilen wir uns in Trupps auf. Aggressives Vorgehen. Jeder Widerstand ist zu überwinden. Besorgt euch einen Gefangenen, wenn's geht.« Rex machte sich nie Sorgen. Es gab nur die Mission, und seine Gedanken drehten sich nur darum. Und das war genau das, an dem sich Casper festhalten konnte in einem Moment, an dem er definitiv nicht hier sein wollte. Rex hatte dafür gesorgt, dass er die *Obsidia* überstand. Vielleicht würden sie das hier ja auch überleben.

Als sie ein Feld überquerten, ein echtes Feld, wo früher ein Bauernhof gestanden hatte und nun hohes Gras verdorrte, kamen sie an einer Vogelscheuche vorbei.

Als ob es hier mal Vögel gegeben hätte.

Einer der Infanteristen hatte gerade mit seinem Handschuh nach den Leichentüchern gegriffen, aus denen die Lumpen der Vogelscheuche bestanden, als ein Geschoss seinen Kopf zerfetzte und alle in seiner Nähe vollspritzte.

»Feindkontakt!«, brüllte jemand unnötigerweise, und die Infanteristen warfen sich zu Boden. Die Erde unter ihnen hatten die Menschen der *Moirai* vermutlich auf ihrer Flucht von der Erde von einem irgendeinem Asteroiden besorgt.

Jetzt zischten Geschosse über sie hinweg, echte Kugeln. Sie pfiffen durch das hohe, verdorrte Gras, das sich im ewigen Zwielicht nicht bewegte. Als die Unterschallgeschosse die toten braunen Stängel durchschlugen, machten sie ein Geräusch wie aneinander reibende Maisschoten.

»Erste Gruppe, Feuer erwidern!«, brüllte einer der Truppführer. Aber Casper konnte nichts erkennen. Er konnte nur hören, wie sich ihre Energiewaffen heulend aufluden, bevor sie ihre heißen Blitze in die Schatten feuerten.

»Es kommt von der Böschung!«, schrie ein anderer Infanterist über den Kanal. »Markiere das Ziel.«

Nun konnte Casper das visualisierte Schlachtfeld in seinem Head-up-Display erkennen. Der Bauernhof erstreckte sich über eine Reihe von Deichen und

Böschungen, und der Feind nutzte laut der Markierung einen dieser Deiche, um von dort auf ihre Reihen zu feuern.

»Trask! Feuer auf ihre Position«, sagte Rex über das Funkgerät.

»Roger, Sir. Zweite Gruppe, Feuer!«

Alle Soldaten in Caspers Nähe, einschließlich des Teams mit dem Blastergeschütz, eröffneten das Feuer auf den Deich.

»Erste Gruppe, vorbereiten zum Abmarsch!«, brüllte Rex, um das Blitzgewitter zu übertönen. »Erste Gruppe, Abmarsch!

Casper sah zu, wie Rex'Einheit, die auf der überlagerten Einblendung im Head-up-Display dargestellt wurde, versuchte, den Deich zu flankieren. In beiden Gruppen wurden Männer niedergemäht. Direkt neben Casper ging einer der Männer am Geschütz zu Boden. Casper kroch zu dem Mann hinüber, der nach Luft schnappte und an seine klaffende Brustwunde fasste, wo eine Kugel seine Schutzkleidung durchschlagen hatte. Rund um die Wundränder tauchten rosafarbene Bläschen auf.

Sein virtueller Bildschirm bestimmte die Verletzung und teilte ihm mit, wie er sie zu behandeln hatte, aber er benötigte die Anleitung nicht. Er hatte das schon früher gemacht. Er zog ein Wärmeklebepflaster aus einer Ausrüstungstasche und klatschte es auf die Wunde des Mannes.

Der virtuelle Bildschirm ließ ihn wissen, dass sowohl Blutdruck als auch Puls abflachten. Trotz Caspers Bemühungen lag der Mann im Sterben.

»Herzdruckmassage beginnen«, ordnete das Head-up-Display an. Nur hatte er keinen Brustkorb mehr vor sich. Es war alles nur noch eine riesige Schweinerei.

Der Mann flüsterte etwas, und Casper beugte sich zu ihm hinab, um ihm zuzuhören. Das rettete ihm das Leben. In dem Augenblick, in dem er sich nach unten beugte, zischte eine Kugel über seinen Rücken hinweg.

»Ich habe nichts vergessen«, flüsterte der Mann, während er nach Atem rang.

Casper zog dem Mann den Helm aus in der Hoffnung, dass er mehr Luft bekäme.

»Ich habe nichts... vergessen«, wiederholte er.

Dann wurden die Augen des Jungen glasig und blickten starr ins Zwielicht über ihnen. Er war tot.

Laut der Namensliste im Head-up-Display war sein Name Private Gordon gewesen.

In diesem Augenblick begann der Boden unter ihren Füßen zu zittern. Einmal. Zweimal. Nochmal. Und noch einmal. Im Traum kam Casper dies fast schon bekannt vor. Und er erinnerte sich daran, dass irgendwann in der fernen Zukunft sein Raumschiff von einem Monster zerstört werden würde, das genau dieselben Geräusche machte. Die schwerfälligen Schritte von etwas Riesigem kamen im Rhythmus eines Artilleriefeuers auf sie zu.

Also träume ich, dachte er im Traum. *Das ist alles bloß ein Traum.*

In diesem Augenblick entdeckten die Infanteristen den riesigen Mech, der über die toten Felder einer toten Welt auf sie zukam, die durch die Todeszone des Weltalls reiste.

Der Laufroboter war riesig. Wie Frankensteins Monster zusammengefrickelt. Eine monströse, lebendig gewordene Maschine aus einem Albtraum. Sie kam aus der gegenüberliegenden Richtung auf sie zu, als ob der Beschuss nur als Falle gedacht gewesen war, um die Leichte Mars-Infanterie abzulenken und ihr jetzt den

Gnadenstoß zu versetzen. Sie krachte in ihre Flanke, und Casper konnte gerade noch wegkrabbeln, bevor sie das Team am Blastergeschütz mit ihren Krallen und rotierenden Sägeblättern zerfetzte.

Rex brüllte Befehle über den Kanal, die es zu hören und zu befolgen galt. Er wusste, dass sich die Männer beim Anblick des Mech hilflos fühlten, und sie ohne seine Befehle von lähmender Furcht gepackt werden und sich in hundert verschiedene Richtungen sinnlos zerstreuen würden. In wenigen Sekunden hatte er die Infanteristen zum Rückzug bewegt, und die Teams gaben ihnen Deckung. Im Sprint. Rückzug auf ganzer Linie durch die vertrockneten, toten Felder.

Der gewaltige, albtraumhafte Mech jagte sie durch die Dämmerwelt des Raumschiffs. Ein Albtraum verfolgte sie.

Casper wachte mit einem Ruck auf.

Im Traum hatte er geschrien, denn der schwerfällige Mech hatte ihn erwischt und geviertelt. Er hatte gesehen, wie alle vor ihm weggerannt waren. Ihn zurückgelassen hatten. Selbst Rex. Die Blicke in ihren Augen, durch ihre Visiere geschützt, hatten ihm deutlich gemacht, wie hoffnungslos seine Situation war.

Nun war er wieder wach und sah das Lagerfeuer am Flussufer. Er sah, dass Urmo träumend davor saß. Der Rauch stieg auf und umspielte sein Monstergesicht. Der kleine Kobold wirkte friedlich, als ob ihm seine Träume nur Gutes brächten.

Als ob Träume das überhaupt könnten, dachte Casper. Dann ließ er sich wieder zurücksinken, um die restliche Nacht damit zu verbringen, durch das zersplitterte Glas des Cockpitdachs seines zerstörten Raumschiffs gen Himmel zu starren.

KAPITEL 13

Am nächsten Tag verließen sie den Fluss. Casper trug die Tasche mit den medizinischen Verbrauchsgütern mit sich, in der sich nun auch einige Werkzeuge befanden, die er aus den Trümmern hatte bergen können, eine kleine Plane und ein Handbeil. Er hatte seinen Handblaster umgeschnallt und trug sein Blastergewehr mit sich. Außerdem hatte er sich ein Feldmesser um die Hüfte gebunden. TJK-133 trug das Blastergeschütz und einen Rucksack, der bis zum Platzen mit Überlebensrationen gefüllt war. Rationen, die bis zu fünf Jahre essbar blieben. Wenn er sich auf sie als einzige Nahrungsquelle verließ, würden sie etwa dreißig Tage lang ausreichen.

Vor ihrem Aufbruch vom Flussufer orientierte sich Casper. Er bestimmte, wo Norden war, und stellte befriedigt fest, dass sich große, haarige Stränge aus schwarzem Moos häufig auf der Nordseite der großen Sumpfbäume finden ließen. Sie würden der Spur des Raumschiffsabsturzes folgen, weg von der Absturzstelle, in Richtung der geheimnisvollen Statue auf der Hochebene in der Wüste.

Er überlegte kurz, in die Baumkronen zu klettern, um sich einen Eindruck von der Umgebung zu verschaffen und vielleicht einige Anhaltspunkte in der Landschaft zu entdecken, die er zur Orientierung hätte nutzen können. Aber der Gedanke, dass er abstürzen und sich ein Bein oder einen Arm brechen könnte, brachte ihn davon ab.

Da dieser Planet so weit von seiner Galaxie entfernt war, war es auch praktisch unmöglich, sich an den Sternen zu orientieren.

Mit einem letzten Seufzer, der Resignation und Frustration zugleich zum Ausdruck brachte, schnappte er sich das Blastergewehr und verkündete: »Zeit zum Abmarsch, 133.«

Der Bot wandte sich ab und ging los. »Sie haben wahrscheinlich vergessen, dass mein internes Navigationssystem einen sicheren Kurs ermitteln kann, der uns zu der Statue zurückbringt, die Sie sich anschauen wollen, Meister. Ich konnte spüren, wie Sie kleinlaut versuchten, ihren Weg über diesen Planeten zu planen... und auch wenn es mir Spaß gemacht hat, ihnen dabei zuzusehen, wurden mir doch wieder ihre erschreckend niedrigen Überlebenschancen deutlich vor Augen geführt. Erlauben Sie mir, Sie ihrem Schicksal entgegenzuführen, Meister.«

Er hatte vergessen, dass der Bot über diese Fähigkeit verfügte, und einen Augenblick lang tröstete ihn das. Aber der Trost schwand schnell, und er musste feststellen, dass er dem Bot nicht wirklich trauen konnte. Er würde ihm folgen, aber er schwor sich auch, trotzdem eigene Berechnungen anzustellen. Und alles zu kontrollieren aus Gründen, die ihm nicht so richtig klar waren. Es fühlte sich einfach sicherer für ihn an.

Erneut ließ Casper den Blick über sein temporäres Lager schweifen, bis er an dem kleinen Wesen hängen blieb. Urmo. Casper hatte das Ding fast komplett vergessen. Während Casper und der Bot ihre Vorbereitungen getroffen hatten, hatte das seltsame rothaarige Biest einfach vor dem erloschenen Feuer gesessen, seinen kleinen Wanderstock über die Knie gelegt. Wie immer schien er auf unverständliche Weise an allem interessiert zu sein, was sie taten.

Casper fragte sich, was Urmo tun würde, wenn sie schließlich aufbrachen.

Plötzlich und ohne Anlass sprang Urmo vom Baumstamm, grunzte und schloss sich dem Bot an, während er ›Urmo‹ murmelte.

Casper schüttelte den Kopf und fragte sich nicht zum ersten Mal, was er hier eigentlich machte. Er hatte diese Expedition bis ins kleinste Detail im Voraus geplant. Das hatte er tun müssen. Und jetzt, kurz vor Ziel, befürchtete er, dass all seine Pläne umsonst gewesen waren. Die Vorstellung, den Tempel von Morghul zu Fuß zu finden, einen gesamten Planeten zu erforschen, von dessen Geographie er nicht die geringste Ahnung hatte, mal ganz abgesehen von Riesenechsen und was sich sonst noch da draußen herumtreiben mochte... Es schien alles ziemlich unmöglich zu sein. Er hätte genauso gut auf der anderen Seite der Galaxie sein können.

Vor ihnen verschwand der taktische Jäger-Killer-Bot im Dschungeldickicht, als ob er Jagd auf etwas machte oder bei einem furchtbaren Konflikt auf Patrouille ging, wo Gnadenlosigkeit an der Tagesordnung war. Ihm folgte ein Wesen, das mehr an eine Kinderpuppe erinnerte als ein tatsächliches Lebewesen, das mit einem Wanderstock in der Hand auf dem Weg zum Morgenspaziergang war.

Casper ging den ersten Schritt.

Der erste Schritt fällt immer am schwersten, ermahnte er sich. Vor allem, wenn du jemand wie er warst. Jemand, der zu Ende bringen musste, was er angefangen hatte. Der wissen musste, was sich jenseits all der unbekannten Dinge auf der anderen Seite befand. Wenn man den ersten Schritt gemacht und sich dem, was da kommen sollte, verpflichtet hatte, dann waren die nächsten zehntausend Schritte einfach. Weil du wusstest, dass du niemals stehenbleiben würdest. Niemals. Auf keinen Fall.

Denn so warst du nicht.

DIE LEKTION DER KONZENTRATION

Der Meister hatte den Schüler in eine sturmumtoste Wildnis gebracht. Eine Landschaft aus kaltem Eis, verharschtem Schnee und heulendem Wind.

Ob diese Lektion vorher geschehen war oder danach oder zu irgendeiner beliebigen Zeit, war irrelevant. Erneut muss erwähnt werden, dass Zeit im Tempel keine Bedeutung hat, und dass man sich die Realität am besten als Süßwarengeschäft vorstellen muss, denn dort wie auch hier gibt es eine große Auswahl.

Der Schüler stand vor dem Meister und zitterte auf dem gefrorenen Eis. Sie befanden sich auf einer Art Gletscher. Der schneidende Wind biss in seine Haut, und der Frost in der Luft stach ihm in die Augen. Das Atmen bereitete ihm Schmerzen. Die Lungen taten ihm weh, denn der Sauerstoff war so furchtbar kalt.

Nach nur wenigen Momenten wusste der Schüler, dass er hier sterben würde, müsste er hier bleiben. Er bezweifelte, dass er wesentlich länger überleben würde als die wenigen Minuten, die er in die Zukunft sehen konnte.

»Leben...«, sagte der Meister mit seiner rauen, leicht abgehackten Stimme. »Man muss leben, von einem Augenblick zum nächsten. Andere Dinge... Dinge, die unseren Verstand vernebeln oder bedrängen... diese Dinge müssen zur Seite geschoben werden, damit wir uns konzentrieren können. Denn zu leben... bedeutet, sich zu konzentrieren. Wenn du alle anderen Ablenkungen ausgeblendet hast... dann wirst du leben.«

Der Sturm tobte noch wütender, heulte auf wie eine Todesfee, schleuderte Schnee und Eis und Wirbelwinde umher. Dann ließ er plötzlich nach und der Schüler stand allein auf dem vereisten Gletscher. Allein in grausamer, enormer Leere.

Der Schüler drehte sich um. Drehte sich um in der Suche nach dem Meister und konnte ihn nicht finden. Es war so kalt, dass die plötzliche, panische Angst, alleingelassen worden zu sein, zwar das Adrenalin in seine Adern schießen ließ, aber dieses Gefühl nur wenige Sekunden anhielt, und er nun darüber nachdachte, sich auf das Eis zu legen und einzuschlafen. So ungemein kalt es. Es war eine Kälte, die einen am eigenen Leben verzweifeln ließ.

Und natürlich heulte der Wind so laut, dass es an den Nerven zerrte. Ein schrilles Pfeifen aus der Ferne dieser öden Eiswüste machte deutlich, dass wärmere Orte, an denen Freundschaft und Liebe gedeihen, nur eine Lüge waren, die man unartigen Kindern erzählte, die man der Finsternis überließ.

Bewege dich, ermahnte sich der Schüler. Bewege dich, halte dich warm.

Was er auch tat. Wenn auch nur, um sich warm zu halten.

Er besaß nur diese Kleidung und seinen alten Mantel aus dem anderen Leben, und gegen den heulenden, eisigen Wind, der hier auf dem Gletscher weder nachließ noch aufhörte, waren sie keine große Hilfe.

Er ging einen Abhang hinauf, mitten in den blendend weißen Schneesturm, und war manchmal nicht in der Lage zwischen dem Land und dem Himmel zu unterscheiden. Er kletterte hinauf, weil er das Gefühl hatte, dass nach unten zu steigen nur in eine tiefe Schlucht im Eis oder eine unsichtbare Gletscherspalte führen konnte, in die er hilflos hinabrutschen würde.

Und wenn das passieren sollte?

Dies war eine ernsthafte Frage.

Es gab Dinge im Tempel, die sich später als Simulation herausstellten. Er hatte *gespürt*, wie er zertrampelt wurde, zerteilt und verbrannt, nur um herauszufinden, dass es nicht die Wahrheit gewesen war. Aber nicht alles war eine Simulation. Er hatte Dinge im Tempel gesehen, die darauf hinwiesen, dass es andere Schüler gegeben hatte — von denen viele gescheitert waren.

Und wenn die Uneindeutigkeit des Meisters ihm gegenüber als Hinweis verstanden werden konnte, dann war sein eigenes Scheitern durchaus im Bereich des Möglichen. Dem Meister lag anscheinend nicht viel am Überleben seines Schülers. Vielleicht, wahrscheinlich steckte sogar noch mehr dahinter. Vielleicht hielt der Meister den Schüler für im höchsten Maße arrogant, weil er zu lernen versuchte. Und daher forderte der Meister ihn heraus, es zu versuchen, in dem Wissen, dass sein Scheitern irgendwann unvermeidlich war.

Über diese Dinge dachte der Schüler nach, während er auf tauben Händen und gefrorenen Knien den eisigen Gletscher hinaufkroch. Nun heulte der Wind in einer so hohen Tonlage, dass er nicht mal mehr die Gedanken denken konnte, mit denen er sich abzulenken versucht hatte.

Als er die Spitze des Gletschers erreichte, entdeckte er vor sich eine eisverkrustete Vertiefung. Der Wind raste heulend über die Böschung hinweg, und herumfliegender Schutt schnitt dem Schüler ins Gesicht. Um die Vertiefung herum lagen seltsame Steine, und während der Wind zwischen diesen Steinen hindurchpfiff, heulte er laut auf, in einem hohen, gequälten Sopran.

Die Stöcke.

Es war sein Verstand, der sich auf den Schutt und andere Bruchstücke konzentrierte. Zerbrochene Holzteile, Stöcke, die aus irgendeinem Wald jenseits der anderen Seite des Gletschers hier hergetragen worden sein mussten. Die Bedeutung, die sie hatten. Das Element, das in diesem eisigen Moment des nahenden Todes die größte Bedeutung von allem hatte, war... *Wärme*.

Er begann hektisch umherzuirren, Stöcke einzusammeln und das schrille Kreischen des Winds zu ignorieren, während er sich gleichzeitig zu erinnern versuchte, wie man ein Feuer mit Schnee zum Brennen brachte.

Er hatte es schon mal geschafft. Ein Mal. Vor einer langen Zeit, in einem Leben, das keine Rolle mehr spielte. Nicht wenn man sich im Tempel verirrt hatte.

Man musste sich im Tempel dem Ende des eigenen Daseins stellen. Das war die erste Lektion.

Als er einen ganzen Haufen Stöcke gesammelt hatte, warf er sich auf der windabgewandten Seite zur Boden, wo der Wind am wenigsten brutal war. Er ignorierte den brennenden Schmerz seiner frierenden Hände, während er sich daran machte, sich nur mit seinen Händen in die Schneewehe einzugraben. Ziehen, schieben, festklopfen. So ging die Arbeit langsam voran. Im Handumdrehen besaß er eine Eishöhle und fragte sich, ob sie einstürzen und ihn unter sich begraben würde...

Aber ihm war eiskalt.

Der Wind heulte laut.

Er hatte vergessen, warum er hier war. So verzweifelt war er in diesem Augenblick. Er hatte den Gesamtzusammenhang all der Dinge, die ihn zu diesem Moment geführt hatten, nicht mehr vor Augen. Die ihn in den Tempel geführt hatten.

Er dachte nur ans Überleben.

Es versuchte, ein Feuer zu machen, indem er ein Stück seines Mantels abriss und seinen Körper nutzte, um es vor dem Wind zu schützen. Er schöpfte ein wenig Eis in seine Hände und formte es um, gestaltete daraus eine Linse aus verdichtetem Schnee.

Weit über ihm schwebte eine Sonne. Irgendwo über dem heulenden Wind und dem fahlen Licht des bewölkten Himmels brannte ein Stern hinab auf diese namenlose Welt. Als er dort lag und spürte, wie alles an ihm taub wurde und er in einen Schlaf hinüberzudämmern schien, der ihm so viel mehr als nur Ruhe versprach, da verzweifelte er. Er würde es niemals schaffen, das Kleinholz zum Brennen zu bringen. Es erschien ihm wie ein Wunder, das noch nie geschehen war und überhaupt nicht geschehen konnte. Oder nur bei anderen Menschen funktionierte.

Er hatte ein Auge geschlossen, und das andere war nur noch ein dünner Schlitz, als es Feuer fing. Sanft rauchte.

So vorsichtig und so schnell wie er konnte, versetzte der Schüler den Holzhaufen direkt in die Höhle. Ja… es gelang ihm, ein Feuer zu machen. Vorsichtig schob er sich tiefer in die Höhle hinein, in eine Eisgrotte, in der er es warm hatte.

In den nächsten Tagen bestand das Leben des Schülers aus nichts anderem, als Kleinholz zu sammeln, das sonst vom Wind durch die Gegend getriebener Abfall gewesen wäre, Eis zu schmelzen, um Trinkwasser zu erhalten, und zu versuchen, den heulenden, sich ständig wandelnden Wind zu verdrängen, der nie nachließ und nie leiser wurde.

Doch schon bald begann der Hunger seine Krallen nach ihm auszustrecken. Und es war der Hunger, viel mehr noch als der Wind, der ihn fast in den Wahnsinn trieb. Er hörte die Stimme des Meisters... aber er hatte die Bedeutung von Wörtern vergessen.

Er machte sich einen Speer und ging auf die Jagd.

Um zu töten und Nahrung zu finden. Irgendetwas Essbares.

Er entdeckte den dreiköpfigen Schneeleopard. Er war so hungrig und müde, dass es ihm egal war, ob er leben oder sterben würde. Er wollte nur noch essen. Als das dreiköpfige Raubtier ihn angriff, mit seinem weit aufgerissen Maul, in dem die Säbelzähne aufblitzten, griff er es mit seinem flammengehärteten Speer an und versuchte, ihn in den Körper des angreifenden Leoparden zu rammen.

Doch der Leopard hob eine schneeweiße Pfote und schlug den angespitzten Stab zur Seite, der in zwei Teile zerbrach.

Und anschließend stürzte sich das dreiköpfige Raubtier auf den Schüler. Einer der Köpfe hob sich zum Siegesgebrüll, während die beiden anderen mit aufgerissenen Mäulern im Blutrausch nach seiner Kehle schnappten.

Da der Schüler im Tempel an einem Punkt der Nicht-Zeit die Lektion des Fliegens gemeistert hatte, sprang er in eine fantastische Höhe. Es war ein kurzfristig nützlicher Trick — und doch war es auch nicht mehr als ein Trick.

Der Leopard wirbelte mit seinen Krallen den Schnee auf und stürzte sich mit enormer Geschwindigkeit und lautem Brüllen auf ihn. Als der Leopard zum Sprung ansetzte, wich der Schüler aus. Seine Müdigkeit war nicht mehr, ersetzt durch die plötzliche Erkenntnis, dass ihm der Tod drohte. Er bezweifelte, dass es sich auch diesmal um eine Szene handelte. Eine endlos andauernde Szene, die er ständig wiederholen durfte.

Diesmal gäbe es keinen zweiten Versuch.

Der Leopard schlug eine seiner Krallen in seinen Mantel, während der Schüler nach dem zerbrochenen Speer griff, der im Schneetreiben bereits halb vergraben lag. Da er zerbrochen war, war er nun ein Messer. Und ein Messer musste reichen. Er wirbelte herum, sah, wie der Leopard sprang und wich zurück.

Das Raubtier umschlang ihn mit seinen Krallen, und sein übel riechender Atem drohte ihn zu überwältigen.

Doch er hatte das Messer bereits nach oben und in den Bauch des Wildtiers gerammt. Der Schüler drehte es in der Wunde, zerrte es am Griff nach oben, so gut er konnte. Alle drei Köpfe der Raubkatze setzten zu einem mitleiderregenden Jaulen an.

Sie starb dort auf, auf dem Eis.

Er zerrte die Bestie zurück in seine Höhle, und der heulende Wind hatte ihn beinahe taub gemacht. Dann häutete er die Raubkatze und aß ihr Fleisch.

Die darauffolgenden Tage bestanden aus dem Sammeln von Kleinholz, dem Schmelzen des Eises, der Jagd auf die dreiköpfigen Schneeleoparden, dem Abziehen und Gerben der Felle. Irgendwann war die Höhle abgedichtet und gemütlich. Warm und sicher.

Aber den heulenden Wind konnte er nie wirklich aussperren.

Er verzweifelte an dem Gedanken, dass er diesen Ort niemals würde verlassen können.

Drei Jahre vergingen.

Die meiste Zeit hatte er den Meister vergessen, obwohl es Nächte gab, in denen er sich an den Tempel erinnerte. Die Glocken, den Rauch, die Stille. Und diese Stimme. Er träumte von seinem anderen Leben, und manchmal hatte er Albträume. Das Leben, das er bereits vergessen hatte.

Aber jetzt...

Nun herrschte der Wind.

Eis.

Und Tod.

Er schritt in Tierfelle gehüllt über den Gletscher. Ein Mensch, der einem großen, umherziehenden Bär ähnelte. Er zog auf dem Gletscher umher in der Hoffnung, einen Fluchtweg zu finden. Als ob dies irgendwie von Bedeutung wäre. Und er wusste, dass es irgendwo einen Wald geben musste. Einen Wald, der ihm das Reisig in seine Höhle in der Vertiefung mit den Steinen brachte, die den Wind heulen und wehklagen ließen. Der Wind fegte über die Gräber von Geistern hinweg, verlängerte ihr Elend und ihre Hysterie. Erinnerte sie daran, dass ihr Leiden kein Ende kennen würde. Dass es für die Gottlosen keinen Frieden gab.

Doch er konnte keinen Weg von dem hohen Gletscher herab finden. Alle Pfade, alle Wege waren zu gefährlich.

Er suchte entlang einer zerklüfteten Felsspalte, deren blau schillernder Grund so tief wirkte, dass er sich die Frage stellte, ob sie tatsächlich bodenlos war. Er fragte sich, sollte er sich entscheiden, in ihr Nichts hineinzuspringen... er fragte sich, wie lange er fallen würde.

Er konnte den Rand des Gletschers am Grunde des Abhangs nie finden. Er schien einfach endlos zu sein, und er zögerte, sich weiter von seiner Höhle zu entfernen. Aber die Raubkatzen mussten irgendwo herkommen. Er vermutete, dass sie in einem ausgedehnten Tunnelsystem unterhalb des Eises lebten. In diese Tunnel würde er nicht hinabsteigen. Dort unten würde er kaum gut kämpfen können. Und dort würde er sicherlich mehreren Exemplaren der albtraumhaften Raubtiere mit ihren drei Köpfen und den langen Säbelzähnen begegnen.

Eine der Raubkatzen verletzte ihn schwer am Rücken.

Der Kampf war brutal, und er überlebte ihn nur knapp. Danach konnte er eine Woche lang nicht auf die Jagd gehen.

Aber er hatte gesiegt.

Den Wind konnte er nie ausblenden. Sein Heulen, sein Stürmen, sein Klagen war immer da. Wann immer er sich an einen der Töne gewöhnt hatte, wechselte er in eine andere Lage, die ihn noch stärker störte als die zuvor.

Eines Tages, als er genügend Fleisch für eine Woche und das Wasser für den Tag gesammelt hatte, als der Wind ihn so sehr belastete, dass er es nicht mehr ertragen konnte, verließ er seine Höhle.

Wenn er die Steine vergrub, dann konnte der Wind nicht mehr über sie hinwegpfeifen, und die unangenehmen Töne und Klänge würden verstummen. Das war seine Hoffnung. Die absolute, liebliche Stille schien ihm eine Art Erlösung zu bieten. Allein die Vorstellung erinnerte ihn daran, dass es andere Welten als nur diese gab.

Er versuchte die Steine zu vergraben, doch der Wind stellte sich ihm entgegen. Er fegte den Schneeregen und das Eis wieder weg, bevor er mehr als eine Handvoll bedecken konnte.

Aber ihm fiel etwas auf.

Er bemerkte, dass sich für einen kurzen Augenblick die Tonlage änderte.

Er bückte sich zu einem der halbmondförmigen Steine hinab und fragte sich, ob er ihn nicht hochheben und in die Höhle bringen könnte, wo der Wind nicht über ihn hinwegfegen konnte.

Aber er war viel schwerer, als er aussah. Als ob es sich um eins dieser gefälschten Gewichte auf einer Kirmes handelte, die von Betrügern und Krämern mitgeführt wurden, die einem nicht nur das Geld aus der Tasche zogen, sondern einem auch das Gefühl vermittelten, man wäre schwach und dumm. Der Steinbrocken ließ sich nicht anheben.

Aber er ließ sich etwas drehen. Das tat er - und bemerkte eine kaum wahrnehmbare Veränderung im Heulen des Windes.

Eine Zeit lange spielte er mit den Steinen. Veränderte sie nach Belieben. Es gab kurze Momente, in denen sich tatsächlich eine Harmonie zu entwickeln schien. Aber es war unvermeidlich, dass die Musik schon bald wieder misstönend wurde und ihm erneut einen rostigen Nagel in sein Gehirn zu rammen schien.

Irgendwann kehrte der Schüler in seine Eishöhle zurück. Die gesamte lange, vom Heulen des Windes erfüllte Nacht lauschte er und dachte nach. Erinnerte sich, dass bestimmte Steine gewisse Töne hervorbrachten, Tonhöhen, Klänge, ja, sogar Klangfarben.

Er lag wach und dachte nach.

Am Morgen kehrte er zum Steinfeld zurück und begann sie erneut neu auszurichten. Es waren Hunderte Steine. Er versuchte es mit zufälligen Anordnungen und hatte nie Glück damit. Er bekam es nie genau hin. Doch der Wind reizte ihn mit der Andeutung, dass es einen Schlüssel gab, mit dem er die perfekte Harmonie bilden konnte — wenn er ihn bloß entdeckte. Mit jeder neuen

Kombination wurde er darauf hingewiesen, dass es ihm nie gelingen würde.

Der Tag verging, und die Nacht kam, doch diese neue, fixe Idee ließ ihn bis tief in die Finsternis arbeiten. Er richtete die Steine weiter aus und lauschte all den Unterschieden, die sich ergaben. Er verzog das Gesicht, das vom Wind verbrannt wurde, wenn ein Ton falsch klang, und er lachte triumphierend, wenn sich in einem der Windstöße auf dieser eisigen Hochebene die Steine zu einer Art Chor zusammenfanden oder der Hauch einer Harmonie entstand.

Es war schon spät, als ihm auffiel, dass er den ganzen Tag noch keinen Schluck Wasser getrunken hatte. Er kroch müde und ausgetrocknet in seine Höhle, denn die Kälte und der Wind konnten einen Menschen schneller dehydrieren als jede Wüste.

Er trank das geschmolzene Wasser und legte sich neben das Feuer, um dem Wind in seinen Träumen zu lauschen.

Am Morgen kaute er geistesabwesend auf einem Bissen kalten Fleischs herum und kehrte zu den Steinen zurück. Nun versuchte er Anordnungen zu finden, Muster. Er arbeitete den ganzen Tag bis tief in die Nacht und erinnerte sich nur mit Mühe daran, etwas zu essen zu trinken.

Am vierten Tag trat er hinaus und starrte die Steine an. Der Wind verhöhnte ihn. Log ihn an. Sagte ihm, dass er eine Lösung finden konnte. Versprach ihm, dass er damit seine Zeit verschwenden würde. Dass ihn dies töten würde. Dass der immer schlimmer werdende Hunger und der Durst ihn am Ende das Leben kosten würden.

Wenn er dies weiter verfolgte, wäre er zu schwach, um die Raubkatzen zu besiegen.

Aber wie ein Suchtkranker machte er sich erneut an diese Aufgabe, in der Hoffnung auf ein anderes Ergebnis, und er hatte sich schon bald im Irrsinn der unendlichen Möglichkeiten verloren.

Tage vergingen.

Das Fleisch war aufgebraucht.

Oft schaffte er es nur mit Mühe, sich daran zu erinnern, geschmolzenen Schnee zu trinken.

Doch mittlerweile stopfte er sich den Schnee einfach in den Mund. Er verbrannte seine raue, vom Wind ohnehin schmerzende Kehle.

Seine Stimme war nur noch ein Krächzen. Ein hohles Krächzen. An dem Morgen, an dem er endlich den letzten Stein mit allen anderen in Einklang brachte, und das Heulen des Windes zur perfekten Harmonie fand, einem vielstimmigen Chor, der einen gemeinsamen Ton hervorbrachte, und sein Krächzen versagte...

... in diesem Augenblick verstummte das Heulen.

Stille.

Wunderschön.

Lieblich.

Stille.

Er ging in die Knie und hörte das Krächzen, in das sich sein trockenes, hustendes Lachen verwandelt hatte. Er hörte es, und er hörte nur dies in der lieblichen, auffälligen Stille.

Er sonnte sich in der Stille.

Und dann kehrten die Geräusche zurück.

Ein leises weißes Rauschen. Der Wind, der in weiter Ferne durch einen... Wald wehte.

Er stand auf, stolperte los aus der Vertiefung, und kehrte nie wieder zurück.

Er folgte dem leisen Geräusch, das nach einem fegenden Besen klang, jenseits einer der Gletscherspalten, vor der er immer auf der Hut gewesen war. Und einige Stunden später stolperte er hinab, mitten in einen Gebirgswald. Hier gab es Bäume. Wasser. Wild. Und das Land führte hinab in ein Tal, das aus dieser großen Höhe den kommenden Frühling willkommen zu heißen schien.

Er würde weiter leben.

Er lehnte sich an einen warmen Baum und lächelte. Dann glitt er auf den von Zweigen bedeckten Waldboden und lauschte dem lieblichen Geräusch des in den Baumkronen über ihm flüsternden Winds.

Und der Meister kam zu ihm.

Im dunklen Wald, mitten in der Nacht, kam der Meister. Der Schüler hatte sich ein Feuer aus süß duftenden Hölzern gemacht.

Er erkannte den Meister wieder.

Viele Jahre waren vergangen.

Er erinnerte sich an die Aufgabe. Die Lektion, die er hatte lernen müssen.

Und der Meister ergriff das Wort, denn die Lektion der Konzentration war nun beendet.

»Man muss von Augenblick zu Augenblick leben. Unser Verstand wird von vielen Dingen bedrängt. Diese sind unwichtig. Konzentriere dich, oder du wirst sterben.«

Der Meister lächelte. Aber es war kein herzliches Lächeln und auch kein freundliches Lächeln. Es war ein Lächeln in dem Wissen, dass Schlimmeres kommen würde. Ein grausames Lächeln, das Freude daran hatte herauszufinden, was noch geschehen würde und was nicht.

KAPITEL 14

Der übel riechende Dschungel eroberte bereits die verbrannte Erde zurück, die das Raumschiff bei seinem Absturz hinterlassen hatte. Sie folgten der langen Narbe zerstörter Natur, und binnen einer Stunde hatten sie den Punkt hinter sich gelassen, an dem die Repulsoren des Raumschiffs zum ersten Mal in die Baumwipfel gekracht waren.

Sie gingen den restlichen Tag weiter, kamen aber nur langsam voran, weil es keine Wege gab. Sie mussten sich an trüben grünen Teichen vorbeischlängeln, an moosüberwuchertem Sumpfland und an riesigen, umgestürzten Bäumen, die auf dem Boden vermoderten. Es wurde wärmer, und die Luft fühlte sich an wie in einem Ofen. Caspers Hemd und Hose waren durchgeschwitzt.

Mehrere Kilometer von der Absturzstelle entfernt entdeckten sie einen Bach, und Casper prüfte das Wasser mit dem Scanner aus dem Survival-Kit. Es war in Ordnung, oder zumindest enthielt der plätschernde Wasserlauf nichts, was in der bekannten Galaxie jemanden hätte umbringen können.

Casper legte seinen Rucksack ab, ging auf alle Viere und tauchte seine Feldflaschentasse in die kühle Flüssigkeit. Die Tasse würde auch ihren Beitrag dazu leisten, das Wasser aufzubereiten. Dank moderner Nanotechnologie konnte sie Flüssigkeiten von Giftstoffen befreien, kühlen oder sie zum Kochen bringen. All das war aber nicht notwendig.

Während Casper das kühle Wasser trank, machte er sich Gedanken über die Tatsache, dass es keine Trampelpfade gab. Keine Wildpfade. Keine Pfade, die eine Jäger-und-Sammler-Zivilisation hinterlassen würde. Abgesehen von den Insekten und den seltsamen, unsichtbaren Vögeln, die sich mit ihrem Gekreische in grusligen Momenten meldeten, schien es keine anderen Lebensformen zu geben.

Und dann fiel ihm das riesige Echsenwesen ein, das zerstört hatte, was von seinem Raumschiff übrig geblieben war. Es hatte einen Trampelpfad hinterlassen. Eine Spur aus zertretenen Bäumen und sinnloser Zerstörung. Eine einzelne Spur, die von der Absturzstelle weg führte, als ob das Monster auf denselben Weg zurückgekehrt war, nachdem es getan hatte, was es hatte anrichten wollen.

Obwohl es diesen geräumten Weg gab, hatte sich Casper entschlossen, ihm nicht zu folgen. Aus Gründen der Selbsterhaltung.

Plötzlich überkam ihn Hoffnungslosigkeit, als er sich erneut überlegte, wie verzweifelt seine Lage aussah. Er hob die Tasse an seine Lippen, atmete den eisernen Geruch des Wassers ein und konzentrierte sich darauf, das Problem zu lösen. Das hatte er damals bei der NASA gelernt. Es gab immer eine Lösung. Zumindest hatten sie ihm das beigebracht.

Aber was, wenn er endlich gefunden hatte, weswegen er hergekommen war... und er von diesem Planet nicht mehr wegkam? Wenn es keinen Weg zur eigentlichen Galaxie gab. Was, wenn er dazu verdammt war auf diesem Planeten zu leben, zwischen den Galaxien verloren, solange es ihm die Mechanismen seines Körpers erlaubten? Selbst die Mitglieder des Pantheon auf der *Obsidia* hatten keine Vorstellung davon gehabt, wie lange ein solches Leben dauern würde. Sie als Extensionisten hatten nur ein Ziel gehabt — mehr Leben, ungeachtet möglicher Kosten und egal, wie lange es dauerte. Für die Mumien auf diesem Höllenschiff war nur eins wichtig gewesen — *noch ein wenig mehr Leben.*

So hatte Rex sie genannt, als sie damals die Rebellion an Bord des Raumschiffs angeführt hatten. Er hatte den Pantheon als ›seelenfressende Mumien‹ bezeichnet.

Und er hatte recht gehabt.

In diesem Augenblick entdeckte er ihn. Im Flussbett.

Er war wieder in Trance verfallen, wieder an Bord der *Obsidia*. Versuchte nicht über diesen absolut hoffnungslosen Wahnsinn nachzudenken, in den sich diese Expedition verwandelt hatte. Versuchte nicht darüber nachzudenken, dass er für den Rest seines Lebens in seiner eigenen Hölle gefangen war, auf einem Planeten, den niemand jemals entdecken würde.

In diesem Augenblick sah er einen gemeißelten Stein.

Einen *bearbeiteten* Stein. Was bewies, dass jemand Werkzeuge benutzt hatte, etwas gebaut hatte, und daher... eine Zivilisation existierte. Er war hergekommen, um genau dies zu finden. Eine verschwundene Zivilisation, die die Geheimnisse einer großen Macht barg, die weit über das hinausging, was sich die Republik und die Galaxie jemals hätten vorstellen können.

Er streckte eine Hand ins kalte Wasser und berührte den alten Stein. Es war nur einer von vielen — sie zogen sich im Bach entlang. Vielleicht waren sie früher Teil eines Kanals oder Aquädukts gewesen. Ein Wasserlauf, der vielleicht umgeleitet worden war. Was in jeder Zivilisation üblich gewesen war.

Er ließ seinen Blick durch den Dschungel schweifen. Knorrige, krumme Bäume erstreckten sich vor ihm, Moose, Schlingpflanzen und seltsame rote Farne. Aber er wusste — er wusste —, dass sich im Unterholz weitere dieser bearbeiteten Steine befanden. Dass es sich hierbei um etwas handelte, was jemand vor langer Zeit gebaut hatte.

Der Bach floss von einem Hügel über ihm hinab. Ein Hügel ließ auf einen Tempel schließen. Und selbst wenn es nicht der Tempel war, so würde er doch wahrscheinlich einen Hinweis darauf liefern, wo er ihn finden konnte.

Er nahm sein Handbeil vom Rucksack und ging auf einen Haufen wild wuchernder Kletterpflanzen zu. Er hackte so lange auf sie ein, bis sie ihm den Weg freigaben. Unter dem Wildwuchs entdeckte er weitere, von Menschenhand bearbeitete Steine: die Überreste eines Sockels und ein kurzes Stück einer Säule, die vor ewiger Zeit abgebrochen war.

Runen waren rund um den Sockel in den Stein gemeißelt. Er warf das Handbeil zur Seite und zerrte an den Schlingpflanzen, bis sie den Blick auf weitere Runen freigaben. Er hörte sich selbst vor Freude kreischen und spürte, wie seine Hoffnung zurückkehrte.

Er kannte diese Runen. Er kannte sie sogar sehr gut.

Er hatte sie an Bord der *Moirai* gesehen.

Seit diesem Zeitpunkt hatte er durchgehend nach ihnen gesucht.

Auf dem Wüstenplaneten Uraam hatte er in einer uralten Bibliothek tatsächlich ein Buch darüber gefunden. Ein uraltes Buch, in dem die Tinte noch auf Papier gedruckt worden war, und von dem niemand in der Bibliothek gewusst hatte. Man hatte Runen wie diese vor ihm auf die spröden Seiten geschrieben. Nichts davon war verständlich. Nichts, abgesehen von einem Hinweis, der mit halbwegs moderner Tinte vorne ins Buch geschrieben worden war.

Im Wrack der Halstead's Rhone auf Jumal entdeckt. — T. Noc

Die *Halstead's Rhone* war eins der Raumschiffe gewesen, die man während des Exodus gebaut hatte. Bei wem es sich um Halstead handelte, wusste Casper nicht. Wahrscheinlich irgendein Kerl, genau wie er es auch gewesen war, der den Mumm gehabt hatte, sich einen Hyperraumantrieb zusammenzufrickeln und in ein Fertigraumschiff aus keramischen Verbundwerkstoffen einzubauen. Wo Halstead das Buch gefunden hatte, wusste auch niemand.

T. Noc hingegen war ein bekannter Name. Er hatte vor siebenhundertfünfzig Jahren dem Republikanischen Aufklärungsdienst angehört. Irgendwann hatte er das Buch entdeckt, und irgendwann nach diesem Zeitpunkt hatte sich das Buch in der Bibliothek auf Uraam wiedergefunden.

Casper hatte das Buch gefunden. Hatte es analysiert. Transkribiert.

Und im Laufe der Zeit übersetzt.

Es handelte sich um ein Epos über einen vorzeitlichen Krieger namens Gogamoth. Es besaß eine verblüffende Ähnlichkeit mit anderen alten Epen, von Beowulf bis zu Gilgamesch.

Die Übersetzung war unvollkommen, wie es alle Übersetzungen waren. Es bestand die Möglichkeit, dass bei jeder Erwähnung des ›Meers‹ im Epos in Wirklichkeit die ›Sterne‹ gemeint waren. Und andere Übersetzungsmöglichkeiten hätten dem uralten Märchen eine ganz andere Richtung gegeben. Aber so weit Casper es verstehen konnte, begann das Original wie folgt...

Gogamoth besegelte aus der verlorenen Heimat jenseits der Welt die Meere und erreichte das Land der zornigen Kraken.

Und Gogamoth kämpfte gegen Ur-Zyxgar und unterwarf den Behemoth-Leviathan mit seinem unsichtbaren Hammer. Das vielarmige Volk huldigte seinen großen Kräften des Chankar und nach langer Zeit sprang er zurück über das Meer zur unbekannten verlorenen Heimat jenseits der Welt.

Casper hatte natürlich die möglichen Übersetzungen angepasst, nach tieferem Sinn im Text gesucht und hatte seine eigenen Schlüsse gezogen. Hätte er sich hier und jetzt die Zeit genommen, seine eigene Forschungsarbeit einzubinden, dann hätte ihm folgender kommentierter Text zur Verfügung gestanden...

Gogamoth besegelte aus der verlorenen Heimat jenseits der Welt (ein Planet jenseits der bekannten Galaxie) *die Meere* (Sterne) *und erreichte das Land der zornigen Kraken* (Tennar).

Und Gogamoth kämpfte gegen Ur-Zyxgar (eine Gottheit der Tennar, die als Ash-Kaxor bekannt war) *und unterwarf den Behemoth-Leviathan* (frühe tennarianische Aufzeichnungen verwendeten dies als eine frühe Bezeichnung des legendären Tyrannokalmars) *mit seinem unsichtbaren Hammer* (psionische Kräfte?). *Das vielarmige Volk* (die Tennar) *huldigte* (wurden zu seinen stumpfsinnigen Sklaven) *seinen großen Kräften des Chankar* (tennarianische Bezeichnung für die geheimnisvollen Pyramiden, die die Alten auf den meisten Planeten der Galaxie hinterlassen hatten) *und nach langer Zeit sprang er* (mit Überlichtgeschwindigkeit) *zurück über das Meer* (die Sterne) *zur unbekannten* (auf keiner Sternenkarte verzeichneten) *verlorenen Heimat jenseits der Welt.*

Und hier, an diesem Ort auf diesem verlorenen Planeten, hatte er dieselben Runen entdeckt. Gemeinsam mit Piktogrammen, auf denen humanoide Echsenwesen gegen andere außerirdische Humanoiden kämpften. Insektenwesen. Vermutlich.

Dieses uralte Buch hatte den ersten Hinweis auf den Tempel von Morghul enthalten. Es hatte ihn in die ›*Verlorene Heimat jenseits der Welt*‹ platziert.

Dem Ort der uralten Macht, die sich Gogamoth zu eigen gemacht hatte.

Aber es war die Erwähnung des Dunklen Wanderers, die Casper zum ersten Mal bewiesen hatte, dass er sich auf der richtigen Spur befand. Er hatte dieses Wort tief verborgen zwischen den spröden Seiten des Buchs gefunden, das in einer Art Leder eingebunden worden war, das sich jeder Bestimmung widersetzt hatte.

Und Gogamoth war ein Diener des Dunklen Wanderers, dessen Macht ihm allein gehörte. Selbst Gogamoth zitterte vor Furcht im Angesicht der Schrecklichkeit des namenlosen Dämons.

Damals, vor vielen, vielen Jahren, sollten sie auf der *Moirai* auf den Dunklen Wanderer treffen. Der die Macht sein eigen nannte, die die Prophetinnen nur in Grundzügen beherrschten. Die Entdeckung dieses Buchs mit seinen irrwitzigen, schlangenähnlichen Runen, in dessen Seiten die Entität direkt erwähnt wurde, die er in den schrecklichsten und vor allem letzten Augenblicken des alten Lighthuggers mit eigenen Augen gesehen hatte, hatten es ihm in den Tiefen der dunklen, warmen Bibliothek kalt den Rücken hinunterlaufen lassen. Und...

es hatte bestätigt, dass es eine Spur gab, die zu diesem Planeten führen würde, einem Ort jenseits aller bekannten Welten. *Die verlorene Heimat.* Es bestätigte, dass es einen Ort gab, an dem die Macht, nach der er suchte... darauf wartete, gefunden zu werden.

»133«, hauchte Casper, als er in die Hocke ging und die von ihm aufgedeckten Runen fassungslos anstarrte. Runen wie die, die er vor langer Zeit in einer vergessenen Bibliothek entdeckt hatte. Ihre Seltsamkeit übermannte ihn. Aber er fand Trost in ihrer Wirklichkeit, so unglaublich es auch sein mochte. »Erkunde den Hügel. Wir lagern heute Nacht hier.«

»Wie Sie befehlen, Meister. Allerdings kann ich Ihnen dank meiner Sensoren schon mitteilen, dass es hier keine anderen Lebensformen zu töten gibt. Abgesehen von Ihnen und dem Urmo. Es scheint ein ziemlich langweiliger Ort zu sein, aber ich bin immer für Überraschungsangriffe irgendwelcher Horden zu haben, die bereit sind, auf furchtbare Weise für eine Sache zu sterben, an die sie mit aller Kraft glauben. Ich habe das schon immer als sehr unterhaltsam empfunden. Ich bezweifle, dass sich mir heute diese Möglichkeit bieten wird. Nun, man kann ja träumen.«

Der gemeingefährliche Bot machte sich auf den Weg, das Blastergeschütz im Anschlag, und stapfte durch das Unterholz. Er war auf alles vorbereitet, von einem MK9-Kampfpanzer bis hin zum sagenhaften OGER-Mech des Krogonischen Reichs.

Casper räumte weitere Schlingpflanzen aus dem Weg und genoss jede weitere Entdeckung mit jedem neuen Stein. Die Geschichte des in Stein gemeißelten Echsenvolks wurde vor seinen Augen lebendig. Er erkannte das Symbol, das die geheimnisvollen Pyramiden repräsentierte. Und er erinnerte sich an die, die er im Lighthugger gesehen hatte — im nächtlichen Kampf gegen die Irren, die in einer aufgegebenen Stadt auf einer gekrümmten Ebene die übrig geblieben Infanteristen auslöschen wollten.

KAPITEL 15

Fünfzehn von ihnen hatten es in die aufgegebene Stadt geschafft. Draußen in dieser verrückten Landschaft, mit der jeder normale Verstand seine Schwierigkeiten hatte, befanden sich weitere Bauten. Aufgegebene Städte. Rätselhafte Ruinen. Und etwa auf halber Strecke entfernt von ihrer aktuellen Position zum Ende des Zylinders erhob sich eine seltsame Pyramide. Eine Pyramide, wie sie die ersten Sternenreisenden während des Exodus auf so vielen anderen Welten entdeckt hatten.

Irgendwann bezeichnete man sie einfach als die Ruinen der Alten. Sie ließen sich nicht erklären, und ihre Geheimnisse waren bis heute unentdeckt.

Man fand sie auf jedem Planeten. Die Pyramiden wurden aus dem dort vorhandenen Fels geschlagen und in Komplexen angeordnet, die aus einer großen und drei kleineren Pyramiden bestanden. Sie befanden sich normalerweise in abgeschiedenen Einöden, und es gab keine Verbindung zu anderen planetaren Zivilisationen, egal, ob in der Gegenwart oder Vergangenheit. Sie besaßen keinen erkennbaren Zweck.

Und... diese Pyramiden waren unzugänglich. Die leistungsstärksten Sensoren scheiterten an ihnen, und selbst ein Bodenradar lieferte keine Informationen. Sie ließen sich nicht zerstören oder beschädigen. Selbst die modernsten Schneidegeräte waren nicht in der Lage, ihnen einen Kratzer zuzufügen.

Die galaxieweite Begeisterung bei ihrer Entdeckung ließ schnell nach, als deutlich wurde, dass sie keins ihrer Geheimnisse preisgaben. Nun waren sie einfach nur da, überall, und es interessierte sich praktisch niemand für sie.

Laut einiger Theorien — und mehr waren sie wirklich nicht — existierten sie schon lange vor der Galaktischen Republik, möglicherweise sogar Millionen von Jahren zuvor. Es wurde angenommen, dass sie von einer alten Zivilisation erbaut worden waren, die sich über die gesamte Galaxie erstreckte. Diese andere galaktische Zivilisation hatte eine Blütezeit erlebt, und dann war sie unerklärlicherweise — aus unbekannten Gründen — ausgestorben. Diese tote Zivilisation war die lebende Verkörperung der Diskussion um das Fermi-Paradoxon, die aber mit dem Aufkommen des Hyperraumantriebs sowieso praktisch zum Erliegen gekommen war. Die Antwort auf die Frage: »*Wo sind sie alle?*« hatte gelautet: *überall.* Sie waren nur nicht zum Reisen bei Überlichtgeschwindigkeit fähig gewesen.

Nicht, bis die Menschheit die Bühne betrat.

Egal, wohin die Menschheit ging, sie entdeckte überall Leben. Und nicht nur absurdes, praktisch kaum zu verstehendes, außerirdisches Leben, obwohl das natürlich auch passierte. Die Menschen entdeckten eine riesige Anzahl an humanoiden Lebensformen, die ihnen sehr ähnelten. Was zu endlosen Diskussionen im Feld der Xenobiologie führte.

Aber die Ruinen der Alten, die seltsamen Pyramiden, die sich fast schon zu wellen schienen, obwohl mathematische Prinzipien und ihre Vermessung dem widersprachen, waren die wirkliche Antwort auf das Fermi-Paradoxon. Sie dienten als der Beweis, dass es vor unserer eigenen eine galaxieweite Zivilisation gegeben hatte — eine Zivilisation, die gekommen und gegangen war. Die Alten waren die Galaktische Republik der fernen Vergangenheit.

Und trotzdem befand sich in einem Lighthugger des Exodus eine dieser Pyramiden. Wie konnte das sein? Das Letzte, womit Casper gerechnet hatte — als er um sein Leben rannte und die altertümlichen Geschosse der Barbaren an ihm vorbeipeitschten, durch den trockenen braunen, genmanipulierten Mais, der immer noch auf den Feldern außerhalb der toten Stadt auf der gekrümmten Ebene im Inneren eines riesigen Raumschiffs wuchs — war, dass sich im Inneren des Hauptwohnkomplexes eine Pyramide der Alten vor ihm erheben würde.

Alles, was Casper hören konnte, war sein schweres, keuchendes Atmen, während er vorwärtsstürmte. In dem Augenblick, bevor er die Pyramide über ihm entdeckte, die am Himmel hing, der einfach nur eine Erweiterung der finsteren Ebene war, die sie auf ihrer Flucht durchquerten, hätte er jedem verkündet, dass sie alle dem Tod geweiht waren. Sie befanden sich zu tief im Raumschiffsinneren. Sie waren zahlenmäßig brutal unterlegen. Und waren auf dem Weg ins noch größere Unbekannte.

Unter solchen Voraussetzungen kamen immer alle um.

Sie waren schon über sechs Kilometer von dem Eingang entfernt, der sie zu den äußeren Decks und dem einzigen Raumschiff zurückgebracht hätte, mit dem sie die Todeszone hätten verlassen können. Eine Todeszone, die noch niemand jemals verlassen hatte.

Und diese gut sechs Kilometer zwischen ihnen und der *Lexington* waren übersät mit Langzeitexperimenten, die furchtbar schiefgelaufen waren. In diesem

Raumschiff hatte der Mensch an der Eingangstür seine Menschlichkeit an einem Nagel aufgehängt und sich für den nächsten Schritt entschieden — sich selbst zu einer Art Gott zu machen, wenn er denn nur alle Vorsicht fahren ließe und diese Chance ergriffe. Wenn er bereit war, auf dem Weg dorthin zu einem Monster zu werden.

Casper schmiss sich auf den trockenen Boden unterhalb des Felds mit dem toten Mais. Er sog hektisch so viel von der kalten, abgestandenen Luft ein wie möglich, als ob es nicht genügend von ihr gäbe und mit jeder Sekunde weitere Luft verlorenginge. Ringsherum mischten sich die elektrischen Blitze der Leichten Mars-Infanterie mit dem Zischen und Knallen der Kugeln der Wilden, echten Kugeln, wie sie vor langer Zeit von Dschihadisten auf der Erde verwendet worden waren. Hunderte Feinde näherten sich ihrer Position.

»Sergeant Trask!«, brüllte Rex über den Kanal, und seine Worte wurden im Hintergrund begleitet vom Geräusch automatischer Waffen, die aus nächster Nähe abgefeuert wurden. »Rückzug zur Stadt, Verteidigungsperimeter errichten. Erste Gruppe hält hier die Position, bis das erledigt ist. Ausführung melden, kommen.«

Als Trask antwortete, konnte man die Furcht in seiner Stimme hören. »Verstanden, Sir, Verteidigungsperimeter wird in spätestens fünf Minuten errichtet. Trask, Ende.«

Casper hörte sich das alles an, und ihm kam ein Gedanke.

Wer war ihr Prometheus?

Wer würde die Wilden in den Stand eines Gottes erheben, wonach sie so sehr verlangten?

Wer hatte ihnen die Prophetinnen gegeben?

Denn... musste es nicht jemanden gegeben haben, der sie ihnen gebracht hatte? Sich selbst zum Gott zu machen, war nicht möglich. Oder doch? Sie hatten das nicht einfach erfunden. Einen Menschen erschaffen, der echte Magie beherrschte? Jemand war zu ihnen gekommen. Jemand hatte ihnen diesen Weltraumzaubertrick gezeigt.

Private LeRoy warf sich neben Casper zu Boden.

»Weichen Sie nicht zurück, Sir. Jetzt wird's nämlich ganz schön brenzlig.«

Einen Augenblick später stürzten Horden brüllender Wilder durch die Maisstängel auf sie zu, Dämonen gleich, die nach frischem Fleisch gierten. Eine Sekunde danach schoss ihnen ein Strahl brennender Flüssigkeit direkt entgegen.

LeRoy brüllte und jubelte vor Freude.

Casper wich entsetzt zurück. Seit Menschengedenken wusste jeder Astronaut, dass ein Feuer an Bord eines Raumschiffs des Teufels Freund war. Das war das Schlimmste, was in einer sauerstoffreichen Umgebung passieren konnte. Ein Feuer war in der Lage, in kürzester Zeit alle Atemluft aufzubrauchen. Und auch wenn die *Moirai* eine Welt für sich selbst war, so war sie doch im Grunde nur ein Raumschiff in der Leere. In diesem Zylinder war Sauerstoff eine begrenzte Ressource.

»Wenn du alle auf die grausamste Weise umbringen willst... dann entscheide dich immer für den Flammenwerfer!«, brüllte und jubelte LeRoy. Dann eröffnete er mit seiner KS das Feuer und schoss auf die brennenden Gestalten, die sich vor Schmerzen windend und in ewiger Qual umhertorkelten, während alles, was an ihnen Maschine war, und ihr Fleisch schmolzen.

Die Energieblitze rissen klaffende Lücken in ihre Körper, und die herabfallenden, brennenden Körperteile setzten die Felder dahinter in Brand. Sie konnten die anderen Barbaren, deren Ansturm aufgehalten worden war, draußen im Flammenschein stehen sehen. Einige von ihnen rannten zurück in die Finsternis. Links von Casper stand Rex, der aus einem kleinen, aber schweren Gewehr kurze Flammenstöße spritzen ließ, die zwischen ihnen und den Wilden eine Barriere aus züngelnden Flammen bildeten. Das laute Klagen der Wilden verwandelte sich in ein Geheul, das nach unendlichen Qualen klang.

Der Mech rückte drohend im Feuergefecht vor. Seine Waffen schwenkten in eine andere Richtung und knallten alles vor sich ab, mit blendenden Feuerstößen, die völlig übertrieben waren. Das Höllenfeuer von Rex' Flammenwerfer ließ die riesigen Messinghülsen glänzen, die als Abfall in das Maisfeld fielen.

Rex schoss einen Flammenstrahl aus brennendem Napalm auf den Mech ab. Die Flammen breiteten sich schlagartig über das gesamte Ding aus, als sie einen ölverschmierten Bereich des nachlässig gewarteten Monstrums erreichten. Der Pilot versuchte, sich aus dem Gefecht zurückzuziehen, doch der gesamte Mech hatte sich binnen Sekunden in ein Flammenmeer verwandelt. Eine Luke klappte auf, und eine Gestalt versuchte aus dem Mech herauszukrabbeln, doch sie wurde von den gefräßigen Flammen verschlungen und brach noch im brennenden Laufroboter zusammen, bevor sie es auch nur halb aus dem Monstrum geschafft hatte.

Von Caspers Position zwischen den sich entzündenden Maisstängeln aus, wirkte es wie mythischer Riese, dessen Abbild bei Herbstende abgefackelt wurde.

Und als wenn all das noch nicht schlimm genug gewesen wäre, betrat er nun das Feld.

Der Dunkle Wanderer.

Sie würden erst später herausfinden, dass er —definitiv nicht es — so genannt wurde.

Er schritt an den eng gedrängten Wilden vorbei und dem Feuer, das alles auf der finsteren, im Schatten liegenden Ebene in das höllische Orange von Halloween tauchte, während die Flammen von Opfer zu Opfer sprangen. Er ging einfach durch die Rauchschwaden hindurch und kam an Wesen vorbei, die bei lebendigem Leib verbrannten. Bestien, die früher Menschen gewesen waren, und nun heulend ewige Todesqualen durchlitten. Der Dunkle Wanderer schritt durch das unvorstellbare Chaos dieser Schlacht, die sich in ein Herbstritual verwandelt zu haben schien. Er schien sich über ihnen zu nähern.

Nicht nur, weil er einfach größer war als sie, was stimmte, sondern er schien über ihnen zu schweben. Ein dunkler Engel, der in einem Fantasy-Buch, das niemand bei gesundem oder klaren Verstand geschrieben hätte, über diese bösen Kobolde herrschte, die zur Hälfte Mensch, zur Hälfte Maschine waren. Er ignorierte das wahnsinnige Chaos, um sich so weit wie möglich von Rex zu entfernen, der sich in einen flammenspeienden Teufel verwandelt hatte.

Der Dunkle Wanderer schritt durch die Flammen.

Rex hörte mit dem Pumpen auf, mit dem er dieses Flammenmeer heraufbeschworen hatte, und erteilte über den Gruppenkanal einen Befehl. Als ob er, Tyrus Rex, eine Tötungsmaschine, wie es sie in der Galaxie noch nie gegeben hatte, in diesem Augenblick begriff, dass er gegenüber dem, was gerade auf ihn zukam, völlig machtlos war.

Wie Gandalf, der sich dem sagenumwobenen Balrog stellte.

»Lauft! Sofort!«, brüllte Rex.

Nicht *Rückzug.* Sondern... *Lauft! Lauft um euer Leben.*

Casper hörte jemanden schießen. Auf Dauerfeuer. Im Gegenwert eines vollständigen Batteriepacks, aus den alten, zuverlässig KS', die sie schon so lange benutzten. Im Vergleich zu den Waffen, die die Legion heute benutzte, waren sie steinalt, aber damals waren sie das Neueste vom Neuesten. Es war Rex, der ihnen allen Deckung gab, und das lange genug, damit die wenigen, noch verbliebenen Männer der Ersten Gruppe aufstehen und um ihr Leben rennen konnten.

LeRoy zerrte Casper buchstäblich auf die Beine, als er zur Flucht ansetzte. Flammenschein tanzte über seine Mars-Schutzkleidung.

»Kommen Sie, Sir!«, brüllte er. »Wir müssen uns trollen!«

Casper kannte das Wort nicht. Sich trollen. Aber die Bedeutung war klar. Sie rannten, so schnell sie nur konnten, um ihr Leben. Warum?

Weil man es ihnen befohlen hatte?

Weil es ihre einzige Chance war, noch eine Minute weiter leben zu können?

Nein.

Weil sie die Angst spürten, die greifbare Furcht, die sie verfolgte und sie durch die in der Dunkelheit auflodernden Flammen im Maisfeld jagte. Sie spürten, wie der Dunkle Wanderer Jagd auf sie machte.

Der seltsame Mais, der in der Dunkelheit zwischen den Sternen entstanden und verändert worden war, um in den Schatten des ewigen Zwielichts zu gedeihen, zerrte an seiner Ausrüstung, als ob er ihn daran hindern wollte, dem Dunklen Wanderer zu entkommen, der ihm sicherlich schon auf den Fersen war.

Casper erinnerte sich, dass er gedacht hatte, Rex sei tot. Er war nicht mehr. Und dass er sich nur mit Mühe dazu hatte bringen können, das zu bedauern, weil nichts anderes wichtiger war, als sein Leben zu retten.

Wer hatte gegen etwas so... Seltsames schon eine Chance?

Sie erreichten die Straßen der aufgegebenen Stadt.

Geisterhafte Türme, deren Fenster wie leere Augenhöhlen aussahen, umgaben sie im finsteren Zwielicht. Starrten entsetzt auf sie hinab. Die Straßen waren leer und wirkten, als wären sie eingestaubt und seit Langem nicht mehr genutzt worden. Die Gebäude offenbarten hinter ihren Fassaden weitere Dunkelheit, die ihnen stumm und in ewigem Entsetzen entgegenschlug.

Sie waren aus einer Flammenhölle geflohen, von einem unbekannten Dämon verfolgt, vor dem sie sich zu sehr fürchteten, als sich überhaupt an ihn erinnern zu wollen, und waren an einen einsamen, vergessenen Ort geraten, der irgendwie noch furchterregender war als das Grauen, das ihnen auf den Fersen war.

Trask trat aus einem gesichtslosen Gebäude heraus und bedeutete ihnen herüberzukommen. Casper hörte LeRoys Schritte hinter sich, als er im Laufschritt die leere Straße überquerte, um die Dunkelheit in dem Gebäude zu erreichen.

Sie waren nur noch neun.

Sie waren die einzigen der Ersten Gruppe, die die Stadt erreicht hatten. Die Einzigen, die das Grauen im toten Maisfeld überlebt hatten.

Sie hörten, wie die Barbaren draußen in der Dunkelheit in die Stadt kamen. Das Vorrücken der Scheusale, halb Mensch, halb Maschine, durch den genmanipulierten Mais glich einer Symphonie aus kratzendem weißen

Rauschen, das misstönend und geheimnisvoll hypnotisierend zugleich war.

Als ob darin ein Versprechen läge.

Als ob auch sie bald durch das Maisfeld rennen würden.

»Position einnehmen«, befahl Trask. Er hatte Angst, aber seine Stimme klang entschlossen, wie Stahl, der sich nicht so leicht brechen ließ. »Wir halten hier die Stellung. Das letzte Gefecht, Gentlemen.«

Es war dunkel, als Caspar den Altar unter den Schlingpflanzen entdeckte.

Er hatte lange Zeit dort geruht, unter schlangenähnlicher Vegetation verborgen, die sich den wütenden Schlägen von Caspers Handbeil nur widerstrebend gebeugt hatte. Er hatte sie schließlich unter lautem Keuchen und mit einem Zorn zur Seite gerissen, der seine erschöpften Muskeln Lügen strafte. Er hatte Säulen von ihrem Bewuchs befreit, Sockel, sogar eine Art Sitz. Und unter all diesen Dingen hatte er das alte Pflaster entdeckt. Jeder einzelne Stein machte deutlich, dass dies ein Ort von besonderer Bedeutung war. Es war ein kleiner Ort — so gar nicht, wie er sich den Tempel von Morghul vorgestellt hatte. Vielleicht handelte es sich um einen Schrein. Eine Zwischenstation, die ihm den Weg weisen würde.

Aber es war der Altar, der ihm klarmachte, um was es sich bei diesem Ort handelte.

Die Echsen waren als Flachrelief wie Piktogramme auf einer uralten Wand ausgeführt, auf denen sie Gefangene vorwärtszerrten. Und sie mit schrecklichen, dunklen Sensen ernteten. Sie opferten sie dem Ding, dem sie huldigten.

Casper zog die letzten, toten Schlingpflanzen auf dem Altar weg. Die letzten gemeißelten Zeichen kamen zum Vorschein. Und zeigten ihm den Umriss und das Bild des Albtraums im Maisfeld.

Auch hier war der Dunkle Wanderer.

Nur streckte der Dunkle Wanderer hier seine Arme aus, um die Opfergaben in Empfang zu nehmen, die vor langer Zeit auf diesem Tisch niedergelegt worden waren. Im Gegenzug bot er ihnen... Macht.

Tja, dachte Casper. *So sieht man sich wieder.*

KAPITEL 16

Am nächsten Morgen blickte Casper, der im sanften Morgenschein auf dem von Schlingpflanzen überwucherten Hügel im Dschungel stand, Richtung Westen und sah andere Hügel, die sich über den Baumwipfeln erhoben. In der Ferne zeichneten sich die zerklüfteten Berge ab, wo die monumentale Statue stehen musste, aber wer wusste schon, wie weit in diesem feuchten, dampfenden Dschungel der Horizont entfernt lag.

Eine Stunde später machten sie sich nach einem dürftigen Frühstück wieder auf den Weg - Energieriegel für Casper, eine seltsame Dschungelfrucht für Urmo - und ließen den überwucherten Tempel des Dunklen Wanderers hinter sich.

Als sie den grünen Hügel hinabstiegen, wurden sie erneut von der dichten Vegetation des Dschungels verschlungen. Sie marschierten an vielen Sümpfen vorbei und dabei begleitete sie der rote Lichtschein des sterbenden Sterns, der durch das Blattwerk über ihnen fiel und ab und zu die sie umgebende Finsternis erhellte. Fremdartige Äste streckten sich ihm entgegen, bogen und wanden sich wie Tentakel in den Raum, um so viel wie möglich vom Dschungel zu ergreifen, egal, wie lange dies dauern mochte.

TJK-133 umging diese spinnenähnlichen Bäume und kehrte anschließend immer wieder auf den eingeschlagenen Kurs zurück. Er hielt das Blastergeschütz schräg vor der Brust und suchte die Dunkelheit vor ihnen ab, die sich zwischen den breiten blutroten Lichtstrahlen erstreckte.

Im Lauf des Tages fühlte sich Casper langsam besser. Viel besser. Nicht dass er sich schlecht gefühlt hätte - ihm war einfach heiß gewesen, und er war erschöpft. Und er fragte sich erneut, wie viel von diesem Planeten er erforschen musste, um den Tempel von Morghul zu finden. Die Begeisterung, die Piktogramme des Dunklen Wanderers entdeckt zu haben, hatte sich wieder gelegt.

Sie kamen an tiefen, dunklen Teichen vorbei, die sich für einen kurzen Sprung ins kühle Nass geeignet hätten oder die versunkenen Überreste vergessener Zivilisationen enthielten, aber selbst Urmo ignorierte sie und murmelte nur sein einziges Wort. Dabei sah er sich ständig mit misstrauischem Blick aus seinen großen Augen um, als ob ihnen aus allen Richtungen Gefahr drohte.

Casper benutzte das kleine Biest als eine Art planetaren Reiseführer. Er nahm sich vor, diese orangenartige Dschungelfrucht zu probieren, die Urmo zum Frühstück verspeist hatte. Sie hatte das Wesen nicht umgebracht, und daher war das Risiko, dass sie ihn auch nicht umbringen würde... vermutlich akzeptabel.

Als er bemerkte, dass Urmo einen großen Bogen um diese tiefen, dunklen Teiche im Dschungel machte, kam er zu dem Schluss, dass es wahrscheinlich eine gute Idee war, es ihm gleichzutun.

Manchmal zückte TJK-133 seine Machete aus Carbon-Stahl, um ihnen Weg durch das dichte Unterholz zu bahnen. »Anstelle Ihre Feinde zu töten, Meister«, setzte der Bot mit seiner eigenartigen Stimme, Typ englischer

Butler, an, »werde ich die hiesige Flora und Fauna töten, damit Sie einen leichteren Weg haben. Entspannen Sie sich, und ich werde mit dem Gemetzel beginnen, mein Lehnsherr.«

Casper setzte sich dann hin, während ihm der Schweiß von den Haaren tropfte, die im Jahr seiner Beförderung zum Captain frühzeitig grau geworden waren, und lauschte dem monotonen Hacken des Bots in seinem Kampf gegen den Dschungel. Sein T-Shirt war klatschnass. Er nahm einen Schluck Wasser und ließ die Feldflasche es vorher abkühlen.

Er war schon durch einige Dschungel marschiert und hatte noch nie einen erlebt, in dem eine solche Stille herrschte. Das war äußerst merkwürdig. Ein Dschungel war voller Leben, voller Geräusche, und man konnte Vögel, Insekten und Raubtiere hören. Aber hier? Nichts. Es herrschte eine brütende Stille, die alles überdeckte.

Genau in dem Moment bemerkte er die Pilze. Sie hatten einen dunkelpurpurnen Ton, und obwohl sie auf eine finstere und unheimliche Art wunderschön waren, waren sie auch offensichtlich - oder zumindest höchstwahrscheinlich - giftig. Ihr gesamtes Aussehen strahlte sicheren Tod aus. Einige Dinge, dachte Casper bei sich, als er einen weiteren Schluck aus der Feldflasche nahm und sich besser, kühler und erfrischter fühlte... einige Dinge sehen tödlich aus, weil sie tödlich *sind*.

Er ließ das Wasser in der Flasche wirbeln, während er die Pilze musterte, die auf dem dunklen Lehmboden Gruppen bildeten. Sie scharten sich vor allem um die Bäume mit den rauen, überwucherten Rinden, die sich überall im Dschungel erhoben. Er konnte TJK-133 in ihrer Nähe hören, wie er sich einen Weg durch die dicht wuchernde Vegetation bahnte. Gleichmäßig, systematisch. Er hackte auf das dichte Unterholz ein, das vor Caspers Augen größer zu werden und sich überall auszubreiten schien.

Er bemerkte, dass die Pilze überall waren. Sie schienen sich ihm zu offenbaren, als ob sie von einem Augenblick auf den anderen auftauchten.

Überall...

Trask war noch da.

LeRoy.

Dunbartty.

Nogle.

Barr.

Esmail.

Duhrawski.

Und eine Sanitäterin. Eine junge Frau, die das Team nur *Pille* nannte.

Acht Leute und Casper.

Im Lauf der nächsten Stunde durchsuchten die Barbaren die aufgegebene Stadt auf der finsteren, gekrümmten Ebene im Versuch, ihre Position zu bestimmen. Aber die Soldaten vom Mars ließen sich nicht so leicht aufscheuchen. Die Infanteristen vom Mars hatten sich die alten Ranger des schon längst vergessenen, uralten amerikanischen Militärs zum Vorbild genommen - Rex war einer der letzten gewesen -, und waren nicht nur wesentlich besser ausgebildet als die Wilden, sondern hatten auch viel mehr Kampfeinsätze hinter sich.

Wahrscheinlich.

Die Marineinfanteristen der Barbaren, wie man sie irgendwann in den kommenden Jahrtausenden der Kriegsführung nennen würde, waren zu diesem Zeitpunkt nur Schläger, die die Befehle der herrschenden Eliten an Bord der Lighthugger durchsetzten. Es konnte gelegentlich passieren, dass sie sich als Plünderer auf einen Außenposten in den Grenzlanden stürzten. Aber die Leichte Mars-Infanterie hatte die gesamten Streitkräfte der Vereinten Nationen im Mars-Unabhängigkeitskrieg in Schach gehalten. Tatsächlich hatten sie einen Gegenangriff gestartet und die gesamte Westküste von Nordamerika erobert, obwohl sie zahlenmäßig weit unterlegen gewesen waren.

Die nächste Stunde hätte nicht blutiger ausfallen können, erinnerte sich Casper, während die Erinnerungen vor seinem inneren Auge ihren Lauf nahmen.

Es war verdammt knapp gewesen.

In den ersten zehn Minuten herrschte Ruhe. Trask lehnte an der Wand eines aufgegebenen Gebäudes und blickte durch die Ruinen hinaus auf das Halbdunkel der leeren Straße. Alle anderen Soldaten hatten Positionen bezogen, von denen aus sie ihr Schussfeld abdeckten. Es gab nur einen Ausgang an der Rückseite. Dort hielt Esmail die Stellung. Der Rest beobachtete die beiden Straßen, die sich neben dem Gebäude in der Nähe des Stadtrands kreuzten.

»Ganz schön gruslig, wie dunkel es hier drinnen ist«, flüsterte LeRoy über den Kanal. »Glauben Sie, dass das die ganze Zeit so ist, Sergeant?«

Casper war aufgefallen, dass sie *Sergeant* nie als
›Sergeant‹ aussprachen. Wenn sie das taten, dann hörte
es sich eher nach ›Sarn't‹ an. Ein gedankenverlorener
Teil von Caspers Verstand, der sich immer für Geschichte
und Etymologie interessiert hatte, fragte sich, wie sich
das ergeben hatte. Traf dies nur auf die Streitkräfte
des Mars zu, oder stammte es von irgendeinem alten,
amerikanischen Unteroffizier, der während des Exodus
von der Erde geflohen war, um sich dem Großen Mars-
Experiment anzuschließen? Dem Neuen Amerika, wie
es von einigen Leuten während seiner kurzen Existenz
genannt worden war.

»Feindkontakt«, flüsterte Private First Class Nogle.
Dann: »Dreihundert Meter, die Hauptstraße entlang. Vier-
Mann-Team, bewegt sich am Gebäude entlang. Feuer
eröffnen, Sarn't?«

»Wartet…«, flüsterte Trask. Er sprach fast wie in
Trance, während er den Kopf in dem finsteren Gebäude
so reckte, dass er nicht im Fensterrahmen erschien und
ihre Position verriet. »Könnte sein, dass sie uns dazu
bringen wollen, ihnen zu zeigen, wo wir stecken. Macht
mal nichts. Die versuchen uns zu finden«, sagte er mit
rauer Stimme.

Stille.

Casper hörte, wie einer der Soldaten in der Dunkelheit
ausspuckte, die Nase hochzog und erneut spuckte.

»250«, flüsterte Nogle, der ihnen die
Entfernung ansagte.

Casper zog seine Handfeuerwaffe und kontrollierte
sie. Voll aufgeladen. Er legte den Sicherungshebel um.
Sie würden seine Unterstützung brauchen, wenn sich die
Situation zu einem richtigen Feuergefecht entwickelte.

»200, Sarn't.«

»Abwarten!«, zischte Trask.

Stille.

Dann: »Sie überqueren die Straße, Sarn't. Sind jetzt auf unserer Seite. Hab sie im Visier. Ein Schuss, und die sind alle erledigt.«

Trask antwortete nicht.

Das war ein weiterer Beweis für die hervorragende Ausbildung der Leichten Mars-Infanterie, dass sie sich zurückhielten, obwohl die unterschwellige Anspannung deutlich zu spüren war. Das Verlangen, einfach das Feuer zu eröffnen und sich den Weg in die Freiheit freizuschießen... selbst Casper spürte das.

»100.«

»Hat jemand noch was anderes im Blick?«, fragte Trask nervös.

Das wurde von allen Seiten verneint.

» Sarn't... die kommen direkt auf uns zu. Als ob sie wüssten, dass wir hier sind. Noch dreißig Sekunden, und sie erreichen die Kreuzung.«

»Cool bleiben«, flüsterte Trask.

Eine Sekunde später verkündete PFC Nogle, dass der Aufklärungstrupp der Wilden angehalten hatte. Dann: »Die machen was, Sarn't.«

»Kannst du sehen, was?«, fragte Trask. »Wechsle auf die Restlichtkamera.«

»Schon gemacht, Sarn't «, antwortete Nogle gereizt. »Vielleicht ein Kommunikationsgerät. Weiß nicht - vielleicht ist das so ein magisches Wunderzeugs, das nur aus kurzer Entfernung funktioniert... wie ein Radar, das unsere Herzschläge wahrnimmt... und sie mussten nah genug ran, um uns zu entdecken...«

»Das ist doch bescheuert«, antwortete einer der anderen Soldaten aus der tiefschwarzen Dunkelheit. »So was gibt's nicht.«

»Ja, das sagen sie alle, Dunbartty. Bis es das gibt. Was immer sie da machen, ich wette mein nächstes Monatsgehalt drauf, dass sie genau wissen, dass wir hier sind, und sie fordern gerade einen Angriff an. Ich sage, wir knallen sie ab und wechseln die Stellung. Sarn't?«

»Nein«, sagte der andere Soldat, »das ist bescheuert. Wir halten uns einfach versteckt, und die-«

Im nächsten Augenblick wurden sie von allen Seiten unter Beschuss genommen. Vor allem aber von den Gebäuden und der Gasse, die von ihnen aus schräg hinter der Kreuzung lag. Dunbartty bekam eine Kugel in die Brust, die direkt durch die Tür zum Straßeneingang hin gefeuert worden war.

»Pille!«, brüllte jemand über das Funkgerät. »Dunbartty hat's erwischt!«

Alle, die von der Leichten Mars-Infanterie noch übrig waren, eröffneten das Feuer auf den Gegner. Der eben noch in Schatten liegende Raum wurde stoßweise von den grün aufblitzenden Energieentladungen ihrer KS-Gewehre erhellt.

Trask brüllte Befehle. »Feuerunterdrückung auf die Gasse da rechts!« Er ging geduckt unter einem Fenster hindurch, hielt sein Gewehr über den Kopf und feuerte auf die Straße, wo sich eben noch der Aufklärungstrupp befunden hatte.

»Panzerfaust!«, brüllte jemand.

Casper kroch über den Boden, um zu Dunbartty zu gelangen und dem Sani zu helfen, als er an der Stelle vorbeikam, wo sich eben noch die Tür befunden hatte. Nun hatte er freien Blick auf eine Rauchspur, die sich die Straße entlangschlängelte. An der Spitze des Rauchwirbels befand sich eine Art kleiner Rakete. Sie prallte mitten in der Kreuzung auf der Straße auf, hüpfte hoch und schlängelte sich dann in einer ganz anderen Richtung voran, woraufhin sie in ein anderes Gebäude krachte.

»Hab sie!«, brüllte Barr. »Eine von den alten, schlauen Panzerfäusten aus dem Dritten Iran-Krieg, direkt vor dem Exodus. Ich habe mir ein paar Codes für elektronische Gegenmaßnahmen in mein Head-up-Display hochgeladen, für den Fall, dass diese Höhlenmenschen irgendwas Vorsintflutliches aus der guten, alten Zeit auspacken!« All das erzählte er, während er den Feind mit Dauerfeuer eindeckte.

»Sie kommen in Trupps auf uns zu. Scheinen uns stürmen zu wollen!«, schrie Nogle. Er deckte einen nicht erkennbaren Feind mit einem wahren Blitzgewitter ein.

Als Casper Dunbartty erreichte, war er bereits tot. Seine glasigen Augen, in denen sich die grünen Blitze um ihn herum spiegelten, starrten gen Himmel. Die Sanitäterin schüttelte den Kopf und kroch gebückt davon.

»Er ist tot«, verkündete Casper, während die Männer der Mars-Infanterie auf Ziele schossen, die aus praktisch allen Himmelsrichtungen auf sie zukamen.

Niemand reagierte darauf.

Stattdessen töteten sie einfach alles draußen auf den Straßen, solange sie noch Zeit dafür hatten.

Innerhalb weniger Minuten war die erste Angriffswelle der Barbaren aufgehalten. Die Wilden zogen sich zurück und ließen ihre Sterbenden stöhnend auf den Straßen zurück. Aber diese Atempause hielt nicht lange an. Sie versuchten es fünf Minuten später mit einem Ablenkungsmanöver, einer Finte auf der linken Flanke. Mittlerweile versuchte mindestens ein Zug die Gasse einzunehmen, die von hinten an das Gebäude führte. Eine Gasse, in der Esmail Minen platziert und eine Todeszone eingerichtet hatte.

Die Wilden hatten die Tür schon fast erreicht, als Esmail die intelligenten Minen explodieren ließ. Graphenklebeband, das jede Oberfläche nachahmte, auf die es angebracht wurde, sprühte plötzlich einen Nebel in die Gasse. Eine Sekunde später entzündete sich die Mischung.

Der Geruch von verbranntem Fleisch, der sich mit zerstörten Mikroschaltkreisen vermischte, durchflutete das Gebäude, als die Hitzewelle heiße Luft in das Gebäude zu den Verteidigern drückte. Die Angreifer waren gebraten worden.

Aber zwei weitere Züge der Barbaren hatten sich bereits versammelt und waren bereit, die Gasse zu überrennen. Sie erreichten den engen Durchgang, eröffneten das Feuer und rückten hinter einem Schutzschild vor, der sich ständig veränderte und vor ihren Augen verschwamm.

»Das sind ihre Peripheriegeräte!«, flüsterte Casper, der die Liveübertragung von Esmails Head-up-Display betrachtete. Eine Wand aus Stahlschmetterlingen hielt Esmails Schüsse ab. Einige seiner Schüsse kamen durch, aber nicht genug. Die Wilden näherten sich ihnen.

»Duhrawski!«, brüllte Trask dem Mann am schweren Blastergeschütz zu. »Nimm das Blastergeschütz rüber zu Esmail!«

Die Kugeln von Scharfschützen zischten von den Dächern heran, während weitere Wilde versuchten, die Straßen außerhalb des Gebäudes zu erobern. Sie nutzten jede Deckung, um sich voranzuarbeiten, und bezogen sogar manchmal Stellung hinter Gruppen ihrer toten Kameraden.

Duhrawski wuchtete die schwere KS-249 von seiner Stellung hoch, die er an der Gebäudevorderseite eingenommen hatte. Dann eilte er hinüber zu den dunklen Räumen, die nach hinten zur Gasse führten. Einen Augenblick später hörte Casper, wie die schwere Waffe hochfuhr.

Normalerweise würden sie diese Waffe nur in Salven abfeuern. Aber im engen Durchgang der Gasse mussten sie keine Ziele ins Visier nehmen. Die Wilden hatten sich hinter ihrem Schmetterlingsschild zu einer Gruppe zusammengefunden, um gemeinsam die Tür zu stürmen, während sie über die Sterbenden hinwegschritten und alles taten, um Esmail zu erreichen. Esmail hatte es erwischt, aber er kämpfte immer noch weiter, indem er seine KS durch den Türrahmen streckte und die Gasse mit Schüssen eindeckte. Seine hektischen, ungezielten Schüsse machten Hackfleisch aus den Wilden und ihrem sich ständig verändernden Schild.

Aber das würde nicht ausreichen. Die Monster waren entschlossen, sich durchzukämpfen.

Und dann eröffnete das Blastergeschütz das Feuer, und damit waren sie erledigt.

Die schwere Waffe zerfetzte den Schmetterlingsschild und fraß sich durch die eng zusammengedrängten Soldaten. Der heftige Beschuss raste durch die Toten und die Fliehenden, ohne zwischen ihnen zu unterscheiden. Duhrawski ging sehr gründlich vor. Kurz danach bewegte sich nichts mehr in der schmalen Gasse.

»Sind erledigt, Sarn't«, sagte er in der folgenden Stille über den Kanal. Er sagte dies mit nüchterner Stimme, als ob gut hundertzwanzig Leichen, von denen einige noch brannten und die er größtenteils persönlich ausgelöscht hatte, nicht das Grauen waren, das es offensichtlich darstellte.

Außer Esmail – der niemand an sich heranließ, um seine Verletzungen zu kontrollieren – hatten außerdem Trask und Nogle Treffer eingesteckt. Während die Sanitäterin zu Nogle hinüberrannte, machte sich Casper zu Trask auf. Eine Kugel hatte den Unterarm des Sergeants durchschlagen, der nun leblos an seiner Schutzkleidung herabhing. Casper legte eine Manschette über dem Ellbogen an, direkt oberhalb der Verletzung, und sah sie sich genauer an. Das hervorquellende Blut, das auf eine verletzte Arterie schließen ließ, wurde zu einem dünnen Faden und dann hörte die Blutung auf. Die Manschette gab außerdem Schmerzmittel in den zu behandelnden Bereich ab, sodass die Schmerzrezeptoren nur noch ein dumpfes Pochen weiterleiteten.

»Willst du ein bisschen Chill?«, fragte Casper. Er kannte den Spitznamen, den die Infanteristen vom Mars für ihre Notfallmedikamente hatten.

Trask winkte schwer atmend ab. »Nein«, sagte er. Er biss die Zähne zusammen und atmete so lange durch die Nase, bis die Schmerzen nachließen. »Das Zeug macht einen nachlässig. Habe ich keine Zeit für. Wir kommen hier schon raus. Habe ich meiner Frau versprochen...«

Er schloss die Augen und schluckte schwer. Casper sah, wie der Sergeant die Schmerzen verdrängte, aber Trask konnte seinen linken Arm nicht mehr benutzen. In seinem Gesicht stand verzweifelte Furcht.

»Sie greifen uns schon wieder an, Sarn't«, sagte Nogle über den Kanal.

Trask humpelte zum Fenster hinüber und starrte an den letzten Überresten des nachtblauen Glases vorbei, die noch in dem verstaubten Rahmen steckten. Auf der Straße sammelte sich bereits eine große Gruppe Marineinfanteristen der Barbaren, um sie wieder anzugreifen. Als ob sie gerade nicht erschreckende Verluste hingenommen hätten. Als ob sie gerade nicht aufgehalten worden wären.

»Hier drüben ist auch was los«, sagte Duhrawski, der das Blastergeschütz wieder in den Vorraum gewuchtet hatte.

»Hier auch«, sagte Barr. »Sie kommen direkt auf uns zu.«

Die Wilden stürmten auf beiden Flanken und direkt auf den Vordereingang zu. Aus drei Richtungen gleichzeitig.

»Feuer frei!«, brüllte Trask. Er schoss durch die Vordertür, die Waffe auf Dauerfeuer gestellt.

Duhrawski mähte auf seiner Seite die herananstürmenden Barbaren zu Dutzenden nieder. Die grünlichen Energieblitze erhellten die Gebäudefassaden auf der anderen Seite der mit Trümmern übersäten Straße wie Straßenbahnwagen, die in der Nacht vorbeifuhren. Aber die anderen beiden Gruppen näherten sich schneller, als die Infanteristen Schüsse abfeuern konnten.

»Sie kommen auch wieder auf mich zu«, flüsterte Esmail über den Kanal. In seiner Stimme schwang keinerlei Emotion mit.

»Kannst du deine Stellung halten?«, brüllte Trask zwischen mehreren Salven.

»Gebe meines Bestes, Sarn't.«

Casper rannte mit gezückter Waffe durch die Schatten zurück. Innerhalb kürzester Zeit feuerte er die Gasse entlang und gab Esmail Deckung, während der verletzte Mann sich abmühte, das Gewehr nachzuladen. Es hatte den Soldaten schlimmer erwischt, als sie alle gedacht hatten. Seine Finger zitterten, als er versuchte, ein frisches Batteriepack einzulegen.

Duhrawski sagte über die Leitung: »Batteriewechsel!«

»Ich gebe Deckung!«, rief Trask.

In diesem Augenblick wurde das Gebäude von einer heftigen Explosion erschüttert.

Einer der Infanteristen der Wilden draußen in der Gasse kam nah genug an sie heran, um eine Splittergranate in den kleinen Raum zu werfen, in dem Casper und Esmail ausharrten. Einen kurzen Augenblick lang sahen sie sich gegenseitig ungläubig an.

Was natürlich gar nicht stimmte, dachte sich Casper einige Jahre später auf dem Pilz-Pfad, wo er in den Tiefen des Dschungels bei klarem Verstand halluzinierte. Esmail hatte ihn nicht angeschaut. Sie hatten sich in keinster Weise abgesprochen. Stattdessen hatte Esmail, der mit dem Rücken zur Wand breitbeinig auf dem Boden gesessen hatte, die hereinrollende Granate einfach nur angewidert angestarrt. Und dann hatte er sich auf die Seite gedreht und eine nahezu perfekte Grätsche ausgeführt, was die Granate wieder in die Gasse katapultiert hatte.

Sie explodierte direkt vor den Gesichtern der Wilden.

Die Druckwelle, die mit lautem Knall Staub durch die Luft schleuderte, betäubte Casper, der sich neben der Tür hingekniet hatte. Die Wucht der Explosion, die die tänzelnden mechanischen Schmetterlinge der Marineinfanteristen aufzuhalten versucht hatten, schleuderte Casper auf den Rücken.

Zwei weitere Barbaren versuchten, durch die Tür zu stürmen, während die Explosion noch in Caspers Ohren klingelte.

Casper feuerte seine Waffe ab. Er war schon immer zielsicher gewesen. Ein guter Schütze. Hatte schon früher in der Klemme gesessen. Die beiden schreienden Wilden, die hinter ihren Spiegelmasken wie Geister heulten, brachen vor ihnen zusammen.

Aber in der Tür tauchten noch mehr von ihnen auf.

Esmail schaffte es, das Batteriepack einzulegen, betätigte den Durchladehebel und warf sich praktisch in den Türrahmen, die Waffe auf Dauerfeuer gestellt. Casper konnte nicht sehen, wen er traf, aber Esmail feuerte so lange weiter, bis das Batteriepack wieder leer war. Dann ließ er die mit Diamant versehene Klinge unterhalb des Waffenlaufs hervorspringen und begann, damit auf die Feinde einzustechen.

Casper kam auf die Knie, dann auf die Beine, und folgte Esmail durch die Tür, um auf die heranstürmenden Marineinfanteristen zu feuern, die anscheinend noch nicht verstanden hatten, dass jemand sie angriff.

Nun drangen Casper und Esmail fast schon unbewusst weiter in die Gasse vor, weil sie nicht mehr zurückkonnten. Casper schoss die Wilden über den Haufen, und Esmail setzte das Bajonett seines Gewehrs wie einen Presslufthammer gegen die nicht mehr menschlichen Wesen ein.

Es war ein Wunder, dass sie die erste Gasse hatten räumen können, und nun erreichten sie eine breitere Gasse, die parallel zur Hauptstraße verlief. Sie konnten durch die Gebäude hören, wie sich der wütende Kugelhagel in eine misstönige Symphonie aus Gewalt und Chaos verwandelte.

»Zu weit!«, keuchte Casper. »Wir müssen uns zurückziehen und unsere Nachhut schützen.«

Esmail blieb stehen, als ob er erst jetzt wieder zu sich käme. Er war ein wenig Amok gelaufen. Oder ziemlich viel, wenn man all die Toten in der Gasse betrachtete.

Dann entdeckte Casper etwas in einiger Entfernung - etwas, das keinen Sinn ergab. Es lagen Leichen von Wilden weiter unten in der Gasse, die gerade noch in dem Halbdunkel erkennbar waren, das die geheimnisvollen Lichtquellen des Hauptwohnkomplexes ermöglichten.

»Die haben wir nicht umgebracht«, flüsterte er.

Esmail warf sein Gewehr zu Boden und schnappte sich eine der Waffen der Barbaren. Sie war lang, entlang des Laufs ausgefräst, besaß einen grob dreieckigen Gurtkasten und einen Pistolengriff anstelle eines Gewehrschafts. »Ich habe keine Batteriepacks mehr.« Er beugte sich zu einigen der Leichen hinab, um sie nach Magazinen zu durchsuchen.

Casper ging vorsichtig die Gasse entlang und wechselte regelmäßig die Blickrichtung, damit ihm kein Feind in den Rücken fallen konnte. Als er die Leichen entdeckte, stellte er fest, dass sie durch KS-Beschuss getötet worden waren. Ihre Leichen, die halb aus Fleisch, halb aus mechanischen Komponenten bestanden, wiesen die verräterischen Brandwunden auf.

Esmail tauchte neben ihm auf und hielt eine der Projektilwaffen der Wilden in der Hand, die er sich geschnappt hatte. »Kein Wunder, dass sie praktisch nichts treffen. Mit dieser kleinen Schönheit kann man nur beten und hoffen, dass sie ein Ziel findet.«

Casper ignorierte seinen Kommentar. »Schauen Sie. Einer von uns muss es doch noch aus den Maisfeldern hergeschafft haben. Diese Typen haben wir nicht getötet.«

Esmail ließ seinen Blick über die nähere Umgebung schweifen. »Das Head-up-Display sagt mir dazu nichts... ich kann Ihnen nicht sagen, wer von der Einheit noch als aktiv geführt wird.«

Casper entdeckte auf einer Seite eine schmale Gasse, die so eng war, dass man sie nur seitwärts durchqueren konnte. Er aktivierte seinen Scheinwerfer und leuchtete damit in die Dunkelheit.

Esmail fluchte und befahl ihm, ihn sofort wieder auszuschalten. Casper wusste, dass Soldaten die Vorgabe sehr ernst nahmen, Geräusche und Licht möglichst zu vermeiden. Aber wenn sich einer ihrer Männer da draußen befand, dann mussten sie ihn finden und mit ihm in die Verteidigungsstellung zurückkehren.

Am Ende der schmalen Gasse lagen zwei weitere Leichen. Wilde. Ihre Hälse neigten sich in einem unnatürlichen Winkel zur Seite. Tote, metallene Schmetterlinge lagen wie weggeworfene Spielzeuge um sie herum auf dem Boden.

»Wer immer das war... sie sind da lang«, flüsterte Casper, als er seinen Scheinwerfer ausschaltete.

»Woher wissen wir, dass sie nicht von da drüben *kamen*?«, fragte Esmail.

Ich weiß es nicht, dachte Casper.

»Sie gehen zurück. Sichern Sie den Hintereingang. Ich werde unseren verschollenen Soldaten ausfindig machen und mit ihm zurückkommen. Ich werde einmal leise pfeifen, wenn wir die Gasse entlangkommen. Pfeifen Sie einmal zur Antwort, damit ich weiß, dass der Weg frei ist.«

Esmail bestätigte die Ansage mit einem gedämpften, aber für die Mars-Infanterie typischen ›Hurra‹, und humpelte dann die Gasse entlang, bis er im Halbdunkel verschwand.

Casper sortierte sich kurz, wechselte das Batteriepack seiner Handfeuerwaffe aus und zwängte sich in die enge Gasse.

Als er über die toten Barbaren hinwegstieg, erkannte er, dass eine der Spiegelmasken heruntergefallen war. Das Gesicht, das ihm vom Boden entgegenstarrte, wirkte elfenhaft und wunderschön. Fast schon perfekt, abgesehen von der heraushängenden purpurnen Zunge. Aber die Augen... die Augen waren nicht mehr menschlich. Sie waren mit Bio-Schaltkreisen ersetzt worden, die sich vermutlich mit den Spiegelmasken verbanden, überlegte Casper, als er über die Leichen hinwegstieg. Er hatte das Gefühl einen Blick auf einen einsamen, hoch gelegenen Gebirgssee zu werfen, nur um festzustellen, dass ihm unter dem spiegelglatten Gewässer aus einem Gesicht tote Augen entgegenstarrten.

der Barbaren schießen, die versuchten, zu ihnen vorzudringen. Ein weiteres Kreuzfeuerduell entwickelte sich im Raum zwischen Casper/Rex und den belagerten Infanteristen. Die Wilden wurden in die Mangel genommen, bis sie sich schließlich zurückzogen und zerstreuten und in den seltsamen, stets im mitternächtlichen Halbdunkel liegenden Maisfeldern verschwanden.

Nach der Schlacht war die Straße mit Leichen übersät. Rex begann, Magazine und Gewehre einzusammeln. Casper tat es ihm nach und ignorierte die spiegelnden Gesichter der toten Barbaren, die zu ihm hochstarrten, als er sie von ihrer Munition befreite. Und dachte an andere Dinge als die merkwürdig schönen Gesichter, die sich unter ihren seelenlosen Masken verbargen.

Bald schon eilten er und Rex zurück ins Gebäude, und Rex erteilte neue Befehle. Sie würden sich ihrer regulären Blastergewehre entledigen. Was völlig in Ordnung war, denn

KAPITEL 17

Als die Gasse wieder breiter wurde, entdeckte Casper auf ihrer gesamten Länge weitere Tote. Man hatte ihnen allen das Genick gebrochen. Die Gasse schlängelte sich hin und her, aber am Ende kehrte sie langsam wieder zum Missklang der Kampfgeräusche auf der Hauptstraße zurück.

Duhrawskis 249 deckte die Straße mit schrillen Salven brutalen Blitzgewitters ein. Die Waffen der Barbaren reagierten darauf mit kurzen Feuerstößen, die Blei durch die Luft schickten. Ab und zu ertönten Explosionen, die den Boden erzittern ließen. Einige waren klar auf Granaten zurückzuführen, andere klangen eher wie Mörsereinschläge am Gebäude. Aber in der engen Gasse wurden alle Geräusche von den Wänden zurückgeworfen, was es unmöglich machte, die genaue Richtung zu bestimmen.

Schließlich tauchte vor ihm das Ende der Gasse auf. Casper hielt sich weiterhin im Schatten und reckte seinen Hals, um um die Ecke zu schauen. Einige Wilde waren dabei, ein Geschütz auf einer Dreibeinlafette aufzubauen.

Zwischen ihnen befand sich auch einer der Mars-Infanteristen.

Der Soldat trat einen der Barbaren, sodass er nach hinten und außer Sicht geschleudert wurde. Dann sprang der Infanterist vor, streckte seine Hand direkt durch das ständig wechselnde, hypnotisierende

Schmetterlingsnetz, und zog den Schädel des nicht mehr menschlichen Gegners ruckartig zu sich heran. Gleichzeitig stieß er mit seinem Kopf vor und rammte ihn dem Kämpfer ins Gesicht. Obwohl die Geräusche der Schlacht nahezu ohrenbetäubend waren, konnte Casper das ekelhafte Knirschen von Knochen hören. Der Wilde erschlaffte schlagartig und brach auf der dunklen Straße zusammen.

Der dritte Marineinfanterist der Barbaren, der schlau genug gewesen war, sich seine Projektilwaffe zu schnappen, brachte sie in dem Augenblick in Anschlag, als der Soldat vom Mars mit seiner anderen Hand die Machete von seinem Rücken und in einer blitzschnellen Bewegung quer über den ungeschützten Hals des Wilden zog.

Der Kopf klappte zur Seite. Aber nicht ganz.

Casper rannte dem Lauf seiner Waffe folgend gerade aus der Gasse auf die Hauptstraße hinaus. Der Mars-Soldat achtete nicht auf ihn. Er hatte sich bereits eine Waffe der Barbaren geschnappt und entlud das Magazin auf eine Gruppe, die in der Nähe hinter einem umgestürzten Müllcontainer Deckung gesucht hatte. Die Kugeln fanden ihr Ziel, und seine Opfer brachen leblos zusammen. Blut spritzte im grauen Zwielicht auf, finster und endgültig, dem Kommentar eines Künstlers gleich, der deutlich machte, was alles falsch war an den Dingen, mit denen man Kriege gewann.

Im fahlen Zwielicht des Straßenkampfs herrschte überall Chaos und Verwirrung. Grüne Blitze zuckten von den umzingelten Verteidigern nach draußen, während die Barbaren beim Vorrücken kurz aufblitzende Feuerstöße von sich gaben und dann wieder Deckung suchten. Aber im Lichtschein einer der Explosionen drehte sich der Soldat um, und Casper erkannte Rex. Sein ältester Freund, von dem er geglaubt hatte, er wäre vor einer Stunde gestorben. Einer Stunde, in der er die Gedanken über die menschliche Sterblichkeit verdrängt hatte, weil dafür einfach keine Zeit war, weil sie fliehen, sich verbergen, kämpfen, sterben und sich in einer dunklen Gasse den Angriffen des Feindes von allen Seiten hatten erwehren müssen.

Rex machte sich nicht einmal die Mühe zu fragen, warum Casper hinter ihm aufgetaucht war, die Handfeuerwaffe der Terranischen Navy im Anschlag. Der auch damals schon legendäre Tyrus Rex nahm es einfach hin, als ob dies genauso normal wäre wie all die anderen Millionen Details, aus denen der Mythos seines Heldentums entstanden war.

Einige der Wilden drehten sich um, um herauszufinden, warum die Männer an ihrem Geschütz den Feind nicht mehr mit Geschossen eindeckten. Einer entdeckte Rex und Casper und heulte auf. Casper schoss dem Wesen, das früher einmal ein Mensch gewesen sein musste, in die Brust, und der Wilde brach zusammen. Aber andere hatten bereits ihre Zielerfassung auf den Gegner ausgerichtet, der sie nun von der Flanke angriff.

Rex rannte nach rechts und deckte auf seinem Weg eine große Gruppe mit Schüssen ein, die sie von Casper ablenkte, der wiederum dazu ansetzte, Wilde um sie herum zu erledigen wie ein mutiger Held, der auf verlorenem Posten kämpfte.

Das hatte sicher schon mal jemand vor ihm getan.

Es musste doch so etwas wie Heldenmut in den dunklen Jahrtausenden der Vergangenheit gegeben haben.

Rex bewegte sich blitzschnell, feuerte kurze Salven in die Angriffswellen, wich den Schüssen der Verteidiger aus, überraschte die Angreifer und mähte sie nieder. In nur wenigen Sekunden hatte dieses verrückte Kreuzfeuer den Angriff der Barbaren zum Erliegen gebracht. Die Wilden, die das Zentrum bildeten, wurden verwirrt, spürten, dass sie nicht mehr vorankamen, aber weder eine Rückzugsmöglichkeit noch klare Befehle hatten, und setzten sich ab.

Mittlerweile hatte Trask die direkte Kommunikation mit Rex wiederherstellen können. Er richtete das Feuer der Leichten Mars-Infanterie neu aus und ließ auf die Horden die meisten von ihnen hatten ohnehin nur noch ein oder zwei Batteriepacks, und die 249 hatten sie in den letzten Sekunden des Gemetzels komplett geleert.

»Wird Zeit, diese Gegend zu verlassen. Wir gehen in Richtung dieser Pyramide weiter hinten im Zylinder. Wenn wir ein Terminal finden und uns in das Betriebssystem des Raumschiffs hacken können, sollten wir in der Lage sein herauszufinden, wo sie die Rote Königin hingebracht haben.«

In allen Einsatzbesprechungen hatte man Reina Benedetti nur als ›Rote Königin‹ bezeichnet.

Während die Soldaten ihre Sachen zusammensuchten, die Munition gleichmäßig verteilten und ihre Verletzungen so gut wie möglich verarzteten, wandte sich Rex an Casper. Sein Gesicht war ausdruckslos, wie ein Bot, der menschliche Emotionen nachahmte. Nur sollte diese Art Bot erst mehrere Jahrhunderte in der Zukunft entwickelt werden.

»Sie reagieren auf die halluzinogenen Pilze, Meister.«

TJK-133 beugte sich über ihn. Casper lag auf dem Rücken und sah, wie sich das Licht über ihm in den Baumwipfeln brach.

Es wirkte auf ihn, als ob es Nachtmittag sei.

Sie waren tief in den wunderschönen smaragdgrünen Dschungel marschiert. Entlang der gesamten grünen Landschaft blühten Blumen in allen Farben des Regenbogens. Jedes Palmblatt schien sich zu drehen oder einzurollen, um ihm freundlich zuzuwinken. Üppig grünende Bäume blickten auf ihn hinab und schenkten ihm ein runzliges Lächeln.

Casper sah zum Milchshake-Himmel hinauf und sah, wie sich ein smaragdgrüner Drache zwischen den pulsierenden Bäumen hindurchschlängelte. Er drehte sich kurz zu ihm um und starrte ihn an, als ob er echt wäre. Als ob tatsächlich dünne Rauchfäden aus seinen weit geöffneten Nasenöffnungen hervorquellen würden.

Tja, dachte Casper. *Ich bin völlig durchgedreht.*

»Die hiesige Flora und Fauna«, setzte TJK-133 zum Vortrag an, »scheint Sie mit einer Art Kontaktgift infiziert zu haben, Meister. Vielleicht wird es sogar über die Atmung aufgenommen, aber ich besitze keine Sensoren, die in der Lage wären, solche Partikel zu entdecken. Aber wir marschieren nun schon seit Stunden, und Sie haben kein einziges Wort gesagt... Meister. Außer Sie verstehen es als Worte, wenn Sie wie ein syklopianischer Rotuaro stöhnen. Sprachen sind nicht mein Spezialgebiet. Also vielleicht waren das Worte. Wie auch immer, Sie scheinen an Krankheitssymptomen leiden.«

Casper kam zu sich, und für einen Augenblick konnte er wieder klar denken. Da war kein Drache in den Baumwipfeln. Die größeren Bäume schwankten leicht hin und her, und in dieser Bewegung konnte ein Verstand unter Drogeneinfluss vermutlich einen Umriss erkennen, der an einen Drachen erinnerte.

Ich halluziniere.

Aber warum der Drache?, fragte er sich selbst.

Er war schwarz.

Und auf der Jagd nach ihm, wie schon im Quanten-Palast. Genau wie die Albträume der Prophetinnen inmitten der ewigen Mitternacht. Nur hatte es sich nicht um einen schwarzen Drachen gehandelt... es war der Dunkle Wanderer gewesen.

»Wir werden eine Pause einlegen, damit Sie sich erholen können, Meister«, verkündete TJK-133 ohne große Ankündigung oder Mitgefühl. »Vielleicht fühlen Sie sich morgen besser.«

Kurz bevor Casper erneut in den Albtraum eintauchte, in dem die Halluzinogene die Realität verzerrten, sah er überall diese Pilze, und sie verbreiteten sich in Windeseile. Sie waren groß, sie pulsierten, und wirkten manchmal wunderschön und lecker zugleich, wie eine zuckersüße Leckerei aus dem Süßwarenladen, der alle anderen Süßwarenläden sauer aussehen ließ, und manchmal wie große, fette Sumpfblattbauchspinnen, die unheimlich und bedrohlich wirkten und sich Zeit ließen, bis sie sich plötzlich auf ihn stürzten und ihm ihre seltsamen Gifte verpassten, die ihn mit berauschenden Albträumen erfüllten.

Er hörte sich selbst schreien, als er in den Brunnen der Finsternis hinabstürzte.

Die Albträume, die die Giftstoffe in ihm auslösten, sollten ihn erst dann wieder verlassen, als sie nach zahllosen Tagen das Gebirge erreicht hatten, wo die riesige Statue über die offene Wüste wachte.

Doch jetzt, als er auf der Erde lag und wie ein verletztes Tier aufheulte, lächelte Urmo und bot ihm einen kleinen Stein an.

KAPITEL 18

Die Überreste der ersten Gruppe verließ die mit Leichen übersäte, finstere Seitengasse in Patrouillenformation. Nogle, Rex, Barr, Duhrawski, Casper, Esmail, Pille und Trask. LeRoy bildete die Nachhut. Sie schlichen sich durch die Gasse, wechselten in die größere Gasse, die parallel zur Hauptstraße verlief, und machten sich entgegensetzt zu der Richtung auf, die die Barbaren bei ihrem Rückzug eingeschlagen hatten. Schließlich kamen sie aus der kleinen Stadt heraus. Jeder von ihnen fragte sich, welchen geheimnisvollen Nutzen sie gehabt hatte, in dem Wissen, dass nie jemand von ihrer längst vergessenen Geschichte erfahren würde.

»Was war das?«, fragte LeRoy, als sie eine verlassene Straße entlanggingen, die grob in die Richtung der Pyramide führte.

»Eine Stadt«, flüsterte Casper.

Trask litt wahrscheinlich an zu starken Schmerzen, sonst hätte er ihm gesagt, er solle die Klappe halten. Die Wirkung der Medikamente in der Manschette würde jetzt langsam nachlassen. Casper würde ihm schon bald etwas aus der medizinischen Notfalltasche geben müssen. Etwas, das ihn betäuben würde.

»Warum lebt'n da keiner?«

»Keine Ahnung«, lautete Trasks nüchterne Antwort.

Casper drehte sich um, um einen Blick auf das Gesicht des Sergeants zu werfen. In der fast nachtschwarzen Umgebung wirkte es geisterhaft blass. Caspers medizinische Kenntnisse entsprachen nur dem absoluten Minimum, was die Terranische Navy für eine Schadensbekämpfung als notwendig erachtete, aber er wusste, dass es für Trask nicht gut aussah, wenn sie ihn nicht möglichst bald in eine medizinische Einrichtung bringen konnten.

Allerdings sah es für sie alle nicht sonderlich gut aus. Wie Casper nur zu gut wusste, gab es Schicksale, die schlimmer waren als der Tod, wenn man mit den Wilden zu tun hatte. Von ihnen versklavt zu werden, war ein so trostloses Dasein, dass man sich nach dem Tod sehnte. Wer konnte also sagen, ob Trask, der hier draußen im Dunkel an seinen Verletzungen sterben würde, auf lange Sicht betrachtet nicht besser dran wäre?

Und selbst wenn die Wilden sie nicht gefangen nehmen würden, was dann? Wie hoch waren die Chancen, dass die *Moirai* den Kontakt mit der Todeszone überleben würde?

Aber... vielleicht waren sie gar nicht in der Todeszone. Vielleicht hatten sie den Kurs gewechselt. Vielleicht war die *Lexington* immer noch auf dem Hangardeck. Vielleicht würden sie ihren Weg dorthin zurück finden. Vielleicht waren die Barbaren ja im vollen Rückzug. Vielleicht gab es ja auf dieser Seite einen Ausgang.

Oder auch nicht. Wie seine Mutter immer gesagt hatte -- wenn das Wörtchen wenn nicht wär, wär mein Vater Millionär.

Casper schob jeden Gedanken an andere Orte, die sicherer waren als hier, zur Seite. Er versuchte, sich so leise zu bewegen wie die Soldaten vor und hinter ihm. Sie marschierten hinaus auf die Felder, möglichst geduckt, und folgen alten Kanälen, die manchmal knochentrocken und manchmal mit stinkendem Wasser gefüllt waren. Nach vier Stunden, mitten im Nirgendwo und gefühlt kein bisschen näher an der Pyramide über ihren Köpfen, die sich in einem Land ohne Horizont erhob, hielten sie an und bildeten einen kleinen Verteidigungsperimeter. Sie schliefen abwechselnd in einer mysteriösen Vertiefung neben einem Feldweg.

Nichts rührte sich. Es herrschte Stille.

Rex und Casper übernahmen die erste Wache. Sie lagen auf dem Rücken und hörten dem Nichts der sie umgebenden Nacht zu. Es gab keinen Grund zu stehen oder Ausschau zu halten. Sollte sich etwas auf sie zubewegen, dann würden seine Geräusche durch die Felder an sie herangetragen oder durch die reglose Luft.

Casper lag ruhig da und ermahnte seinen Verstand, nicht nach den Sternen über ihm zu suchen, denn es gab keine. Er befahl seinem Verstand, einfach die toten Städte, Straßen und noch merkwürdigeren Bauten zu akzeptieren, die über ihm herabhingen, wo eigentlich der Nachthimmel hätte sein sollen. Weit über ihnen tauchten ab und zu gespenstische Lichter auf und erloschen genauso schnell, wie sie gekommen waren.

»Glaubst du, sie lebt noch?«, fragte Rex.

Casper wusste genau, über wen sein Freund sprach. Ein Teil seines Verstands hatte sich schon dieselbe Frage gestellt.

Vor langer Zeit waren sie drei mit vielen anderen zusammen gefangen genommen worden, als sie den Kontakt zu einem alten Lighthugger hergestellt hatten. Die Besatzung dieses Raumschiffs hatte man damals noch nicht Barbaren genannt. Einige nannten sie die Verlorenen Kinder und vergaßen dabei in ihrer Güte, dass sie die Elite gewesen waren, die die Erde und ihre

Mitmenschen im Stich gelassen hatte, und das in ihrer schlimmsten Stunde.

Aber wie man so schön sagte: Zeit heilt alle Wunden.

Diese Ansicht hatte Casper nie geteilt. Er hatte feststellen müssen, dass es nicht stimmte. Einige Wunden heilten nie. Einige Dinge wurden nie vergessen. Egal, wie lange man lebte, manchmal ließ der Schmerz nie nach.

»Wir werden hier nicht weggehen, bevor wir es wissen«, flüsterte er in der Dunkelheit.

Casper spürte, wie sich Rex entspannte, den er vermutlich als das unerschütterlichste Wesen im gesamten Universum bezeichnet hätte. Nur ein wenig. Ein ganz klein wenig. Kaum merklich... außer man hatte man das erlebt, was sie gemeinsam erlebt hatten. Außer man kannte sich schon so lange, dass seit dem Beginn ihrer Freundschaft Lebzeiten vergangen waren.

Sie hatte sie beide gerettet. Sie hatte die mentale Wüste ihres Verstands durchbrochen, in die sie das Pantheon an Bord der *Obsidia* geschickt hatte. Sie hatte ihnen vor Augen geführt, dass sie Sklaven waren. Als sie sich wieder ihrer selbst bewusst wurden, hätten sie jedem erzählt, dass sie durch eine Wüste ohne Nächte gegangen waren. Dass ihr Verstand in all den Jahren, die sie in diesem langsamen Raumschiff als Sklaven verbracht hatten, nur eine einzige Sache verarbeiten konnte. In diesen Jahren, als ihre Körper lebendig und aktiv gewesen waren - um in den Krieg zu ziehen, Experimente über sich ergehen zu lassen, missbraucht zu werden -, hatten sie in ihren Köpfen nur einen Gedanken gekannt, und der war einen Fuß vor den anderen zu setzen, um die endlose, eigenschaftslose Wüste zu durchqueren, in der sie sich verloren hatten.

Casper lief es in dem riesigen Maisfeld, das durch das Weltall reiste, kalt den Rücken hinunter. Ja, es gab Schicksale, die waren schlimmer als der Tod.

Die endlose Wüste, in der sich der Verstand verlieren konnte.

Stumpfsinnige Knechtschaft.

Der Verlust des Ichs.

Der Tod war ihnen allen vorzuziehen. Und es war nicht das erste Mal seit seinem Entschluss, mit der Infanterie vorzurücken, um die Kommunikationskette aufrechtzuerhalten, dass er daran dachte, dass er sich niemals wieder gefangen nehmen lassen würde. Dass, wenn ihm wenigstens noch ein Schuss in seiner Handfeuerwaffe bliebe... er sich dafür entscheiden würde.

Als Ensign an Bord der *Challenger*, die die Jagd auf die *Obsidia* draußen in der absoluten Leere des Weltalls eröffnet hatte in der Hoffnung, die ›Verlorenen Kinder‹ retten zu können, die die Erde in ihrer höchsten Not im Stich gelassen hatten, hatte er sich nicht für diesen Weg entschieden, als alles den Bach runterging. Er hatte sich für das Leben entschieden. Um nur ein wenig länger leben zu dürfen.

Und so hatte er fünfzehn Jahre als hirnloser Sklave an Bord der *Obsidia* verbracht. Der eine in seinem Kopf simulierte Wüste durchwanderte, deren Leere nur unterbrochen wurde von Albträumen aus der realen Welt in Echtzeit, damit der Pantheon seine grausamen Späße treiben konnte.

Man hatte ihm ein langes - sehr langes - Leben geschenkt. Oder ihn damit bestraft.

Reina Benedetti hatte sie aus diesem Sklaventum befreit.

Das›befreit‹konnte man getrost in Anführungszeichen setzen, dachte er, als er versuchte, nicht mehr auf die Städte zu starren, die sich auf den Ebenen über seinem Kopf erstreckten. Anstelle wirklich frei zu sein waren sie lediglich erwacht und hatten verstanden, was ihre Körper wirklich taten. Sie hatten immer noch kämpfen müssen, still und leise. Sie hatten der Programmierung und dem Irrsinn der Kuben widerstehen müssen, um ihre Körper endlich wieder selbst kontrollieren zu können. Und selbst dann hatten sie immer noch die furchtbaren Dinge tun müssen, die der Pantheon ihnen abverlangte, damit niemand bemerkte, dass sie ihr Selbstbewusstsein wiederentdeckt hatten.

Denn der Pantheon durfte nicht wissen, dass seine Sklaven aufgewacht waren. Noch nicht. Nicht zu diesem Zeitpunkt. Also taten sie weiterhin so, als wären sie hirnlos. Spielten das Spiel mit. Warteten ab, dass Reina einen Sklaven nach dem anderen aufweckte. Und irgendwann, als sie genug für eine Armee hatten, hatten sie den Aufstand angezettelt. Sie töteten alle Mitglieder des Pantheon. Eroberten das Raumschiff zurück. Und wer von ihnen überlebt hatte, floh in der alten *Challenger*. Ein letzter Flug. Ein letzter Sprung. Sekunden bevor die gesamte *Obsidia* einer Supernova gleich in die Luft ging.

Es hatte nur drei Überlebende gegeben. Zwei von ihnen verdankten Reina alles.

Also würden sie sie selbstverständlich retten kommen. Selbstverständlich würden sie sich nicht den Weg zurück zur *Lexington* freikämpfen, bevor sie festgestellt hatten, ob sie noch lebte oder tot war.

Das schuldeten sie ihr. Das auf jeden Fall. Sie schuldeten ihr viel mehr als nur das.

Vor ihrer Gefangennahme, vor ihrem Sklavendasein, war Rex Zugführer an Bord der *Challenger* und für den Personenschutz zuständig gewesen. Er war ein Mitglied der neuen Weltraumstreitkräfte der Vereinten Nationen, die man aus den Überlebenden der Nordamerikanischen und Europäischen Armeen gebildet hatte. Doch als Sklave an Bord der *Obsidia* hatte man Rex zu einem Gladiator gemacht. Der gegen andere Sklaven kämpfte. Der gegen Fabelwesen hatte kämpfen müssen, die der Pantheon entweder erschaffen oder von einer der Welten erbeutet hatte, an denen sie auf ihrem Weg vorbeigeflogen waren. Alles zur Belustigung. *Ihrer* Belustigung.

Denn für die Unsterblichen war der Tod ein Vergnügen.

Casper hingegen hatte man zum Haussklaven einer einflussreichen Frau gemacht. Einer bösen Hexe, die auf der Erde wohl Entertainerin gewesen sein musste. Eine Popsängerin, die schon zwanzig Jahre vor Caspers Geburt vergammelt gewesen war. Doch da sie Teil der Elite und nur deswegen ausgewählt worden war, weil sie im genetischen Lotto Schönheit gewonnen hatte, die ihr Tür und Tor öffnete, war sie nun dank der Entdeckungen des Pantheons bis in alle Ewigkeit jung. Wieder.

Sie war völlig durchgeknallt.

Menschen aus Spaß an der Freude zu jagen war genau ihr Ding.

Diese vergessenen, furchtbaren Momente tauchten ungebeten in Caspers Gedanken auf, als er auf dem Boden des toten Maisfeldes lag. Wie er es schon oft getan hatte, wechselte er einfach das Thema.

»Einer der Männer, der da hinten gestorben ist...«, setzte er an, denn er wusste, dass Rex in der Totenstille lauschte. Es wäre für Rex unvorstellbar, seine Pflichten anderen gegenüber zu vernachlässigen. »Er sagte zu mir, sag ihnen, dass ich nichts vergessen habe.«

Stille.

Dann fragte Rex: Wie lautete sein Name?«

Casper sagte es ihm.

Rex schien damit zufrieden zu sein. Was zu ihm passte. Niemals verstehen zu können, dass der Rest der Menschheit noch weitere Fragen hatte. Dass er Antworten auf diese Fragen haben wollte. Warum sonst hatten sie sich zu den Sternen aufgemacht?

Rex war das Gegenteil zu allen anderen Menschen, denn er schien nie Antworten auf die großen Fragen haben zu wollen. Für Rex gab es keine Mysterien. Für ihn war das Leben nicht mehr als die Aufgabe, heute zu überleben, damit es ein Morgen gab. Und er war der Beste im Überleben.

Ohne. Ausnahme.

Casper hingegen... kannte nur Fragen. Kannte nichts außer Neugier. Er war ein fleißiger Leser. Er interessierte sich für Geschichte. Ein Mann, der stets fragte: Warum? Warum konnte das Leben nicht besser sein? Warum so und nicht anders? Warum gehen wir nicht dorthin, wo wir noch nie gewesen sind?

Und... warum mussten einige dieser Dinge geschehen?

Deshalb war er ins Weltall aufgebrochen.

Das trieb ihn jeden Tag von Neuem an.

Das Streben nach Wissen. Das war die Queste.

Aber wann wird es genug sein?, hatte er sich schon oft gefragt. Wann ist endlich alles Wissen erlernt?

Wann?

»Was hatte das zu bedeuten?«, hauchte Casper. »Ich habe nichts vergessen.«

Eine Brise, die vermutlich durch das Wetterkontrollsystem herbeigerufen worden war, fuhr durch die toten Maiskolben und erzeugte ein leises Rauschen, als die Maisschoten in der Dunkelheit gegeneinander rieben.

»Was?«, antwortete Rex. Als ob er nicht Teil des bisherigen Wortwechsels gewesen wäre.

»Was hat ›Sag ihnen, ich habe nichts vergessen‹ zu bedeuten?«

Rex seufzte. Kaum merklich.

Die Brise huschte durch das Maisfeld und verging, und erneut herrschte völlige Stille in der Nacht.

»Das stammt aus Rogers' Anordnungen. In der Leichten Mars-Infanterie versprechen wir einander, niemals unsere Befehle und niemals die Gefallenen zu vergessen, die nur ihre Pflicht getan haben. Das ist die letzte Ehre, die wir einander erweisen können. Zu sagen, dass wir unsere Befehle nicht vergessen haben.«

»Wer war Roger?«

»Rogers. Keine Ahnung. War mir auch egal.«

Typisch, dachte Casper. Und dieser Gedanke machte ihn glücklich. Die Galaxie wurde mit jedem Tag merkwürdiger, aber Rex veränderte sich nie. Es war gut, dass es wenigstens eine Konstante gab, nach der sich alle Kompasse und Zeitmesser ausrichten konnten. Rex war der Magnet, der immer Nord anzeigte. Eine Atomuhr, die niemals die falsche Zeit angab, den Mächten zum Trotz, die das Universum in seinen Grundfesten erschüttern wollten. Ohne ihn... Casper vermutete, dass es dem Wahnsinn anheimfallen würde.

»Woher stammen die Anordnungen?«

Das schien Rex zögern zu lassen. Sein Schweigen ließ vermuten, dass er den Zweck der Frage nicht ganz verstand.

»Woher kennst du sie?«, formulierte Casper deutlicher.

»Von den Rangern. Auf der Erde. Sie lassen dich die Anordnungen auswendig lernen. Die sind gut. Haben Hand und Fuß. Man kann sie auf eine Menge Situationen anwenden. Die und noch fünf Absätze für den Operationsbefehl, und dann kannst du mit so ziemlich allen in den Kampf ziehen.«

Das war bereits eins der längsten Gespräche, die Casper jemals mit diesem Mann geführt hatte. Aus Rex' Perspektive hatte er praktisch seine Seele offenbart. Fast.

Nur war das, was darauf folgte, sogar noch verblüffender. Rex begann im Dunkeln die Anordnungen aufzusagen und kommentierte sie gleichzeitig.

»Mal schauen... Da wäre *Vergiss nichts*. Das ist die erste. Dann folgt die zweite Anordnung: *Trage Sorge, dass deine Muskete stets blitzsauber ist, das Handbeil gereinigt, führe für sechzig Schuss Pulver und Kugeln bei dir und sei jederzeit bereit abzumarschieren.* Alles super, auch wenn ich keine Ahnung habe, was eine Muskete ist. Aber jederzeit abmarschieren... das ist entscheidend. Drei lautet: *Bist du auf dem Vormarsch, so verhalte dich stets, als würdest du dich an einen Hirsch heranpirschen. Sichte den Feind zuerst.* Die kannte ich, schon bevor ich der Armee beigetreten bin. Vor dem Exodus haben wir Hirsch gegessen, wenn wir einen erlegen konnten. Mein Vater hat mir das beigebracht. *Berichte die Wahrheit über das, was du siehst und was du tust. Eine Armee ist davon abhängig, dass du ihr richtige Informationen lieferst. Lüge so viel du möchtest, wenn du anderen Leuten von den Rangern erzählst, aber belüge niemals einen anderen Ranger oder einen Offizier.* Das ist natürlich selbstverständlich. Fünf ist: *Gehe kein unnötiges Risiko ein.*«

Rex lachte leise in der Dunkelheit vor sich hin.

»Eine Schlacht besteht ausschließlich aus Risiken. Vor allem, wenn du in Schwung kommen und diesen Schwung auch nutzen willst. Die war also ziemlich lächerlich. Für mich.«

»Sechs lautete...« Er dachte kurz nach. »*Wenn wir auf Patrouille sind, bewegen wir uns im Gänsemarsch und halten so viel Abstand, dass eine Kugel nicht zwei Männer durchschlagen kann.* Und das habe ich schon mal passieren sehen. Sieben... *Trefft ihr auf Sümpfe oder weichen Boden, bewegt euch im Rudel, damit man euch nicht leicht verfolgen kann.* Dann gibt es noch: *Wenn ihr marschiert, dann bewegt euch bis zum Anbruch der Dunkelheit, damit der Feind möglichst wenig Gelegenheit erhält, auf euch zu schießen.* Die scheint ein wenig veraltet, weil heutzutage die meisten Kämpfe ohnehin bei Nacht stattfinden. Vor allem bei asymmetrischer Kriegsführung. Und: *Wenn ihr ein Lager aufschlagt, dann bleibt die Hälfte der Männer wach, während die andere Hälfte schläft.* Aber die Jungs hier sind völlig am Ende, also...« Das letzte Wort ließ er in der Dunkelheit der Maisfelder verklingen.

»*Trennt die Gefangenen, bis sie verhört werden können.* Das ist Nummer zehn. Und elf: *Geht nicht zweimal dieselbe Strecke. Nehmt einen anderen Weg, um nicht in einen Hinterhalt zu geraten.* Zwölf: *Egal, ob wir in großen oder kleinen Gruppen unterwegs sind, jede Gruppe hat Kundschafter zwanzig Meter vor sich, zwanzig Meter zu beiden Seiten und zwanzig Meter zur Nachhut, damit die Hauptstreitmacht nicht überrascht und ausgelöscht werden kann.* Macht Sinn. Dreizehn: *Legt immer einen Sammelpunkt fest.* Haben wir heute nicht gemacht. Gibt keinen Ort, an den wir uns zurückziehen könnten. Und vierzehn lautet: *Niemals zum Essen hinsetzen, bevor nicht die Wachposten eingeteilt sind.* Natürlich. *Schlafe nie länger als bis zum Morgengrauen. Im Morgengrauen greifen die Franzosen und Indianer an.* Die Franzosen waren unsere Feinde, genauso wie damals, als sie vor dem Dritten Weltkrieg zu einem islamischen Land wurden. Habe immer gedacht, dass das ziemlich bescheuert war. Zeigt aber, dass Rogers ein richtig schlauer Soldat gewesen ist. Und dass sich die Dinge niemals ändern.«

Stille.

Casper fragte sich, ob Rex weitersprechen würde. Er traute sich nicht, das Wort zu ergreifen. Er wollte auf keinen Fall den Zauber brechen, der seinen Freund befallen hatte.

»*Überquere einen Fluss niemals an der üblichen Furt*«, sagte Rex. »Das ist lustig, weil mir damals bei der Ausbildung zum Ranger der Sergeant erklären musste, was eine Furt ist. Im Grunde hieß das, keine Brücken zu nutzen oder Orte, wo das Vieh hinübergetrieben wird. Die sind in der Regel vermint. *Wenn dich jemand verfolgt, geh im Kreis, finde deine eigenen Spuren wieder und locke die Leute in einen Hinterhalt, die dich in einen Hinterhalt locken wollen.*«

Rex hielt inne. Dachte er gerade über diese Anordnung nach? Überlegte er gerade, ob sie auf ihre Situation zutraf, und ob sie ihr folgen müssten, wenn sie in ein paar Stunden weitermarschierten? Als ob uralte Weisheiten genau das sein könnten, was ihnen aus dieser Klemme helfen würde.

Casper spürte, dass sein Freund diese Anordnung überdachte und darauf prüfte, ob sie noch auf einem Schlachtfeld Gültigkeit besaß, das sich der gute, alte Rogers niemals hätte vorstellen können, als er diese Anordnung niederschrieb.

»Achtzehn: *Steh niemals auf, wenn der Feind auf dich zustürmt. Knie dich hin, lege dich hin, verberge dich hinter einem Baum.* Anders ausgedrückt, erst Deckung, dann Feuer. Ich muss sagen, die ist gut, wenn man sie denn anwenden kann. Aber manchmal ist es beim Kampf aus nächster Nähe am besten, so viele Kugeln wie möglich zwischen sich und den Feind zu bekommen, und das so schnell wie möglich. Und neunzehn lautete: *Lass den Feind so nah herankommen, bis du ihn fast schon berühren kannst. Dann verpass ihm eine, spring aus der Deckung und erledige ihn mit deinem Handbeil.* Ich ziehe diese Macheten vor, die wir seit Saffron City auf dem Mars einsetzen. Die würde ich gegen nichts anderes eintauschen. Eine Axt ist eine schlechte Waffe. Mit der hast du nur eine Chance. Mehr nicht. Du solltest also darauf achten, mit dem einen Schlag so viel Schaden wie möglich anzurichten. Mit einer Machete kannst du einfach weiter hacken und stechen.«

Casper lag sprachlos da. Er fragte sich, ob Rex es auch spürte, dass sie am Ende angelangt waren. Ob sein alter Freund genauso gut wie er selbst wusste, dass sie aus dieser Sache nicht mehr lebend rauskommen würden. Und dass diese alten Erinnerungen, diese wichtigen Dinge, vielleicht deswegen noch einmal zum Vorschein gekommen waren, weil es mit ihnen beiden bald aus war.

»Sollte ich jemals eine Streitmacht ausbilden«, sagte Rex in die Stille hinein, als ob er Caspers Gedanken gelesen hätte und ihm versprach, dass es eine Zukunft geben würde, in der sie beide eine Rolle spielen würden, »dann würde ich sie diese Anordnungen auswendig lernen lassen. Sie werden das eine Prozent des einen Prozents des einen Prozents sein, die versuchen werden, die Galaxie zu einem besseren Ort zu machen. Die meisten Leute wollen sie doch bloß brennen sehen. Meine Männer werden die Grenze sein zwischen denen, die weitermachen wollen, und denen, die die Galaxie zu Asche verbrennen sehen wollen. Sie werden nichts vergessen… und wir werden sie nicht vergessen.«

KAPITEL 19

Wenige Stunden später rückten sie wieder aus und folgten dem alten Feldweg, der durch die Maisfelder verlief. Sie waren eine Stunde marschiert, als Nogle eine Faust in die Höhe hielt. Sie verwendeten Handzeichen für den Fall, dass ihre Kommunikationswege durch die Vorliebe der Wilden, die Technologien der nächsten Generation zu entwickeln, kompromittiert waren. Außerdem hatten sie viele ihrer eigenen Toten zurücklassen müssen, und es war nicht unmöglich, dass sich die nach neuen Technologien hungernden Barbaren in die eroberten Funkgeräte eingehackt hatten. Sie könnten ihnen in diesem Augenblick lauschen. Oder sie damit sogar verfolgen.

Also hatte Rex befohlen, alle Sender und Transponder zu deaktivieren.

Nogles Handzeichen wurde die Reihe entlang weitergegeben. In der Ferne erhob sich ein kleines Gebäude zwischen den Maisstängeln. Rex befahl Keilformation, und die Mars-Infanterie glitt durch das Maisfeld, bis sie eine stille Lichtung vor einer alten, schiefen Holzscheune erreichten.

Casper hatte sich dem Keil als Letzter angeschlossen.

Rex hob eine Faust, und sie warteten. Und lauschten. Dann gab er Nogle und Barr das Zeichen, vorzurücken und das Gebäude zu durchsuchen. Die beiden gingen vor, bezogen neben den offenen Eingängen kurz Position und bewegten sich dann hinein, um die Dunkelheit mit ihren Waffen zu durchsuchen. Sie benutzen zweifellos die Restlichtverstärker.

Vor dem Aufbruch hatte die Kommandoebene - Rex, Trask und Casper - darüber diskutiert, nach einem weiteren Gebäude zu suchen. Rex und Casper, die beide auf genau so einem Raumschiff Gefangene gewesen waren, wussten, dass auf der gesamten Länge des Zylinders eines Raumschiffs der Rama-Klasse, vom Bug bis zu den Triebwerken, vier Schienensysteme verlegt waren. Unter dem >Boden< des Zylinders oder dem Hauptwohnkomplex existierte außerdem ein Netzwerk aus Versorgungs- und Wartungstunneln, Vorratslagern und Aufzügen, die den Transport von Fracht ermöglichten. Ihre höchste Priorität war, einen Zugang zu diesem unterirdischen Netzwerk zu finden, und am Ende natürlich zum Schienensystem. Hier draußen auf der offenen Ebene des Zylinders waren sie ungeschützt und wahrscheinlich auch unter einer Art Drohnenüberwachung, obwohl sie noch keine entsprechenden Anzeichen hierfür bemerkt hatten.

Nogle gab das Handzeichen zum Vorrücken, und die restlichen Soldaten, darunter auch Casper, gingen hinein.

Die Scheune stand offen und leer. Ihr Boden war mit altem Stroh bedeckt, und es hing noch ein schwacher Tiergeruch in der Luft, aber das war alles. Rex war sofort auf alle Viere gegangen, wischte das Stroh zur Seite und binnen weniger Augenblicke hatte er das Tor zu einem alten Güteraufzug entdeckt, mit dem man die Wartungsebenen erreichen konnte. Den Steuerungsmechanismus zu finden, mit dem man das Tor öffnen und den Aufzug rufen konnte, dauerte ein wenig länger. Während die anderen sich daran machten, ihn einsatzbereit zu machen, durchquerte Casper den Rest der Scheune.

Er fühlte sich unruhig. Irgendetwas hier bereitete ihm Sorgen. Nur... war es nicht so leicht zu sehen. Es handelte sich um etwas, das entdeckt werden musste.

Rex und seine Männer schafften es, das Hubtor zu öffnen, das den Zugang zum Aufzug ermöglichte. Die Plattform selbst war irgendwo weit unter ihnen. Jemand entdeckte das Bedienfeld und rief den Aufzug aus den unteren Ebenen hinauf. Ohne sicher sein zu können, wie weit er noch weg war - oder wie lange es dauerte, bis er sie erreichte.

Casper war sich ihres Tuns nur undeutlich bewusst. Er suchte die Holzwände mit seinem Scheinwerfer ab. Zuerst war nichts Besonderes zu sehen. Doch dann entdeckte er in einer Ecke eine Inschrift.

Diese Buchstaben waren nicht in derselben Schrift gehalten wie die Spuren der Wahnsinnigen an den Korridorwänden des Außenrumpfs. Das hier schien halbwegs zusammenhängend zu klingen. Zu Beginn sogar vernünftig.

Es handelte sich um eine Art Text. Es war ein Protokoll, ein Tagebuch.

Und es würde sich als eine Warnung erweisen, auf die sie hätten hören sollen.

Vorsicht vor dem Dunklen Wanderer. Er ist kein Mensch. Behauptet von der Erde zu sein, aber das stimmt nicht. Er ist ein Dämon. Ein Dämon, der wie ein Mensch aussieht. Die gesamte Kommandoebene ist tot. Whip ist nicht mehr er selbst. Dieses Raumschiff ist ein Höllenschiff. Und Vorsicht vor den gruslichen Frauen. Hau von diesem Raumschiff ab, solange du noch kannst.

Aber wenn du das hier liest, bist du wahrscheinlich schon tot. - Doobs.

Da war noch mehr. Viel mehr. Aber nichts davon ergab noch einen Sinn. Teile davon waren Vorratslisten. Ein anderer Abschnitt sah aus wie eine Art Dienstplan, auf dem die Namen durchgestrichen worden waren. Wenn sie noch die Zeit gehabt hätten, hätten sie mehr herausfinden können. Sie hätten vielleicht auf die Warnungen geachtet. Sie hätten vielleicht... was getan? Was hätten sie anders machen sollen?

Es spielte keine Rolle, was sie hätten tun können. Denn sie hatten es nicht getan.

Weil die Prophetinnen sie angriffen.

Sie umstellten die Scheune, als ob sie schon die ganze Zeit gewusst hätten, dass sich die kleinen Soldaten dort wie ängstliche Tiere verstecken würden. Eine seltsame, fast schon hypnotisierende Musik verkündete ihre Ankunft - als ob ein Komponist beschlossen hatte, einen Sirenengesang musikalisch umzusetzen. Die Klänge schienen in der Dunkelheit vor ihnen zu schweben und sie zu bedrängen. Sie zu verhöhnen. *Kommt zu uns heraus.*

Rex' Soldaten nahmen ihre Waffen zur Hand. Sie würden sich nicht kampflos ergeben.

Das war das Mindeste, was am Ende jeder Einzelne von ihnen tun konnte.

»Kommt heraus«, flüsterten die drei Stimmen zusammen, aber nicht im Einklang.

Casper hörte die Stimmen in seinem Kopf... glasklar. Als ob die Frauen sich im selben Raum wie er befinden und so sanft wie möglich sprechen würden. Verlockend und befehlend zugleich. Die Worte waren klar. Und der hörbare Ton war auch sehr klar gewesen. Glockenklar. Eine perfekt gestimmte Glocke, die in seinem Kopf läutete, und einen Befehl, eine Bitte, eine Drohung zum Ausdruck brachte.

Casper drehte sich um und stellte fest, dass die anderen genau dasselbe gehört hatten. Dieselben drei misstönigen Stimmen. Die Frauen. Alle ließen ihren Blick durch die dunkle Scheune gleiten, aber es war niemand da. Nur diese geisterhafte Musik, die wahrscheinlich nicht einmal real war.

Sie warteten immer noch auf die Ankunft der Aufzugsplattform. Falls sie denn jemals ankommen sollte.

Casper warf einen kurzen Blick zu Trask hinüber. Das Gesicht des Manns war blass geworden, und sein Blick machte deutlich, was er gerade empfand: Es war Zeit zu fliehen. Aber vielleicht übertrug Casper nur seine eigenen Gefühle. Denn auch er spürte es tief in seinen Eingeweiden, ein Gefühl, das wahr sein musste, ob es nun stimmte oder nicht.

Nogle, der am breiten Scheunentor Wache gehalten hatte, wurde plötzlich aus ihren Reihen in die Dunkelheit hinausgerissen. Hinaus in das Halbdunkel des Maisfelds. Eine schrille Energiesalve seiner Waffe ertönte. Dann verstummte sie.

Als Casper die wenigen Schritte hinter sich gebracht hatte, um das leere Gebäude zu durchqueren, hatten Barr, Trask, Duhrawski und Rex bereits mit ihren Waffen das Feuer auf das eröffnet, was sie draußen erwartete.

Draußen waren die Prophetinnen.

Was Casper in diesem Augenblick sah, veränderte ihn für immer.

Es waren nicht die drei fahlen, blassen Frauen, deren ausgemergelte Körper von Leichentüchern bedeckt waren. Das war es nicht.

Es war auch nicht die Tatsache, dass Nogle in der Luft schwebte und seine Füße hilflos herunterhingen. Menschen hingen nicht einfach in der Luft, außer ein Antischwerkraftsystem war aktiviert, aber zu diesem Zeitpunkt in der Technikgeschichte der Galaxie waren solche Systeme noch rein theoretische Spielereien. Auch Repulsoren würden noch lange auf sich warten lassen. Aber all das war nicht der Grund, der Casper verändert.

Es waren Nogles Augen. Der verzweifelte Wunsch, von dem befreit zu werden, was ihn gefangen hielt, die Überzeugung, dass dies niemals geschehen würde, der Wunsch, niemals geboren worden zu sein... All das kam in dieser schmerzverzerrten, grauenhaften Fratze zusammen. Sein Kopf war nach hinten gebogen, und er schien einen furchtbaren, lautlosen Schrei von sich zu geben, geboren aus Todesqualen, die niemals enden würden. Und vielleicht, das dachte Casper in diesem Moment, würden sie das auch nicht.

Die Prophetinnen kontrollierten dies irgendwie mit ihrem Verstand.

Das Nächste, was jeder Soldat, einschließlich Casper, zutiefst verstörend fand, war die Tatsache, dass ihre Kugeln nicht einmal in die Nähe der drei Frauen, der drei Mädchen, der drei... Prophetinnen gelangten.

Es *waren* drei, was immer sie auch waren. Eine hielt ihre lange, spindeldürre Hand an ihren Kopf, genau wie es die erste Prophetin getan hatte. Kurz bevor sie den Schädel eines Soldaten hatte platzen lassen wie einen eitrigen Pickel. Die beiden anderen hielten die Arme ausgebreitet, als ob sie Nogle hochhielten.

Eine der beiden machte eine kurze, schnelle Handbewegung, und Nogles Hals gab ein widerliches Knacken von sich. Sein Kopf kippte zur Seite, und seine

Zunge hing ihm aus dem Mund. Seine Hände und Beine begannen zu zucken.

Schließlich krachte seine Leiche auf den Boden des Hauptwohnkomplexes, dessen Erde von einem toten Kometen geerntet worden war.

Keiner der Soldaten feuerte noch auf den Feind. Vielleicht hatten sie ihre Magazine leer geschossen. Vielleicht hatten sie begriffen, wie sinnlos ihr Angriff war. Vielleicht waren sie wie Casper einfach fassungslos im Angesicht einer so puren Macht, die ihnen gerade vorgeführt wurde.

Dann wurde Sergeant Trask vom Boden in die Luft gerissen, genau wie Nogle zuvor, mitten zwischen die Prophetinnen. Er schrie auf.

»Bewegt euch! Rückzug zum Aufzugsschacht!«, brüllte Rex. Er trat vor, um erneut auf die drei jungen Frauen zu schießen, als ob dies nun etwas erreichen würde, wenn es doch bisher nichts gebracht hatte.

Casper zog sich nicht wie befohlen zum Aufzugsschacht zurück. Er konnte seinen Blick nicht von Trask lösen, während der Unteroffizier in plötzlichen Höllenqualen durch die Luft gewirbelt wurde. Die Hexen sangen nun im Chor ein unbekanntes Wort, das Casper in seinem Kopf hören konnte, aber nur als geflüsterte Harmonie im Hintergrund. Er spürte mehr, als dass er es wusste, dass sie Trask durch ihren Gesang wissen ließen, dass er, und alle anderen sterben würden. Dass sie dem Sergeant sagten, dass er der erste, aber nicht der letzte der Männer sein würde, die sich in seiner heiligen Obhut befunden hatten.

Er mochte Angst gehabt haben. Er mochte vielleicht nicht der schnellste, durchsetzungsfähigste und härteste Soldat gewesen sein, der jemals gedient hatte. Aber Trask war tapfer. Das stand fest. Und er bewies es mit einer letzten Tat.

Er wehrte sich gegen ihren eisernen Willen und schaffte es irgendwie, mit seiner gesunden Hand über den Tragegurt zu greifen, der über seiner Schutzkleidung angebracht war. Er zog die Sicherheitsstifte aus zwei mattgrauen Splittergranaten, ohne sie aber vom Tragegurt zu lösen.

Rex mochte dies vielleicht nicht einmal gesehen haben.

Casper merkte geistesabwesend, dass sein Freund sich wieder an den alten Ort in seinem Inneren zurückgezogen hatte. An den Ort, den er gebraucht hatte, um die Gladiatorenarenen auf der *Obsidia* zu überstehen. Dem Ort des wahren Kriegers. Einem Ort ungezügelten Zorns, wo nichts anderes mehr blieb, als dem Feind so viel Schaden wie möglich zuzufügen. Und so lange zu kämpfen, bis er den Angriff nicht mehr abwehren konnte.

Es war durchaus möglich, dass Rex an diesem blindwütigen Ort nicht gesehen hatte, wie Trask im letzten Augenblick seines Lebens die Sicherungsstifte herausgezogen hatte.

Casper warf sich auf seinen Freund und zerrte ihn hinter das Scheunentor, kurz bevor die Granaten detonierten und tausende kleine Splitter in alle Himmelsrichtungen schleuderten. Die Scheunenwand auf dieser Seite wurde zerfetzt, aber Rex' Panzerung hielt den größten Schaden ab und schützte beide Männer, als sie auf das muffig riechende Stroh krachten.

Als sie wieder auf die Beine kamen, die Waffen gezückt, sahen sie, dass alle drei Prophetinnen tot waren. Die gnadenlosen Gesetze der Physik und explosionsartig freigesetzte Energie hatten ihre Körper zerrissen.

Rex rannte hinaus, hob eine der Frauen hoch und warf ihren blutverschmierten Leichnam gegen die Scheunenwand. Dann feuerte er mehrfach auf sie. Als er damit fertig war, ging er zu ihr hinüber, ein höhnisches Grinsen auf dem Gesicht, und seine Brustplatte hob und senkte sich wie ein Blasebalg.

In diesem Augenblick begriff Casper, als eine Art traurigem und irgendwie ironischen Kommentar zu seinem Leben, dass nur sie von allen Narren in der Galaxie närrisch genug gewesen waren, dieses furchtbare Relikt eines Raumschiffs aufzusuchen. Sie waren freiwillig hier hergekommen, wie Bauerntrampel, die keine Ahnung hatten, welches Grauen und welche Spiegel das Gruselkabinett ihnen bieten würde. Jetzt lagen ihre Toten hinter ihnen, die weggeworfenen Eintrittskarten zwischen den Buden, von denen aus die Schausteller sie tyrannisierten, und das alles auf einem vergessenen Rummelplatz in irgendeiner unwichtigen Seitengasse, die zu finden immer zu schwierig gewesen war. Das Raumschiff war ein Rummelplatz. Ein Museum, das in der Finsternis des Kosmos schwebte.

Casper gab sich diesen hoffnungslosen, melancholischen Gedanken hin, während seine Beine ihn vorwärts trugen und sein Scheinwerfer über die Gesichter der beiden Prophetinnen glitt, die vor ihm auf dem Boden lagen.

Eine war schrecklich entstellt. Die Splitter hatten ihr Gesicht zerfetzt. Aber die andere sah gar nicht schwer verletzt aus. Stattdessen schien ihr Gesichtsausdruck zu sagen... dass sie tiefen Frieden gefunden hatte. Endlich. Was irgendwie viel furchtbarer schien als die Frau, deren Körper halb zerfetzt war.

Casper fragte sich, ob es noch irgendeinen Teil im Verstand der toten Frau gab, der vor sich hinflüsterte.

Immer noch diesen Satz flüsterte.

»*Ich heiße das Quant willkommen... und es heißt mich willkommen.*«

Ein Teil von ihm wusste, dass sie das tat. Dass es andere Welten als nur diese gab. Andere Welten, in denen es Mächte gab wie die, die er gerade miterlebt hatte. Dass diese Welten schon immer da gewesen waren, und er nur einen ersten, kurzen Blick auf sie hatte werfen können, durch den Gruselkabinettspiegel dieses Albtraumschiffs, das durch die kosmische Dunkelheit schwebte.

Er dachte über die Kräfte der Prophetinnen nach. Es gab im gesamten Universum nichts Vergleichbares. Nichts.

Und doch war da etwas.

DIE LEKTION DES HÖRENS

»Höre genau zu«, sagte der Meister zum Schüler. »Höre zuerst zu... dann... kannst du ihm befehlen.«

Die Stille im Tempel war so ohrenbetäubend, dass sie dem Schüler schon fast wie ein physisches Ding erschien. Ein Ding, das eine Wand zu sein schien oder eine Welle, oder eine Decke, die alles bedeckte und erstickte.

Der Schüler hielt den Stein in der Hand.

Der Stein war sein Fokus.

Der Stein war die Einladung.

Der Schüler wartete und hoffte, die Musik hören zu können, die ihm der Meister zu hören aufgetragen hatte.

Aber an diesem Tag war sie nicht zu hören.

Als der Schüler die Augen öffnete, sah er den Meister über dem mit Trümmerteilen bedeckten Boden dieses uralten Orts schweben. Blutrote Lichtstrahlen fielen in der Dunkelheit um ihn herum auf den Boden. Aber da war noch mehr...

Der Meister war umgeben von Brocken, die zwischen den Ruinen des Tempels von allen vergessen gelegen hatten, und die ihn nun in konzentrischen Ringen umkreisten, wie kleine Planeten. Die ihre Sonne umkreisen. Eine explodierte, und wie ein Mond, der von einem Planetenzerstörer an Bord eines Ohio-Klasse-Schlachtschiffs getroffen wurde, dehnte sich das Trümmerfeld nach außen aus. Nur in Zeitlupe.

Der Schüler... sah fasziniert zu. Immer fasziniert.

Hinter dem Meister knirschte das alte Götzenbild, das vor langer Zeit in diesem Raum umgestürzt war, und erhob sich von seinem äonenlangen Ruheplatz - ein Götzenbild, das etwas darstellte, das niemals hätte sein dürfen.

Das Gesicht des Meisters war weder glückselig noch angestrengt... es war einfach. Als ob auch dies der Weg aller Dinge sei.

Der Schüler beobachtete diese beeindruckende Demonstration der Macht. Er hatte den Meister schon oft solche Wunder wirken sehen, und jedes einzelne Mal war er wie vor den Kopf geschlagen vor Staunen.

»Du... kannst es nicht«, zischte der Meister, als das tonnenschwere Götzenbild sich den winzigen, inneren Welten anschloss, die früher Brocken gewesen waren. »Du wirst immer blind sein.«

Später...

Später...

Eine weitere Lektion.

Der Schüler folgte dem Meister über einen tiefen, vermutlich bodenlosen Abgrund unter dem Tempel. Eine Treppe führte in unvorstellbare Tiefen, und das Meerwasser fiel hinein.

Doch der Endlose Brunnen füllte sich nie bis zum Rand.

Und das Wasser fiel unaufhörlich hinein.

Was ursprünglich eine typische, tägliche Übung gewesen war, um sein Gleichgewicht und seine Kampfbereitschaft zu trainieren, wurde zu etwas anderem. Hier unten in den Tiefen des schattenumwobenen Brunnens folgte der Schüler dem Meister über einen dünnen Balken aus altem Gestein, der den Abgrund überquerte. Rings um sie herum ergoss sich das Wasser in Strömen, an den Wänden der riesigen Zisterne hinab, auf die Treppe und über den schmalen Balken, auf dem sie nun standen. Das Donnern war ohrenbetäubend.

»Du wirst immer blind sein«, sagte der Meister, obwohl der Schüler seine Worte nur in seinem Kopf hören konnte.

Und dann... war er tatsächlich blind.

Er hatte dies früher schon einmal geübt. Zu gehen, obwohl seine Augen mit einem Stoffstreifen verbunden waren. In der Dunkelheit zu gehen. Aber noch nie hier, über einem bodenlosen Brunnen, wo der Tod nur darauf wartete, ihn hinab in das Unbekannte zu zerren. Und nie wirklich blind.

»Meister!«

Er konnte sich selbst hören. Konnte sich hören, wie er verzweifelt die Stimme des Lehrers bat, zu ihm zurückzukehren. Um ihn zu beruhigen. Er wiederholte das Wort immer wieder, und seine Stimme wurde immer lauter. Bis er schließlich der Hysterie nahe war.

Er wusste, dass, wenn er diesen Punkt überschritt, er mit Sicherheit stürzen würde. Er würde das Gleichgewicht verlieren.

Er *würde* hinabstürzen.

Also hielt er inne.

Hielt seinen Verstand an.

Atmete langsamer. Ein durch die Nase. Aus durch den Mund.

Er konnte den Stein in seiner Tasche spüren. Oder besser gesagt, er wusste, dass er dort war. Was ihn tröstete. Ein wilder, leichtsinniger Gedanke drängte sich in seiner Panik vor und verlangte nach Aufmerksamkeit...

Hol den Stein heraus. Halte ihn in der Hand. Er wird dich trösten.

Aber natürlich würde das wilde Herumsuchen nach dem Stein in seinen Lumpen dazu führen, dass er auf diesem schmalen Balken in den Tiefen des Endlosen Brunnens die Konzentration verlieren und hinabstürzen würde. Also tat er es nicht.

»Meister?«, rief er erneut.

Seine Stimme klang verzweifelt und verloren. Wie ein Kind, das man am Wegesrand zurückgelassen hatte. Diese kleine, hilflose Stimme wurde von der Wucht der Wassermassen, die um ihn herum hinabstürzten, mitgerissen, die Stufen hinab zum Brunnen.

Auf diesem Weg drohte der Wahnsinn.

In diesem Augenblick verstand der Schüler, dass auch dies eine Lektion war. Wusste, dass dies die nächste, grausame Lektion war. Er musste die Musik hören. Das war die Macht. Er musste sie finden. Und wenn er sie hörte... dann konnte er sie kontrollieren.

Nur war der Krach hier im Brunnen ohrenbetäubend. Er war tatsächlich so laut, dass er seine gesamten Kraft darauf verwenden musste, sich zu konzentrieren, um wenigstens seine eigenen Gedanken zu hören.

Er war so ohrenbetäubend, dass das durchgehende Donnern alles war, was er hören konnte.

Seine Beine wurden müde. Der Balken, auf dem er stand, war so dünn, dass er sich nicht einmal auf Hände und Knie hinablassen konnte, um so vielleicht in Sicherheit zu kriechen.

Höre sie!, brüllte sein Verstand. Weil er wusste, dass wenn er das nicht tat... er schon bald stürzen würde. Der Schüler war überzeugt, dass der Sturz bis in alle Ewigkeit dauern würde. Also musste er lernen. Jetzt oder nie.

Aber alles, was er hören konnte, waren die hinabstürzenden Wassermassen. Donnernd, rauschend.

Aus dem Ozean herabfallend, der über ihm gegen den Tempel drängte. Die in die unteren Ebenen hineinliefen, wo er mit einem Stock und dem Schwert trainiert hatte, um seinen Körper zu stählen. Die über gemeißelte Steine hinwegflossen, die man vielleicht noch vor den alten Pyramiden selbst erschaffen hatte, die heute die Galaxie übersäten.

Bis diese Wassermassen in die vier Kanäle liefen, die den Brunnen füllten. Dort wurde das Wasser ganz glatt. Es floss zu einem mächtigen Strom zusammen, der ein ganz anderes Geräusch machte. Nicht das Rauschen von Ebbe und Flut, das den Tempel umspülte.

Jedes physische Objekt erschuf seine ganz eigene... Musik.

Er vergaß seinen Körper. Den Schmerz, die Erschöpfung. Die brennenden Muskeln, die steifen Knochen. Er lauschte der Musik des Wassers, das auf Stein fiel. Es fühlte sich wie ein Lebewesen an.

Vor seinem inneren Auge formten sich Bilder.

Er sah den Brunnen nun, als ob er ihn mit etwas betrachten würde, was sein unzulänglicher Verstand nur als ein leistungsstarkes Bodenradar beschreiben konnte. Aber in Wirklichkeit war dies besser als der mächtigste Detektor, den sich die Galaktische Republik jemals hätte vorstellen können.

Er sah *alle* Steine.

Alle Wasserfälle.

Alles Wasser.

Jeden einzelnen Tropfen.

Er entdeckte seinen Platz in all dem.

Er sah, wie alles miteinander interagierte.

Und...

Er spürte den Meister, der ihn direkt vor ihm stehend beobachtete. Knapp außerhalb seiner Reichweite. Er wirkte weder angestrengt noch glückselig.

Er...

Existierte in all dem.

Plötzlich schlug der Meister mit seinem Stab zu. Er schlug dem Schüler gegen den Kopf, und es knackte laut. Glocken klingelten, Sirenen ertönten, und der Schüler fiel von dem schmalen Balken hinab.

Er war blind.

Doch er konnte sich von dem schmalen Übergang hinabfallen sehen, hinab in den bodenlosen Abgrund. Ohne wild um sich zu schlagen, drehte er sich in der Luft, in dem Wissen, wo genau er sich im Brunnen und den Wasserfällen befand. Um ihn herum wurde alles langsamer, genau wie der kleine Brocken, der den Meister umkreist hatte und zu einem Planeten geworden war. Ein Brocken, der in Zeitlupe nach außen explodiert war.

Der Schüler wirbelte im Fallen herum.

Er packte den Balken mit beiden Händen.

Er wuchtete sich hoch in die Luft über dem Übergang, und unzählige Sekunden lang hing er im Nichts über dem Ort, an dem er entweder landen... oder stürzen musste.

Er landete wieder auf dem Übergang.

Der Meister griff ihn erneut mit seinem Stab an. Der Schüler wich trittsicher zurück, Schritt um Schritt tänzelnd, um jedem sagenhaften Schlag auszuweichen. Das Radar jenseits seiner Blindheit zeigte ihm jede einzelne Bewegung in dieser Reihe an wütenden Angriffen.

Die Schläge kamen immer schneller, und bald schon tänzelte der Schüler nicht nur Schritt für Schritt zurück, sondern musste auch noch hüpfen und manchmal springen, ja, sogar rückwärts fliegen, um den Schlägen auszuweichen, von denen jeder einzelne ihn ins Nichts hätte schicken können. Doch bei jedem Sprung, bei jeder Drehung wusste er, wo sich der Balken unter ihm befand, und wo er seine Füße platzieren musste.

Geschickt wich der Schüler der plötzlichen Vernichtung aus.

Der Meister ließ seinen Stab kreisen und schlug dann hart zu. Damit würde er sicherlich den Schädel des Schülers spalten. Daran gab es keinen Zweifel.

Aber der Schüler konnte dies passieren sehen, bevor es geschah. Als ob ihm jemand diesen Schritt angedeutet hätte. Er riss seine gekreuzten Hände zum Block hoch und konnte den Stab nur wenige Zentimeter von seiner Stirn entfernt aufhalten.

Der Meister hielt den Druck mit seinem Stab aufrecht. Um dem Schüler seinen Willen aufzuzwingen, der nachgeben musste.

Und nun konnte der Schüler das Gesicht des Meisters direkt an seinem spüren. Die Augen des Meisters waren geschlossen.

Dahinter verborgen erkannte er Gedanken.

Die Gedanken des Meisters.

Wut.

Finsternis.

Zerstörung.

Es gibt einige, die die Galaxie einfach nur brennen sehen wollen...

Durch die Blindheit des Schülers hindurch lächelte der Meister. Der Schüler sah, wie sich die Formen des alten Gesichts über ihm zeigten und zusammensetzten.

»Lausche dieser Musik«, sagte der Meister in der Totenstille, die sie beide erfasst hatte, denn der Lärm der

Wasserfälle war verstummt, und vielleicht hatte auch ihr Fallen ein Ende gefunden. »Ich bin es… und es ist ich.«
Damit endete diese Lektion.

KAPITEL 20

Der Aufzug war ein langsamer, knarzender Abstieg in die Dunkelheit. Offensichtlich hatte man das alte Gerät schon lange nicht mehr gewartet, was für Casper als Captain eines Raumschiffs ein schlimmeres Verbrechen war als ihn einfach verfallen zu lassen.

Es waren nur noch Rex, Esmail, Duhrawski, Barr, LeRoy und Pille übrig.

Und du, ermahnte Casper die andere Stimme, während er diese Szenen von seinem geisterhaften Aussichtspunkt auf dieser verlorenen Insel betrachtete. Nein, es handelte sich um eine verlorene Welt, keine Insel. Weder Landenge noch Halbinsel. Es gab zu nichts Bekanntem eine Verbindung.

In dieser Hinsicht war es wie die Dinge, die wir ›Quant‹ nennen. Das Einzige, was man wusste, war, dass es unbekannt war. Und das, was man wusste... war nie das, was es war. Zumindest jetzt nicht mehr.

Aber es *fühlte* sich wie eine Insel an. Der Absturz war ein Schiffbruch gewesen, und der Planet war eine Insel aus Wahnsinn und Rätseln. Eine Insel ohne Ozean - nur Dschungel und Wüste. Und Pilze.

Er sah sich in dem alten Aufzug um. Man hatte die Wandabdeckungen herausgeschlagen und mitgenommen. Aber wofür hatten sie sie genutzt? *Schilde*, sagte diese Stimme. Die Barbaren dieses Ortes trugen sie als Schilde in die Schlacht gegen die zerstörten Städte auf den gekrümmten Ebenen. Oder hattest du bisher die Knochen und Schädelhaufen ignoriert, die sich während deines kleinen Quant-Ausflugs in die Vergangenheit fast überall fanden? In den Maisfeldern, vergraben in dieser seltsamen, interstellaren Erde. Sauber gestapelt in den Städten. An den Straßen. In den Kanälen.

Oh - du hast bisher einfach alle Knochen und Schädel ausgeblendet.

Nicht wahr?

Das fragte er sich, als die Pilze hinter Pilles Helm heranwuchsen und gediehen. Er murmelte deswegen etwas, und die Sanitäterin drehte sich zu ihm um. Ihre Augen waren groß und katzenhaft, als ob sich die Angst, die sie bisher verborgen hatte, in Staunen verwandelte.

Schädelhaufen von der Größe eines Bergs.

Die Mongolen und ihre Herrscher hatten auf der uralten, verlorenen Erde ganze Städte dem Erdboden gleichgemacht. Karawanen, die über die windgepeitschten Einöden zogen, entdeckten manchmal stille Städte und nicht einfach nur Schädelhaufen... sondern ganze Berge davon.

Geschichte, warf sein Verstand leise lachend ein. Die hast du schon immer gemocht, nicht wahr?

»Du hast die Schädel ignoriert!«, sagte Esmail, als sie mit dem Aufzug die unterste Ebene erreichten. Er sprach langsam und gefühlsduselig, und seine Worte tropften herab wie der Sirup des Murinar-Baums auf Deglastani. Er gehörte zu den teuersten Waren in der Galaxie, weil er angeblich aphrodisierend wirkte.

Der Soldat lachte, sein Gelächter wurde grässlich, und der Aufzug raste hinab in die Hölle, obwohl er bereits ruckelnd zum Stehen gekommen war.

Du hast die Schädel ignoriert.

Alte Verriegelungen rasteten hinter den ausgeschlachteten Wänden ein, aus denen man die Verkleidungen herausgerissen hatte, um aus ihnen Waffen und Panzerungen für die Wilden und ihre unbekannten Kriege um die Herrschaft an Bord des Raumschiffs und über seine Besatzung zu erkämpfen. Die Türen öffneten sich und gaben den Blick frei auf eine von Fackeln beleuchtete Plattform, wo eine ramponierte Einschienenbahn auf sie wartete.

TJK-133 trat mit einer Spritze und einem transdermalen Pflaster auf ihn zu.

»Meister, die halluzinogenen Eigenschaften dieser Pilze überfordern Ihre armseligen Körpersysteme. Sie stehen kurz vor einem Herzinfarkt. Ich betäube Sie.«

Rex und die anderen Soldaten traten zur Seite, als der Bot nach vorne kam und ehrfürchtig das transdermale Pflaster auf Caspers fiebrige Stirn klebte.

Er brannte innerlich.

Das Pflaster fühlte sich kühl und beruhigend an, und er überließ sich den Nano-Betäubungsmitteln. Er schloss die Augen und fiel durch den Aufzugboden auf die Dschungelerde darunter. Seine letzte Vision von der verlorenen Geschichte innerhalb des Geisterschiffs *Moirai* war von pulsierenden, bunt schillernden Pilzen geprägt, die süße Wolken aus grünem, leckeren Zuckerwattegift durch seinen im Fieber delirierenden Verstand wabern ließen.

Da waren Trommeln. Trommeln, die in der fernen Finsternis geschlagen wurden. Ganz in der Nähe und um ihn herum. Er lag auf dem feuchten Dschungelboden.

Er konnte hören, wie in kleines, wütendes Tier etwas wiederholte. Lautem Klopfen und Grunzen folgte das Krachen zerstörten Blattwerks und das schmerzerfüllte Fauchen einer Echse. Eins von Caspers Augen ließ den Blick über den Horizont schweifen, der in einem rechten Winkel vom Boden zum Nachthimmel reichte. Er lag auf der Seite. Direkt vor sich entdeckte er eine Injektionsspritze, und dahinter sah er, wie TJK-133 mit seinem Blastergeschütz in den Dschungel feuerte. Seltsame Gestalten mit scharfzahnigen Waffen strömten aus der Dunkelheit herbei.

TJK-133 drehte sich zwischen den hellen Blitzen seines Blasters zu ihm um und sagte: »Keine Sorge, Meister, ich töte sie alle!«

In seinen Worten schwang so etwas wie Entzücken mit.

Und zeichnete sich auf dem Gesicht der Maschine tatsächlich ein Lächeln ab?

Casper machte sich darüber Gedanken, während er sich erneut der Dunkelheit ergab, die ihn an Orte führte, wo es keine Träume mehr gab. Keine Visionen. Keine Erinnerungen. Hier unten gab es nur das Nichts. Und sonst nichts.

Nicht einmal ihn selbst.

Gab es einen solchen Ort?, fragte er sich.

Und dann kam er dort an.

KAPITEL 21

Casper fand sich in einem heruntergekommenen, klappernden Wagen wieder, der einen dunklen Tunnel entlangraste. Der frühere Zug der Zukunft bestand aus acht Wagen - drei zerstörten und geplünderten Wagen für Passagiere und fünf kohlrabenschwarze für Fracht. Rex hatte den vordersten Wagen gewählt, denn dieser war am einfachsten zu verteidigen, und er war der einzige Wagen mit funktionierendem Licht. LeRoy hatte herausbekommen, wie das System funktionierte und man den Wagen in den dunklen Tunnel jagen ließ, der über die gesamte Länge des riesigen Raumschiffs verlief.

Sie näherten sich einer Plattform, die zuerst als winziges Licht in der Finsternis vor ihnen wahrzunehmen war. LeRoy ließ den Wagen langsamer fahren. Alle machten sich schussbereit und versuchten so gut wie möglich in diesem schlimm zugerichteten Wagen Deckung zu finden. Aber als der Wagen an der Plattform vorbeizischte, sahen sie nur einen leeren Raum. Unbenutzt und verlassen, aber wie lange schon, das ließ sich nicht erkennen. Vereinzelte Lichter erreichten das Gegenteil von Ausleuchtung, sondern erschufen lediglich weitere Schatten und eine Atmosphäre elender Hoffnungslosigkeit, die einen froh machte, dass es im Tunnel dunkel war.

Auf der Plattform lagen einige Schädel. Diesmal ignorierte Casper sie nicht.

»Achte auf die Graffiti«, sagte er zu Rex über die Frequenz der Führungsebene.

Alle Wände waren vollgekritzelt.

Jede Haltestelle ist die Letzte Haltestelle.

Alle Gefangenen müssen zur Dissektion in die Förderung. Haltestelle Neun.

Der Dunkle Wanderer hat immer ein Auge auf Dich.

»Ja«, grunzte Rex. »Ich sehe sie. Wir werden versuchen, ihre Spur aufzunehmen, an Haltestelle Neun, wenn sie offensichtlich ihre Gefangenen dorthin bringen.« Er warf einen Blick auf einige Zeichen an der Wand. »Das dort ist Haltestelle Vier.«

»Wir haben bei Zwei angefangen«, sagte LeRoy. Er hockte vorne im Wagen hinter der Steuerung. Alle hielten sich so weit wie möglich unten. Niemand wollte ein Risiko eingehen. »Aber ich habe die Haltestelle Drei nicht gesehen, außer, wir haben sie im Dunklen verpasst.«

Eigentlich war es unmöglich, Haltestelle Drei zu verpassen. Mit Sicherheit hatten sie alle auf Restlichtverstärker umgeschaltet. Und trotzdem befanden sie sich gerade an Haltestelle Vier. Nichts an Bord der *Moirai* ergab irgendeinen Sinn. Als ob die Ausmerzung jeglicher normaler Bedeutung zu einer gesetzlich vorgegebenen Religion geworden wäre, als sie alle ihren Verstand verloren hatten auf ihrer langen Reise bei Unterlichtgeschwindigkeit durch die Leere des Weltraums.

»Machen wir, dass wir weiterkommen«, sagte Rex.

»Ja, Sir«, antwortete LeRoy.

Es fühlte sich gut an, sich vom Mysterium der fehlenden Haltestelle fortzubewegen. Ein Mysterium, das die Nichtexistenz als mögliche Option verkündete oder ein Schicksal, das sie auf der Strecke vor ihnen erwartete.

Sie hatten erst eine kurze Strecke in der Dunkelheit hinter Haltestelle Vier zurückgelegt, als ein Geräusch über ihren Köpfen zu hören war, das klang, als ob eine Klemmzange am einem der Wagen festgemacht worden wäre. Dann ertönten weitere laute, hohle Schläge entlang der klappernden Einschienenbahn an den hinteren Wagen.

LeRoy hatte schon die Geschwindigkeit erhöht, und die Bahn, die klappernd durch den Tunnel fuhr und Haltestelle um Haltestelle hinter sich ließ, schoss in die scheinbar ewige Dunkelheit voran, während die Geräusche nun auch an den Dächern der Wagen ertönte.

Esmail stand auf und blickte nach hinten. »Ich sehe da was...«, murmelte er zögernd.

Der Restlichtverstärker in Caspers virtuellem Bildschirm lieferte erst verzerrte Bilder und ging dann kaputt. Er nutzte das Interface an seinem Ärmel und wechselte auf Nachtsicht und dann auf die Wärmebildkamera. Doch beides lieferte ihm nur weißes Rauschen, was ihn praktisch blind werden ließ. Es wurde schnell klar, dass alle anderen dasselbe Problem hatten – obwohl die Technik vom Mars und der Erde unterschiedliche Betriebssysteme verwendete.

Esmail schaltete die Hochleistungslampe oben auf seinem Helm an und drehte ihn in die Richtung der Wagen hinter ihnen. Als der helle Lichtstrahl auf die düsteren Wagen fiel, beleuchtete er einen grausigen Anblick. Glänzende Stahlspinnen waren überall und jagten hinter ihnen her.

Mechanische Spinnen.

Aber mit menschlichen Oberkörpern und furchtbaren grauen menschlichen Köpfen.

Pille schrie auf und feuerte eine Salve aus der Barbaren-Waffe ab, die sie sich geschnappt hatte. Kugeln sprangen über die schrecklichen, metallenen Rückenschilde der Monster und die sich rasant bewegenden, mechanischen Beine. Geschosse krachten mit Unterlichtgeschwindigkeit durch das breiige, dampfende graue Fleisch ihrer Oberkörper und verschwanden dann in der Dunkelheit.

Als Pilles Magazine leer waren, feuerte das restliche Team auf die sich schnell nähernden Ziele. Es waren mindestens ein Dutzend Mensch-Spinnen-Hybride, die über ihre toten biomechanischen Brüder hinwegkletterten. In ihren Augen glühten wahnsinnige grüne Schaltkreise, und in ihren Mäulern waren Zähne, die früher vielleicht menschlich gewesen waren, aber die man nadelspitz gefeilt hatte. Ihr ganzes Wesen war eine Monstrosität, die das menschliche Auge niemals erblicken wollte.

Einer von ihnen, ein Mann, durchschlug das Fenster an der Wagenseite, zerrte Duhrawski mit vier seiner hydraulisch angetriebenen Beine und Krallen durch das zersplitterte Glas, und ließ sich dann auf die Schienen fallen. Alles, was von Duhrawski noch übrig war, waren seine Schüsse in der Dunkelheit, als der voranrasende Wagen die albtraumhafte Spinne und den Soldaten hinter ihnen verschwinden ließ, allein in der Finsternis des Tunnels.

Eine weitere Spinne, deren menschliches Maul wild geiferte, obwohl es mehrfach getroffen worden war und Blut aus Arterien gepumpt wurde, wo keine Arterien hätten sein sollen, versuchte sich Pille zu schnappen. Die Sanitäterin hatte Schwierigkeiten damit, ein neues Magazin in die von ihr ergatterte Waffe zu schieben, und nun ließ sie es fallen und rutschte panisch nach hinten, um von dem sabbernden, blutverschmierten Monster wegzukommen.

Alarmsirenen ertönten im Wagen, vermutlich eine Art Warnung wegen zu hoher Einfahrtgeschwindigkeit in die nächste Haltestelle. Das war dem von Spinnen überrannten Zug gleichgültig, als er mit hoher Geschwindigkeit durch die nächste Haltestelle raste.

Casper stürzte nach vorn, um Pille Deckung zu geben, und feuerte aus nächster Nähe auf das Ding, das sie in die Dunkelheit der anderen Wagen zerren wollte, wo sich die anderen biomechanischen Spinnen versammelt hatten. Erst als der graue menschliche Schädel der biomechanischen Spinne durch drei direkte Treffer zerplatzte, kippte der restliche Körper ungelenk zur Seite, und das Monster starb.

Es kamen aber noch mehr durch die Fenster und durch den Gang, der zwischen den dreckigen Sitzen verlief. Es fühlte sich so an, als sähe man das größte Grauen plötzlich vor den eigenen Augen wahr werden.

Rex ging die Munition aus. Barr brüllte: »Magazin leer!«, und ließ sich auf ein Knie nieder, um nachzuladen. LeRoy schob den Gashebel der Einschienenbahn bis zum Anschlag nach vorn, und der unsichtbare Antrieb meldete sich mit einem dämonischen Surren. Die Wagen begannen zu wanken und zu schwanken, als ob sie sich überlegten, komplett aus der Schiene zu springen. Casper feuerte weiter auf die nahenden Spinnen, die nun alle zusammen auf sie zukamen. LeRoy drehte sich von der Steuerung weg, brachte den Lauf seines Schnellfeuerblasters in einer geschmeidigen Bewegung hoch, zog den Riemen an seiner Schulter fest und eröffnete das Feuer.

In diesem Augenblick ließ Rex die Projektilwaffe der Wilden los, rannte nach vorn und zog sein Brechwerkzeug vom Rücken. Er tänzelte an den Feind heran, wich den zerbrechlichen Armen aus, die früher menschlich gewesen sein mussten und versuchten, ihn entweder zu umarmen oder zu zerreißen, und schlug einer der Spinnen ihren biologischen Kopf ab. Er drehte sich auf einem Bein, holte aus und zog die sich drehende Scheibe des Trennschleifers durch den Brustkorb einer weiteren Spinne. Das Monster richtete sich auf seinen mechanischen Hinterbeinen auf, erbrach Blut und Öl und starb kreischend. Seine Stimme hörte sich an wie ein uralter 8-Bit-Spieleautomat, der den Geist aufgegeben hatte.

Pille brachte ihre mittlerweile wieder geladene Waffe zur Anwendung und erschoss drei Spinnen hintereinander, was ihr nur noch wenige Kugeln übrig ließ. Casper sorgte mit kurzen Feuerstößen aus seiner Handfeuerwaffe der Terranischen Navy dafür, dass alle toten Spinnen auch wirklich tot waren.

Rex schlug sich seinen Weg frei zu dem Gestänge, das die restlichen Wagen mit ihrem verband. Er schlug auf das dicke, gummierte Verbindungsstück ein, holte noch einmal aus und durchtrennte mit einem harten Schlag die Verbindung, was Funken in die Nacht sprühen ließ.

Eine der Spinnen, die sich auf dem dahinterhängenden und nun langsamen zurückfallenden Wagen befand, sprang über die größer werdende Lücke Rex an, und er fiel nach hinten. Doch das Ding spießte sich selbst auf dem noch laufenden Trennschleifer auf, stürzte auf die Schienen und riss das Brechwerkzeug mit sich in die Dunkelheit des Tunnels.

Ohne das zusätzliche Gewicht der anderen Wagen sprang die viel zu schnell fahrende Einschienenbahn schließlich aus der Schiene, was sich schon lange angekündigt hatte. Sie kippte auf die Seite und schleuderte sie alle durch den Innenraum. Casper krachte mit dem Gesicht zuerst gegen die Seitenwand, die nun den Boden darstellte, und sah zu, wie der glatte Tunnelbeton direkt unterhalb seiner Augen auf der anderen Seite eines gesprungenen Fensters vorbeirutschte.

Einen Augenblick später verkeilte sich der Wagen im Tunnel, und weigerte sich weiterzurutschen. Sie wurden alle nach vorn geschleudert und stürzten übereinander.

Und dann kam die Dunkelheit.

Casper gelang es als Erstem, seinen Handstrahler zu aktivieren. Er war überrascht, dass er sich keine Knochen gebrochen hatte, aber seine Schulter war definitiv ausgekugelt. Er schrie, als er sich dazu zwang, den Handstrahler vom Gurt zu ziehen und das Wageninnere auszuleuchten.

In dem hellen, gnadenlos grellen Licht war es unmöglich, den Unterschied zwischen den Lebenden und Toten auszumachen.

»Alle in Ordnung?!«, fragte er. Das klang armselig, und er wusste es.

»Bewegt nichts, bis ihr sicher seid, dass nichts gebrochen ist«, rief Pille. »Vor allem Hälse und Köpfe.«

Jemand stöhnte.

Dann meldete sich LeRoy. »Okay, Leute, Meldung«, sagte er, als ob sie sich gerade erst für einen Arbeitseinsatz zusammengefunden hätten. »Wer ist noch da?«

Pille.

Barr.

Esmail.

Casper.

Mehr waren sie nicht mehr.

Eine kurze Suche brachte auch Rex zum Vorschein. Er war so hart gegen die Frontscheibe des Wagens gekracht, dass sein Helm zersprungen war. Er war bewusstlos.

»Neben dem Trauma des Aufschlags«, sagte Pille, nachdem sie ihn untersucht hatte, »hat ihn jemand angeschossen. Wahrscheinlich LeRoy.«

»Nein.. ich war das nicht. Meine Gruppe ist immer sauber, Schwesterchen.«

Barr hatte auch einen ordentlichen Schlag gegen den Kopf bekommen, aber sein Helm hatte gehalten. »Doch, wahrscheinlich warst du's. Du hast halt Bammel bekommen, LeRoy. Erinnerst du dich noch an Tankersly?«

Pille flickte Rex' Schussverletzung mit einem Dermalpflaster. Die Kugel hatte einen Oberschenkel sauber durchschlagen, und es war keine Arterie verletzt.

Barr lud seine Waffe nach. »Hierfür gibt's bestimmt keine Medaillen. Nicht nachdem wir den Major angeschossen haben.«

LeRoy knurrte. »Ich glaube, wir kommen hier nicht raus, um Medaillen in Empfang zu nehmen, Barr.«

Casper wuchtete sich aus dem zertrümmerten Wagen. Der glatte Betonboden des Tunnels fühlte sich unter seinen Füßen sandig und verstaubt an. Er spähte in den Tunnel. In der Ferne konnte er ein helles weißes Licht erkennen, auch wenn sich schwer einschätzen ließ, wie weit weg es war. Im Vergleich zu der alles erdrückenden Dunkelheit, die sie begleitete, seitdem die *Lexington* auf dem Hangardeck aufgesetzt hatte, wirkte es wie ein strahlendes Neonlicht.

Er drehte sich zu den anderen um. »Da vorne ist Licht. Muss die nächste Haltestelle sein. Ich kundschafte das mal aus. Bringt Major Rex auf die Beine und aus dem Wagen raus, und wartet dann hier. Bin in fünf Minuten zurück.«

Er zog seine Handfeuerwaffe und machte sich auf den Weg. Ihm blieb noch ein Batteriepack.

Nach nur wenigen Minuten näherte er sich dem hellen Lichtkegel. Es handelte sich um eine weitere Plattform, wie er gedacht hatte. Er ging auf ein Knie, wartete und lauschte.

Dann warf er einen Blick zurück. Von hier aus konnte er den zerstörten Wagen nicht sehen. Oder die Spinnen. Vielleicht waren sie ja bei dem Unfall auch gestorben. Oder sie hatten so große Verluste einstecken müssen, dass sie sich zurückgezogen hatten...

In ihre Höhlen?

Ihre Baue?

Ihre Labore?

Sein Verstand wollte nicht darüber nachdenken, wie diese Dinger ihr Zuhause nannten, also ignorierte er diesen Gedankengang.

Aber was immer auch geschehen war... sie hatten sie nicht weiter angegriffen. Sie waren mit den Opfern verschwunden, die sich hatten schnappen können. Vielleicht war das ja für sie... mehr als genug und ein Sieg.

Als sich in seiner Nähe nichts an der Geräuschkulisse änderte, ging er vorsichtig weiter vor. Im Gegensatz zu den anderen Haltestellen, an denen sie auf ihrer chaotischen

IMPERATOR

Fahrt in der Einschienenbahn vorbeigekommen waren, war diese makellos und wirkte fast neu. Sie lag da, als ob jeden Augenblick ein eleganter Zug eilig heranfahren und plaudernde, gehetzte Wissenschaftler ausspucken würde, und mit ihnen andere Besatzungsmitglieder und Kolonisten aus dieser längst vergessenen Zeit, als man hoffnungsvoll die Erde verlassen hatte. Casper stellte sich vor, dass das riesige Raumschiff, als es vor so vielen Jahren aus dem niedrigen Erdorbit aufgebrochen war, etwa so ausgesehen haben musste wie diese Plattform: eine Mischung aus einem Technikladen mit den neuesten Gimmicks, in schiefergrauem Chrom und Glas gehalten, und einer medizinischen Einrichtung, die über die neuesten Langlebigkeitstechnologien verfügte, die sie allen zur Verfügung stellte, die sie sich leisten konnten.

Für Casper war es, als ob er in der Zeit zurückreisen würde. Oder in eine Zeit zurückkehrte vor der Zeit, wie er sie kannte. Denn solche Erinnerungen kannte er auch. Die Erinnerung daran, wie er durch die Erinnerungen anderer Menschen spazierte. Die Enthüllung der Vergangenheit. Es war ein Teil seines Wesens, denn er war schon immer Archäologe gewesen. Der stets neugierige Wanderer, der auf unzähligen Welten endlos Fragen gestellt hatte.

Wer waren diese Leute?

Warum ist dies hier?

Was haben diese Bilder zu bedeuten?

Er erinnerte sich, wie er als Kind, da war er vielleicht sieben oder acht, die Ruinen des zerstörten Los Angeles durchstreift hatte, als eine Art Spiel, wenn er seine täglichen Pflichten erledigt hatte. In dem Jahr hielt sein Vater in den Ruinen ihres Bauernhofs auf dem La Brea Boulevard eine Schweineherde, und Casper wanderte oft hinaus auf die große, alte, stille Straße und sah sie

251

entlang, morgens und abends, und fragte sich, was aus all den Autos geworden war, die früher diese breite Straße entlanggefahren waren. Aus den Filmstars, die vor, während und nach dem Krieg gestorben waren. Vielleicht sogar lange danach, in den Ruinen und im langen Winter.

Oft begleitete Casper nachmittags seinen Vater, wenn der sich auf die Suche nach Kupfer machte. Sie brachen zu irgendeinem Trümmerhaufen eines alten Gebäudes auf, wo sein Vater alle Kupferkabel herausriss, die er zu einem Bündel zusammenrollte und auf dem Tauschmarkt in Santa Fe Springs verkaufte.

Casper betrat diese Gebäude nie, die durch Beschuss schwere Schäden davon getragen hatten. *Es ist zu gefährlich.* Die Gebäude, in denen sein Vater arbeitete, waren immer einsturzgefährdet. Alte, morsche Böden hätten unter seinem Gewicht nachgeben können, und das taten sie auch. Viele der geschwächten Wände stürzten ohne Vorwarnung nach innen. In der Dunkelheit konnten sich Plünderer verbergen, die auf die Nacht warteten und die Außenseiter, die ihren Weg dorthin fanden.

Daher schlenderte Casper als Kind über den La Brea, und ihm war nur erlaubt aus der Ferne das zu betrachten, was früher einmal die Vergangenheit gewesen war. Er verbrachte viele Stunden damit, einen Blick auf die Geschäfte zu werfen und eine Vorstellung von dem Leben zu bekommen, bevor die Welt zerstört worden war. Er versuchte sich alles vorzustellen. Manchmal fügte sich vor seinem inneren Auge ein Bild zusammen, eine Erkenntnis. Manchmal waren die Dinge so baufällig, dass man aus ihnen nichts mehr verstehen konnte. Aber manchmal gab es Fotos, die die Mühe dieses Verstehens, wie alles früher ausgesehen hatte, viel einfacher machten.

In der Zeit dieser Fotos war sein Vater Polizist gewesen. Los Angeles Police Department. Während all der Hungerkrawalle und auch während des Vegas-Kriegs, wie er ihn nannte. Selbst damals am Lea Brea hatten die anderen Bauern seinen Vater zu einer Art Sheriff ernannt, zum Richter, und manchmal, wenn es notwendig war, auch zum Henker.

»Wir tun, was wir tun müssen«, hatte sein Vater betrübt angemerkt, als er eines Abends aus Beverly Hills zurückgekehrt war, wo er einen Vergewaltiger hatte hängen müssen. Und mehr hatte er nicht gesagt, als sie Gott für ihre Limabohnen und das Maisbrot dankten. An dem Abend hatte es sogar Speck gegeben.

Casper rief sich diese Erinnerungen ins Gedächtnis, als er auf die Plattform in dem Raumschiff aus der Vergangenheit blickte, das der Zukunft entgegengerast war. Erinnerungen an ein makelloses, goldenes Zeitalter, als die Welt noch ein besserer Ort voller Überfluss und wegweisender Technologien gewesen war, und die Prominenten und Politiker und Denker der Menschheit wie Götter erschienen waren.

Eine bestimmte Erinnerung kam ihm aller Deutlichkeit wieder in den Sinn. Er starrte in die Trümmer eines Geschäfts am La Brea. Ein Luxusgeschäft für technische Spielereien, das man nach einem Obst benannt hatte. Was Casper wirklich dumm erschien. Ein Plünderer hatte das Foto beim Plündern auf den Boden geschmissen, wo es zwischen gesprungenem Glas und der zertrümmerten Einrichtung liegengeblieben war.

Es war das Foto einer Familie. Sie kauften sich offensichtlich gerade ein Smartphone. Eine technische Spielerei. Für sie war es im verlorenen Zeitalter des Überflusses ein Spielzeug gewesen. Sie hatten dieses fantastische Gerät benutzt, um sich die ganze Zeit damit zu amüsieren. Mit Spielen. Oder Fotos. Oder Werbespots über die stets verfügbaren Waren und Dienstleistungen. Oder sinnlose Gespräche, die im Anbetracht der Bedeutung der Dinge verblassten, die sich am Horizont abgezeichnet und sie wie eine Kugel zwischen die Augen getroffen hatten.

Im Zeitalter danach war alles kostbar, und nichts, nicht einmal als Smartphones wieder zurückkehrten, wurde wieder als Spielzeug verwendet. Stattdessen wurde die Technik, als sie zurückkehrte, nur für die Arbeit genutzt, um Dinge zu erschaffen und sie gedeihen zu lassen. All die edlen Dinge. Alles, was die Galaktische Republik verkörperte, bevor das Haus der Vernunft die allgemeingültigen Werte und hehren Ziele wieder in die Richtung verschob, die in den letzten Tagen der Erde alles zerstört hatte.

Als niemand es damit beauftragt hatte, eine weitere Zivilisation zu vernichten, hatte das Haus der Vernunft beschlossen, zu den alten Gewohnheiten zurückzukehren, in der Hoffnung auf ein anderes Ergebnis, obwohl das jedes Mal zuvor schiefgegangen war. Und sie waren überrascht, wenn sie die wie immer die üblichen Ergebnisse erhielten - Versagen, Verhungern, Revolten, immer und immer wieder.

Wahnsinn.

Aber damals, an einem Tag im Leben eines acht Jahre alten Kindes, waren die Dinge noch anders gewesen, als er die Familie auf dem Foto inmitten der Trümmer erblickte, in dem sie nicht nur dieses wundervolle Gerät, sondern auch alle damit verbundenen Vergnügen versprochen bekamen. Früher waren die Dinge besser gewesen.

Auf dem Foto waren sie alle sauber. Es gab Wochen, in denen Caspers Familie auf dem Bauernhof nicht badete.

Auf dem Foto sahen sie alle gesund aus. Caspers kleine Schwester war mit zwei an der Pest gestorben.

Und auf dem Foto hatten sie neue Kleidung. Der acht Jahre alte Casper hatte nie noch neue Kleidung besessen. Die ersten, neuen Kleidungsstücke, die er jemals sein Eigen nennen würde und die nicht geplündert oder gefunden oder aus Resten zusammengeflickt worden waren, war die Uniform für die Neulinge, die ihm die NASA während seines ersten Jahres an der Akademie ausgab. Ein blauer Overall. Stiefel. Eine Nylonjacke. Und der nächste Satz neuer Kleidung, die ihm gehören würde, war die Uniform, die er vier Jahre später, genau eine Woche vor seinem Abschluss, bekam.

An diesem Tag legten seine Mutter und sein Vater, der Sheriff von La Brea, fast tausend Kilometer in dem alten Truck zurück, der der ganze Stolz seines Vaters war. An diesem windigen, sonnigen Tag in Houston sagte sein Vater lange kein einziges Wort. Bis er schließlich Casper leise mit einer Stimme ansprach, die Wind, Schmutz und Fallout heiser hatten werden lassen: »Mach die Galaxie zu einem besseren Ort, als wir ihn dir hinterlassen haben, mein Junge. Mach es besser da draußen.«

Ja. So hätte es sein sollen.

Casper wuchtete sich auf die Plattform.

Der schiefergraue Boden war auf Hochglanz poliert, und die hintere Wand bestand aus poliertem Chrom. Auf einem Display aus weißem Milchglas mit grüner Hintergrundbeleuchtung standen die Worte ›Plattform Neun‹ in einer Schriftart, die typisch für das Raumfahrtzeitalter war.

Casper nahm jedes Detail wahr. In der Wand war eine Sicherheitsluke auf dem neuesten technischen Stand eingelassen, und direkt daneben befand sich eine Plakette mit schwarzen Buchstaben:

Willkommen in der Sektion für
Kognitive Förderung.
Alles Wissen liegt im Inneren.

KAPITEL 22

Da waren der Mann, der Bot und das kleine Wesen.

Casper kam wieder zu sich, als sie drei sich auf dem zerklüfteten Bergrücken durch ein Geröllfeld aus Granit kämpften, der den Dschungel mit seinen für den Verstand gefährlichen Rauschmitteln von der Wüste trennte, die mit all ihren Unbekannten vor ihnen lag.

Die Nebenwirkungen der psychoaktiven Pilze ließen langsam nach, und in seinen nüchternen Momenten erwachte er langsam aus seinen Albträumen. Sie wirkten nun eher wie normale Träume auf ihn, nicht wie die grauenhaften, tobsüchtigen Szenarien, die ihn hatten verzweifeln lassen. Selbst jetzt fühlten sich diese grauenhaften Erinnerungen, die sich mit den finsteren Flüssen, seltsamen Steinen und würgenden Krallen des sie umgebenden Dschungels vermischten, wie etwas an, das jemand anderem zugestoßen war. Nicht ihm. Jemandem, den er nur aus dem Augenwinkel beobachtet hatte.

Das erste Geräusch, das Casper zu hören bekam, als er an diesem Tag aus seinem Wachtraum erwachte, war das Knirschen seiner Stiefel auf feinem Geröll. Die *Moirai* und ihre Schrecken lauerten in diesem Geräusch. Die Schreie. Die lauten Salven automatischer Waffen. Die Gespräche, an die er sich kaum erinnern konnte. Die ständige Flucht. Die Flucht durch die Finsternis, vor dem Grauen und der Angst. Die Barbaren, die ihnen immer auf den Fersen waren. Die unbekannten Tunnel um dich herum, als du dir deinen Weg durch das Geisterschiff gebahnt hast.

Was er als Nächstes hörte, war das kleine Wesen, das hinter ihm auf dem Gebirgsrücken ächzte und keuchte und vor sich hinmurmelte.

»Urmo. Urmo. Urmo.«

Casper sah auf und erkannte den taktischen Jäger-Killer-Bot als dunklen Umriss vor dem roten Lichtschein von der anderen Seite des Gebirgsrückens. Jenseits der Tötungsmaschine erhob sich das uralte Monument.

Die Statue eines Echsenkönigs.

Er erinnerte sich, dass während seiner grauenhaften Albträume diese Statue immer über ihm zu schweben und ihn mit ihren gefühllosen Augen und dem stets hungrig wirkenden Lächeln zu beobachten schien. Sie war auch auf der *Moirai* gewesen und hatte ihn wie die Schädelhaufen angestarrt.

Aber jetzt war ihr Blick von ihnen abgewandt. Sie blickte hinaus auf die Wüste. Sah zu einem unbekannten Ort hinaus, der auf keiner Karte der Galaxie verzeichnet war. Casper hatte das Gefühl, dass dieser Ort, dieser Planet, viel älter war, als irgendjemand sich vorstellen konnte. Älter in einer völlig unbekannten Größenordnung.

Er begann zu zittern.

Oder vielleicht hatte er bereits gezittert. Seine Zähne klapperten in seinem Schädel. Ihm taten alle Muskeln weh. Vor allem die Augäpfel. Und sein Kinn. Als ob man seine Augen mit Gewalt offengehalten und er seine Kiefermuskulatur durchgehend angespannt hätte in der wütenden Entscheidung, den Drogentrip bis zu seinem tödlichen Ende durchzuziehen. Als ob er nicht in der Lage gewesen wäre, seinen Verstand oder seinen Blick von den Halluzination zu lösen, die ihm auf dem langen und vergessenen Marsch durch den Dschungel Todesqualen bereitet hatten.

Kurz unter dem Kamm drehte er sich noch einmal um, um einen letzten Blick auf den Dschungel zu werfen. Er würde ihn wahrscheinlich nie wieder sehen. Er bedeckte alles, verschlang alles. Das Raumschiff. Die Flüsse. Die Erinnerungen. Seine Ankunft. Er ließ seinen Blick über die im Nebel verschwimmenden Baumwipfel schweifen, die sich aus eigener Kraft wie Statuen aus der Masse zu erheben schienen. Endlich sah er auch Schwärme der unsichtbaren Vögel, die andauernd gepfiffen und geklagt hatten, ohne sich jemals zu zeigen, auf den großen Bäumen sitzen. Aus dieser Entfernung schienen sie durch den rot-gelben Dunst zu schwimmen, als wäre er ein Meer und die Bäume große Korallenriffe, die sich mit den Wellen bewegten und im Lichtschein schimmerten.

Und dann wandte sich Casper von all dem ab und überquerte den Pass zwischen zwei Gipfeln.

Als sie vom Dschungel auf das Wüstenplateau gewechselt waren, schien sie die Statue zwar erwartungsvoll, aber verächtlich zugleich anzustarren. Hinter ihr versank am Horizont gerade der Rote Zwerg, der die eisenhaltigen Ablagerungen des zerklüfteten Gebirgsrückens rot färbte, und sie sahen, dass sich zu ihren Füßen eine riesige Wüste erstreckte. Casper erblickte zerklüftete Schluchten, ein Dünenmeer, und nichts... Ein endloses Nichts. Wenn die Wüste früher einen Namen gehabt hatte, so war er heute längst vergessen. Sie war der Inbegriff des Nichts.

Eine Wüste des Nichts.

Denn in ihr befand sich nichts.

TEIL ZWEI

DIE WÜSTE, IN DER DU DEINEN FRIEDEN MIT DIR MACHEN MUSST

KAPITEL 23

In dieser Nacht schlugen sie ihr Lager unter der Statue auf. TJK-133 hatte für ein Feuer totes Holz gesammelt, während Casper in seine Überlebensdecke eingehüllt dasaß. Er fühlte sich ausgelaugt, und sein Kopf schien aus Watte zu bestehen, als ob er eine schwere Krankheit nur knapp überlebt hätte. Anders ausgedrückt... er fühlte sich schwach.

In seinem Rucksack war nicht mehr viel Essbares vorhanden, und auch TJK-133 trug nicht viel mehr bei sich als die Batteriepacks für sein Blastergeschütz. Was seltsam war, denn Casper konnte sich daran erinnern, dass er seinen Rucksack mit Überlebensrationen vollgepackt hatte.

Der Zustand von Caspers Ausrüstung war ein großes Rätsel. Einige Dinge fehlten einfach. Andere nicht. Es gab keinen ersichtlichen Grund, warum ein Ausrüstungsgegenstand den Marsch durch den Dschungel überstanden hatte und ein anderer verschwunden war. Er versuchte sich mit aller Mühe an die Dinge zu erinnern, die im Dschungel geschehen waren, aber Casper musste feststellen, dass ihm sein Verstand kein zusammenhängendes Bild dieser Reise ermöglichte. Seine Stiefel sahen katastrophal aus. Die Hose schmutzig und zerrissen. Sein T-Shirt war durch Schweiß und Beschädigungen so sehr ruiniert, dass er es zum Anzünden des Feuers verwendet hatte. Nun besaß er nur noch seine Jacke. Die sich merkwürdigerweise in tadellosem Zustand befand, obwohl er sie zusammengefaltet und oben an seinem Rucksack festgebunden hatte. Wenn man bedachte, wie viel alles andere hatte einstecken müssen, sah die strapazierfähige Survival-Jacke so aus, als ob sie gar nicht auf der furchtbaren Reise dabei gewesen wäre, die sie unter den missbilligenden Blick der Wüstenstatue geführt hatte.

Sein Jagdblastergewehr war auch verschwunden. Er konnte sich nicht daran erinnern, es verloren zu haben.

Er warf TJK-133 einen Blick zu. Der Bot starrte bloß ins Feuer. Urmo hatte eine Art Ratte gefangen und war damit beschäftigt, sie in der Dunkelheit außerhalb des Feuerscheins zu häuten.

»Wie lange?«, krächzte Casper. So wie sich seine Stimme anhörte, ging er davon aus, dass er sie unter dem Einfluss der seltsamen Pilze kaum genutzt hatte. Oder vielleicht hatte er so lange geschrien, bis sie ihm weggeblieben war.

Der Bot drehte seinen mechanischen Kopf zur Seite, und sein Blick kam auf Casper zu ruhen.

»Ah, Sie können wieder zusammenhängend reden, Meister. Hervorragend. Dies ist eine willkommene Abwechslung zu Ihren ständigen, widersinnigen Tobsuchtsanfällen und dem Wahnsinn im Allgemeinen. Ich freue mich schon darauf, mit Ihnen wieder konstruktivere Gespräche führen zu können, die ich von Zeit zu Zeit genossen habe.«

Tobsuchtsanfälle.

Casper nahm einen Schluck Wasser. Die Feldflasche war ihm geblieben. Sie konnte Flüssigkeiten nicht mehr kühlen - sie schien in Bezug auf diese eine Sache eine

Fehlfunktion zu haben -, aber selbst das lauwarme Wasser fühlte sich in seinem rauen Hals gut an.

Der kleine Urmo kehrte mit seiner aufgespießten Ratte zurück. Sie hatte zwei Köpfe. Das winzige Wesen stieß sie mit boshaftem Vergnügen ins Feuer und sah zu, wie sie von den Flammen umzüngelt wurde, während es sein einziges, oft wiederholtes Wort vor sich hinmurmelte.

»Tobsuchtsanfälle?«, fragte Casper. Seine Stimme war immer noch ein Krächzen.

»Ja, Tobsuchtsanfälle«, antwortete der Bot fröhlich.

Stille.

»Worüber bin ich denn in Tobsucht geraten?«

»Oh... alles. Sie haben zu allem, was Sie gesehen haben, einen laufenden Kommentar abgegeben. Oft haben Sie Bäume oder Felsen vergegenständlicht und sie in Personen umgedeutet. Sie haben ihnen niedliche Namen gegeben. Es fühlte sich an wie ein langer Spaziergang mit einem urzeitlichen Stammesangehörigen, der alles mit dem Sammelbegriff ›Magie‹ erklärte. Es war absolut lächerlich.«

Casper dachte darüber nach. Erneut wurde ihm klar, dass es zu diesen Geschehnissen keine Erinnerungen in seinem Kopf gab. Stattdessen hatte er das Gefühl, dass die uralten Erinnerungen an seine Zeit an Bord *Moirai* der Gegenstand seiner Halluzinationen im Wachzustand gewesen seien. In der Vergangenheit, in all den Jahren seit diesen Ereignissen, hatte ihn das verfluchte Raumschiff oft in Albträumen heimgesucht. Das Grauen an Bord ließ ihn entweder schreiend aufwachen oder mit dem Gefühl zu ersticken, während um ihn herum die *Moirai* erneut explodierte.

»Was habe ich gesagt?«, fragte er den Bot möglichst neutral.

Urmos kohlrabenschwarze Augen glänzten gierig, als die zweiköpfige Ratte zu brutzeln begann. Das kleine Wesen hüpfte leicht von einem winzigen, pelzigen Beinchen aufs andere, während die Flammen am Fleisch der Ratte entlangzüngelten.

»Oh...«, setzte der Bot an und blickte gen Himmel, als ob er nachdenken müsste.

Es gab keinerlei Sterne, dafür war der Planet zu weit von der Galaxie entfernt. Casper empfand dies als zutiefst verstörend, nicht nur, weil es jegliche Navigation erschwerte, sondern auch weil dies einem menschlichen Grundbedürfnis widersprach. Aber sein Körper war zu angeschlagen, um sich dem Gedanken zu widmen, wie weit entfernt er von der bekannten Galaxie war. Stattdessen konzentrierte er sich auf die Flammen, die das tote Holz verzehrten.

Wie lange war es schon tot?, fragte er sich geistesabwesend. Früher war dieses Holz mal eine Art Baum gewesen. Nun war es hier aufgetaucht, in einer baumlosen Wüste.

»Nun... Sie haben über Ihre Eltern gesprochen«, sagte TJK-133. »Wie stolz sie auf Sie waren. Ihr Abschluss bei etwas, was Sie ›NASA‹ genannt haben, schien für sie ein besonderer Moment zu sein. Vor allem für Ihren männlichen, biologischen Erzeuger. Sie waren sehr stolz darauf. So stolz, dass Sie tagelang und endlos darüber gesprochen haben - wenn Sie nicht gerade dabei waren, sich die Rationen einzuverleiben, jedes Mal, wenn ich kehrtgemacht habe, um sicherzustellen, dass Sie nicht in eine weitere Grube gefallen waren.«

Das konnte nicht stimmen, dachte Casper. Seine Eltern waren von Plünderern umgebracht worden. Einer Rocker-Gang namens... *Goths*, die Goten. Das war noch ziemlich lang bevor er überhaupt von der NASA angenommen worden war. Niemand war zu seinem Abschluss gekommen, weil es niemanden gegeben hatte. Er dachte nicht viel an seine Eltern. Ihr Tod gehörte zu den schmerzlichsten Erinnerungen seines Lebens.

Trotzdem hatten ihn die Goths auf schreckliche Weise fasziniert. Als ob sie der Ursprung all seiner Ängste wären. Er fühlte sich gezwungen, mehr über sie zu erfahren, denn dann hätten sie... weniger Macht über ihn. Damit sie keine Gestalten mehr in seinen Albträumen sein konnten, die immer am Rande seiner Wahrnehmung lauerten. Immer in den Schatten lauerten. Und stattdessen... beschwor dieses eine Wort, Goth, ein finsteres Grauen in ihm herauf, all seiner Versuche zum Trotz, es ins Tageslicht zu zerren.

Also hatte er Nachforschungen über sie angestellt, über die Goths. Die allerersten ihres Namens, die sich in Geschichtsbüchern finden ließen und die den Rockern offensichtlich als Namensgeber gedient hatten. Die Goten der Geschichte hatten die damals bekannte Welt zerstört, soweit man von ihr wusste. Genauso wie die späteren Goths seine Eltern getötet hatten... und damit seine eigene, bekannte Welt zerstörten.

Wenn er erstickte... in der Nacht, während seiner Albträume von der *Moirai*... das schmerzliche Geräusch, das er machte, wenn ihm die Luft wegblieb, hörte sich an wie... *Gothhhhh*. Es fühlte sich an wie eine Hand, die seine Kehle umschloss

Schmerzlich... wie Reina?, fragte der Beobachter, der seine Träume und Albträume in seinem Verstand verfolgte.

»Ja«, flüsterte er laut und beantwortete die Frage, als ob sie sein eigener Gedanke gewesen wäre, obwohl doch eindeutig die Stimme in seinem Kopf sie gestellt hatte. »Und das war sogar noch schlimmer. Was selbst nach zweitausend Jahren ein furchtbarer Gedanke ist, wenn du an deine Eltern zurückdenkst. Dass der Verlust der Liebe deines Lebens schlimmer ist als die Menschen zu verlieren, die dir dein Leben geschenkt und dich bedingungslos geliebt haben. Aber ich bin noch von den Pilzen zu sehr zugedröhnt, als dass ich etwas anderes als ehrlich mit mir selbst sein könnte. Es ist zu spät für bequeme Lügen.«

Er sprach mit sich selbst. Das war ihm bewusst. Aber dem Bot schien das egal zu sein, oder zumindest ließ das seine Programmierung vermuten, und Urmo war und blieb ›Urmo‹ und sonst nichts.

»Und wo gehen wir jetzt hin, Meister, jetzt, wo wir Ihre... ›Echsenkönigstatue‹ erreicht haben?«

Die Frage des Bots riss Casper aus seinen Tagträumen. Er war gerade kurz davor gewesen, einen Gedankengang zum Abschluss zu bringen, der von großer Bedeutung war. Der die Mysterien des Universums, das ihn umgab, hätte entschlüsseln können. Aber jetzt war der Gedanke fort.

»Der Echsenkönig wird uns sagen, wo wir als Nächstes hinmüssen!«, blaffte der Bot. »Das haben sie da hinten im Dschungel immer und immer wieder geschrien, Meister. Egal, wie sehr ich versucht habe, Sie zu beruhigen, Sie haben sich nicht davon abbringen lassen, diese Hoffnung mit Ihrer armseligen Lungenleistung so laut wie möglich zu verkünden. Das hat diese seltsamen, bronzezeitlichen Affen hervorgelockt. Ihr wahnsinniges Gebrülle. Was natürlich eine gute Sache war. Es sind ja etliche Flugjahre vergangen, seit ich etwas in Massen habe umbringen können. Es tut gut zu wissen, dass ich nicht nachgelassen habe.«

»Affen?«

»Nur in einem sehr vagen Sinn. Definitiv affenartige Humanoide, Meister. Aber riesig. Vier Arme. Brutale Tiere. Hatten auch Werkzeuge. Wenn die Sie in die Hände bekommen hätten, hätten sie Sie in Stücke gerissen. Das Einzige, was ich tun konnte, war, Ihr Leben zu retten, Meister. Und ich habe die Herausforderung sehr genossen. Immerhin.«

Urmo schien zu dem Schluss gekommen zu sein, dass die Ratte lange genug gebraten hatte, und stürzte sich auf ihr Fleisch. Während er zufrieden grunzte und kaute, murmelte er immer wieder seinen Namen. Es schien fast so, als ob das kleine Wesen sie mit jedem genüsslichen Bissen erneut tötete.

»Und so bringe ich Ihr von den Drogen gebeuteltes Gehirn zu meiner ursprünglichen Frage zurück: Wo gehen wir jetzt hin, Meister? Jetzt, wo wir Ihren Echsenkönig erreicht haben, wo werden wir Ihre wenigen verbleibenden Tage des ständigen Wanderns auf diesem Planeten verbringen, auf dem niemand jemals ihre Leiche finden wird?«

Casper wusste es nicht. Jetzt, wo ihm alles genommen worden war, er keine einzige Idee mehr hatte und nicht einmal in der Lage war, etwas anderes zu empfinden als die eigene Leere, da hatte er keine Ahnung, warum es ihm so wichtig gewesen war, die Statue zu erreichen - abgesehen von der Tatsache, dass sie den einzigen erkennbaren Orientierungspunkt darstellte, den er in den Augenblicken vor seinem Absturz bemerkt hatte. Aber ein Planet, selbst ein kleiner Planet, war groß. Und kein Mensch, nicht einmal, wenn ihm mehrere Leben zur Verfügung ständen, wäre in der Lage, einen gesamten Planeten nach einem Ort zu durchsuchen, den noch niemand besucht hatte. Wenn er so darüber nachdachte... war es die Suche nach der Nadel im Heuhaufen in der Größe eines Planeten. Zu Fuß. Tag um Tag. Umgeben von Raubtieren. Ohne verlässlichen Zugang zu Nahrung, Wasser und Medikamenten. Die Wahrscheinlichkeit, dass er einen qualvollen Tod sterben würde, drohte ihn plötzlich zu überwältigen.

Er hatte alle Grenzen überschritten, die nach all seinen Schwüren verboten waren... und nun hatte er keine Ahnung, wo er das finden sollte, was er finden musste. Wofür er alles aufgegeben hatte.

Der Tempel von Morghul war irgendwo auf diesem Planeten... aber die Worte ›Nadel im Heuhaufen‹ schienen ihm nun die wahrsten Worte zu sein, die er jemals gehört hatte.

Urmo rülpste laut. Das Geräusch ließ Casper aufschrecken. Seine Nerven lagen immer noch blank. Als er sich zur Seite drehte, sah er, wie das kleine Wesen ehrfürchtig zu der großen Statue hinaufblickte, die sich über ihnen in die Nacht erhob.

Casper folgte dem Blick des Wesens.

Und hielt inne.

Er hätte schwören können, dass die Statue nach unten geschaut hatte, auf einen Punkt am Boden direkt unter ihr, bereit, gierig irgendein Opfer zu verschlingen, das sie schon längst hätte erhalten müssen, und ihre Arme waren weit ausgebreitet, um dieses Opfer zu empfangen. Aber nun zeigten der flackernde Feuerschein und die tänzelnden Schatten, wie die Mischung aus riesigem Halbmenschen und Halbechse in die Wüste hinausblickte. Ein langer, muskulöser Arm zeigte in Richtung des fernen Horizonts, der in der sternlosen Nacht und dem fahlen Mondschein nicht zu sehen war.

Zu jedem anderen Zeitpunkt in seinem Leben hätte Casper geschworen, dass sie schon immer so gewesen war. Denn wie hätte es anders sein können? Selbst in den kurzen Augenblicken, als der angeschlagene Frachter fast praktisch mitten in sie hineingerast wäre...

Was wirklich seltsam gewesen war.

Auf einem riesigen und leeren Planeten hatte sein Frachter, der völlig unkontrolliert aus dem Hyperraum ausgetreten und vom Kurs abgekommen war - einen Grund dafür hatte er nicht finden können, abgesehen vom Versagen der Navigation und des Antriebs -, in diesen wenigen, verzweifelten Sekunden hatte der Frachter den direkten Weg zu diesem Monument eingeschlagen.

Ein Monument, dessen Arme ausgestreckt waren in der Erwartung eines Opfers. Ja, genau so war es gewesen.

Nur war jetzt alles anders.

Nun deutete das monumentale Konstrukt in eine bestimmte Richtung, einem Wegweiser auf einer verlorenen, einsamen Autobahn gleich, wenn alle Lichter ausgeschaltet waren und die braven Bewohner der Galaxie sich hinter ihren Mauern und Sprengtüren verbargen. Wie sie es immer getan hatten. Die Statue deutete ins Unbekannte und verstörte den Verstand mit der Verheißung eines Ortes, an den man noch nie gedacht hatte.

Außer du, Casper. Du bist hier draußen, jenseits aller Grenzen des Bekannten, verloren in der Dunkelheit, und du triffst auf ein Zeichen. Einen Wegweiser an der Straße.

Aber befinde ich mich an einer Kreuzung?, fragte er sich. *Gibt es noch eine andere Möglichkeit, die ich nicht sehen kann? Eine andere Option, die ich übersehen habe? Oder ist dies bloß eine Erinnerung daran, wohin ich*

*ohnehin die ganze Zeit wollte? Als ob ich überhaupt keine
andere Wahl hätte.*

»Ich denke, wir gehen in diese Richtung«, murmelte
er, als auf dem Wüstenplateau keine andere Antwort in
der Nacht ertönte.

Der Bot gab Klick- und Surrgeräusche von sich, was
deutlich machte, dass er mit der Form des nächsten, ihn
betreffenden Ereignisses zufrieden war.

Casper musterte die seltsame, kleine Kreatur, die
sie im Dschungel neben dem Fluss gefunden hatte,
nachdem ein Koloss von einer Echse alles zerstört hatte.
Und zum ersten Mal spürte er, dass sich vor ihm etwas
anderes als nur ein prähistorisches Wesen ohne echte
Intelligenz befand.

Er bemerkte einen Verstand hinter den Augen des
kleinen Wesens.

In diesem Augenblick nickte Urmo ihm zu, dort
in der Nacht, unter dem Echsenkönig, auf dem hohen
Gebirgsrücken fern der bekannten Galaxie. Nickte, als ob
er alle Befürchtungen Caspers bestätigen wolle, an die
der bisher noch gar nicht gedacht hatte.

KAPITEL 24

Bei Sonnenaufgang brachen sie auf. Der Wind hatte in der langen Nacht zuvor die ganze Zeit geheult und geklagt, wie ein verletztes Tier, das in seinem Kummer, dem Tode nahe zu sein, keinen Trost finden konnte. Am Morgen folgten sie dem abfallenden Gebirgsrücken hinab in die trockene Wüstenebene, und für eine kurze Zeit sahen sie alles vor sich im Licht des aufgehenden, aber sterbenden Roten Zwergs hinter sich mit schon fast grenzenloser Klarheit. Es gab keine Lebenszeichen, keine Spuren, keine Ruinen der Wesen, die vor langer Zeit das mysteriöse Monument errichtet hatten, das langsam hinter ihnen aus dem Blick verschwand. Keine alten Straßen, keine Überreste früherer Strukturen, die sie durch den vom Wind aufgewirbelten Staub hätten sehen können. Keine der sonst unverwüstlichen und gefährlichen Wüstenpflanzen. Es gab nur die Stille und das ferne, sanfte Klagen des Windes, während er durch zerklüftete und uralte rote Felsschluchten heulte, um anschließend den Staub auf die endlose Ebene hinauszuwehen.

Innerhalb von Stunden war die kühle Wüstennacht vergessen, und die Luft hatte die Hitze eines Backofens. Als sich der wütende Rote Zwerg seinem Zenit näherte, hielten sie im Schatten eines riesigen Felsbrockens an, den sie in der Einöde entdeckt hatten. Vor ihnen lagen nur Dünen. Dünen, die vermutlich auf ihren eigenen Wegen vor- und zurückwanderten und alles bedeckten, das jemals existiert hatte. Wenn es jemals Orientierungspunkte gegeben hatte, Wegweiser, irgendetwas, das ihnen hätte helfen können, ihren Weg zu finden, so war dieser nun unter einem Sandmeer begraben.

Überleben.

Er hatte nur genügend Wasser für einen Tag.

»Das ist Wahnsinn«, flüsterte er, während er einen der wenigen, faden Energieriegel aß, die noch übrig waren.

»Was ist Wahnsinn, Meister? Spüren Sie, wie Ihre Geistesstörung zurückkehrt? Soll ich Sie mit Gewalt festhalten? Ihnen meinen Arm in den Mund schieben, damit Sie nicht Ihre Zunge verschlucken, wenn Sie im ungezügelten Wahn Schaum vor dem Mund bekommen? Wir sollten am besten darüber sprechen, an welchem Zeitpunkt ich Ihrem Leiden ein Ende setzen soll. Zumindest solange Sie noch im Besitz Ihrer eingeschränkten geistigen Fähigkeiten sind.«

Er ignorierte den Bot.

Als sich die brennende rote Kugel direkt über ihnen befand, machten sie sich wieder auf den Weg. Casper hatte TJK-133 angewiesen, dieselbe Richtung einzuhalten, was für jeden Bot ein Kinderspiel war. Selbst jetzt schien er, ohne die geringsten Probleme den Kurs beizubehalten.

Stunden vergingen, und schließlich sank die Sonne zum Horizont hinab. Urmo schien damit zufrieden zu sein, ihnen durch den dicken aufgewirbelten Staub zu folgen, den Blick auf ihre Spur geheftet. Als Casper zurückblickte, bemerkte er, dass sich ihre Spuren miteinander vermischt hatten. Das fühlte sich richtig an.

Und er fühlte sich besser. Er war müde. Durstig. Sonnenverbrannt. Aber besser. Die Nachwirkungen der Pilze hatten nachgelassen, und die Ruhepause unter der riesigen Statue war so ungestört verlaufen, dass er sich kaum daran erinnern konnten, geträumt zu haben oder aufzuwachen.

Die Dunkelheit senkte sich herab, und kurz bevor sie alles in Finsternis tauchte, kletterte Casper auf eine Düne. Er starrte auf der Suche nach irgendetwas über das Sandmeer. Einen Hinweis auf eine Behausung oder einen Orientierungspunkt. Aber da war nichts zu sehen. Nichts außer einer endlosen Wüste und einem fernen Staubdunst, den irgendein Sturm hervorgerufen hatte, und der alles dahinter verbarg.

Er seufzte und stapfte den Hügel wieder hinab.

»Schlagen wir hier das Lager auf?«, fragte TJK-133. »Wir werden gleich völlige Dunkelheit haben, Meister. Beide Monde sind heute Dreiviertelmonde.«

Casper war nicht müde. Noch nicht. Und wahrscheinlich war es besser, in der Kühle der Nacht weiterzugehen. Er zog seine Feldflasche hervor und schüttelte sie. Halb voll. Dann fiel ihm die medizinische Notfalltasche ein. Sie enthielt auch Rehydrierungstabletten.

Er zog die medizinische Notfalltasche aus seinem Rucksack. Letzte Nacht im Lager hatte er eine Bestandsaufnahme gemacht, und er konnte sich nicht erinnern, die Tabletten gesehen zu haben. Und sie waren tatsächlich verschwunden. Das weiche blaue Röhrchen, in dem sie aufbewahrt wurden, war leer. Frustriert warf er den nutzlosen Gegenstand fort, und der Wind trug ihn weiter bis in den Schatten einer Düne. Innerhalb von Sekunden hatte ihn der sich langsam bewegende Sand begraben.

Wenn sie hierblieben, dachte er, wenn er aufgab, dann würde ihn der Sand auch begraben, genau so. Sanft. Langsam. Aber unaufhörlich. Diese Welt würde ihn unter sich begraben. Als ob sie schon die ganze Zeit darauf gewartet hätte.

»Lass uns weitergehen.«

Sie gingen erneut los. Sie marschierten in die Nacht hinein, verschlungen vom Staub und der Dunkelheit. Dabei folgten sie dem schwachen Schimmern des Mondlichts, das von der Panzerung der Tötungsmaschine reflektiert wurde.

DIE LEKTION DER NAMEN

Der Schüler hatte lang im Tempel trainiert. Jahre waren vergangen, und wer immer er zuvor auch gewesen war, er war es nicht mehr. Er war fortgespült worden. Wer er war... oder genauer gesagt, wer er werden sollte... das wurde mit jedem Tag klarer. Wie ein Gewässer, das wieder zur Ruhe fand, nachdem ein Stein hineingeworfen worden war, das nun lediglich die Bäume und Wälder, die den Gebirgssee umgaben, und den Himmel und die Sterne wiederspiegelte.

Das Wasser beruhigte sich.

Ein neues Bild wurde offenbart.

Wie schon gesagt wurde... Im Tempel spielte die Zeit keine Rolle. Die vielen Jahre der Ausbildung des Schülers wirkten wie Tage. Und einige Tage wirkten wie Jahrhunderte. Der Tempel war kein sicherer Ort. Es gab tatsächlich reichlich Orte, an denen man verloren gehen konnte - bis in alle Ewigkeit, wie der Meister zuweilen erwähnte. Die Heiligtümer, die unteren Ebenen und die ›anderen‹ Orte, mit denen der Tempel verbunden war.

An dem Tag, an dem der Schüler lernte, wie diese Macht eigentlich genannt wurde, folgte er dem Meister hinaus in die verfallenden Bereiche der Cathari-Gräber. Tagelang hatten sie die Halle der Verlorenen Könige durchquert. Der Schüler wusste, dass Tage vergangen waren, weil er in dem zerbröckelnden Dach über ihnen den Nachthimmel sehen konnte, dann das Tageslicht und anschließend wieder die Nacht, mehrfach.

Er wusste mittlerweile, wie man die Runen entzifferte.

Wusste, was sie bedeuteten.

Er hatte auf diesem langen Weg durch die zerfallenden Gräber in der Halle der Könige schon lange damit aufgehört, die Namen lesen zu wollen, die auf ihren versiegelten Gräbern eingemeißelt waren.

Xur Ilgon, der Unstillbare.

Xur Slighyth, der Verwundete.

X'ao Moloth, der Verdammte.

X'ao Byyal, der Sternenzerstörer.

X-unth Tigla Polazaar, der Schänder des Kerns.

X-Um Hadezzarrix, der Eroberer des Lichts.

Und so weiter.

»Wer sind sie?«, fragte der Schüler in der fast schon ehrfürchtigen Stille des Orts. Das einzige Geräusch war das Tappen ihrer Schritte.

»Wer ist überhaupt jemand?«, murmelte der Meister, als er weiter in die Dunkelheit ausschritt.

In der Nacht machten sie Feuer, indem sie die einst aufwändige Schnitzerei der obszönen Plünderung einer längst vergessenen Stadt zerteilten. Echsenkrieger, die tiefschwarze Klingen der Finsternis führten und etwas bei sich trugen, was den Schüler an das Blastergeschütz erinnerte, das die Legion bei Karthae mit sich geführt hatte, vergewaltigten und brandschatzten eine unbekannte Spezies. Der Schüler musterte vieles von den kunstvollen Schnitzereien in der Größe einer Tür, bis sie von den Flammen verschlungen wurden.

Wer ist überhaupt jemand?, dachte er und fragte sich, wer sie alle mal gewesen waren.

Schweigend aßen sie das Brot, das sie vor drei Tagen im Heiligtum des Meisters gebacken hatten, und der Schüler fragte sich, was ihre Titel zu bedeuten hatten.

Er hörte den Meister leise vor sich hinlachen, der sich ganz seinem trockenen und geschmacklosen Brot gewidmet hatte. Es klang wie das Geräusch trockener Blätter, die unter einem Herbstmond über die Gräber der Toten hinwegzogen.

»Bist du schon dem nah, was du sein wirst?«

Der Schüler legte sein Brot hin und starrte die Gräber an. Er überdachte die Frage des Meisters, die zugleich eine Aussage war. Und er wusste, dass man eine Antwort von ihm erwartete, wenn die Lektion weitergehen sollte. Vielleicht war das der Grund, warum sie so tief in die Gräber vorgedrungen waren. Zu Beginn seiner Ausbildung hatte der Meister ihn gewarnt, er solle diesem Ort fernbleiben.

Er sah sich um.

Es gibt nur zwei Dinge, die eine Verbindung zu all den Dingen an diesem Ort hatten, dachte er bei sich. Und daher musste die Antwort eins dieser beiden Dinge sein.

Der Tod?

Oder...

Könige?

Er versuchte sich zu erinnern, warum er hier hergekommen war. Aber selbst das hatte in gewisser Weise an Bedeutung verloren. Er war hergekommen, um etwas zu tun. Er wollte ein Unrecht wiedergutmachen. Aber die grausamen Lektionen des Meisters... und die Macht... hatten die Lügen als solche entlarvt.

Er war nur hier für die Macht.

»Ich sehe hier nur zwei Dinge, Meister«, sagte der Schüler. Er erwartete, geschlagen zu werden, zurechtgewiesen... oder dass die Lektion weitergehen würde.

»Was siehst du?«, knurrte der Meister, ganz auf sein Brot konzentriert.

Erneut warf der Schüler einen Blick auf die im Schatten wartenden, stillen Gräber, die sich mehrere Tagesmärsche weit in jede Richtung erstreckten.

Es gab Orte im Tempel, in denen man bis in alle Ewigkeit verloren gehen konnte. ›Andere‹ Orte, von denen man nicht zurückkehrte.

»Ich sehe Tod und Könige... Meister.«

Stille.

Und dann...

»Narr«, murmelte der Meister, der sich immer noch auf sein trockenes, fades Brot konzentrierte. »Du siehst nur das, was du sehen willst. Fürchte das, was du nicht sehen kannst.«

Der Schüler spannte seinen Körper an und machte sich bereit. Ein zufälliger Beobachter, den es hier nicht gab, hätte keinerlei Veränderung in der Haltung des Schülers bemerkt – aber der Schüler war nun bereit für den Kampf. Die Erwähnung von Furcht hatte ihn vorgewarnt. Er ließ seinen Verstand erkunden, ob eine Bedrohung oder eine Gefahr vorhanden war.

Erneut lachte der Meister leise und aß weiter.

»Habe vor nichts jemals Angst. Aber dennoch macht die Furcht uns stark, sobald wir ihrer Herr werden. Der Tod... war schon immer unausweichlich. Selbst für dich. Und für mich. Ein König ist jeder für sich allein. Diejenigen, die ihre Furcht bezwungen haben... das ist das Kennzeichen derer in der Halle der Könige.«

Der Meister legte sein Brot hin und schloss die Augen.

»Namen sind bedeutungslos. Aber Worte... haben Bedeutung. Xur war ein kogonischer Todesriese, der Warlord von Zehntausend Welten. Alle fürchteten ihn. Sein Anblick war furchterregend. Man sagt, dass jedes Gemüt zerrüttet wurde, wenn man sein wahnsinniges Antlitz erblickte. Ilgon erschlug ihn. Auch er war gefürchtet. Er wurde König. Er lernte, seine Ängste zu beherrschen.«

Um sie herum begann der Tempel zu erzittern. Staub und kleine Brocken fielen von der Decke herab.

»Kogon war den Spiralarmkönigen über mehrere Zeitalter hinweg ein Dorn im Auge.«

In der Nähe glitt an einer der Grüfte die Tür am Fundament zur Seite und gab den Blick auf eine noch tiefere Dunkelheit frei.

»X'ao, X-unth, X-Um und Xur. Auch diese waren kogonische Riesen. Und noch einige andere. Sie besiegten die Spiralarmkönige. Sie wurden mächtig. Sie verkörperten Furcht. Macht ist Furcht.«

Nun warf der Meister dem Schüler einen hinterhältigen Blick von der Seite zu.

»Bald schon wirst du bereit sein. Die Angst wirst du besiegen müssen. Dann wirst du es wissen. Du könntest noch immer mächtig werden.«

Der Schüler musterte die Finsternis jenseits der Gruft, die der Meister geöffnet hatte. Und es war nicht nur die Dunkelheit, die ihn erwartete. Es war die Kälte. Es war die Verlorenheit. Der Tod.

Und noch viel Schlimmeres.

»Du hast Angst vor dem,... was du werden könntest«, lachte der Meister trocken. »Betritt die Dunkelheit, und du wirst dich deinen Ängsten stellen müssen. Stirb, oder stirb nicht und werde mächtig, mein Schüler.«

KAPITEL 25

Um Mitternacht hielten sie im Windschatten einer hohen Düne an. Zumindest vermutete er, dass es gegen Mitternacht sein musste. Casper murmelte nur noch ›Patrouille‹ und kippte auf die Knie. Er wickelte sich in die Jacke ein, die er sich umgeworfen hatte, als es kälter geworden war, und nutzte den fast leeren Rucksack als Kissen.

Urmo setzte sich in den Sand neben ihn. Im Schneidersitz. Die Augen geschlossen. Der klagende Wind wirbelte Sand in den Pelz des Wesens. Und Casper erinnerte sich an etwas. Er tastete an seinem Bein entlang, wo er sein Messer festgebunden hatte, kurz bevor das riesige Monster das Raumschiff zerstört hatte. Das fiel ihm erst jetzt wieder ein, als der Schlaf ihn bereits in seine Fänge zog.

Auch das Messer war verschwunden.

Vermutlich irgendwo im Dschungel verloren gegangen.

Rechs führte humpelnd die restlichen Soldaten voran. Casper stand immer noch auf der Plattform von

Haltestelle Neun. Und starrte auf die Buchstaben, die in die Wand getrieben worden waren.

Willkommen in der Sektion für
Kognitive Förderung.
Alles Wissen liegt im Inneren.

Casper hatte versucht, sich an einem Terminal, das die Verwaltungszentrale für die Plattform zu sein schien, in das alte Betriebssystem einzuhacken. Er hatte keine Schwierigkeiten, die alte Software zu umgehen und eine vom Administrator angelegte Hintertür zu öffnen. Bedauerlicherweise hielt das Betriebssystem nur die Zugriffszeiten auf die Sicherheitstürschlösser nach, neben den verschlüsselten Passwörtern und den dazugehörigen Benutzernamen. Die alle seltsam waren.

Windsucher

Schicksalssammler

Geistermama

Typisch Wilde. Er hatte so etwas früher schon mal gesehen. Als diese riesigen Raumschiffs die Erde verlassen hatten, weil tausend verschiedene Dogmen am Ende ihre bittere Ernte einfuhren, stellte jedes von ihnen die Verkörperung einer bestimmten Philosophie dar, die sich im Vakuum als richtig erweisen sollte. Eine in sich geschlossene Welt, in der sie an ihrer idealen Gesellschaft experimentieren, sie verbessern und perfektionieren konnten. Aber jedes Mal, wenn die Terranische Navy einen Lighthugger öffnete und an Bord ging, entdeckten sie keine perfekte Utopie, sondern etwas viel Schlimmeres. Schlimmer... aber immer noch vom ursprünglichen Traum inspiriert. Wie eine grauenerregende Puppe, deren fehlender Kopf durch etwas ersetzt worden war, was man am Rand einer Autobahn gefunden hatte.

Casper lieh sich einen Nutzernamen aus und ließ einen Entschlüsselungsalgorithmus über seinen tragbaren Computer laufen. Er hielt immer Apps bereit, die sich mit den alten Systemen verbinden konnten, weil das ein Teil der Aufgaben der Navy war: die Möglichkeit eines Aufeinandertreffens mit Wilden - was bedeutete, dass sie mit altertümlichen Betriebssystems arbeiten mussten, die früher auf den Lighthuggern das Neueste vom Neuen gewesen waren.

In dreißig Sekunden hatte die App das Passwort entschlüsselt und ihm den Zugang zu den Protokolldateien verschafft.

Er konnte dem System entnehmen, dass sich die Tür vor zwölf Tagen für eine Gefangenenübergabe geöffnet hatte. Casper wusste bereits, dass die *Moirai* vor dreizehn Tagen einen Überfall auf die Wissenschaftskolonie auf Al-Baquar Sieben durchgeführt und Reina gefangengenommen hatte.

Er bedeutete Rechs, zu ihm zu kommen, und deutete auf den Eintrag. »Das könnte sie sein, oder?«, flüsterte er.

Einen Augenblick lang starrte Rechs auf den Bildschirm und den hervorgehobenen Eintrag. Dann nickte er.

Wie ein Mann positionierten sich die verbliebenen Infanteristen vom Mars zu beiden Seiten neben der Sicherheitstür, die in den dahinter liegenden Komplex führte. LeRoy hackte das Schloss, die Türflügel öffneten sich zischend, und sie betraten mit gezückten Waffen die dahinter liegenden, hell erleuchteten Flure.

KAPITEL 26

In den Tagen, die auf ihre lange Reise durch die Tiefen der gnadenlosen Wüste folgten, gab es nur die Sonne, den Wind und die Erinnerungen. Und bei Nacht die Monde, die Kälte und die Albträume.

Sie waren zwei Tage in der Einöde unterwegs, und das Wasser in der Feldflasche war längst getrunken, da entdeckten sie einen Brunnen. Einen alten Brunnen. Es gab weder Eimer noch Seil. Wie lange konnten solche Dinge überstehen? Hundert Jahre? Vielleicht zweihundert Jahre? Aber nicht länger. Nicht Äonen. Nur der niedrige, sandgestrahlte Brunnenrand war noch übrig.

Casper zog seine Jacke aus, ging in die Knie und fragte sich kurz, ob er je wieder aufstehen würde. Seine Lippen waren aufgeplatzt und seine Haut verbrannt. Selbst der kleine Urmo sah so aus, als ob er es nicht mehr lange machen würde. TJK-133 betrachtete sie mit der für jeden Bot üblichen Haltung stiller Geringschätzung.

Am fernen Horizont lagen die ausgebleichten Skelette gigantischer Monster, die scheinbar im Sand ertranken.

Casper nahm seinen Rucksack ab und durchwühlte ihn. Er konnte sich daran erinnern, dass er ein ordentliches Stück Fallschirmschnur besaß. Alle Legionäre trugen das Zeug am selben Platz, und Casper war früher Legionär gewesen. Tatsächlich war er einer der ersten gewesen, als Rechs seine berühmte Kampfeinheit aufgebaut hatte, um die Flut der Barbaren aufzuhalten, die auf dem

Weg war, die bekannte Galaxie zu erobern. Casper hatte Rechs' höllische Ausbildung überstanden. Ihm und Rechs war sehr wohl klar gewesen, dass ein Sieg der Wilden bedeutet hätte, dass sich das Schicksal der Erde an anderer Stelle wiederholt hätte.

Er spürte, wie seine Hand die fast schon seidenweiche, zusammengeknotete Fallschirmschnur ertastete. Er zog sie ungeschickt hervor und hielt sie triumphierend hoch.

Urmo starrte ihn verständnislos an.

»Da!«, versuchte Casper zu schreien, aber es kam nur ein Krächzen hervor, mit dem er den heulenden Wind an diesem Nachmittag nicht übertönen konnte. »Wir sind noch nicht am Ende!«, fügte er triumphierend hinzu. Dann lachte er. Er wusste nicht, wann es geschehen war - vielleicht im Sumpf mit den halluzinogenen Pilzen -, aber er hatte angefangen mit Urmo zu reden, Gespräche mit ihm zu führen. Sein sonnenverbranntes Hirn ignorierte die Antwort des Wesens, die unvermeidlich nur aus einem Wort bestand, und erfand für ihn die Antworten. Und so hatte sich ein Gespräch entwickelt.

»Urmo! Urmo! Urmo!«, rief das kleine Weisen, um den klagenden Wind zu übertönen.

»Das stimmt«, sagte Casper. »Damit und...« Er sah sich hektisch nach TJK-133 suchend um. »Wenn er das festhält, dann kann ich da runter und schauen, ob am Boden Wasser für uns ist.«

»Urmo! Urmo! Urmo!«

TJK-133 ließ Casper an der nun aufgeknoteten Fallschirmschnur ohne jegliche Schwierigkeiten in den dunklen Brunnen hinab.

Unten war es kühl und still, und nur eine kleine Stelle des vom Sonnenlicht erhellten roten Bodens war am Grund sichtbar. Der unablässig über das Dünenmeer wehende Wind glitt über die kreisrunde Brunnenöffnung und verursachte einen einzigen tiefen Ton, der ab und zu abklang, aber immer dieselbe Tonhöhe beibehielt. Für Casper fühlte es sich an, als würde er in einen ruhigen Tempel hinabgelassen – einen Ort des Friedens und des Nachdenkens, jenseits der unerbittlichen Mühsal, ständig der Hitze, dem Licht und dem Wind ausgesetzt zu sein.

Das erste, was er entdeckte, war das Skelett. Der Brunnenboden verbreiterte sich zu einer niedrigen Höhle, und das Skelett lag dort drinnen auf der Seite. Es war vollständig, und nur einige Fetzen sich auflösender Kleidung hingen noch über den kreideweißen Knochen.

Casper betastete den Sand mit seinen trockenen Fingern. Er war nass. Er überprüfte seine nähere Umgebung, kam zu dem Schluss, dass es sicher genug war und begann zu graben. Bald atmete er schwer und keuchend. In der kleinen Vertiefung sammelte sich nach kurzer Zeit Wasser. Er füllte seine Feldflasche auf, ließ sie das Wasser analysieren und alles Schädliche entfernen, was sie entdeckt hatte, und dann hob er sie an die Lippen.

Es war kalt.

Es schmeckte nach Eisen mit einem Hauch Schwefel.

Aber es war Wasser.

»Wasser«, rief er die Röhre hinauf zum Brunnenrand. »Wir haben Wasser gefunden!«

Er konnte Urmo seinen Namen triumphierend wiederholen hören.

Dann nahm Casper noch einen Schluck.

Urmo kletterte das Seil hinunter, und Casper reichte dem kleinen Ding seine Tasse. Das Wesen trank gierig und schlürfte das Wasser. Als es fertig war, setzte es sich hin und rülpste. Es hielt ihm die Feldflaschentasse hin, und erneut war Casper fasziniert von der Tatsache, dass es auf gewisse Weise intelligent sein musste. Einem Art Haustier ähnlich, das kaum domestiziert war und nur Nahrung und Gesellschaft benötigte.

Casper füllte die Tasse wieder auf, ließ das Wasser aufbereiten und reichte sie weiter. Und während Urmo erneut laut schlürfte, kroch Casper auf Händen und Knien zu dem Skelett hinüber.

Es lag zwar auf der Seite und hatte sich zusammengerollt, aber ihm wurde klar, dass es riesig war - fast drei Meter lang. Seine einzelne Augenhöhle starrte ihm unterhalb des knochigen Stirnkamms entgegen. Und das war der Grund, warum dieses Skelett ungewöhnlich war. Ja, es gab einige intelligente Spezies in der Galaxie, die um die drei Meter groß werden konnten, aber keine einzige von ihnen besaß nur ein Auge.

Also gehörte dieses Skelett vielleicht zu einer außergalaktischen Spezies?

Casper beugte sich vor, um sich die Augenhöhle genauer anzuschauen und sicherzustellen, dass es sich nicht um eine Art Verletzung handelte, die im Skelettschädel ein großes Loch hinterlassen hatte. Das war es nicht. Es handelte sich um eine riesige Augenhöhle, aus der früher mal ein Auge seinen Blick auf die Galaxie geworfen hatte - und natürlich am Ende an die Decke dieser Höhle am Boden dieses Brunnens.

»Das sieht fast aus wie ein Zyklop«, flüsterte Casper, der sich an einige alte Mythen aus der längst vergessenen Vergangenheit der Erde erinnerte.

»Urmo!«, sagte Urmo und rülpste anschließend.

Casper warf seinem Begleiter einen schnellen Blick zu. Der Bauch des kleinen Monsters war vom vielen Wasser angeschwollen.

»Trink nicht zu viel, oder du bekommst Bauchweh. Und du hast natürlich recht. So etwas wie Zyklopen hat niemals existiert. Keine bekannte Spezies der Galaxie passt auf diese Beschreibung... aber trotzdem... hier sind wir. Und starren auf ein Skelett, das früher mal lebendig war.«

Er berührte einen der Knochen. Er war nicht nur trocken und spröde, er verwandelte sich in Kreide.

Casper lehnte sich zurück und starrte auf das faszinierende Skelett. Er fragte sich, wer oder was es wohl gewesen war. Und er kam nicht umhin, an das Mysterium zu denken, das die Galaxie seit der Entdeckung der Pyramiden auf fast jeder Welt geplagt hatte. Das Mysterium der Alten. Blickte Casper in diesem Augenblick auf ein Skelett eines der Vertreter dieser Spezies? Über die niemand etwas wusste?

Nicht *fast* nichts wusste.

Sondern *tatsächlich* nichts.

Er genoss es, die nächsten Minuten darüber nachzudenken, während er die Knochen betrachtete, die er am Boden eines vergessenen Brunnens entdeckt hatte. Es war eine willkommene Abwechslung von der ständigen Beschäftigung mit seinen Erinnerungen an die *Moirai*, die mittlerweile seine Träume und fast jeden wachen Moment für sich beanspruchten. Als ob er auf dem Prüfstand stünde, damit bestimmt werden könnte, ob er sich als würdig oder unzureichend erwies, und dies über seine Erinnerungen geschah, die durchwühlt und ins blendende Licht einer peniblen Untersuchung gezerrt wurden.

Als ob dies notwendig wäre, damit er...

Weitermachen konnte?

Überleben konnte?

Den Tempel von Morghul finden konnte?

Aber dieses Rätsel, das Mysterium des alten, einäugigen Skeletts, das die Antwort auf die wichtigste Frage sein konnte oder auch nicht, die die gesamte Galaxie seit Ewigkeiten plagte, seit dem Aufkommen der Lichtgeschwindigkeit... Dieses Rätsel schien ein Teil von etwas zu sein, das Casper zu diesem verschollenen Planeten weit jenseits des Randes Galaxie geführt hatte.

Er legte sich in der kühlen Dunkelheit hin und schloss die Augen.

Er hörte, wie Urmo mit Wasser schmatzte, denn er schien zwischen den ständigen Wiederholungen seines eigenen Namens herausgefunden zu haben, wie die Tasse funktionierte.

Casper war müde, und als er in den Schlaf glitt, versuchte er über den Zyklopen nachzudenken, nicht an die *Moirai*, und...

Casper stellte fest, dass er erneut in den Traum zurückgekehrt war. Er folgte Rechs und seinen Soldaten, die taktisch vorgingen, von Saal zu Saal, von Ecke zu Ecke, durch unberührte Räume voller alter medizinischer und wissenschaftlicher Geräte. Sie sahen altmodische Terminals, die hunderte Jahre alt waren und funktionierten, als wären sie gerade erst von den Schiffbauern installiert worden. In den Räumen herrschte kein Leben, aber sie summten vor Energie, solange die Reaktoren des Raumschiffs Strom erzeugten.

Sie fanden sie, ganz einfach.

Sie fanden Reina Benedetti.

Es war Barr, der die Vorhut bildete, der als Erster auf einen Balkon hinaustrat, der den Blick auf eine darunterliegende Ebene ermöglichte. Unter ihnen standen an den Wänden eines weitläufigen medizinischen Operationssaals riesige, blau schimmernde Anlagen, die so vor Elektrizität summten, dass man sie auf der Haut spüren konnte.

Sie war dort unten.

Reina Benedetti.

Die Frau, die die Revolte an Bord der *Obsidia* angeführt hatte. Die Frau, die Rechs und Casper und so viele andere aus der traumähnlichen Hölle befreit hatte, die sich in den Momenten grausamen, schlimmsten Wahnsinns nur zu echt angefühlt hatte.

Reina war alt, alt wie Casper und Rechs. Aber sie wirkte so, als ob sie die fitte, muntere Vierzig erst in einiger Zeit erreichen würde, denn auch sie war ein Opfer der Langlebigkeitsexperimente an Bord der *Obsidia*. Es ließ sich nur schwer erkennen, was sie da unten im Mittelpunkt stehend tat, aber sie hatte definitiv keine Angst. Tatsächlich wirkte es so, als ob sie etwas organisierte.

Es sah aus, als hätte sie die Leitung inne.

Sie da unten zu sehen, unter den Barbaren, ließ Casper sofort an ihre Zeit auf der *Obsidia* denken. Er hatte versucht, diese Erinnerungen zu verdrängen, sich mit ihnen auseinanderzusetzen oder sie aus seinem Kopf zu löschen, mit aller Mühe, mit viel Therapie. Er hatte alles versucht. Und trotzdem waren sie immer noch da. Versuchten ihn mit dem zu locken, was niemals geschehen würde. Versuchten ihn zu überzeugen, die Linie zu überschreiten, die er nie zu überschreiten geschworen hatte, bei seinem Leben.

Die Erinnerungen an diesen alternden Star, die eine Göttin hatte sein wollen, und sich dabei in ein grauenhaftes Spektakel aus Schönheit und Begehren verwandelte. Die ihre Sklaven unter Drogen setzte, damit sie sie anbeteten, sie hofierten und natürlich jeden ihrer Wünsche erfüllten. Er war eine Marionette in ihren Händen gewesen, nicht mehr.

Diese Schande hatte ihn nie verlassen.

Und dann erinnerte er sich, dass Reina ihn befreit hatte. Er ermahnte sich selbst. Erinnerte sich daran, dass er nicht länger Sklave, sondern ein freier Mann war.

»Das ist sie«, flüsterte Rechs über den Kanal. Casper und Rechs waren mit den anderen zurückgeblieben, aber sie alle sahen sich die Bildübertragung von Barrs Head-up-Display an. »Nach Eingängen suchen«, befahl Rechs dem Soldaten an der Spitze. »Langsamer Schwenk.«

Das Bild wechselte nun von einer Seite des Raums zur anderen.

Es waren mindestens zehn Barbaren. Sie trugen eine Art modernes Panzerungssystem, das Casper noch nie zuvor gesehen hatte. *Weil*, das dachte Casper, als er sich selbst beobachtete, erneut alles in der Zukunft in der Wüste durchlebte, *weil dies die Version der Panzerung ist, die vor der Mark-I-Legionärspanzerung kam.* Die legendäre Panzerung, die Rechs an sich nehmen würde. Die Panzerung, die die Techniker und Forscher der Legion nachzumachen versuchen würden, nur um daran zu scheitern.

Da war sie.

Sie wirkte wie ein uraltes, mythisches Artefakt aus einer Zeit der Legenden und Helden, die schon lange vorbei war. Eine Panzerung, die sie im Inneren des Quanten-Palast geschmiedet hatten.

Vielleicht war das der Grund, warum sie nicht nachgebaut werden konnte. Weil sie an einem Ort gebaut worden war, der in einer anderen Realität existierte. Einer Realität, die einem Universum glich, das nur aus Informationen und Daten bestand.

Rechs gab den Einsatzplan über den Kanal weiter. Sie würden den Raum stürmen, so viele der Wilden mit Feuerstößen erledigen, wie sie konnten, sich Reina schnappen, dann den Komplex verlassen und so schnell wie möglich zur *Lexington* zurückkehren.

Als er dies ansagte, rollten zwei unbedeutendere Barbaren, vermutlich eine Art Techniker, eine Prophetin auf einer Trage aus rostfreiem Stahl herein. Man hatte sie fixiert, und sie wurde schnell an krude biometrische Kontakte angeschlossen – Dinge, die in den Jahren vor dem Exodus modern gewesen waren.

Sie sah aus... wie ein einfaches Mädchen. Eine spindeldürre, unterernährte Obdachlose. Kein Vergleich zu den furchterregenden Prophetinnen, die sie mit ihren hexenartigen Geisteskräften bei lebendigem Leib zu häuten versucht hatten. Diese hier wirkte verängstigt – und schien sich mit ihrem Schicksal abgefunden zu haben.

Eine Stimme ertönte aus den Lautsprechern im Raum unter ihnen. »Sind wir so weit, Doktor?«

Eine kräftige Stimme. Eindringlich. Aber sie sprach mit unterschwellig kalter, unmenschlicher Drohung, die weder Sympathie noch Gnade kannte.

Die Frau, die sie mal gekannt hatten, wich vom Tisch zurück und nickte, als sie eine Art Tablet in die Hand nahm.

Casper ordnete Barr an, wieder auf das Mädchen auf dem Tisch zu schwenken. Baar zoomte heran. Ihre

Lippen bewegten sich, und Casper hatte eine ziemlich gute Vorstellung von dem, was sie ständig wiederholte.

»*Ich heiße das Quant willkommen... und es heißt mich willkommen.*«

Ein Chirurgie-Bot, der einer mechanischen Spinne ähnelte, senkte sich von der hohen Decke über ihr herab. Klingen und Metallsäge klappten aus, ebenso wie der Zylinder eines Operationslasers.

Reina blickte von ihrem Tablet auf und musterte die junge Frau auf der Trage.

»Werden sie etwa...?«, flüsterte die Sanitäterin.

»Tja, Mädel«, antwortete LeRoy über den Kanal. »Sie werden was richtig Schlimmes anstellen.«

»Gehen wir rein, Major?«, fragte Barr. Als ob eine halbe Gruppe und ein Navy-Offizier Husaren waren, die im letzten Augenblick ins feindliche Lager stürmten, um die Jungfer vom Operationstisch zu retten.

Casper wusste die Antwort bereits, denn er kannte Rechs. Ein Mann, den einige als ›schwer zu deuten‹ bezeichnet hatten und andere als ›kalt‹.

Die Hexe auf dem Tisch war keine Jungfer.

Und sie waren nicht wegen ihr hier.

»Sie ist nicht unser Ziel. Wir sind wegen der Roten Königin hier.« Rechs markierte sie im Head-up-Display.

»Ähm, ja«, sagte LeRoy langsam. »Aber die Rote Königin sieht so aus, als ob sie mit denen gemeinsame Sache macht und so, Major.«

»Bereithalten. Wir bekommen vielleicht die Chance, sie uns zu schnappen, sobald sie mit dem anfangen, was immer sie da tun wollen.«

Aber die bekamen sie nicht. Was als Nächstes geschah, übertraf ihre Vorstellungskräfte so weit, dass es sie bis zur Untätigkeit hypnotisierte. Der Plan, den sie umzusetzen bereit gewesen waren, verschwand einfach aus ihren Köpfen.

Die Show begann über Barrs Head-up-Display-Übertragung. Es war eine absolute Horror-Show. Der glänzende Roboter, der Spinnenchirurg, senkte eine seiner Metallsägen herab und köpfte die junge Frau mit einer schnellen Bewegung. Es gab kein Zögern, nachdem er begonnen hatte. Der Laser folgte und kauterisierte jegliche Blutung mit kurzen, hellen Feuerstößen

Selbst hier auf dem Balkon stieg ihnen der furchtbare Gestank in die Nase. Der Gestank verbrannten Fleischs.

Casper versuchte den Augenblick zu vergessen, kurz bevor die Metallsäge den Schnitt durchgeführt hatte, als die festgeschnallte junge Frau ihren Mund zu einem Schrei aufriss. Der Schnitt war so schnell geschehen, dass sie keinen Ton mehr hatte hervorbringen können.

Der Laser konnte die Wunde nicht schnell genug kauterisieren, und nun kamen weitere Arme heran, die am Ende von Saugnapf-Tentakeln laut surrende Sauger hielten. Gierig saugten sie das Lebensblut der jungen Frau auf, während der Laser seine Arbeit beendete.

Barrs Kamera zoomte auf eine Nahaufnahme des Frauenkopfes, und sie konnten nur Reinas Oberkörper und ihre Hände sehen, wie sie sich durch das Bild bewegten.

»Was zur Hölle tun sie da, Major?«, fragte jemand über das Funkgerät. Casper konnte nicht erkennen, wer es war. Er war zu entsetzt über das, was vor ihren Augen geschah, sodass er den Benachrichtigungen keine Aufmerksamkeit schenkte.

Dann passierte etwas.

Die Frau blinzelte.

Einmal, zweimal. Dann ganz schnell.

»Wir haben Bewusstsein«, sagte Reina mit ihrem schweren Akzent. Sie war vor langer Zeit Italienerin gewesen. Aber was hatte das hier draußen in der Galaxie noch zu bedeuten?

Sie ging einige der Vitalfunktionen durch, und Casper wusste, dass sie zu dieser Stimme sprach - der Stimme, die so laut und deutlich durch den Operationssaal gesprochen hatte -, und was sie da sagte, bedeutete im Grunde... die Frau auf dem Tisch lebte. Der Kopf. Der Körper. Unabhängig voneinander.

»Mein Kind«, ertönte wieder die kalte, herrische Stimme aus dem Äther. Der tiefe Bariton brachte einen der Lautsprecher in einer Tonlage zum Knacken und Heulen, die anschließend zum Summen wurde und dann verstummte. »Weißt du, wo du bist?«

Die Lippen der jungen Frau bewegten sich. Aber es war kein Ton zu hören.

»Sie hat gesagt: ›Ich bin hier‹«, sagte Reina.

Reina musste eine App nutzen, mit der sie ihre Lippen lesen konnte, dachte Casper. Natürlich konnte der Kopf auf dem Tisch nicht sprechen - ihre Stimmbänder waren durchtrennt.

Casper fragte sich, was zur Hölle hier eigentlich vor sich ging.

Reina Benedetti war an Bord der *Challenger* die Wissenschaftsoffizierin gewesen. Ihr Spezialgebiet war die Xenopsychiatrie. Nach ihrer Flucht von der *Obsidia* hatte sie sich in ihre Forschung gestürzt, aber Casper hatte diesen Details keine wirkliche Aufmerksamkeit geschenkt. Im Laufe der Jahre hatte er immer nur kurzen Kontakt mit ihr gehabt.

Reina und *Rechs* hingegen... sie waren mehr als nur Freunde gewesen. Irgendwann hatte Casper sich dazu zwingen müssen, nicht mehr daran zu denken, um seine eigene geistige Gesundheit nicht zu gefährden.

Casper hatte sie geliebt und gewusst, dass sie immer nur Freunde sein würden.

Und jetzt, als er hier zusah, fragte er sich, ob er sie jemals *wirklich* gekannt hatte. Die Frau, die er gekannt hatte, war eine Freiheitskämpferin. Was er hier sah, war ein Monstrum, ein menschenfressender Dämon, der eine lebende, atmende Person in Scheiben schnitt. Egal, wie schlimm diese Person war oder geworden war, sie war immer noch eine Person. Die Frau, die er gekannt hatte, die Frau, die sie alle gerettet hatte, hätte niemals freiwillig bei so etwas mitgemacht.

»Was glaubst du, was ist hier los?«, fragte er über die Frequenz der Führungsebene, damit der Rest der Einheit ihr Gespräch nicht hören konnte. »So ist sie nicht.«

»Nein, so ist sie nicht«, antwortete Rechs.

Und dann wechselte der Zirkus des Grauens zum nächsten Akt. Ein Akt, der viel schlimmer war als die Schwertschluckerin oder der Junge mit dem Affengesicht.

Reina beugte sich mit einer Spritze vor.

»Injektion erfolgt jetzt«, verkündete sie.

Auch das, für den Casper von damals und für den Casper von heute, der dabei zusah, während er durch die mondbeschienene Wüste jenseits des Brunnens stapfte, war ein Teil seiner Queste genauso wie das Zyklopenskelett. Die Injektion war die Offenbarung von etwas wesentlich Bedeutsamerem, als er es jemals gedacht hatte. Wie das Skelett im Brunnen war sie ein einfacher Beweis, der so viel deutlich machte. Die Injektion hatte die unsichtbare Welt einer Macht eröffnet, die niemand jemals zuvor gekannt hatte.

Sie blieben drei Tage lang im Brunnen. Um sich zu rehydrieren und Caspers Haut die Chance zu geben, sich von Verbrennungen fast ersten Grades zu erholen, die er sich durch die gnadenlos herabbrennende Sonne eingefangen hatte. Während er sich erholte, spielte sich der Albtraum auf der *Moirai* weiter ab, wie eine trostlose Zeugenaussage, die den Geschworenen vorgelesen wurde und die sie hören und auf deren Basis sie ihn beurteilen mussten. Das Skelett, das neben ihm lag, war genauso verlockend wie die Injektion und was vor all diesen Jahren als Nächstes in dem Operationssaal passiert war. Doch irgendwie war das Skelett eine andere Queste. Eine andere Geschichte. Nicht diese. Also ließ er es dabei bewenden... denn für ihn gab es nur den Tempel. Alle anderen Mysterien verblassten im Vergleich.

Sie gingen weiter nachts durch die Wüste. Immer weiter vorwärts. Dem Kurs folgend, den TJK-133 entweder einhielt oder nicht.

»Erledigt«, verkündete Reina, als sie von dem glänzenden Operationstisch aus rostfreiem Stahl zurücktrat. Sie ging zu einem rollbaren Beistelltisch und ließ die Spritze klappernd fallen. »Dreißig Sekunden bis sie ihre Wirkung entfaltet. Dann können wir mit Phase sechs beginnen.«

Es waren recht lange dreißig Sekunden. Und als die vorbei waren, beugte sich Reina vor und kontrollierte die Pupillen der jungen Frau mit einer kleinen Taschenlampe.

»Wir haben eine Reaktion. Soll ich weitermachen?«

Die Stimme antwortete über den Äther. »Sie dürfen, Doktor.«

Reina wich einige Schritte zurück und legte dann ihr Tablet in eine Operationsschale. »Moonsong«, sagte sie leise.

Dann wartete sie.

»Bewegen sich die Lippen der Frau?«, fragte Casper.

»Barr. Nahaufnahme auf die Frau.«

Die Kameraperspektive wechselte abrupt.

Die Lippen bewegten sich.

»Gut«, sagte Reina. »Keine Sorge, du wirst nicht mehr lange Angst haben. Beginne mit deinem Mantra und lass los.«

Die Lippen der jungen Frau bewegten sich wieder. Und wie zuvor hatte Casper eine ziemlich gute Vorstellung davon, was sie sagte.

»Lass los, Moonsong«, sagte Reina sanft und leise. »Stell dir vor, du hängst von einer Seilbrücke, und an einer Seite ist eins der Seile gerissen. Du hängst in der Luft, und es besteht keine Hoffnung auf Rettung. Du kannst einfach nur loslassen.«

Moonsong bewegte ihre Lippen auch weiterhin und wiederholte den Satz immer wieder, als ob es ein letztes Ritual wäre, ein geliebtes Gebet, ein Zauberspruch gegen alle Dinge, die verschlingen und zerstören. Im Operationssaal war es so still, dass sie alles deutlich hören konnten, selbst das leise, trockene Schmatzen ihrer Lippen. Zumindest stellten sie sich das vor.

Barr musste sein Mikrofon auf höchste Empfindlichkeit gestellt haben, dachte Casper. Deswegen konnten sie es alle so deutlich hören.

»Gut«, antwortete Reina. Und dann: »Du hältst dich fest, so gut du es kannst, aber du weißt, dass es nutzlos ist. Du weißt, dass du dich nicht mehr lange festhalten kannst, Moonsong. Du weißt, irgendwann wirst du fallen, meine Kleine.«

Über die Lautsprecher ertönte eine neue Stimme, die einer jungen Frau. Nur ein Wort, oder vielleicht war es eine

Silbe. Es kam so plötzlich, dass sie es kaum bemerkten. Vielleicht war es ein ›a‹ oder etwas in der Art.

Unmöglich, dachte Casper. Unmöglich, weil sich nun die Puzzlestücke zusammensetzten, während er zusah. Er wusste, was geschah, und zugleich wusste er es auch nicht.

Kognitive Förderung.

Ich bin das Quant, und das Quant ist ich.

»Du hast dich so gut geschlagen, Moonsong«, sagte Reina in einem Tonfall, als ob sie mit einem Kind spräche, das hart daran arbeitete, eine sehr einfache Fähigkeit zu lernen. In ihrer Stimme lagen Aufmunterung und Bewunderung. Außerdem klang sie hoffnungsvoll. »Aber wäre es nicht toll, wenn du das Seil loslassen könntest?«, fuhr sie fort. »Weißt du... die Brücke ist nun nicht mehr da. Du kannst nicht mehr auf die andere Seite zurück. Du musst jetzt loslassen. Du musst fallen. Lass los, und heiße das Quant vollumfänglich willkommen.«

»... SEHE DEN NEBEL ... «, ertönte plötzlich die panische Stimme der jungen Frau über die Lautsprecher. »Ich will nicht. Da unten sind Dinge. Monster ... « Nun wimmerte sie. Sie war erschrocken. Ängstlich. Kurz vor der Hysterie.

»Du brauchst dir keine Sorgen mehr um diese Dinge machen«, sprach Reina weiter. »Sie werden dir da unten nicht wehtun. Du wirst schweben... wenn du erst mal unten bist. Vertraue mir. Du wirst schweben.«

Casper spürte, wie es ihm kalt den Rücken hinunterlief, so wie kalte Krallen von Ratten durch die Dunkelheit huschten. Die Galaxie war selbst zu dieser Zeit ein furchterregender Ort, und man fand vom einen Ende zum anderen eine Menge seltsame Dinge. Aber er hatte noch nie etwas so Gruseliges gesehen. Der Kopf der Frau war eindeutig von ihrem Körper getrennt.

Sie kommunizierte ohne Stimme oder erkennbare Hilfsmittel. Und sie war... an einem Ort, an dem sie etwas sah, was ihr Angst einjagte.

In diesem Moment hatte es einen Teil von Caspers Verstand gegeben, der sagte: *Nimm Abstand von dieser Sache. Es gibt Dinge, die sollte niemand wissen, und das gehört definitiv dazu. Achtung, Monster.*

»*Ich will nicht da runterfallen!*«, schrie die junge Frau. Die Lautsprecher knirschten vor Rückkopplungen, und die Deckenbeleuchtung flackerte. Ging plötzlich aus und kam genauso schnell zurück. Aber die Art des Lichts war nicht mehr dieselbe. Es fühlte sich nun kühler an. Wie ein Geist aus der Finsternis, der versuchte, sich vorzustellen, wie Licht aussah.

»Vertraue mir«, flüsterte Reina in die ohrenbetäubende Stille, die darauf folgte. »Du wirst schweben. Lass einfach los, Moonsong. Du bist das Quant. Das Quant ist in dir. Heiße es willkommen.«

Das war es, was sie dachten, flüsterte Casper in seinem eigenen Kopf der Zukunft. Der zusah, wie sich diese Erinnerung erneut abspielte. Während er in einem Garten aus seltsamen Steinen stand. Sie hatten die endlosen Dünen hinter sich gelassen, und hier war der Wüstenboden mit seltsam geformten Felsen übersät, die definitiv vulkanischen Ursprungs waren.

Es war nur ein Mond über ihnen zu sehen, lang gezogen und angeschwollen. Irgendwie falsch. Er fragte sich, wie viel Wasser noch übrig war. In der Ferne, weit vor ihnen, konnte er Berge erkennen. Einen weiteren niedrigen, zerklüfteten Gebirgsrücken. *Und was dann?*, fragte er sich selbst. Noch mehr Wüste? Noch mehr endlose Wüste?

Was, wenn der Rest meiner sehr langen Tage genau so aussieht? Was, wenn ich ewig diese Wüste durchwandere?

Was eine Art des Grauens darstellte, dass sich der Verstand intuitiv panisch zurückzog.

Er holte den Operationssaal an Bord der *Moirai* zurück. Vor so langer Zeit. Er sah zu, wie die tote, junge Frau von jenseits des Gewussten sprach.

Sie, die Barbaren an Bord der *Moirai*, hatten es das Quant genannt. Wie Affen, die nach einem Knochen griffen, um ihn als Waffe zu benutzen, hatten sie ihm einen alten Affennamen gegeben.

Er für die Erde.

Fre für Freund.

Fi für Finsternis.

Quant für... etwas viel Größeres.

Aber sie hatten keine Vorstellung davon gehabt, womit sie sich anlegten. Macht. Schlicht und einfach. Aber die Galaxie hatte so etwas noch nie gesehen.

Sie waren wie Tiere, die zum ersten Mal das Feuer erblickten, dachte Casper all die Jahre später.

Was erneut die eine Frage aufkommen ließ...

Wer war ihr Prometheus?

Wer hatte ihnen die Macht gebracht?

Ist.

Wer *ist* Prometheus?

Die junge Frau schrie laut über die Lautsprecher auf. Das plötzliche, laute Kreischen einer gequälten Seele. Sie schrie, als ob sie aus großer Höhe in den sicheren Tod stürzte. Oder in etwas Schlimmeres.

Was war schlimmer?

Die Hölle.

Eine Ewigkeit in der Hölle.

Du wirst schweben.

In der Vergangenheit schrie die junge Frau und fiel und fiel, während er die scheinbar endlose Wüste durchquerte. Vor all diesen Jahren ging sie an einen Ort, den er hier auf diesem verlorenen Planeten zu finden versuchte.

Ein Ort, an dem zuerst der Gedanke war, und erst danach die Körperlichkeit.

Wo die unsichtbare Macht darauf wartete, ergriffen zu werden.

In der Nacht ging er in der Wüste weiter in Richtung der Berge. Und durchquerte stille Gärten voller Steine.

KAPITEL 27

Es war spät in der Nacht, als sie sich jenseits der Wüste in einer sanften Hügellandschaft wiederfanden. Auf ihrem Weg hatten sie eine Oase entdeckt. Er fühlte sich dort unbehaglich, aber das Wasser tranken sie trotzdem. Im Laufe ihrer Wanderung waren sie auf Pflanzen getroffen, die stachligen Palmen ähnelten. Urmo hatte sie fast schon wütend betastet, mit seinen winzigen scharfen Zähnen aufgeschnitten und die geringe Feuchtigkeit, die sie abgaben, wie ein Vampir ausgesaugt. Da von ihnen genügend da waren, hatten sie zumindest an diesem Tag ein wenig Flüssigkeit. Außerdem hatten sie weitere alte Brunnen entdeckt. Einige von ihnen waren verfallen und ausgetrocknet, einige boten ihnen Wasser, das sich nach einigem Graben gewinnen ließ.

Die Luft fühlte sich mittlerweile nicht mehr so trocken, nicht mehr ganz so feindselig an, während sie diese niedrige Hügelkette durchquerten. Der letzte der beiden Monde war gerade hinter den Unheil verkündenden Bergen vor ihnen untergegangen, auf die sie geradewegs zusteuerten, als sie jenseits der Einöde ein gewaltiges Röhren hörten. Es war ein dumpfes Brüllen, das sich durch die Kalkfelsdurchgänge in den schmalen Rinnen fortsetzte, und Casper fühlte sich unermesslich klein, als er es hörte.

Und darauf folgte nichts außer dem Wind, der kreischend über die trockenen Vertiefungen hinwegfegte.

Sie standen lange schweigend da, der Bot, das kleine Wesen namens Urmo und Casper, und erwarteten ihr Schicksal, das das ungeheuerliche Brüllen ihnen bringen mochte, dessen Widerhall zwischen den verlorenen Schluchten schier ewig andauerte. Doch nach diesem einen mächtigen, titanischen Brüllen geschah nichts mehr.

In dieser Nacht rollten sie sich in einer kleinen Nische in einer der Wände einer Schlucht zusammen, und Casper träumte von Monstern, die er früher gekannt hatte.

»Wo bist du?«, fragte Reina den Kopf auf dem Tisch.

Barr befand sich immer noch an der Spitze ihrer Gruppe und kauerte hinter uralten Maschinen auf der Plattform über dem darunterliegenden Operationssaal und ließ seinen Blick langsam hin- und herschwenken. Das restliche Team folgte seiner Aufnahme, die er an ihre Head-up-Displays übertrug. Die Leichte Mars-Infanterie hatte sich im dunklen Durchgang hinter ihm versammelt.

Casper und Rechs hatten gerade mitansehen müssen, wie eine alte Freundin eine junge Frau geköpft hatte, was eher zu Frankensteinscher Science Fiction gepasst hätte als zu den modernen Naturwissenschaften.

»Ich bin das Quant«, ertönte die Stimme der Frau von einem anderen Ort als diesem Operationssaal oder diesem Raumschiff, vielleicht sogar von einer anderen Realität. »Ich bin das Quant«, wiederholte sie und fügte hinzu: »Jetzt.«

In der Stimme der geköpften Frau lag nun kein Grauen mehr. Kein Entsetzen. Keine Angst. Keine Erkenntnis, dass ihr Leben — wie immer es auch auf dem albtraumhaften Generationenraumschiff namens *Moirai* ausgesehen hatte — gleich ein Ende nehmen würde. Es gab keine Schreie, obwohl sie ihr den Kopf abgeschnitten hatten. Keine endlosen Höllenqualen, wie nur wenige Augenblicke zuvor.

Nichts davon.

Bloß eine himmlische Ruhe, die ans Unheimlich grenzte. Jemand hätte dies als Friedlichkeit missverstehen können. Dem Augenblick entsetzlicher Erkenntnis gleich, die Unfallopfer in den wenigen Sekunden vor ihrem Tod gewannen.

Barrs Kamera fing Dr. Reina Benedetti ein, die sich auf ihrem Tablet Notizen machte, und die mittlerweile zwanzig Marineinfanteristen der Barbaren in ihren merkwürdigen Panzerungen, die nun im Operationssaal Wache standen. Wie eiserne Wächter eines längst vergessenen Zeitalters, als die Helden noch Rüstungen trugen und auf edlen Rössern mit ihren spitzen Lanzen gegen mythische Monster kämpften.

»Gut«, sagte die andere Stimme. Die Stimme, die kalt und grausam, aber auch volltönend und klangvoll war. Casper hatte das Gefühl, dass es sich um die Stimme des Dunklen Wanderers handelte, vor denen sie alle Graffiti gewarnt hatten. Und als er sie hörte, wünschte er sich, er wäre noch eindringlicher gewarnt worden — oder dass er auf diese nicht so ernst klingenden Warnungen gehört hätte. Es war etwas Unmenschliches an dieser Stimme, noch nicht einmal Außerirdisches. Sie war einfach ›anders‹. Etwas an ihr bereitete Casper auf einer Ebene Sorgen, die sich zu sehr nach Urängsten anfühlten, als dass man sich ihnen hätte stellen können. Es war die in der menschlichen Programmierung fest verdrahtete Kampf-oder-Flucht-Reaktion, die schweigend ihre Hand hob. Aus einem Ort in ihm, den seine Vorfahren die Seele genannt hätten.

Sein alter Freund Rechs hätte sich natürlich für den ›Kampf‹ entschieden — er hätte selbst mit dem Teufel gekämpft, und Casper hätte glaubwürdig argumentieren können, dass Rechs tatsächlich gegen Teufel in Menschenform gekämpft *hatte* —, aber etwas an dieser Stimme legte in Caspers Programmschnittelle den ›Flucht‹-Hebel um.

»Dann denke ich, ist es an der Zeit, die Verbindung zwischen den beiden Zuständen zu überprüfen«, sagte die kalte, herrische Stimme. Es war keine Bitte. Es war ein Befehl. »Lassen Sie sie die Wachen töten.«

Ohne zu zögern beugte sich Reina zu der Frau hinab und sagte: »Töte die Wachen.«

Die Wilden waren nicht hirnlos, auch wenn sie manchmal eher wie wilde Rudeltiere und nicht wie Kampftruppen wirkten, trotz ihrer technologischen Aufrüstung und gentechnischen Veränderungen. Als die Stimme Reina den Befehl erteilte, sie zu töten... reagierten sie. Zuerst mit Fassungslosigkeit. Sie sahen einander an. Einige hoben ihre alten, automatischen Projektilwaffen und machten damit deutlich, dass sie sich nicht ohne Gegenwehr abmurksen lassen würden. Andere hingegen nicht. Denn, um ehrlich zu sein, wovor sollten sie sich schon fürchten? Vor einer kopflosen Frau auf einem Tisch? Einer reinrassigen Minderwertigen, die sie beim Überfall auf eine Kolonie gefangen genommen hatten?

Ganz bestimmt nicht. Sie waren geboren, bestimmt und verändert worden, um zu herrschen.

Die erste der zwanzig gepanzerten Wachen wurde in die Luft gerissen, als hätte er Repulsorentechnologie in seinen Stiefeln. Der Wilde schoss so schnell in die Luft und so hoch, dass er nicht einmal die Zeit hatte zu reagieren — und schon gar nicht zu begreifen, dass sein Kopf gleich gegen die Decke des Operationssaals krachen würde.

Ein widerliches Knacken ertönte und das trotz der Hochleistungspanzerung.

Seine leblose Leiche krachte zu Boden.

Nun waren es nur noch neunzehn.

Man musste es den Wilden hoch anrechnen, sie reagierten schnell und teilten sich ohne zu zögern in zwei sich gegenseitig unterstützende Gruppen auf, die sich der Bedrohung stellten.

Die Bedrohung war eine kopflose junge Frau auf einem Operationstisch.

Gruppe Alpha, die aus zehn Marineinfanteristen der Barbaren in schwerer Panzerung bestand, wurde über Rechs' Eingabeaufforderung auf allen Head-up-Displays entsprechend markiert. Sie wurden alle gleichzeitig von den Füßen gerissen und gegen die Wände geschleudert. Instrumententabletts, Stühle und andere Einrichtungsgegenstände folgten ihnen, und der unvorstellbare Lärm des Aufpralls klang wie eine postmoderne Symphonie mit den Themen Wahnsinn und Zerstörung.

Gruppe Bravo eröffnete das Feuer auf den Kopf auf dem Operationstisch.

Keine Kugel fand ihr Ziel. Diese gnadenlosen, brutalen, uralten Projektilwaffen schafften es einfach nicht, ihr Ziel zu treffen. Die Kugeln prallten an einem unsichtbaren Schild ab und viele von ihnen zerplatzten beim Aufprall an den Wänden, was heftige Funkenregen im gesamten

Operationssaal hervorrief. Andere Geschosse fanden ihren zischenden Weg in Räume und Flure in der Finsternis außerhalb des Operationssaals, was zu seltsamen Klängen führte, als sie gegen Boden, Wände oder Schotts knallten.

Casper war von der puren Macht und der vollkommenen Unverwundbarkeit des Kopfs auf dem Tisch fasziniert. Er sah in Ehrfurcht zu, als eins der hoch belastbaren Schotts mühelos aus seiner Halterung gerissen und einem der schießenden Wilden entgegengeschleudert wurde. Der Mann wurde unter dem unvorstellbaren Gewicht und der Wucht des schrecklichen Aufpralls zerquetscht.

Nichts hatte den Schiffsdurchgang tatsächlich *berührt*. Er wurde einfach aus seiner Halterung gerissen, als ob eine unsichtbare Kraft ihre Hand danach ausgestreckt hätte.

Ein anderer Wilder fasste sich an den Kopf, als ob er plötzlich an einer Migräne apokalyptischen Ausmaßes litt. Seine Waffe, ein todbringendes, mattschwarzes leichtes Maschinengewehr, fiel ihm vergessen vor die Füße. Nur eine Sekunde später kippte er tot vornüber.

Die Leichte Mars-Infanterie bewegte sich schnell und leise auf ihre Positionen auf der Galerie oberhalb des Operationssaals, die Waffen im Anschlag. Rechs hatte sich als Erster bewegt, weil er anscheinend die Chance zum Handeln gesehen hatte, und sein Vorgehen holte seine Leute aus ihrer Benommenheit.

Rechs ging tief gebeugt hinüber zu Casper und hielt dabei sein Gewehr schräg vor der Brust ausgestreckt, um das Gleichgewicht zu wahren. »Also«. flüsterte er. »Wir schnappen sie uns und machen, dass wir hier rauskommen.«

Casper war gleichermaßen verwirrt und fassungslos. Und dachte: *Wie genau soll das funktionieren - mitten in einem übernatürlichen Feuergefecht zwischen einer schwer bewaffneten, uns überlegenen Streitmacht und... nun, dem Unbekannten?*

»Ich gehe da runter. Du übernimmst das Unterstützungsfeuer von der Galerie aus. Wir treffen uns wieder auf der Plattform. Verstanden?«

Rechs hatte sich bereits darauf vorbereitet, sich zur unteren Ebene abzuseilen. Man hatte Schraubkarabiner am Geländer angebracht und ein Stück Graphenseil in entsprechender Länge, das die Mars-Infanteristen immer mit sich führten. Das Seil selbst war außerdem an einer Halterung an der Galerierückseite festgezurrt.

Casper warf einen kurzen Blick nach unten. Inmitten des Chaos, in dem Wilde in der Luft gehalten wurden, deren schwere Panzerung plötzlich implodierte, als würde sie von einer riesigen und unsichtbaren Hand zerquetscht, hatte sich die erste Gruppe davon erholt, gegen die Wand geschleudert und mit medizinischem Gerät beworfen worden zu werden. Sie erwiderte nun das Feuer, während sich Reina zum eigenen Schutz an die Seite begeben und hingehockt hatte. Praktisch direkt unter ihnen. Fast mittendrin im Geschehen.

Casper nickte. Das war die einzige Möglichkeit. Und sie schuldeten es ihr, alles zu versuchen, um sie hier rauszuholen. Selbst wenn er sich nicht mal sicher war, ob sie überhaupt hier weg *wollte*.

Es war verrückt, aber im Augenblick schien dies der einzige Fluchtweg aus diesem sich ständig verschlimmernden Albtraum. Er fühlte sich wie in einem Escher-Bild, das kein Ende kannte und lediglich zu immer neuen Perspektiven führte, die alle Regeln des Spiels veränderten.

Rechs erteilte den Befehl.

»Marsch, marsch.«

Barr, LeRoy und selbst die Sanitäterin tauchten aus ihrer Stellung auf und eröffneten das Feuer aus den automatischen Waffen, die sie den Barbaren abgenommen hatten, und ihr lautes Rattern vermischte sich mit dem Chaos unten. Rechs nahm eine Granate von seinem Gurt, bereitete das Abseilgerät vor, warf die Granate und rief: »Blendgranate!«

Casper wusste seinen Blick abzuwenden.

Die Blendgranate explodierte, aber ihre stumpfe Explosion ging im gnadenlosen Kugelhagel von allen Seiten unter. Und den Schreien. Die Marineinfanteristen der Barbaren schrien, als das kopflose Mädchen sie einen nach dem anderen umbrachte.

Als die Blendgranate explodierte, gab bei allen das Head-up-Display den Geist auf und ließ einige Sekunden lang nur leichtes Glassplitterklirren auf ihrem Kanal zurück, bis das gegen elektromagnetische Impulse gefeite System einen Neustart durchgeführt hatte und wieder online kam. Aber das spielte für die Mars-Infanterie keine Rolle. Sie hatten einfach auf ihre Visiereinrichtung gewechselt und deckten nun beide Gruppen mit Schüssen ein.

Casper stand auf und legte mit seiner Handfeuerwaffe auf einen der Wilden an. Doch im selben Augenblick nahm der Mann einen gepanzerten Handschuh von seinem Automatikgewehr und legte ihn an den Hals. Casper starrte ihn ungläubig an, während der Mann versuchte, am Metallkragen unterhalb seines Helms zu zerren — als ob der ihm die Kehle zuschnürte. Casper war nur nebenbei über die Tatsache entsetzt, dass der Mann auf den Spitzen seiner schweren Stiefel stand, was eigentlich unmöglich war. Er wurde von einem unsichtbaren Würger hochgehoben, der dieses kleine Detail für wichtig hielt, um die Tötung perfekt zu machen.

Dann schob sich Rechs an Casper vorbei und kletterte auf das Geländer der Galerie. Er hatte eine Hand am Seil, und mit der anderen packte er sein Gewehr. Und dann sprang er in den leeren Raum oberhalb des Kampfs und feuerte auf mehrere Ziele, während er sich schnell mitten ins Schlachtengetümmel abseilte.

Unter ihm wurden zwei Barbaren, die sich weiterhin wehrten und den abgetrennten Kopf mit Kugeln eindeckten, plötzlich gegeneinander geschleudert.

Rechs kam auf dem Boden auf, deckte den nächsten Wilden mit einer tödlichen Salve aus der Hüfte ein, und löste sich vom Seil. Er ging zwei Schritte, packte die Forscherin und warf sie sich über die Schulter. Dann verschwand er unter der Galerie, während er weiterhin auf die Barbaren feuerte.

»Verschafft ihm Zeit, da rauszukommen!«, brüllte Barr, als er ein Magazin auswarf und in seinem Rucksack nach einem weiteren tastete. Dann wurde er von der Galerie gezerrt und nach unten auf den Boden geschleudert. Die Sanitäterin versuchte ihn noch zu packen, als er über das Geländer flog, aber es schien, als wäre er an einem Seil befestigt, dass eine große Maschine blitzschnell einholte.

LeRoy schnappte sich eine Granate vom Gurt, brüllte: »Köpfe hoch, Leute!«, und warf sie in das Wirrwarr unter ihnen. Die Sanitäterin kam wieder die auf die Beine und feuerte nach unten in das Chaos. Auf ihrem Gesicht stand Fatalismus. Als ob sie und Barr mehr als nur Kameraden gewesen wären.

In Caspers Erinnerung verlangsamte sich die Zeit.

Sie kam fast zum Stillstand, während er fliegende Geschosse aus ihren Waffen aufblitzen sah. Während er bemerkte, wie seine eigene Waffe Energie komprimierte und zwischen den Schüssen immer wieder auflud. Während er sah, wie ein Wilder von unten zur Decke hochgerissen wurde, wild mit den Armen und Beinen strampelnd, als befände er sich gerade am Höhepunkt eines Trampolinsprungs.

Die Granate wölbte sich in der Explosion auf und ließ plötzlich Splitter in alle Richtungen rasen.

Im selben Augenblick wurde die Sanitäterin von den Beinen gerissen. Casper sprang vor, um sie zu packen, und in diesem Moment spürte er... spürte er diesen unermesslichen, unsichtbaren Geist, der sie packte und umfloss.

Er wusste, dass er sie fortzerren würde.

Sie alle fortzerren würde, wenn man ihm die Zeit dafür gab. Wenn man ihm die Ewigkeit erlaubte, würde er alles verschlingen. Er würde alles fortzerren, alles in den Abgrund reißen, wenn man es ihm erlaubte. Jemand hatte mal gesagt: *Einige Leute wollen die Galaxie einfach nur brennen sehen.* Diese Kraft, was immer sie war, wollte die Galaxie ganz allein zerquetschen. In diesem kurzen Augenblick, als er die Sanitäterin hatten retten wollen, hatte Casper ihre wilde und ungezügelte Macht gespürt.

»Nein!«, hatte er sie angebrüllt.

Nur hörte sich seine Stimme in dem Traum in der Wüste, wo er in einer Schlucht schlief, sehr verlangsamt an, als ob die Zeit wie zäher Sirup herabtropfte. Er streckte die Hand nach der jungen Frau aus, die gerade über das Geländer flog, um sie zu retten, obwohl er wusste, dass dies praktisch unmöglich war. Und weil... und weil er außerdem diese Kraft, die sie wegzerrte, *berühren* wollte. Er wollte sie *verstehen*.

Er... wollte sie.

In dem Wissen, dass er das Ding gefunden hatte, das den entscheidenden Unterschied in so vielen der anderen Geschichten hätte ausmachen können, aus denen sich die Gesamtsumme seines Lebens zusammensetzte.

Seine Eltern.

Die *Obsidia*.

Die Infanteristen vom Mars, die den ihm unterstellten Zerstörer während des Mars-Unabhängigkeitskrieges geentert hatten. Einen Zerstörer, den man in die Luft gejagt hatte, damit er nicht erobert werden konnte. 745 Besatzungsmitglieder starben im atomaren Inferno.

So viele Geschichten hätten anders geendet, wenn ihm diese Macht, die er nun vor sich sah, frei zur Verfügung gestanden hätte. Sie wäre zum Guten genutzt worden, nicht für das Böse. Wäre dazu genutzt worden, *das Richtige zu tun, das getan werden musste*, ohne sich Fragen über Gut und Böse stellen zu müssen.

Er erwischte die Frau an ihrem Koppelgurt, als die Zeit langsam zu normaler Geschwindigkeit zurückkehrte. Als sie über das Gelände und nach unten zu fallen drohte. Nur um zu sterben und verloren zu sein, wie so viele vor ihr.

Er erwischte sie an ihrem Tragegurt.

Vielleicht hatte LeRoys Granate einige nadelspitze Splitter in das Gehirn des abgetrennten Kopfs gejagt. Vielleicht war die gebündelte Energie, ob nun die kinetische oder die Explosionsenergie, zu viel für... es gewesen.

Was immer *es* war.

Vielleicht gab es ja all der fantastischen Kräfte zum Trotz doch eine Grenze für diese unvorstellbare Macht.

Vielleicht konnte ein Verstand nicht mit allem umgehen, nicht alles verarbeiten.

Vielleicht.

Aber er erwischte die Sanitäterin und hielt sie fest.

Und sie fiel nicht hinunter.

Ein Marineinfanterist der Barbaren, der kurz unterhalb der Decke in der Luft festgehalten wurde, stürzte plötzlich herab, als ob einer Marionette die Fäden durchgeschnitten worden wären. Aber war er zuvor gegen die Decke gekracht?

Das würde Casper nie erfahren, denn der *Moirai* blieb nicht mehr viel Zeit. Dieses Raumschiff hatte in dieser Realität nicht mehr lange einen Platz. Dieser Seinsebene. Alle Geschichten zu ihr würden auf ewig verloren gehen.

Das war schon immer ihr Schicksal gewesen. Und dieses Schicksal holte sie jetzt ein.

»Der Major hat sie, auf geht's!«, schrie LeRoy und zerrte Casper und die Sanitäterin von der Galerie weg. Sie rannten in den dunklen Flur und weg von diesem Horrorkabinett.

DIE LEKTION DER FURCHT

Er kehrte nicht um, nachdem er die offene Gruft betreten hatte, denn er wusste, dass dies nicht möglich war. Er betrat das Grab eines alten Spiralarmkönigs und wurde von der Dunkelheit verschlungen.

Es gibt ›andere‹ *Orte, ermahnte ihn sein Verstand. Orte, in denen man für alle Ewigkeit verlorenen gehen konnte. Gefährliche Orte.*

Und trotzdem war dies die Lektion. Eine der letzten Lektionen, die ihn der Meister lehrte.

»Du musst dich deiner größten Furcht stellen«, flüsterte der Meister in dem Augenblick, bevor der Schüler von dem kleinen Feuer in der düsteren Halle der Könige aufgestanden war. »Dann wirst du sein, was du sein sollst.«

Nach zehn Schritten in der Dunkelheit der Gräber fühlte sich die Schwärze wie ein physisches Ding an. Wie ein erstickender Mantel. Wie eine Hand um seinen Hals. Die zupackte und drohte, ihm mit einem Schlag die Luft abzudrücken. Er hustete und bewegte sich tiefer in die Dunkelheit hinein.

Irgendwann kam er zu Steinblöcken. Oder besser gesagt, die Steinblöcke waren die Wände eines Durchgangs. Nur waren sie keine Steinblöcke. Sie waren lebendig, und in ihnen steckten seltsame, glühende, außerirdisch wirkende Schaltkreise. Wie die Runen, die zu lesen er gelernt hatte, aber begleitet von Mathematik und der Sprache eines leistungsstarken Betriebssystems. Lebendig, im Stein, nach zehntausend Jahren.

Dies war das Grab von Xu Zyglax, dem Kinderfresser.

Im Grab war es immer noch dunkel, aber die rot glühenden Schaltkreise warfen in der inneren Grabkammer sachte blutrote Schatten. Auch die Wände waren lebendig, in allen bioelektronischen Details, und auf ihnen wurde auf obszöne Weise die Herrschaft von Xu Zyglax nacherzählt. So viele Welten zerstört. So viele Seelen verschlungen. So viele Leben versklavt.

Und direkt vor ihm auf einem Thron, der mehr nach dem Sitzplatz eines Raumschiffkommandaten aussah, saß der Leichnam des uralten Spiralarmkönigs in seinem Raumanzug. Das Visier war dunkel, getönt, um Schutz vor den Sonnen von tausend Welten zu bieten. Aber der Raumanzug wirkte wie eine Panzerung aus toten Smaragden und Obsidiansplittern. Ein Panzerhandschuh ruhte auf dem Knauf eines großen, einschneidigen Schwerts, dessen rasiermesserscharfe Klinge glänzte. Die leichte Krümmung der Klinge ließ den Schüler an die verlorenen Waffen irdischer Vergangenheit denken. Wie ein Katana. Oder ein Wakizashi. Wie diese beiden, nur etwas größer und nicht so fein.

Diese waren die Prunkwaffen der Spiralarmkönige. Nicht zum ersten Mal fragte sich der Schüler, ob diese Spiralarmkönige die Alten waren, die ihre geheimnisvollen Pyramiden in der gesamten Galaxie hinterlassen hatten.

Die andere Hand des ruhenden Leichnams umschloss den Lauf dessen, was die außerirdische Variante eines Blastergewehrs sein musste. Nur schien an seiner Spitze eine Art Kettensäge angebracht zu sein. Die Waffe bestand aus einem schwarzen Metall, und sie wirkte auf ihn wie die tödlichste Waffe, die er jemals erblickt hatte. Wesentlich tödlicher als alles, was der Legion zur Verfügung stand.

Jenseits des ruhenden Königs befand sich ein dunkler Durchgang.

Der Weg der Leere, flüsterte eine Stimme in seinem Kopf.

Und der Schüler wusste, dass er diesen Weg beschreiten musste, um seine Lektion zu beenden. Er musste sich seiner Angst stellen.

Er überlegte, das Blastergewehr mitzunehmen. Es schien für Menschenhände viel zu groß, aber er entriss es dem Griff des toten Königs und betastete seine Oberfläche, um herauszufinden, wie es bedient wurde. Einen Augenblick später warf er es sich über die Schulter auf den Rücken und streckte dann die Hand nach dem Schwert aus. Er mochte nicht verstehen, wie das Blastergewehr funktionierte, aber das Schwert... das Schwert funktionierte wie alle anderen Schwerter auch.

Als er es in die Hand nahm, wurde es mit sanftem roten Schein lebendig, der sich bald in das glühende Weiß einer brennenden Sonne verwandelte. Er hielt es vor sich, warf dem toten König einen letzten Blick zu, und straffte die Schultern, als er an dem alten Monarchen vorbei in die Dunkelheit des Weges der Leere trat.

Die Angst verfolgte ihn.

Jagte ihn.

Aber sie offenbarte nie, dass sie immer da war.

Nicht einmal als er an einen Ort gelangte, der der Palast der Toten Welten genannt wurde, selbst wenn dies nicht sein Name sein mochte. Jenseits des Weges der Leere lag er, eine offene Fläche, wie man sie auf einer großen und nichtssagenden Welt fand, die zu erforschen sich niemand die Mühe gemacht hatte. Die Stille hier war ein Ding, das man nicht nur spüren, sondern auch hören konnte. Und mit der Zeit wurde sie ohrenbetäubend.

Auf der grauen und schemenhaften Ebene ruhten große Kugeln, die ihn um ein Vielfaches überragten. Sie wirkten wie tote Monde oder tote Welten. Dies war ihre Ruhestätte.

Er hielt das Schwert kampfbereit und spürte, wie die Angst jenseits der Welten ihre Kreise zog, die sich nun in alle Himmelsrichtungen erstreckten. Es war ein sich windendes Ding, das er nur mit Mühe aus dem Augenwinkel sehen konnte. Wie eine Schlange. Oder ein Drache. Ein schwarzer Drache. Ein Ding, das zwischen tausend toten Welten hin- und herlief und sich zwischen ihnen hindurchschlängelte. Und nichts flüsterte, was man in der ohrenbetäubenden Stille hätte hören können, die der Schüler durchquerte.

»Wovor hast du Angst?«, zischte es tausend Mal, bevor er schließlich antwortete. Bevor er endlich ehrlich war.

Er hatte schon alle Antworten gegeben. Nicht nur Antworten, sondern die Wahrheit. Oder zumindest die Wahrheit, soweit es ihn betraf.

»Wovor hast du Angst?«

Nichts.

»Nichts?«, rief er.

Der Drache mochte vielleicht gelacht haben, aber er näherte sich nie, war nie nahe genug, um ihn ihm Licht des blutroten Schwerts zu sehen.

Tod.

»Tod!«

Der Drache lachte immer noch wie das verschollene Echo eines Brüllens und weigerte sich, sich zu zeigen.

Versagen.

»Versagen!«, versuchte er es.

Aber da war nichts.

Er zog tagelang umher und begann zu befürchten, dass er tatsächlich die ›anderen‹ Orte des Tempels entdeckt hatte.

Ich kann zurückgehen, dachte er bei sich selbst und drehte sich in der dunkelgrauen Finsternis zwischen den eingefrorenen Welten um.

»Kannst du das?«, zischte der Drache und schien zu lachen, als der Schüler bemerkte, dass es da kein Zurück mehr gab. Er war sich nicht einmal sicher, ob er wirklich geradeaus ging.

Er starrte in alle Richtungen und spürte, wie die Angst näher kam. Viel näher, als es je der Fall gewesen war.

Jetzt würde der Drache angreifen... und das zu wissen... das zu wissen, war wie das Warten in einem stockfinsteren Raum mit jemandem, der mit einem Vorschlaghammer nach deinem Kopf schlug.

»Wovor hast du Angst?«, flüsterte der Drache in sein Ohr.

Der Schüler wirbelte herum. Die Klinge vor sich ausgestreckt. Nur um nichts vorzufinden.

Er spürte, wie der Drachen seine unermesslichen Windungen um ihn legte. Bald schon würde er zudrücken und das Leben aus ihm herausquetschen. Bald...

Er rannte los. Er rannte um sein Leben. Er verlor das Blastergewehr. Konnte hören, wie es klappernd hinter ihm in der Dunkelheit zurückblieb. Nichts im Tempel, keine Fähigkeit, kein Kunststück, das er gelernt hatte, konnte dem Schwarzen Drachen widerstehen. Es war, als ob man versuchte, die Galaxie zu schlagen. Wie? Wo sollte man anfangen?

Selbst die glühende Klinge war fort.

Und er rannte weiter.

Hörte, wie der Drache Jagd auf ihn machte. Er brüllte, und das Geräusch war wie der Lärm von Motorrädern, der in Schluchten aus zerstörten Gebäuden und Trümmerhaufen widerhallte.

»Die Goths kommen...«, hörte er seine Mutter sagen. Vor langer Zeit. Bevor sie sie ermordeten.

KAPITEL 28

Die Wüste blieb hinter ihnen zurück, als sie in einen Tropenwald an einem Gebirgshang hinaufstiegen. Eben noch hatten sie sich durch ein Wüstenplateau geschlängelt, um Wege durch die ansteigenden Schluchten und Rinnen zu finden, und dann hatten sie nach nur hundert Metern eine Kammlinie überquert und ein wunderschönes, nebelverhangenes Tal mit Palmen, wogendem Gras und dicht zusammenstehenden, fremdartigen Bäumen betreten. Salz lag in der Luft, die ihnen plötzlich in Brisen durch die Schluchten und über Gebirgspässe entgegenschlug. Sie erinnerte Casper an einen Ozean, und seine sonnenverbrannte Haut entspannte sich.

In einem kurzen Augenblick der Klarheit bemerkte er, dass er dem Hungertod nahe war. Die Energieriegel waren ihm in der Wüste ausgegangen, und er hatte gelernt, die zweiköpfigen Ratten zu essen, die Urmo regelmäßig fing. Manchmal teilten sie sich eine, und manchmal konnte das Wesen für sie beide jeweils eine fangen. Nun zog er eine niedrig hängende, dicke Frucht von einer seltsamen Palme, und schnitt sie auf. Unter der harten Schale verbarg sich ein gelbes Inneres wie bei einer Mango, das mit rubinroten Samen gefüllt war. Er war zu hungrig, sie nicht zu essen, egal, ob einige der Pflanzen auf diesem Planeten halluzinogene Eigenschaften besaßen. An Hunger zu sterben war ein Trip ganz anderer Art.

Aber die seltsame Frucht tötete ihn nicht — zumindest nicht sofort —, und sie stillte nicht nur seinen Hunger, sie schmeckte sogar ausgesprochen erfrischend. Er aß so viele von den niedrig hängenden Früchten, dass er kleine Wundstellen im Mund entwickelte, weil sie einen so hohen Säureanteil hatten. Dann lehnte er sich zurück und wartete auf einen Drogentrip oder den Tod. Er lauschte TJK-133, der auf dem Hügel auf- und abpatrouillierte und dabei durch die hohen Gräser marschierte, die vom Wind raschelten.

Casper tauchte erneut in den anderen Wachtraum ein, der von Dingen handelte, die vor langer Zeit geschehen waren. Als ob es ein anderes Ende geben könnte als das, was sie schließlich ereilt hatte. Auf das sie schon die ganze Zeit zugesteuert hatten.

Sie flohen vor dem Gemetzel und dem Grauen, das sich hinter ihnen abspielte. Sie rannten, als ob der Teufel ihnen auf den Fersen wäre. Manchmal gerieten sie in eine Sackgasse und mussten ihren Weg zurück finden, während sie jeden Augenblick damit rechneten, plötzlich von unsichtbaren Verfolgern angegriffen zu werden, die ihre Fantasie ständig heraufbeschwor.

Und je weiter sie rannten, umso mehr fühlte es sich an, als ob sie um ihr Leben rannten. Als ob etwas hinter ihnen her wäre, sie durch die Flure verfolgte, eine wütende Präsenz, die ihnen auf den Fersen war. In den Erinnerungen an diesen Moment konnte Casper fast schon ihr leises Stöhnen hinter ihnen hören. Aber er konnte sich mit Bestimmtheit daran erinnern, dass er sich umgedreht hatte, um zu sehen, was sie jagte... und dort nichts außer Dunkelheit vorfand.

Als sie zur Einschienenbahn zurückrannten, wurde der makellose Laborbereich, der an Bord des Geisterschiffs *Moirai* als Sektion zur Kognitiven Förderung bekannt war, in eine Art Notfallmodus umgeschaltet. Das helle, antiseptische Licht wurde zu einem blutroten Stroboskopgewitter, dessen hektische Lichtblitze die nun im Schatten liegenden Räume erhellten. Die in sanften Tönen gehaltenen Büros und Sekretariate strahlten nun blau, und hektisch aufblitzende weiße Stroboskope zeigten den Weg zu den Notausgängen an.

Vor diesem Hintergrund trafen sie auf zwei der Marineinfanteristen der Barbaren, die genauso gepanzert waren die Marineinfanteristen im Operationssaal. Die Wilden bewachten eine Kreuzung, die Casper, LeRoy und die Sanitäterin durchqueren mussten. Die Kreuzung bestand aus Glaskuben, hinter denen Forschung betrieben worden war, und dieser gesamte Bereich sah eindeutig nach Naturwissenschaften und Innovation aus. Die beiden finsteren Figuren in ihren Panzerungen, die mit ihren Helmen die Umgebung scannten und brutal wirkende automatische Waffen im Anschlag hielten, passten überhaupt nicht zu dieser Umgebung.

Was war aus diesen Leuten geworden?, fragte sich Casper nicht zum ersten Mal an Bord der *Moirai*. Wer immer sie gewesen waren, sie hatten die Erde voller Optimismus verlassen in der Hoffnung, der Menschheit wieder Auftrieb zu geben, wie sie es für richtig gehalten hatten. Aber an diesem Ort, Hunderte Jahre später, war mehr als deutlich, dass sie sich am Ende in die entgegengesetzte Richtung entwickelt hatten und ihre Gesellschaft in etwas Vorsintflutliches zurückgefallen war. Etwas Animalisches. Etwas, das nur Krieg und Bösartigkeit kannte.

Er fragte sich, wie viel Menschlichkeit noch in ihnen steckte. Oder hatten sie die entfernt? Abgelegt.

Sozusagen den Stummelschwanz der menschlichen Urahnen gegen etwas besseres eingetauscht.

LeRoy eröffnete das Feuer sofort, als er sie erblickte, denn er beabsichtige sich den Weg zum Hangardeck und der *Lexington* freizuschießen. Ein Kugelhagel krachte in die Milchglaskuben, die die Kreuzung inmitten der Büros bildeten, und ließ sie schlagartig zersplitterten. Einige Projektile flogen einfach weiter und fanden in weiteren Räumen ihr Ziel. Ein paar der Kugeln trafen die Gegner, aber sie prallten einfach an den modernen Panzerungen der Barbaren ab und zischten unkontrolliert in alle Richtungen.

Anders ausgedrückt verwandelte LeRoys kurzes Dauerfeuer das Kampfgebiet in eine Glassplitterwolke.

Ein Soldat gab ein Handzeichen, und der andere ging auf ein Knie nieder. Seine bösartig wirkende mattschwarze Automatikwaffe feuerte eine tödliche Salve ab, die LeRoy zerfetzte.

Casper zog die Sanitäterin in Deckung, als ein wahrer Kugelhagel die Ecke eindeckte, in der sie sich in der nächsten Sekunde befunden hätten. Sie rannte im Gegenzug einen anderen Flur entlang und zerrte Casper hinter sich her. Sie konnten das Knallen der gepanzerten Stiefel der sie verfolgenden Wilden auf dem hochglanzpolierten Deck hinter sich hören, und dann ertönte eine wahnsinnig, fast schon insektenhaft hohe elektronische Übertragung, die in der Umgebung widerhallte.

Sie geben unsere Position weiter, dachte Casper verzweifelt, während er um sein Leben rannte. Aber vielleicht war es das nicht. Vielleicht hatten sie gerade ihre Befehle empfangen. Nur waren das nicht Befehle, wie wir Befehle normalerweise verstanden. Geben und Annehmen. Vielleicht handelte es sich dabei mehr um eine Eingabe. Als ob man ein Gerät einschaltete.

Er und die Sanitäterin waren viel zu sehr damit beschäftigt, um ihr Leben zu rennen, um sich darum Gedanken zu machen. Außerdem ließen die Geräusche hinter ihnen vermuten, dass die Wilden sie schnell einholten.

Am Ende eines langen, von Milchglas umgebenen Flurs, dessen Fenster durch glänzende Chrombolzen verstärkt waren, drehte sich Casper um, nahm einen sicheren Stand ein, zielte und feuerte auf ihre Verfolger.

Diese Situation hatte er schon oft erlebt: Der sichere Tod war ihm gefährlich nahe, und er schoss ihm aus nächster Nähe ins Gesicht.

Die Kugeln trafen den vorderen Barbaren in seiner Brustplatte. Genau in der Mitte. Und dann prallten sie zur Decke ab. Der Mann — oder der ehemalige Mensch — hielt kurz inne, aber der andere rannte an seinem Kameraden vorbei und hob sein Blastergewehr, um im Lauf auf den Gegner zu feuern.

Casper musste sich die Nutzlosigkeit seines Angriffs eingestehen und tänzelte dem Kugelhagel aus dem Weg.

Die Sanitäterin hatte zwei Granaten geworfen.

»Lauf!«, brüllte sie, denn sie hatte sie direkt auf Casper zugerollt.

Er spürte, dass seine Beine langsamer werden und einfach aufgeben wollten. Er befahl ihnen, noch härter zu kämpfen. Sie hatten nur wenige Sekunden, um sich aus dem tödlichen Explosionsradius fortzubewegen. Aber durch eine Explosion beschleunigte, spitze Splitter flogen weit, dass wusste jeder.

Sie gaben alles und schafften es fast den gesamten Flur entlang, bevor sie hinter sich die Explosionen hören konnten. Es klang wie eine Mischung aus dem Quaken eines Ochsenfroschs und einer audio-elektronischen Rückkopplung, die komplett verrücktspielte.

Die beiden Explosionen rissen das Deck in Stücke.

Casper spürte wie Splitter und andere Bruchteile seine Uniform durchschlugen, und er kam rutschend zu stehen. Ihm lief Blut über die Finger. Etwas hatte ihn erwischt, aber er hatte keine Zeit nachzuschauen, wie schlimm die Verletzung war.

Er drehte sich um. Beide Wilde kamen immer noch auf sie zu und rannten den Flur entlang, als ob die Explosion nur eine kurze Ablenkung gewesen wäre.

Sie müssen eine Art persönlichen Schutzschild haben, dachte Casper. Das musste diese schrille, elektronische Rückkopplung gewesen sein. Er musste sich direkt vor der Druckwelle aufgebaut und die Wilden geschützt haben.

Er erinnerte sich, während er durch den Tropenwald kletterte, wie hoffnungslos er sich gefühlt hatte. Seine Energiewaffe hatte sie nicht aufgehalten und auch nicht LeRoys Kugelhagel. Selbst die Granaten hatten nichts ausgerichtet. Sie machten Jagd auf sie, und sie konnten nichts daran ändern.

In diesem Augenblick waren seine Füße am Deck wie festgeschweißt. Er wusste, ganz tief drinnen, dass er wahrscheinlich in den nächsten Sekunden sterben würde, Denn... was konnte man schon gegen solche Technologien ausrichten?

Damals, so dachte Casper etwa zweitausend Jahre später, hatte das alles wie Hexerei ausgesehen. Es mochte ja auch Hexerei gewesen sein. Sie war unergründlich. Und selbst heute noch nicht zu stoppen.

Sein Verstand dachte über dieses Hexenwerk nach, als das furchterregende, gewaltige Brüllen wieder ertönte. In nächster Nähe. In diesem Schreckmoment empfand Casper eine besondere Verbindung zu dem Casper der Vergangenheit, der vor den sich nähernden Wilden wie erstarrt dastand. Der Feind machte sich für die letzte Salve bereit. Jenseits des Talrands kam etwas auf sie zu. Etwas Riesiges. Etwas, das wie ein prähistorische Monster eines vergessenen Zeitalters brüllte.

Und es war jetzt und hier klar, wie auch schon damals auf der *Moirai*, dass es keinen Ausweg mehr gab. Keinen Retter. Keinen Rechs. Diesmal nicht.

Denn er war hier draußen weit weg vom Rand der Galaxie. Jenseits der Grenzen des Bekannten. Verschollen im Land der Wahnsinnigen und des Unbekannten.

Das Monster brüllte und betrat ihr Tal. Sein Anblick ließ Casper sich so klein fühlen, wie sich Urmo neben ihm klein fühlen musste. Selbst TJK-133, die perfekte Tötungsmaschine, schien im Angesicht der Größe dessen, was da aus dem Wald vor ihnen auftauchte, sprachlos. Es war Zeit für die Endabrechnung. Es war fast so, als hätten sie alle gewusst, was passieren würde, aber sie hatten nie wirklich geglaubt, dass es tatsächlich so kommen würde.

Genau wie damals, als die Marineinfanteristen der Barbaren in dem auf ihn zustürzten, was später der

Prototyp für die legendäre Panzerung der Legionäre werden sollte. Die Galaxie, die Republik, würde niemals erfahren, dass diese Panzerung den Gedanken der Wahnsinnigen am Bord der *Moirai* entsprungen war, an einem Ort, der nicht wirklich existierte, auf einem Geisterschiff verdammter Seelen, die in der Finsternis immer noch Forschung und Entwicklung betrieben hatten wie Hexenmeister, die uralte Bände übersetzten und Formeln entdeckten.

Man stelle sich das mal vor, sagte Casper zu sich selbst, als ein riesiges Monstrum durch das Tal auf sie zulief, dessen Boden unter seinen Füßen erzitterte.

Ich muss es nicht, ermahnte er sich. *Ich habe es erlebt. Ich war da.*

Ein weiterer, gepanzerter Wilder flog durch die zerstörten Glaskuben herbei und krachte in die Marineinfanteristen. Plötzlich brach Chaos aus, als die drei Gestalten in eine andere Richtung geschleudert wurden.

In wenigen Sekunden war der — und das war nicht so leicht zu erkennen, denn ihre Panzerungen waren sich sehr ähnlich —, der die beiden anderen angegriffen hatte, wieder auf den Beinen, trat auf seine Gegner ein und schlug sie, obwohl an seinem Oberschenkel offensichtlich eine große Pistole angebracht war.

Eine Handkanone.

Rechs hatte sie nie so genannt, aber wenn er sie zog und damit schoss, nannte sie jeder so, dachte Casper.

Aber in diesem Augenblick wusste sein ältester Freund nicht wirklich, wie er die Panzerung korrekt einsetzte, die er gerade aus einem der Labore in Beschlag genommen hatte, was er Casper später erzählen und dabei erwähnen würde, dass es in diesem Labor noch viel merkwürdigere Wunder gegeben hatte als nur diesen Prototyp.

Natürlich wussten zu dem Zeitpunkt weder Casper noch die Sanitäterin, dass sich Rechs in der Panzerung verbarg. Dass es Rechs war, der genau in der letzten Sekunde auftauchte, bevor sie beide ermordet worden wären.

Einer der Barbaren hatte Rechs so hart geschlagen, dass er quer durch den Flur und die letzten Überreste einer Glaskubentrennwand flog. Dieser Marineinfanterist stürmte dann wie ein wütender Bulle, der nur das rote Tuch vor sich sah, auf den am Boden liegenden Rechs zu.

Das war der Moment, in dem Rechs zum ersten Mal seine legendäre Waffe zog und abfeuerte. Auf dem Rücken liegend, während ein soziopathischer Nicht-mehr-Mensch auf ihn zustürmte. Die Handkanone gab dröhnend mehrere Schüsse auf Automatik ab, wie ein altes Schlachtschiff, das eine Salve mit dem 46-Zentimeter-Kaliber aus seinen Hauptgeschütztürmen abschoss.

Casper sah zu, wie die Unterschallgeschosse in die Brustpanzerung des heranstürmenden Marineinfanteristen einschlugen und am Rücken wieder austraten. Drei Schüsse hallten bombastisch quer durch den Forschungskomplex, und der erhebliche, akustische Druck brachte auch die letzten Glassplitter dazu, aus ihren Rahmen zu fallen. Das erste Geschoss erwischte den Mann mitten in der Brust, was ihn nach links wirbeln ließ. Die nächste traf ihn oben am Brustkorb, und das dritte krachte in seinen Helm. Jede der erschütternden

Explosionen nahm den Mann ein wenig mehr auseinander, drängte ihn zurück und ließ ihn schließlich zu Boden krachen.

Rechs wuchtete sich mit einem gepanzerten Handschuh hoch und feuerte weiter, womit er eine Linie schwerer Schäden quer über den anderen Marineinfanteristen zeichnete, der seine Waffe wieder aufgenommen hatte und das Feuer erwiderte. Rechs wurde getroffen, aber die Kugeln prallten an der Panzerung ab und zischten als Querschläger durch die Verwüstung.

Rechs' Schüsse prallten nicht ab. Sie rissen große, klaffende Löcher in den Kopf des Wilden.

Wie ist das möglich?, fragte sich Casper mit entsetzter Verblüffung.

Casper war wie alle Offiziere der Terranischen Navy bis zum Abschluss seiner Ausbildung auch in Schiffsartillerie geschult worden. Er wusste mehr über Physik als die meisten Leute. Es war unmöglich, dass die von Rechs verwendete Waffe einen Schuss abfeuern, nachladen, neu anvisieren und so schnell wieder abfeuern konnte und das mit tödlicher Genauigkeit. Casper schätzte, dass die Waffe mindestens Kaliber .50 abfeuerte. Die Explosionen waren ohrenbetäubend, aber Rechs schoss trotzdem, als würde er den Zielblaster eines kleinen Kindes benutzen.

Später würden sie herausfinden, dass die Panzerung eine Menge ganz großartiger Dinge tat. Das kybernetische Zielerfassungssystem gehörte zu den unbedeutenderen Besonderheiten. Allein aufgrund dieser Panzerung, obwohl sie nur eine schlechte Kopie darstellte, wurde die Legion später zu der Respekt einflößenden Streitmacht, die eines Tages die Galaxie eroberte.

Nur damit das Haus der Vernunft sie schlecht regieren konnte. Was eine Untertreibung war im Angesicht der Tatsache, dass die Galaxie mittlerweile kaum mehr als ein brennender Müllcontainer war.

Beide Marineinfanteristen waren erledigt, und Rechs kam auf die Beine.

Reina Benedetti tauchte aus dem zertrümmerten Labor auf, von dem aus Rechs seinen Angriff begonnen hatte.

Rechs zog mit einem leichten Zischen des entweichenden Sauerstoffs den Helm von seiner Panzerung und wischte sich den Schweiß von der Stirn. »Ich hab noch nicht raus, wie ich extern kommunizieren kann«, knurrte er.

In diesem Augenblick erfuhr Casper, wer sein Retter war. Sein ältester Freund. Sein Krieger in schillernder Rüstung. Nicht irgendein anderer Wilder, der die nächsten Opfer auf seine Strichliste setzen wollte.

Die Sanitäterin rannte zu Rechs, um ihn auf Verletzungen zu untersuchen.

Rechs winkte ab. »Mir geht's gut. Es ist nichts gebrochen.«

Sie untersuchte ihn trotzdem, trat dann einen Schritt zurück und fluchte. »Nahkampf auf Vollautomatik. Überall Glassplitter. Und Sie haben einen Schlag abbekommen, der Sie durch die Luft hat fliegen lassen, als ob Sie von einem LKW getroffen worden wären. Und nicht ein Kratzer.« Sie pfiff leise und lange, so beeindruckt und ungläubig war sie.

Rechs lächelte finster. »Habe nicht gesagt, dass ich es nicht gespürt habe, Corporal.«

Reina warf sich Casper in die Arme, packte ihn und zog ihn an sich heran.

Casper war komplett verunsichert. Sie war… etwas Besonderes für ihn gewesen. Dann hatte er gesehen, wie sie an einem Tierversuch an einem Menschen teilgenommen hatte. Und jetzt…

Und jetzt, war sie *immer noch* etwas Besonderes für ihn. Er liebte sie. Hatte er immer schon. Würde er immer. Sie war sein Schwachpunkt in der Galaxie, und sie wusste es. Aber sie hatten nie darüber gesprochen.

Er konnte ihre Tränen spüren. Wie sie herzzerreißend schluchzte.

»Sie befand sich unter… einer Art Gedankenkontrolle«. erklärte Rechs. »Ich habe es nicht ganz verstanden, aber sie ist ziemlich schnell wieder draus erwacht. Sie ist zurück. Es geht ihr wieder gut, Caspar. Zeit zu gehen.«

Casper spürte, wie er Reina in diesem Moment umarmte. Von ganzem Herzen. Wie er es sich schon immer gewünscht hatte. In dieser spontanen Nähe lagen alle Möglichkeiten, die die Zukunft hätte bringen können. Alles, was die Galaxie niemals sein konnte.

Selbst jetzt, nach all diesen Jahren, spürte Casper immer noch, dass dieser Moment der Angelpunkt gewesen war, der das Schicksal des Universums hätte andern können. Es hätte alles ganz anders laufen können.

»Was… war das bloß?«, fragte er. Und allen war klar, was er meinte.

In diesem Augenblick allerdings, als er sich darauf vorbereitete, sich dem Monster zu stellen, das in dem Hochtal auf ihn zustürmte, existierten sämtliche Absichten und Bedeutungen nur für ihn allein.

Schon damals, das hatte er sich in den langen Jahren auf seiner Suche nach der Macht immer gefragt, *schon damals hast du sie gewollt, nicht wahr? Schon damals wusstest du, dass du nach ihr suchen würdest?*

Schon damals.

Er hatte die Frage einmal beantwortet. Vor langer Zeit. Als ihm das erste Mal bewusst geworden war, dass die einzige Möglichkeit, die Dinge wirklich zu ändern, in der Suche nach einer Macht lag, die die unbedeutenden Ränkeschmiede der Galaxie umgehen konnte, die Machenschaften der Bürgerinnen und Bürger, die immer nur auf ihren eigenen Vorteil bedacht waren und sich niemals um das Allgemeinwohl scherten.

Macht war immer die einzige Lösung gewesen.

Was er gerade gesehen hatte, war nur ein Vorgeschmack von etwas, was jenseits ihrer Vorstellungskraft lag. Jenseits ihrer Fähigkeit, es zu kontrollieren und zu manipulieren. Eine Spur, die durch seinen Kopf spukte, schon damals — *schon damals* —, dass es noch viel mehr zu holen gab. Wenn man ihren Ursprung finden konnte. Und wer sie entdeckte, würde Gutes damit tun können. Natürlich nur, wenn sie in die richtigen Hände fiel. Alle Fehler könnten wiedergutgemacht werden. Dessen war sich Casper sicher.

»So lautet unser Plan«, setzte Rechs an. »Ihr müsst dafür sorgen, dass ihr zur *Lexington* zurückkommt. Ihr müsst abheben und euch in Feuerstellung bringen. Nutzt die Antiraumschiffsraketen, um dieses Ding zu vernichten. Und macht dann, dass ihr aus der Todeszone kommt.«

Es folgte eine lange Stille, in der nur das Dröhnen von Rechs' Handkanone in Caspers Ohren nachzuhallen schien. Die Erinnerung an ein weißes Rauschen, das die Hintergrundgeräusche übertönte.

Dann fügte Rechs hinzu: »Wenn ihr es schafft.«

Denn sie mussten sich immer noch mit der Todeszone auseinandersetzen. Selbst wenn sie von diesem Raumschiff runterkamen... konnten sie dem entkommen, was immer die Todeszone auch darstellte?

Nein, dachte Casper. *Wahrscheinlich nicht.* Denn niemand hatte das je geschafft. Und es gab immer noch theoretisch den Albtraum einer Möglichkeit, selbst jetzt noch, auf diesem von der Galaxie ausgestoßenen Planeten, dass sie bei ihrem Eindringen in die Todeszone gar nicht wirklich überlebt hatten — dass all dies nur eine zweitausend Jahre alte Wahrscheinlichkeitssimulation war, die das Quant als Nebenprodukt erschuf.

Aber Casper hatte diese Vorstellung vor langer Zeit aufgeben müssen... wenn auch nur, um bei gesundem Verstand zu bleiben. Denn wer diesen Pfad betrat, ergab sich dem endlosen Wahnsinn.

»Was ist mit dir?«, fragte Casper.

»IchmachemichzurPyramideimHauptwohnkomplex auf. Anscheinend ist sie eine Art Tor.«

»Es ist ein Zugang für ein Wesen, mit dem die *Moirai* Kontakt hergestellt hat«, antwortete Reina außer Atem. »Sie nennen ihn den Dunklen Wanderer. Er wird es benutzen, um zu entkommen. Und das darf nicht passieren.«

»Warum?«, fragte Casper.

»Weil«, sagte Rechs, von dem Casper gesagt hätte, er wäre die ernsteste und schonungslos offenste Person, ohne den geringsten Hang zur Übertreibung, die er jemals getroffen hatte, »es das Ende von allem wäre, wie wir es kennen.«

DIE TRAURIGE GESCHICHTE DER MOIRAI

Dieses Raumschiff war ein Geisterschiff. Ein Gegenstand von vergessenen Legenden. Und weil ihre Zeit kurz war, ist es für dich nun an der Zeit, das zu erfahren, was nur die wenigsten wissen. Die Geschichte dieses Raumschiffs würde niemals in den galaktischen Archiven auftauchten. Die Erinnerung an das Grauen und den Wahnsinn ihrer langen Reise werden bald verloren gehen. Aber dies ist ihre Geschichte. Oder zumindest ein Teil davon. Dies waren die Worte, die ihre Geister in ihren Qualen flüsterten und murmelten. Als ob sie bitterlich beklagen wollten, welche Schandtaten ihnen angetan wurden. Als ob sie Vergebung verlangten, aber sie niemals erhielten. Dies ist die Geschichte des Geisterschiffs *Moirai*, das in den Tagen der Erkundung vor der Republik in der Todeszone verlorenging.

Ein großes Experiment.

So nannten sie das in den letzten, aufregenden Tagen, als die Welt aus den Fugen geriet. Lebensmittelknappheit. Globales Chaos. Krieg.

Die Erde war zerstört, und die Eliten waren überzeugt, wie Sartre einst schrieb, dass die Hölle tatsächlich die anderen waren. Nämlich die vielen Ungewaschenen. Die Massen. Die Nehmer. Die Horden. Das gemeine Volk, wie man sie in Gedanken und geheimen Notizen nannte.

Ihre Mitmenschen, die es nie wirklich schafften, sich weiterzuentwickeln. Wie *sie* es getan hatten.

Diese Menschen waren es, die die Eliten, die Strahlenden, in ihre hohen Positionen in der Industrie, den Medien und der Regierung getragen hatten. Das Ergebnis war eine nicht besonders überzeugende Koalition, denn die Strahlenden brauchten die billigen, wankelmütigen Stimmen der Horden. Sie brauchten ihre billige Arbeitskraft. Ihre Muskeln. Ihren Schweiß.

Die Eliten hassten diese Abhängigkeit. Diese armen, traurigen Menschen, die normale, verzweifelte Leben führten, ruinierten einfach alles mit ihrer schieren Präsenz und ihren ständig hungrigen Mäulern. Damit sie ihre Macht auch weiter erhalten konnten, waren die Strahlenden gezwungen, den Horden entgegenzukommen, ihre Menschenrechtskampagnen zu unterstützen, ihre Plattitüden à la Salz der Erde nachzuplappern. Sie waren gezwungen, mit ihnen zu leben.

Nun, nicht *mit* ihnen. Idealerweise und als Ergebnis langer, geschickter Planung würde ein Strahlender niemals einen echten, lebenden Hordenmenschen treffen, außer es handelte sich um eine zwingend notwendige Transaktion. Aber sie waren gezwungen, auf demselben Planeten zu leben. Was eine Art Grauen für sie darstellte, am Ende. Ein Grauen, das keine Sekunde länger mehr ertragen werden konnte.

Endlich würde sich dies ändern. Es war an der Zeit zu gehen.

Ursprünglich wurden die Archeraumschiffe der Rama-Klasse, die von Krupps-Mitsubishi mit Subventionsgeldern der UN als Charterschiffe gebaut werden sollten, als Überlebensraumschiffe finanziert, als es so aussah, dass der Dritte Weltkrieg ausbrechen könnte. Jedes Raumschiff konnte über hunderttausend Flüchtlinge aufnehmen, sollte es zu einer globalen Katastrophe kommen. Eine raffinierte, groß angelegte Medienkampagne wurde über das Internet verbreitet, wo sich ohnehin die meisten Leute aufhielten, wann immer sie sich einloggen konnten, und so beruhigte man die Menschen in den Ballungszentren, dass es im Falle eines Atomkriegs den Plan gab, alle zu retten, die es zu den Archeraumschiffen im niedrigen Erdorbit schafften. Was kein allzu großes Kunststück mehr darstellte, da die meisten Fluggesellschaften Scramjet-Technologien einsetzten, was die Reise von New York nach Tokio in weniger als zwei Stunden möglich machte.

Was die Überlebenden erwartete, die es zu den Raumschiffen schafften, waren riesige, lebende Welten, die um sich selbst kreisten. Dort würden die Überleben den nuklearen Holocaust in relativem Komfort aussitzen, oder zumindest sicherte man ihnen das zu in den zwanzigsekündigen Werbespots mit ihren Hip-Hop-Soundbytes, die die größten Social-Media-Seiten verbreiteten.

Aber natürlich war das alles eine große Lüge.

Wie alles andere zuvor eigentlich auch.

Ursprünglich hatten die Strahlenden geplant, eine Reihe von Seuchen freizusetzen, die den Planeten von seinem ›Überbevölkerungsproblem‹ befreit hätten. Wo Massenabtreibungen nicht zu einem besseren Leben geführt hatten, sollten SARS, Ebola und Supervir-42 es schaffen, die Bevölkerungsdichte auf ein Niveau senken, das den Eliten erlaubt hätte, ein ungestört angenehmes Leben zu führen. Eine Zeit lang wurden diese furchtbar schrecklichen, mikrobiologischen Wunderwerke rege gehandelt in der Massenvernichtungsindustrie — bis die

Dinge ein wenig außer Kontrolle gerieten, und AIDS 2.0 den Sprung zur aerogenen Übertragung vollzog.

Doch zu diesem Zeitpunkt hatten sich China und Indien bereits mit Atomwaffen angegriffen, was einen Großteil Asiens vernichtet hatte. Europa und Nordamerika kämpften um den Rest, und es war keine schöne Angelegenheit.

Außer natürlich man betrachtete einen gnadenlosen konventionell geführten Seekrieg, der einen großen Teil des Atlantiks verseucht hatte mit der Beigabe von Uranmunition und versunkenen Schiffen, bei denen die Reaktoren eine Kernschmelze erlitten, als eine schöne Angelegenheit.

Außerdem hatten beide Seiten noch keine Kernwaffen eingesetzt — die großen Kaliber im Umfang mehrerer Kilotonnen Sprengkraft, die entwickelt worden waren, um Infrastrukturen in gigantischem Ausmaß zu zerstören, ob nun militärisch oder nicht. Aber als die Archeraumschiffe schwerfällig den Orbit verließen, schien ihr Einsatz schon beschlossene Sache zu sein — in wenigen Tagen, vielleicht blieben sogar nur ein paar Stunden.

Es befanden sich Hunderttausende Überlebende auf diesen Raumschiffen, die sich auf den Weg in die relativ seichte Dunkelheit der schützenden Lagune machten, die unser Sonnensystem darstellte, um anschließend in die große Leere zwischen riesigen Sonnen zu reisen.

Es hätte viel mehr Überlebende geben können. Wenn das je der Plan gewesen wäre, dann wäre es möglich gewesen. Aber stattdessen hatte jedes Raumschiff weniger Menschen an Bord, als es hätte aufnehmen können. Anstelle der versprochenen Hunderttausend pro Schiff waren es jeweils nur zehntausend: vielleicht tausend Mitglieder der Eliten, die

die Verwaltungspositionen besetzten, und neuntausend Menschen, die ihrem inneren Kreis angehörten. Letztere waren in Wirklichkeit Sklaven, auch wenn sie sich selbst als Gefolge, persönliche Assistenten, Besatzung oder Spielzeuge bezeichneten. Sie wussten nicht, dass sie Sklaven waren. Noch nicht.

Sie flohen von einer brennenden, zerstörten, vergifteten Heimatwelt aufgrund des gegebenen Versprechens, andere bewohnbare Systeme zu erreichen, was aber mindestens vierzig und vielleicht sogar über hundert Jahre dauern konnte. Sie erreichten bei dieser interstellaren Reise in ihren riesigen Raumschiffen knappe Lichtgeschwindigkeit. Zumindest würden sie das irgendwann. Das Erreichen der Höchstgeschwindigkeit würde bei durchgehender Beschleunigung zehn Jahre dauern. Aber welche Rolle spielte das schon in einer lebenden, atmenden Welt, die sich praktisch einstimmig einer Weltanschauung verschrieben hatte, die so weise und glücksverheißend war, dass sie niemals in dasselbe Chaos versinken könnte, vor dem sie gerade geflohen waren?

In der griechischen Mythologie waren die Moirai auch als Schicksalsgöttinnen bekannt. Sie waren es, die die Lebensdauer von Menschen und Göttern festlegten. Sie sprachen für alle das letzte Urteil, egal, wofür man sich hielt.

Der Anführer der Oligarchen, die an Bord des Lighthuggers *Moirai* herrschten, war ein ehemaliger Wetterfrosch, der noch auf der Erde seine eigene Selbstertüchtigungsreligion namens »Meine Macht« gegründet hatte. Nachdem er bei einem Nachrichtenbeitrag ein technisches Missgeschick erlebt hatte, das das Ende seiner Karriere bedeutete, hatte sich der Karrierist neu erfunden, und zwar als Mann, der die Ratschläge weiser Menschen angenommen und als geheimnisvoller Heiland-Guru seine neue Aufgabe gefunden hatte. Er fühlte sich gezwungen, die Menschheit aus ihrem ständigen Kampf gegen die Niedertracht in ein sagenhaftes Land zu führen, in dem der Wohlgeruch der Hoffnung die Luft durchsetzte... einen Selbstertüchtigungskurs nach dem anderen. Seine Spezialisierung auf pseudowissenschaftliche TED-Talks half ihm dabei.

Er war gekommen, um ihnen ein besseres Leben zu bieten, und im Gegenzug schrieben sie sich bei ihm zu Kursen und Seminaren ein, besuchten seine Webseiten und kauften zuerst seine Gesundheitsprodukte und dann private, schwimmende Städte, die ihm Millionen einbrachten.

Obwohl er zu Beginn kein Mitglied der umtriebigen Macht-Elite gewesen war, die schon seit Langem geplant hatte, die Erde bei wesentlich geringerer Bevölkerungsdichte zu beherrschen, wurde er schließlich zu ihren geheimen Planungstreffen eingeladen, weil sein Reichtum und sein Einfluss so groß geworden waren, dass die Verschwörer keine andere Wahl hatten, als seine Stellung in der Welt anzuerkennen. Außerdem hatten sie an einem langfristigen Plan gearbeitet, seine beliebten Gesundheitsprodukte zu benutzen, um eine genverändernde Krebsart mit Depotwirkung zu verbreiten, die im ersten Monat ihres Einsatzes eine Sterberate von 74,8% erreichte.

Während sich also Dutzende Archeschiffe von der Erde in die interstellare Dunkelheit begaben, wobei jedes einzelne von einer mächtigen Kerngruppe und einer bestimmten, utopischen Weltvorstellung beherrscht war, stand Whip Hubley, ehemaliger Wetteransager und nun der Erste Rat von Meine Macht, mit freundlichem Lächeln an der Spitze der absolut autoritär regierten *Moirai*.

Ja, an Bord des Lighthuggers *Moirai* gab es jede übliche Form des Missbrauchs, die sich die Mächtigen erlaubten, wenn sie absolute Macht in den Händen hielten.

Sex. Drogen. Morde. Demütigung. Wahnsinn.

Aber das war schon immer der Lauf der Dinge, wenn man der Sieger war.

Die Gesellschaft an Bord der *Moirai* wandelte sich in nur zwanzig Jahren von quasi-religiös zum kompromisslosen Kult. Wenn man dann noch die Forschung an den Technologien zur Langlebigkeit einrechnete, die die Eliten auf der Erde geheim und für sich behalten hatten, und die Revolutionen, die die ständigen, neuen Forschungsergebnisse an Bord des paradiesischen Vergnügungsschiffs mit sich brachten, war es kein Wunder, dass sich Bedingungen entwickelten, in denen die wahnsinnige Vorstellung, sich selbst zum Gott erklären zu wollen, tatsächlich machbar wurde.

Nach fünfundsechzig Jahren verlangsamte die *Moirai* ihre Geschwindigkeit und trat in den Orbit eines kleinen Sterns. Aber die einzige, dort befindliche Welt war praktisch tot und auf ihr zu leben, wäre nur unter härtesten Bedingungen möglich gewesen. Also entschieden sich die *Moirai*, wie sich Whip und seine elitären Mitstreiter mittlerweile nannten, für den erneuten Sprung ins Weltall, verbunden mit dem Versprechen an die Massen, dass sie eine Welt für sie finden würden jenseits ihrer schwindenden Erinnerungen an die Erde. Ein Versprechen, von dem sie nicht die geringste Ahnung hatten, wie sie es erfüllen sollten.

Was sie stattdessen fanden, war der Dunkle Wanderer.

In der finsteren Ödnis zwischen den Sternen entdeckten sie ein aufgegebenes, außerirdisches Raumschiff, wie sie es noch nie gesehen hatten. Später, wesentlich später, fanden sie heraus, dass es sich nicht wirklich um ein verlorenes Raumschiff, sondern um ein Gefängnis handelte, und dass das Strafmaß des einzigen Gefangenen von einer Zivilisation festgesetzt worden war, älter als alles, was die weit reisenden Erkunder der Menschheit bisher entdeckt hatten.

Wer der Dunkle Wanderer wirklich war, sollten sie niemals herausfinden. Aber sie bestaunten die Wunder, die er ihnen zur Verfügung stellte. Teile des heruntergekommenen Raumschiffs wurden geplündert und umgebaut, um der *Moirai* die Reise bei Überlichtgeschwindigkeit zu ermöglichen. Man brachte mehrere Hyperraumtriebwerke an den Heckabschnitten des Hauptzylinders an, und die *Moirai* sprang ihrem Schicksal entgegen. Sie erhielten noch weitere technische Wunder, unter ihnen eine verbesserte Form der Langlebigkeitstechnologie und Innovationen im Bereich Navigation, Nahrungsproduktion und kognitive Fähigkeiten.

Ja... besonders kognitive Fähigkeiten.

Was vor langer Zeit auf der Erde begonnen hatte, in Seminaren in Flughafenhotels, bei denen Glück, Reichtum, Wohlstand und Erfolg versprochen wurden, hatte sich nun in eine Religion verwandelt, die von sich nicht nur behauptete, Leben nach dem Tod zugestehen zu können, sondern auch das ewige Leben als eine Art Gott. Der Dunkle Wanderer verzauberte die fiebrigen Köpfe an Bord der *Moirai*, bediente sich ihres absurden Glaubenssystems und verband es geschickt mit einer uralten Macht, die den Zugriff auf etwas ermöglichte, was einige *Superkräfte* nannten.

Natürlich musste dafür ein Preis bezahlt werden.

Das war schon immer so.

Es kam die Nacht, in der der Dunkle Wanderer seine tiefschwarze Klinge in die Höhe hob und einen schreienden, fassungslosen Whip Hubley opferte. Der Dunkle Wanderer bot ihnen die Existenz als Gottheit und verlangte die Anbetung, die ihm gebührte. Meine Macht wurde das, was die gläubigen Stämme der *Moirai* nun irrigerweise das Quant nannten, und sie versprach ihnen die Ewigkeit aus eigener Kraft, wenn sie nur dem Dunklen Wanderer bei seinem eigenen Streben halfen.

Er hatte es sich zur Aufgabe gemacht, seinem Körper zu entsagen, sich der Realität zu entledigen, und ein überintelligentes Wesen zu werden, das von einem Ort jenseits der Zeit, des Raums und der Realität das Universum beherrschte. Dies war die wahre Macht. Wenn er diese Aufgabe bewältigt hatte, würde er seine treuen Diener mit den Geschenken überhäufen, die sie verdienten.

Laut den Worten des Wanderers erlaubte das Quant — ein Ort, der sich von der Realität unterschied und nur von reiner Intelligenz und Informationen angetrieben wurde — den Zugang zu Kräften im menschlichen Verstand oder, anders ausgedrückt, informationsgetriebener Kognition, mit der man die physische Realität manipulieren konnte. Der Dunkle Wanderer bildete diejenigen aus, die seine Macht benutzen konnten, und sie wurden seine Propheten und Prophetinnen. Den Rest versklavte er mit biomechanischen Fesseln und verwandelte sie in Hirngespinste, die in einem Zustand als Sklaven und Krieger dienten, der irgendwo zwischen ewiger Qual und drogeninduzierter Euphorie lag.

Lange vor der Entstehung der Galaktischen Republik, nach dem Exodus und Jahrzehnte, nachdem diejenigen, die man auf der sterbenden Erde zurückgelassen hatte, ihren eigenen Großen Sprung gemacht hatten, fing die *Moirai* umherirrende Forschungsreisende und verschollene Kolonieschiffe ab, oder sie erreichte vergessene Planeten, löschte unbedeutendere Zivilisationen aus und durchwühlte uralte Schriften und heilige Orte, um Hinweise auf den Dunklen Wanderer zu entdecken. Hinweise auf einen Ort namens Quanten-Palast. Sie machten nur langsam Fortschritte, aber es waren Fortschritte, die sie immer wieder zum Genozid führten.

Mit der Zeit kamen ihnen Gerüchte zu Ohren, dass es Forschende gab, die an einem Quanten-Bewusstsein arbeiteten. Was zu dem Überfall auf Al-Baquar Sieben führte — und der Entführung von Dr. Reina Benedetti. Ihre Forschungsarbeiten an einer Intelligenz, die der Körperlichkeit vorausgegangen war, boten dem Dunklen Wanderer den Ansatz zum nächsten Entwicklungsschritt, den er so lange gesucht hatte.

Auf der Basis von Dr. Benedettis Arbeit schmiedete der Dunkle Wanderer seine letzten Pläne, um in eine nicht-körperliche Existenz jenseits der gegenwärtigen Realität aufzusteigen. Um dies zu erreichen, musste die *Moirai* tief in die Todeszone eindringen, wo es einen Bereich gab, in dem Daten real wurden und Informationen die Realität verändern konnten. Dr. Benedettis Forschungsarbeiten hatten sich darauf konzentriert, als Arbeitshypothese natürlich, und es war ihrer Forschung zu verdanken, dass die *Moirai* damit begann, in unbekannten Gefilden zu navigieren.

KAPITEL 29

»Wenn er damit Erfolg hat«, sagte Reina mit nüchterner Stimme, »dann wird der Dunkle Wanderer quasi etwas wie — und glaubt mir, ich weiß, dass sich das verrückt anhört —, er wird zu dem werden, was wir früher mal … einen Gott genannt haben.«

Rechs, Casper und die Sanitäterin starrten die Forscherin an. Der Blick in ihren Augen sagte deutlich: *Ja. Das ist verrückt. Aber nach dem, was ich auf diesem Geisterschiff erlebt habe... Tja. Ich glaube es. Und warum auch nicht? Die Galaxie ist noch seltsamer, als wir jemals gedacht haben.*

Oder so was in der Art.

Die vier teilten sich in zwei Gruppen auf und gingen getrennte Wege. Ein ›Team‹ bestand nur aus Rechs in der beschlagnahmten, modernen Panzerung, die mit der Hilfe des Quanten-Palasts von den Wilden geschmiedet worden war. Er würde den Dunklen Wanderer daran hindern, das Raumschiff durch die Pyramide zu verlassen, die offensichtlich eine Art Tor zwischen Welten war. Der Dunkle Wanderer musste aufgehalten werden. Reina hatte das Rechs auf ihrem Weg durch die Labore des Komplexes in aller Deutlichkeit klargemacht. Sie hatte ihm Dinge gezeigt. Experimente, die niemals hätten gemacht werden dürfen. Albträume, die niemals Realität hätten werden dürfen.

Und wenn es einen Mann gab, der den Dunklen Wanderer aufhalten konnte — wenn das *überhaupt* möglich war —, dann war das wahrscheinlich Rechs, dachte Casper. Sein ältester Freund würde auf jeden Fall sein Bestes geben.

Das zweite Team, das aus Casper, Reina und der Sanitäterin bestand — die einzige Überlebende neben Rechs aus der Einheit der Leichten Mars-Infanterie — sollte zur *Lexington* zurückkehren... und die *Moirai* mit Antiraumschiffsraketen vernichten.

»Er muss aufgehalten werden«, sagte Reina, als sie sich ihren Weg durch die unteren Ebenen des Hauptwohnkomplexes bahnten. »Wenn, wie ich und andere theoretisiert haben, das Universum ein Konstrukt aus Daten ist... Information auf ihrer einfachsten Ebene, wie hier in der Todeszone... dann würde es ihm die Nutzung der Pyramide erlauben, alles auf Informationsebene umzuschreiben. Ich weiß nicht, was genau der Dunkle Wanderer ist — eine Art Verbannter oder ein Verbrecher einer toten Spezies, die wir noch nicht entdeckt haben, oder vielleicht ist er sogar einer der Alten. Aber was immer er auch ist, er ist böse. Er ist das absolute Böse. Deswegen muss Rechs ihn aufhalten. Wenn er das nicht tut... oder wir die *Moirai* nicht vernichten... dann verfügt er über das Potenzial, über alles, was wir als Realität verstehen, die Kontrolle zu übernehmen. Und ich meine alles. Ernsthaft, Casper. Er würde den Pantheon, damals auf der *Obsidia*, im Vergleich wie eine Wohltätigkeitsorganisation aussehen lassen, die freiwillig Obdachlose versorgt. Mit der Möglichkeit, die Realität nur durch seine kognitiven Fähigkeiten zu manipulieren, könnte er theoretisch das gesamte Universum mit nur einem Gedanken verändern.«

Sie waren auf dem Weg zu dem Durchgangsbahnhof, der sie an der Oberseite des Raumschiffs bis zum Heckhangardeck und zur *Lexington* zurückbringen würde. Wenn sie noch existierte. Wenn die Besatzung gewartet hatte. Wenn sie nicht von den Barbaren überrannt worden waren. Die Röhre, die zu den anderen Einschienenbahnen führte, war wie die anderen mit wirren Graffiti beschmiert.

»Wer auf diesem Raumschiff am Leben ist, ist wenig mehr als ein Tier«, seufzte Reina angewidert. »Dieser... Dunkle Wanderer... hat ihren Verstand verdreht und verbogen, bis praktisch nichts mehr von dem übrig war, was sie mal damals auf der Erde gewesen sind.«

»Was ist mit... was sie tun können...«, sagte Casper, und es war klar, dass er die Kräfte der Prophetinnen meinte, die er mit eigenen Augen gesehen hatte. Denn... als er viele Jahre später auf diesen Moment zurückblickte, erkannte er, dass Reina in diesem Augenblick genauso berauscht gewesen war von ihren Kräften, wie er schon die ganze Zeit.

»Sie sind echt«, antwortete Reina kurz, aber ernst. »Sie sind alle echt. Und es gibt einen Teil von mir, der weiß...« Sie zögerte. Die Dunkelheit des Korridors, dem sie folgten, wurde nur ab und zu von Beleuchtung durchbrochen, und das einzige hörbare Geräusch waren ihre Schritte. »Ein Teil von mir weiß, dass wir einfach hier weg sollten. Dass das etwas ist, in das sich die Menschheit niemals hätte einmischen dürfen. Dass das im Hinblick auf unsere evolutionäre Entwicklung nicht mal eine Option ist. Es gibt hier keine Zukunftsvision von uns in zehn Millionen Jahren. Wir haben hier Monster, die aus irgendeiner Leere des Universums aufgetaucht sind, die aus guten Gründen hermetisch abgeriegelt worden ist. Irgendein wahrlich finsterer Ort. Ein Teil von mir weiß, dass das die Wahrheit ist. Aber...«

Und dann fügte sie hinzu, als ob sie eine Diskussion mit sich selbst gewonnen hatte: »Das weiß ich jetzt. Ich hätte es vorher wissen müssen... Das hätte ich. Aber ich habe es nicht.«

Sie erreichten den Durchgangsbahnhof.

Der Verkehrsknotenpunkt war nun eine Art makabrer Stammestempel. Kerzen, echte Kerzen, flackerten in einer kaum spürbaren Brise unter Schreinen, die Göttern gewidmet waren, Hirngespinste aus menschlichen Knochen und Maschinenteilen. Trübe Träume von dem, was sein könnte. Räucherstäbchen mit süßem Jasminduft brannten unter Altären, die den hoffnungsvoll erwarteten Monstern gewidmet waren. Ab und zu hörten sie das Klacken und Klicken von Windspielen aus Knochen.

Casper zückte seine Handfeuerwaffe, stellte fest, dass der Wagen leer war, und die Sanitäterin, Pille, machte sich daran, die Steuerung zu verstehen, damit sie losfahren konnten. Im geisterhaften Blaulicht ihrer Geräte wirkte Reina älter. Müde. Erschöpft.

»Wie hättest du wissen sollen, dass es dazu führen würde?«, fragte Casper. Er versuchte es, er versuchte noch immer, ihr eine Art Vergebung für das zu ermöglichen, was sie entfesselt hatte. Für das, was er sie hatte tun sehen. Aber tat er das für sie oder für sich selbst? Diese Frage würde er niemals beantworten.

»Nach der *Obsidia*...«, setzte sie an, hielt dann aber inne.

In dieser kurzen Pause durchlebten sie beide ihre furchtbare Vergangenheit. Sie waren beide plötzlich unwillige Touristen, die dazu gezwungen waren, sich an einen furchtbaren Urlaub zu erinnern, jedes Mal, wenn sie über die Fotos stolperten, die sie so sorgfältig verborgen hatten. In der Hoffnung, sie nie wiederzufinden. Denn natürlich hatten sie beide diesen furchtbaren Urlaub in der Hölle durchlebt. Hatten einen langen Albtraum gelebt, in dem jeder einzelne Moment unendliche Höllenqualen brachte.

Wann immer ein religiöser Eiferer versucht hatte, Casper mit seinem Gebrabbel über die ewige Verdammnis einzuschüchtern, hatte sein Antwort immer gelautet: »Erzähl mir nichts von der Hölle. Ich bin schon da gewesen.«

Nur gestand er sich später oft ein, in der Stille seines einsamen Lebens, dass er immer noch Angst davor hatte, in die Hölle zurückzumüssen. Die kurze Kostprobe war schon schlimm genug gewesen. Und ihr Geschmack ließ darauf schließen, dass es die echte Hölle vielleicht tatsächlich gab.

Er erschauerte in diesen Momenten und hatte das Gefühl zu ertrinken.

»Nach der *Obsidia*«, setzte Reina wieder an, »habe ich meine alten Forschungsideen fallen lassen. Ich habe mich eine Zeit lang treiben lassen. Ich gebe es zu, Caspar, dass ich... verloren war. Ich war wirklich verloren.«

Casper schluckte schwer, als der Wagen zitternd in Schwung kam. Er warf ohne jeden Grund einen Blick auf seine alte Omega Seamaster. Als ob er sich irgendwie mit Rechs da draußen in den finsteren Tunneln des Geisterschiffs zeitlich abstimmte. Rechs, der mit höchster Wahrscheinlichkeit in den eigenen Tod gegangen war. Oder vielleicht versuchte er einfach, etwas zu finden, an dem er sich in einer Galaxie festhalten konnte, die in finstere Gewässer abzudriften drohte, von denen niemals Karten angelegt worden waren.

Aber, sagte er zu sich selbst viele Jahre später in dem Hochtal, während das riesige Monstrum auf ihn zustürmte, *tatsächlich war das, weil du genau wusstest, dass sie im Halbdunkel dieses Wagens deinen Gesichtsausdruck bemerkt hat.*

Diesen Blick, der sagte: *Haben wir deswegen nach... den Kontakt verloren?*

Und...

Du wusstest, dass ich dich liebte.

»Kannst du dir vorstellen, dass ich als Barkeeperin auf Oberon gearbeitet habe?«, lachte Reina, offensichtlich von sich selbst angewidert. »In einem Club, wo die Kinder Tag und Nacht und das ganze Jahr über zum Spielen kommen. Die sich besaufen und mit Drogen betäuben, nur um sich selbst zu betrügen, bis sie glauben, dass sie etwas spüren. Ich bin eine von ihnen geworden... man kann es kaum glauben. Ich habe getrunken, getanzt und... geliebt, weil...« Ihre Lippen bewegten sich, konnten aber keine Worte formen.

»Weil du wieder leben wolltest«, flüsterte Casper. Er fand die Worte für sie.

Sie nickte. In ihrem Blick lag Verzweiflung. Der verzweifelte Wunsch, dass er es verstand, und auch sie selbst.

Casper dachte über die Leute nach, die sie... gekannt hatte. Leute, die sie nicht aus ihrer Zeit auf der *Challenger* kannten oder während der Rebellion an Bord der *Obsidia*. Sie hatten sie einfach nur als eine weitere verlorene Seele angesehen, genau wie sie selbst, der es nach zeitweiliger Gesellschaft in den warmen, tropischen Nächten des paradiesischen Oberon verlangte. Sie hatten ihre Lippen gekostet und wahrscheinlich das Salz, die Limonen und den Tequila zu schmecken bekommen, für die der Planet so berühmt war.

Casper wünschte sich, nicht Casper zu sein. Wünschte sich, irgendeiner dieser Fremden gewesen zu sein, die die Gelegenheit bekommen hatten...

Im Laufe irgendeiner dieser tropischen Nächte. Dieses eine Mal hätte ihm gutgetan.

Aber sie haben sie nie so geliebt, wie du es getan hast, flüsterte die Stimme. *Wie du es immer getan hast.*

Und immer noch tust, fügte er in seinem Kopf hinzu, denn das schien zu stimmen. Immer noch.

Der Wagen nahm Geschwindigkeit auf, und sie schossen durch ein nach oben gebogenes Rohr in die Dunkelheit. Sie waren sich durchaus bewusst, dass es auf einem Geisterschiff, das von Wahnsinnigen gesteuert wurde, Hindernisse entlang der Schienen geben konnte, und dass jedes einzelne dieser Hindernisse sie mit den gnadenlosen Gesetzen der Physik töten konnte. Aber sie hatten keine Wahl. Hierzubleiben war einfach keine Option.

Reina sprach weiter, wie in Trance, und Casper fragte sich, wie lange es her war, dass einer von ihnen Schlaf bekommen hatte.

»Schließlich riss ich mich wieder zusammen und setzte meine Forschungsarbeiten fort. Aber diesmal wollte ich das Wesen des Universums verstehen. Ich wollte wissen, ob es alles reiner Zufall war oder...«

Sie starrte ihn einen Augenblick lang an. Blickte ihn herausfordernd an, als ob er von ihr fordern sollte, dass sie sich gefälligst zu rechtfertigen hätte, bei dem was sie jetzt sagen würde. Doch in seinem Blick sah sie nur Ungläubigkeit.

Sie straffte trotzig die Schultern und sprach die Worte trotzdem aus.

»Ich wollte wissen, ob Intelligenz der Körperlichkeit vorausgeht.«

Casper musterte sie verblüfft. Nicht ganz sicher, ob er ihr glauben sollte. Nicht ganz sicher, ob er sie überhaupt kannte.

»Du redest von... Intelligent Design?«

Sie nickte. »Es gibt eine Menge Gründe, warum das Sinn ergibt. Aber wenn ich ehrlich bin... die sind mir alle egal, Caspar. Glaub mir, ich habe sehr lange gebraucht, bis ich ganz ehrlich zu mir selbst sein konnte, warum ich nach dem suchte, nach dem ich suchte.«

»Und... warum hast du danach gesucht?«

Intelligent Design.

»Ich wollte Gerechtigkeit«, flüsterte sie nach einigen Augenblicken der Stille.

Casper schüttelte den Kopf. Bei all den Antworten, die er zu hören erwartet hatte - diese gehörte nicht dazu.

»Was meinst du damit?«

Sie wandte den Blick ab. Blickte nach vorne und sah zu, wie die junge Sanitäterin den Wagen durch das gebogene Rohr und die unbekannte Dunkelheit dahinter steuerte. Nur manchmal kamen sie kurz an Stellen gespenstischer Beleuchtung vorbei. Was die Dunkelheit, die davor und dahinter lag, nur umso schlimmer wirken ließ.

»Diese Dinge«, sagte Reina, während sie in die ungewisse Finsternis vor ihnen starrte. »Die sie uns angetan haben... das Pantheon... man kann sie nicht einfach löschen. Man kann sie nicht in einer Bilanzaufstellung auf Null setzen. Sie durften unmöglich mit so etwas *durchkommen*. Denn wenn man darüber nachdenkt... sind sie das. Sie sind damit durchgekommen. Wie... wie...« Es fiel ihr schwer, einen Vergleich zu finden. Dann sah sie Casper an, als ob sie sich jetzt erst daran

erinnerte, wer er wirklich war. Denn die Wahrheit lautete...
sie hatte ihn gekannt. Hatte über ihn gewacht, als er
noch ein schlafender Sklave gewesen war. Hatte ihn
aufgeweckt.

Sie hatte wie kein anderer Mensch in seinen gequälten
Geist geblickt.

Für einen Moment war da etwas zwischen ihnen
beiden, das ihm sagte, ihm bewies, dass es eine Zeit
gegeben hatte, in der sie sich in ihn hätte verlieben
können. Vielleicht vor langer Zeit. Sie hätten vielleicht...

Wenn da nicht Rechs gewesen wäre.

Ein Mann, dem alles egal zu sein schien.
Unerschütterlich in einer Galaxie, in der sich alle Objekte
und jedes Leben andauernd veränderte. Ein markanter
Fels an einem gefährlichen Küstenstrich, den Seeleute
nutzten, um den sicheren Hafen zu erreichen.

Wir waren alle Seeleute, dachte Casper. *Außer Rechs.
Er war der Leuchtturm, nach dem wir unseren Kurs
ausrichteten.*

Casper wusste, dass sie sich diese andere Möglichkeit
für sie beide im Kopf behalten hatte, genau wie er.
Aber an diesem riesigen, unerschütterlichen Fels kam
man einfach nicht vorbei. Er war der sichere Ort für die
verängstigten Kinder der Galaxie.

»Wie die Nazis«, sagte sie schließlich. »Aus dem alten
Deutschland. Du mit deinen Geschichtskenntnissen, du
kennst sie doch, oder? Du hast doch all diese Bücher
gelesen, für die du immer Geld ausgegeben hast, diese
Bücher über ›damals‹. Die Nazis, die unsere Welt vor
langer Zeit beinahe in Brand gesteckt hätten, noch bevor
unsere Mütter und Väter damit erfolgreich waren.«

Casper nickte. »Ich kenne sie«, flüsterte er.

»Wenn du die kennst, dann weißt du auch, dass sie bis zu dem Augenblick, an dem sie ausgelöscht wurden, damit beschäftigt waren, die Unschuldigen so schnell wie möglich in Öfen zu stecken. Als ob es ein Spiel für sie gewesen wäre. Als ob sie versucht hätten, irgendwelche Rekorde zu brechen, ungeachtet aller Konsequenzen. Und weißt du warum?« Sie knurrte ihn in der Dunkelheit des voranrasenden Wagens praktisch durch zusammengebissene Zähne an. »Weißt du es?«

Casper sagte nichts. Weil sie kein Interesse an einer Erwiderung hatte oder einer Antwort oder einer Erkenntnis. Oder einem Vortrag von einem ewigen Hobbyhistoriker, der all die Bücher gelesen hatte, die von sich behaupteten, alle Antworten zu präsentieren.

Sie fuhr fort. »Weil die Nazis wussten, dass es keine Konsequenzen für das geben würde, was sie da anrichteten. Sie waren nicht gläubig, ganz im Gegensatz zu den bekannten, falschen Informationen. Sie glaubten an nichts anderes als Blut und Boden. Sie waren die ultimative Tötungsmaschine der darwinistischen Evolutionisten. Sie wussten, dass das Überleben des Stärkeren zählte, und dass es für die ›Sieger‹ keine Folgen geben würde, außer in der genetischen Überlebenslotterie zu gewinnen.«

Sie sah ihm mit einem prüfenden Blick tief in die Seele.

»Also habe ich mich daran gemacht, das Gegenteil zu beweisen«, sagte sie frei heraus.

Sie fuhren in eine Haltestelle ein. Hoffentlich eine Plattform, von der aus sie einen Wagen nehmen konnten, der sie zum Heck bringen würde. Zurück zur *Lexington*.

Was ist mit Rechs, fragte diese andere Stimme Casper. *Dein ältester Freund. Er ist immer noch da draußen, und von dem Ding wird er wahrscheinlich nicht zurückkehren. Was ist mit ihm?*

Und ja, Casper hatte den Blick in ihren Augen gesehen. Der Blick, der von anderen Welten als nur dieser sprach. Von Welten, wo nur er und sie existierten, und nicht Rechs.

»Ich wollte den Pantheon auf der *Obsidia* zur Rechenschaft ziehen«, sagte Reina. »Ich wollte die Nazis und alle anderen Massenmörder zur Rechenschaft ziehen, die geglaubt haben, sie könnten damit davonkommen, Menschen zu verbrennen, zu erschießen, niederzustechen, um an die Spitze der Macht zu gelangen. Ich wollte sie *bezahlen* lassen, damit sie nicht den einfachen Ausweg des Todes gehen können. Und eines nachts, als ich unter den Sternen lag und der Tequila mit dem zusätzlichen Kick mich durch das Weltall reisen ließ, wurde mir klar, dass ich diese Befriedigung nur dann erleben würde, wenn es etwas gäbe, das größer war als wir alle. Etwas... *jemand*... nennen wir es einfach Gott. Nennen wir es Macht. Nenne es den Großen Weber. Wer immer das auch war, ich wollte jemanden haben, der sicherstellte, dass alle bösen Leute am Ende dieses Witzes, den wir die Realität nennen, für ihre Taten bezahlen. Denn wenn alles umsonst ist, wo bleibt dann da die Gerechtigkeit, wenn die Nazis einfach weitermachen, was sie machen, bis zu ihrem Tod? Wo sind *ihre* Öfen? *Ihre* Folterkammern? Wo ist ihre Gerichtsverhandlung, und wer ist ihr Richter?«

Sie starrte ihn im wechselhaften Lichtschein der vorbeirauschenden Tunnelwände an. »Wenn es jemanden gibt, der hier das Sagen hat... dann wird er derjenige sein, der uns zur Gerechtigkeit verhelfen wird. Dafür gibt es die Hölle, Casper. Und ich musste herausfinden, ob es möglich ist.«

KAPITEL 30

Das Monster, das aus dem Gebirgswald auf sie zupreschte, aus dem ihnen ein salziger Geruch in kühlen Brisen entgegenschlug, wirkte wie ein wilder Bulle. Außerdem sah es aus wie ein riesiger Gorilla. Wie King Kong, der New York zerstört hatte.

Casper kannte die Geschichte von King Kong. Eines Nachts, als sie um das Feuer in ihrem Zuhause saßen, das früher einmal zu einer Restaurantkette gehört hatte, hatte sein Vater Casper die Geschichte erzählt. Er hatte fasziniert den Worten gelauscht und sogar gelacht, weil sein Vater alle Geräusche mitgeliefert hatte und sogar wie ein riesiger Affe herumgehüpft war, der an einer Seite eines großen Hauses hinaufkletterte. Eins von diesen skelettartigen Gebäuden, die Casper manchmal in den Ruinen von Downtown Los Angeles erblickte. Zumindest diejenigen, die von den schlimmsten Schäden der Atombomben, die man auf dem Ozean, fern der Küste gezündet hatte, verschont geblieben waren.

Er hatte erst viele Jahre später, nachdem seine Eltern...

Es war erst viele Jahre später, dass er herausfand, dass *King Kong* nur ein Film war. Keine wahre Geschichte.

Aber dennoch würde er zu einer bestimmten Jahreszeit, ab und zu zumindest, davon träumen, in einer Stadt zu sein und von einem riesigen Affen gejagt zu werden. Und in der Stadt herrschte immer hektische

Betriebsamkeit. Jede Menge Leute, die wild schrien und um ihr Leben rannten.

Aber jetzt, als das Monster, das locker die Größe eines Hauses hatte, Bäume zur Seite schleuderte und in unmöglichen Sätzen auf ihn zugesprungen kam, und die riesigen Hörner auf seinem affenartigen Schädel zum Angriff auf ihn senkte, schien es ihm, dass sein Albtraum real geworden war.

Es schlug TJK-133 so hart, dass der Bot — der das Monster mit seinem Blastergeschütz aufs Korn genommen hatte — in die nahen Wälder des Hochtals flog. Casper konnte ihm nur knapp ausweichen und um sein Leben rennen, während die Kreatur aufheulte und über ihm schrie, während sie auf ihre haarige, muskulöse Brust trommelte.

Er nahm undeutlich war, dass selbst der winzige Urmo dem Ansturm ausgewichen war.

All dies fühlte sich an wie die letzten Momente der *Moirai* und sein letzter, verzweifelter Versuch, sie alle zu retten.

Als ob irgendjemand jemals irgendjemanden hätte retten können.

Es hatte Stunden gedauert. Stunden, um durch die Außendecks zu fahren, nachdem sie das Einschienenbahnsystem an der oberen Außenhülle erreicht hatten. Von dort es ging es geradewegs zum Hangardeck.

Als sie das Hangardeck erreichten, fanden sie es eingekesselt vor. Marineinfanteristen der Barbaren hatten sich an jeder Sprengtür, an jedem Hangarbalkon und Wartungsaufzug, die auf das riesige Deck führten, wo die *Lexington* wartete, hinter Stellungen verschanzt.

Casper hatte sich einen Überblick verschafft, indem er eine Reihe von Gerüsten in den oberen Ebenen des riesigen Hangarkomplexes hochgeklettert war. Von dort aus konnten sie sehen, womit sie zu tun hatten.

»Sieht mies aus«, sagte die Sanitäterin, als sie durch das Monokular der Mars-Infanterie blickte. »Wir kommen nicht durch, ohne unter Beschuss zu geraten. Ich vermute, dass wir kaum eine Chance haben, das Raumschiff zu erreichen, ohne erschossen zu werden.«

Reina wartete in den Schatten unter ihnen.

Casper lag direkt neben der Sanitäterin und nutzte seinen virtuellen Bildschirm, um die Situation zu bewerten. »Stimmt... aber die *Lexington* ist immer noch unter unserer Kontrolle«, stellte er fest. »Nattersly hat wahrscheinlich die Geschütztürme und Nahbereichskanonen auf Automatik gestellt. Diese Waffen werden auf alles schießen, was sich bewegt. Siehst du all die Leichen neben den Sprengtüren? Die lagen beim ersten Feuergefecht, als wir das Hangardeck eingenommen haben, noch nicht da. Sie haben versucht, sich ans Raumschiff ranzuarbeiten, und das wurde verhindert.« Schienenkanonen, die Bleiprojektile *en masse* abfeuerten, fügten selbst den Mensch-Maschine-Körpern dieser Nicht-mehr-Menschen schreckliche Schäden zu.

»Aber diese Nahbereichskanonen werden uns doch auch als Ziele markieren«, sagte die Sanitäterin. »Wir werden genauso abgemurkst wie die.«

»Vielleicht«, sagte Casper. Er rollte sich auf die Seite und zog einen kleinen, stiftartigen Gegenstand hervor — einen Lasermarkierer. Er stützte sich auf die Ellbogen und begann ihn mit leisem Klicken zu betätigen.

»Was tust du da?«, fragte die Sanitäterin. Sie war durch dick und dünn mitgegangen, hatte Seite an Seite mit den letzten legendären Soldaten der Leichten Mars-Infanterie gekämpft und sie im schlimmsten Kugelhagel aus der Gefahrenzone gezerrt und wieder zusammengeflickt.

Wo andere nicht überlebt hatten, hatte sie das geschafft.

Casper sah sie zum ersten Mal an. Sah sie wirklich an. Sie war nicht nur die Sanitäterin der Truppe. Sie hatten schon andere gehabt, die auch getötet worden waren.

Sie hatte braune Haare. Sommersprossen. Haselnussbraune Augen.

»Sie nennen dich Pille«, sagte er. »Wie lautet dein richtiger Name? Jemand hat ihn in der Head-up-Display-Teamliste geändert.«

Sie starrte noch einmal durch das Monokular, und es war deutlich, dass ihr diese Frage unangenehm war.

Dann: »Sanis kriegen ein Rufzeichen. Aus irgendeinem absurden Grund. Weil wir unter Kampfbedingungen arbeiten und uns nur auf unsere Aufgabe konzentrieren sollen. Aber mein richtiger Name ist Laura. Laura Maydoon.«

Casper fuhr damit fort, seinen Lasermarkierer mit leisem Klicken zu benutzen. Er hielt ihn auf das Flugdeck der *Lexington* gerichtet.

»Nun, Laura Maydoon. Dies ist eine uralte Form der Kommunikation, die man Morsealphabet nennt. Und ich teile der Besatzung mit, dass sie die Geschütze darauf einstellen sollen, unsere biometrischen Daten nicht anzugreifen. Wir werden heute nicht sterben. Wir gehen heute alle nach Hause.«

Rechs auch?, fragte diese andere Stimme.

Er erinnerte sich an den Blick, den er in Reinas Augen gesehen hatte.

»Ja«, flüsterte er. Obwohl es sich für die Sanitäterin namens Maydoon wahrscheinlich unlogisch anhörte.

Einen Augenblick später meldete sich der Antrieb der *Lexington*, wurde beständig lauter, bis er zu einem schrillen Heulen wurde.

»Na gut, die Waffen werden nicht auf uns schießen«, sagte die Sanitäterin. »Aber die Wilden schon. Wie sollen wir da durchkommen?«

Casper wandte sich ihr zu. »Einfach gehen.«

»Gehen?«, sagte sie ungläubig.

»Ja«, antwortete Casper. Er kam auf die Knie. »Diese Nahbereichskanonen lassen ständig Algorithmen laufen, die die physikalischen Begebenheiten, Abfangwinkel und jede Menge anderer Variablen berechnen. So können sie Raketen in der Leere des Weltraums abfangen, bei Geschwindigkeiten, die der menschliche Verstand nicht mal erfassen kann. Nicht nur werden diese Waffen uns nicht beschießen, sondern solange die Munition in ihren Magazinen ausreicht, werden sie alles andere, was versucht uns zu erwischen, abwehren — indem sie die Kugeln abfangen oder ihren Urheber ausschalten.«

»Was du sagst, ist, wir marschieren durch einen Kugelhagel und erreichen so die Laderampe?«

»Theoretisch.« Casper lächelte.

»Theoretisch!«

»Wir haben dieses System für einen Erstkontakt entwickelt, bei dem man uns möglicherweise feindselig gesinnt ist. Es sorgt dafür, dass wir nicht ausgelöscht werden, sollten die Eingeborenen uns plötzlich angreifen.«

»Hat man dieses System jemals in einem solchen Szenario eingesetzt?«

»Es gibt für alles ein erstes Mal, Corporal Maydoon. Außerdem... das ist der einzige Weg da durch. Zumindest sehe ich keinen anderen.«

Die junge Frau schluckte schwer. Und Casper sah den Blick in ihren Augen. Ein Blick, der deutlich machte, dass sie weiterleben wollte. Dass heute kein guter Tag war, um zu sterben.

Sie knabberte an ihrer Lippe und nickte in dem Wissen, dass sie erneut ihre harte Arbeit auf die harte Tour tun musste.

»Wenn es nichts anderes zu tun gibt, als zu kämpfen, dann kämpfe«, flüsterte sie sich selbst zu.

»Was?«, fragte Casper.

»Ich bin dabei. Auf geht's.«

Casper sah zu Reina hinunter, die ihrem Wortwechsel schweigend und ohne ein Urteil zu fällen gefolgt war. Sie nickte einfach.

Als alles bereit war, gab die Besatzung der *Lexington* das Zeichen. »Sie sind so weit«, sagte Casper. »In dreißig Sekunden werden sie das Feuer eröffnen. Sie werden außerdem Rauchgranaten abschießen, um uns Deckung zu geben. Reina, nimm meine Hand. Corporal Maydoon, einfach auf Kurs bleiben und dem Head-up-Display zum Schiff folgen. Alles klar?«

Die junge Frau versuchte etwas zu sagen, aber was immer sie hatte sagen wollen, es blieb ihr im Hals stecken. Stattdessen hob sie einfach ihren Handschuh und tippte bestätigend gegen ihren Helm.

Sie gingen eine Treppe hinab und bogen in einen kurzen Flur ein. Casper warf vorsichtig einen Blick um die Ecke. Ein Team der Marineinfanteristen der Barbaren bewachte den Ausgang auf das Hangardeck.

Und dann stand ihnen noch der lange Fußmarsch durch umherzischendes Blei bevor.

Casper warf eine Splittergranate und wartete auf die Explosion. Nachdem sie bis drei gezählt hatten, wirbelten er und Maydoon aus der Deckung hervor und feuerten auf alles vor ihnen, während Reina außer Sicht blieb, mit dem Rücken an der Wand.

Jenseits der toten Wachen lag die achteckige Öffnung, die auf das riesige Hangardeck des weitläufigen Generationenraumschiffs führte. Einen kurzen Augenblick lang erblickte Caspar, weit hinter der Landebahn und vorbei an den anderen Landebuchten, durch die Öffnung in der Außenhülle, die Todeszone.

Und wo sich der Weltraum befinden sollte... war nichts.

Das ist jetzt unwichtig, ermahnte er sich und verdrängte die Bilder vor seinem inneren Auge, die nur in den Wahnsinn führen konnten.

Sie machten sich auf zum Hangardeck. »Denkt dran, geht langsam«, sagte er über den Kanal. »Hetzt euch nicht. Die Nahbereichskanonen werden es viel leichter haben, uns zu schützen, wenn wir uns langsam und gleichmäßig bewegen und ihnen damit die Zeit geben, die Abfangschüsse zu berechnen.«

Vor ihnen erhob sich die mächtige *Lexington* — mächtig in ihrer Zeit, aber winzig, gemessen an den Standards der Zukunft — auf ihren vier Landegestellen, das vordere Flugdeck nach oben und nach vorne gerichtet wie ein stolzer Raubvogel, die Flügeltriebwerke zur Seite gestreckt. Aus den Abschussvorrichtungen entlang der Hüllenoberseite stieg Rauch auf. Die Nahbereichskanonen eröffneten im selben Augenblick das Feuer wie die Barbaren auf die drei Überlebenden der Rettungsmission.

Der wogende Rauch kam auf sie zu wie eine Flutwelle aus blütenweißer Baumwolle. Die massiven Nahbereichskanonen eröffneten mit einem ohrenbetäubenden *BRAAAAAPP* den Kampf. Ihre Prozessoren berechneten jede Flugbahn und füllten den Raum zwischen ihnen und den feindlichen Geschossen mit Wolken aus zischenden Bleikugeln, sodass sie nicht getroffen werden konnten.

Casper spürte, wie sich Reinas Fingernägel in seine Hand gruben, als sich ihr Körper versteifte. Der Rauch raste ihnen entgegen, verschlang sie, und das Geräusch von Kugeln, die auf andere Kugeln trafen, umgab sie auf allen Seiten. Die Querschläger entfernten sich mit schrillem Kreischen, während mathematische Berechnungen, die der menschliche Verstand nicht leisten könnte, angestellt wurden, um ihnen das Leben zu retten und sie vor allen Gefahren zu bewahren. Das Getöse der Waffen ließ das Deck, ja, selbst die Luft erzittern. Der Lärm war gewaltig, ungeheuerlich und begleitet von Wirbelstürmen unsichtbarer, wütender Wespen, die ihren unvorstellbar schnellen Zielen entgegenrasten. Der wütende Hornissenschwarm der Kugeln zerfetzte die Rauchwolken, selbst als noch mehr Rauchgranaten abgefeuert wurden, um die entstehenden Lücken wieder aufzufüllen.

Reina schrie laut.

Von Maydoon hörte Casper nichts.

»Noch da, Corporal?«, rief er und drehte die Lautstärke auf seinem Kanal hoch. Er konnte sie durch den Rauch und das vorbeizischende Metall nicht sehen. Was, wenn sie in Panik geraten und gerannt war?

Die Aufbauten der *Moirai* wurden ohne jeden Zweifel durchlöchert. Wahrscheinlich verlor sie sogar in weiter entfernten Abteilungen bereits Sauerstoff, weil einige der Querschläger die Außenhülle durchschlugen und ihren Weg ins All fanden.

Nein, nicht das All. Was immer er jenseits des Hangarausgangs gesehen hatte.

Denke nicht darüber nach, was du gesehen hast, schrie er sich selber an.

»Nicht rennen!«, brüllte er durch den Äther Corporal Maydoon entgegen. Er wollte, dass das Leben der jungen Frau nicht hier endete. Zu viele Leben hatten heute schon ihr Ende gefunden.

Nur nicht sie. Lass sie es schaffen.

Lass mich nur eine retten, dachte der Teil seines Verstands, der schon immer alle hatte retten wollen, und das seit dem Tag, als er nicht in der Lage gewesen war, seine Eltern vor mörderischen Herumtreibern und Schlägern zu schützen, denen es völlig egal war, ob die Welt versuchte, sich wieder in Ordnung zu bringen. Die nie Schweinen bei der Geburt geholfen hatten. Oder Mais angebaut hatten. Oder... oder... oder...

Er hatte nie um seine Eltern geweint.

Das hatte er nicht.

Die Welt war immer zu grausam gewesen, als dass er sich den Luxus hätte leisten zu können, um sie zu trauern.

Aber jetzt, Hunderte Jahre später, in der Mitte eines Wirbelsturms des möglichen, plötzlichen Todes, schossen ihm die Tränen in die Augen.

Ich habe versucht, euch zu retten, dachte er. *Und ich habe versagt.*

Er streckte im Rauch eine Hand nach der jungen Sanitäterin aus. Brüllte immer wieder nach Corporal Maydoon.

»Nimm meine Hand! Nicht rennen!«

Ich werde dich retten. Ich werde dich retten. Ich werde dich retten.

Aber er konnte die junge Frau in keiner Richtung sehen.

Aber dann, dann hatte er sie.

Seine Hand ertastete ihren Arm. Und zog sie an sich heran. Er spürte, wie ein alter Handschuh der längst vergessenen leichten Mars-Infanterie ihn packte. Er konnte sie atmen hören, so schnell, dass es ihm fast schien, als würde sie nach einer plötzlichen Dekompression das letzte bisschen Luft in sich hineinpressen wollen.

»Ich hab dich!«, brüllte er.

Er konnte sie durch den Rauch immer noch nicht sehen.

Aber er hatte sie.

Und er zerrte sie und Reina durch all dies hindurch. Bis zur Laderampe. Hinein ins Raumschiff.

In Sicherheit.

Die *Lexington* zündete ihre Manövriertriebwerke und löste sich aus dem wogenden Rauch. Sie hatte ihre Landegestelle bereits eingefahren, und das Raumschiff schwebte in der Luft, bereit zum Abflug.

Die Nahbereichskanonen verstummten. Ihre Magazine waren leer.

Das Monster hatte sein Brüllen eingestellt.

In dem Hochtal jenseits der endlosen Wüste hatte das Monster sein scheinbar endloses Gebrülle eingestellt.

Das affenartige, bullenähnliche Monstrum hatte sie angeheult, als ob es sie damit in irgendeine Unterwelt hätte verbannen können. Als ob die Anwesenheit des Menschen und dem, was immer Urmo auch darstellte, es beleidigte.

Aufgrund seiner Größe, Geschwindigkeit und Schrittlänge gab es keinen Ort, an den man hätte fliehen können. Es gab keine Chance, sich irgendwo zu verstecken. Es gab keine Waffen. Nichts.

Als Casper unter seiner drohenden Präsenz stand, jenseits des Randes der Galaxie auf einem Planeten, den es niemals hätte geben dürfen... kam er mit sich selbst ins Reine. Was man oft tat, wenn es keine anderen Möglichkeiten mehr gab.

Das riesige Monster erhob sich über ihm und hob seine Fäuste, die so groß waren wie Hämmer, die es noch nie gegeben hatte.

KAPITEL 31

Die albtraumhafte Vergangenheit und die schreckliche Gegenwart prallten in Caspers Verstand aufeinander, als er unter dem wütenden Blick des Monsters erstarrte. Er stand wie angewurzelt. Er konnte sich nicht schnell genug bewegen, um zu entkommen. Es gab kein Hindernis, hinter dem er sich verstecken könnte, nichts, was er zwischen sich und die Bedrohung bringen konnte.

Er konnte nichts tun. Er war den ganzen Weg durch die Zeit und die Galaxie bis hierher gekommen... nur um so zu enden.

Als er auf das Unausweichliche wartete, rief das kleine Wesen neben ihm sinnlos, aber trotzig zu dem brüllenden Riesen hinauf.

»URMO! URMO! URMO!«

Es war ein kleiner Akt des Widerstands gegen etwas, das größer war, als es der bloße Verstand begreifen konnte. Es war wie Rechs noch einmal dabei zuzusehen, wie er in den letzten Momenten der *Moirai* gegen das Unvermeidliche kämpfte.

»Erster Offizier!«, rief Casper, sobald die Luke hinter ihnen geschlossen war. Der Gerätemechaniker, Chief genannt, und die Schiffsärztin stürzten sich auf Reina, Corporal Maydoon und Casper. Casper brüllte in sein Unterarmfunkgerät, damit man ihn trotz des lauten Aufheulens der Manövriertriebwerke der *Lexington* hören konnte. Das Raumschiff drehte sich ohne Zweifel schon und machte den Hauptantrieb bereit für einen schnellen Abflug. »Bringen sie uns hier raus! Optimale Geschwindigkeit!«, rief er der Flugbesatzung zu.

Und dann stürmte er durch die engen Gänge in Richtung des Flugdecks.

Als er es zum Bug geschafft hatte, durchflog die *Lexington* gerade die Kraftfeldgrenze des Hangars und erreichte das, was der offene Weltraum hätte sein sollen. Stattdessen flogen sie in etwas hinein, das einem Nebel aus wirbelnden, vielfarbigen Gasen, Gewitterstürmen und gewaltiger Gravitationsfelder ähnelte, die aus... aus etwas bestanden, was Caspers Verstand als *Energieheuschrecken* bezeichnete.

Nur war dies kein Nebel. Wo die Gase in einem Nebel dichte Sturmfronten gebildet hätten, bewegten sich und wirbelten diese... was immer sie auch waren... Energieheuschrecken herum und interagierten mit anderen Fronten aus verschiedenfarbigen... Insekten. Und dahinter befanden sich weitere Insektenschichten. Und hinter denen noch mehr. Es legten sich Schicht um Schicht der sich bewegenden Insektenstürme übereinander bis in weite Entfernung, und dies erinnerte an den Tiefenraum.

»Wo sind wir?«, hörte er sich selbst die Flugbesatzung fragen.

Der Erste Offizier tauchte an seiner Seite auf. »Wir haben keine Ahnung, Captain. Keine Hinweise auf Sterne. Keine Sternenfelder. Nichts. Wir sind vielleicht nicht mal mehr in der Realität, wie wir sie als unsere eigene kennen. Ich habe genauso wenig Ahnung wie Sie, Sir.«

Casper beugte sich vor und legte die Hände auf die Rückenlehnen der Pilotensitze. Er starrte durch das metallverstärkte Cockpitfenster.

»Es nennt sich der Quanten-Palast.« Reina war da. Sie stand hinter ihnen. Sie sprach mit weicher Stimme, fast schon rau. Als ob sie sich in Trance befände.

Casper drehte sich zu ihr um.

Die *Moirai* fiel langsam hinter der sich fortbewegenden *Lexington* zurück. Das Raumschiff schwankte und hüpfte.

»Was ist das? Der Quanten-Palast?«, fragte er sie.

Sie bewegte sich nach vorn. Berührte seine Hand.

»Etwas sehr altes. Etwas, das wir nicht vollständig verstehen. Aber... soweit ich das beurteilen kann... ist es wie ein Computer, und ist es auch wieder nicht. Es kann mit der Galaxie sprechen. Es gibt einige Verarbeitungsfunktionen, mit denen wir uns vertraut gemacht haben.«

Wir, dachte Casper. Die Antwort, die er in seinem eigenen Kopf hörte, gefiel ihm nicht.

»All das«, sagte sie und deutete auf die sich bewegenden, umhertänzelnden Energieheuschreckenschwärme, die immer wieder neue Formen annahmen und sich mit anderen Schwärmen verbanden, »sind Daten. Rohdaten. Daten von vor langer Zeit, und ich vermute auch von heute. Dies war wohl ein Projekt der Spezies, die wir alle die Alten nennen. Sie haben ein... Archiv für das gesamte, von ihnen erworbene Wissen angelegt. Auch das Wissen derer, die vor ihnen da waren. Die Todeszone war, wenn man das so nennen will, der Ansatz, wie Daten gespeichert wurden. Anders ausgedrückt sind wir in einer Art Taschenuniversum, in dem alles in Daten umgesetzt werden kann. Es ist ein Beispiel dessen, was ich zu beweisen versucht habe.«

»Das ein Gedanke der Körperlichkeit vorausgeht?«

Reina nickte. Er bemerkte, wie ein Hauch von Schuld durch ihre wunderschönen grünen Augen huschte.

»Und die anderen Raumschiffe, die hier verlorengegangen sind?«

»Die sind wahrscheinlich alle noch hier. Irgendwo. Und nicht in der Lage herauszufinden, was eigentlich los ist. Nur um irgendwann zu sterben, wenn ihre Lebenserhaltungssysteme den Geist aufgeben oder die Vorräte aufgebraucht sind. Oder sie haben einen Weg hinausgefunden, zumindest ist das unsere Theorie, der in andere Galaxien führt... oder sogar in eine andere Zeit.«

Casper starrte sie ungläubig an.

»Oder sogar andere Realitäten. Paralleluniversen. Aber das alles sind nur Vermutungen. Wir können nur mit Müh und Not verstehen, wie so ein Ort überhaupt existieren kann. Wir wissen ja nicht mal wirklich, was er *tut*. Oder wie wir ihn benutzen können. Wir haben... experimentiert.«

Er straffte sich. Starrte sie an. Wusste, dass das, was als er Nächstes sagen würde, alle Möglichkeiten, die sich auf ihn... und sie bezogen hatten, schlagartig ändern würde.

»Du hast mit ihnen zusammengearbeitet.«

Er klang wütend. Sah sie scharf an. Deutete mit dem Daumen über seine Schulter auf den riesigen Zylinder des Rama-Klasse-Raumschiffs, das als die *Moirai* bekannt war.

Sie nickte. Kaum merklich.

Dann senkte sie den Blick. Als sie wieder das Wort ergriff, konnte er nicht mit Bestimmtheit sagen, ob sie schluchzte oder nur sehr leise sprach. Oder ob ihre Stimme einfach von dem Rauch und der Schießerei auf dem Hangardeck ruiniert war.

»Als wir einige Berichte durchgegangen sind von Überlebenden der Überfälle, die die *Moirai* auf die Kolonien durchgeführt hat... hat unser Wissenschaftsteam Wind bekommen von dem, was sie taten. Wonach sie suchten. Die Fragen, die sie den wenigen gestellt hatten, die es schafften, ihre Angriffe und Befragungen zu überleben... sie haben uns zu gewissen Schlussfolgerungen geführt. Mit der Zeit haben wir festgestellt, dass die *Moirai* in die Todeszone flog... und wieder herauskam. Unvorstellbarerweise.«

Sie hielt inne.

»Beidrehen«, befahl Casper. Seine Stimme klang hart und grausam.

Sie sah überrascht auf. Aber der Blick in seinen Augen forderte sie auf, ihren Verrat abschließend zu erklären.

»Wir haben Kontakt hergestellt«, sagte sie. »Ich... habe Kontakt hergestellt. Ja. Ich habe ihnen angeboten, mit ihnen zusammenzuarbeiten.«

»Warum?«, fauchte Casper.

»Weil sie nah daran waren, alles zu wissen, was gewusst werden kann. Verstehst du nicht, was das Ding *tut*, Caspar?« Sie brüllte ihm praktisch ins Gesicht. »Das Ding, von dem wir umgeben sind. Es macht die intuitiven Sprünge. Weil alle Daten hier sind, und alles, was du brauchst, um Wunder zu wirken, ist es, die Daten zu verarbeiten und die fehlenden wissenschaftlichen Informationen hinzuzufügen, um eine Antwort zu bekommen. Krebs. Den Raum falten. Interdimensionales Reisen. Ewiges Leben. Das ist alles hier, Caspar. Testen, entwickeln, entwerfen, und der Palast wird dich zu einem Ergebnis bringen, das du messen, dekonstruieren und ableiten kannst. Wenn ich jemals die Antwort auf die Frage bekommen wollte, ob der Gedanke der Körperlichkeit vorausging, auf dieser Seite des Todes, dann hier. Und sie haben mir den Zutritt ermöglicht.«

Sie starrte ihn genauso kalt an wie er sie. Sie bedauerte nichts.

»Also habe ich es getan«, flüsterte sie. Ihre Stimme war kaum noch zu hören.

Doch dann riss sie sich wieder zusammen. Sie sah kurz zur Seite und wandte sich dann wieder ihm zu. Und diesmal lag in ihrem Blick reines Gift. Und eine Herausforderung. Die Herausforderung, sie dafür zu verurteilen, was sie getan hatte.

»Sie wollten es auch wissen«, zischte sie. »Genauso sehr wie du und ich es jetzt und hier wissen wollen.«

Casper zuckte zusammen. Sein Kopf neigte sich unbewusst zur Seite, um sie misstrauisch zu mustern. Als ob er ein gefährliches Tier im Blick behalten wollte, auf das er draußen im Wald getroffen war. Als ihm das klar wurde, senkte er den Blick wieder und starrte ihr ins Gesicht, während er der Besatzung Befehle erteilte.

»Erster Offizier, Antiraumschiffsraketen bereitmachen.«

Eine kurze Pause folgte, in der sich niemand an Bord bewegte.

»Tun Sie's. Sofort!«, knurrte er, ohne den Blick von Reina zu nehmen.

Die Brückenbesatzung und das Waffendeck setzten sich in Bewegung.

»Reichweite auf maximale Entfernung stellen!«, befahl der Erste Offizier.

»Dreißig Sekunden«, lautete die Antwort des Piloten.

»Waffenoffizier — eins und zwei entsiegeln«, sagte der Erste Offizier.

Der Waffenoffizier an der Rückseite des Flugdecks antwortete, dass beide Antiraumschiffsraketen einsatzbereit waren. Dann fügte er hinzu: »Zielerfassung wird gerade berechnet.«

Casper sah, wie sich ihr Gesichtsausdruck in der Stille veränderte. Es verwandelte sich von der gnadenlosen Hexe, die in der Nacht einen Pakt mit dem Teufel geschlossen hatte... zu der jungen Frau, die er früher mal gekannt hatte. Die Frau, die seinen besten Freund geliebt hatte. Und vielleicht sogar ihn.

»Du wirst ihn töten, wenn du schießt.«

Sie wussten beide, wen sie meinte.

Casper schüttelte den Kopf und wandte sich ab, um die *Moirai* zu betrachten, die schräg vor ihnen schwebte.

Er beugte sich vor und deutete mit dem Finger auf den Zielerfassungsbildschirm. »Auf diese Stelle feuern«, murmelte er und deutete in Richtung des Bugs. »Ein Torpedo. Sobald er detoniert, fliegen wir in die Aufbauten hinein. Kommunikation, Sensoren, ihr müsst nach Major Rechs' Transpondersignal scannen.«

»Bereit zu feuern«, verkündete der Waffenoffizier von der Rückseite des Flugdecks.

»Bereit zu feuern«, bestätigte der Erste Offizier.

»Feuer«, befahl Casper.

Die Antiraumschiffsrakete zischte aus ihrer Röhre und ließ beim Abschuss das gesamte Raumschiff erzittern. Dies waren die mächtigsten Waffen im Arsenal der Terranischen Navy, und das würden sie auch für viele Generationen bleiben.

Dann zeigte Casper dem Piloten die Flugbahn, die sie in den Aufbauten der *Moirai* einschlagen würden.

Die Besatzung sah zu, wie die Rakete in die Energieheuschreckenleere zischte, das glühend heiße Triebwerk fast schon bläulich, wie ein Stern tänzelnd, und zielsicher auf den alten Zylinder zuraste.

Sie schlug ein.

Ein Stern flammte kurz im Datensturm auf und überflutete den sich verändernden Himmel mit plötzlicher Helligkeit, dann löste sich die Vorderseite des riesigen Zylinders ab und Trümmer explodierten in alle Richtungen.

»Jetzt, jetzt, jetzt!«, befahl Casper der Brückenbesatzung. »Manövriertriebwerke, volle Kraft. Das wird ganz schön knapp.«

Man hätte vielleicht einen der Piloten sagen hören, dass ›knapp‹ wohl eine Untertreibung allererster Güte sei.

Die Angriffsfregatte schloss schnell zum brennenden Bug der *Moirai* auf, bis das riesige Raumschiff das Cockpitfenster ausfüllte und den Eindruck erweckte, die *Lexington* würde geradewegs in das brennende klaffende Maul eines riesigen Aals fliegen.

Und dann waren sie drin. Im Raumschiff, im aufgerissenen Hauptwohnkomplex. Sektionen der Landschaft wurden in einem Malstrom unzähliger Brände ins Nichts gerissen. Die *Lexington* musste gegen schwere atmosphärische Turbulenzen in Sturmstärke ankämpfen. Ein seltsames Trümmergemisch flog an ihnen vorbei in dem Versuch, mit dem Tornado durch den aufgerissenen Bug zu entkommen.

»Das ist Wahnsinn«, zischte der Pilot durch zusammengebissene Zähne.

Die *Lexington* wechselte ihre Position mit Hilfe der Manövriertriebwerke, die der Maximalschub laut aufheulen ließ, weil sie einem tatsächlichen Gebäude ausweichen mussten, dass sich aus der Landschaft gelöst hatte und direkt auf sie zuflog. Einen Augenblick später stürzte etwas wie ein Traktor auf sie und krachte gegen die Bugdeflektoren, wo es sich in einem bunten Regen aus Einzelteilen und verdrängter Energie selbst vernichtete.

»Sie schafft das schon«, sagte der Erste Offizier, als sich die Warnleuchte der Notfallenergie einschaltete und ein lautes Alarmsignal von der Schadenskontrollkonsole ertönte. »Batterieenergie wird auf die Bugdeflektoren umgeleitet.«

Die wahnsinnige Welt innerhalb des riesigen Generationenraumschiffs drehte sich und verbrannte gleichzeitig. Die Außenhülle der *Moirai* entzündete sich und fing Feuer. Große Sektionen begannen zu schmelzen. Die *Lexington* raste vor den immer katastrophaleren Schäden davon, die ihnen vom Bug aus folgten.

»Ich habe die Landezone«, rief der Co-Pilot, der auf das Bodensensorendisplay blickte. »Flugbahn ist jetzt eingegeben.«

Casper wandte sich an die Sensoren-/Kommunikationsstation. »Irgendeine Spur von Major Rechs?«

Es folgte eine lange Pause, in der nichts zu hören war, außer dem Heulen des Windes, der am Rumpf der Angriffsfregatte vorbeiraste. Das Raumschiff ging in den Sinkflug in Richtung der absurden

Pyramiden, die sich auf der gekrümmten Ebene des Hauptwohnkomplexes befanden.

»Hab ihn!«, schrie der Mann an den Sensoren.

Casper warf einen Blick auf die Lagedarstellung. Rechs' Signal zeichnete sich nun ab. Er war da unten, zwischen den Pyramiden.

Vier Pyramiden, genau wie auf allen anderen Welten, die sie jemals entdeckt hatten.

»Und da unten ist noch jemand.«

Aber Casper war schon nicht mehr auf dem Flugdeck, sondern auf dem Weg zurück in den Frachtbereich und zur Laderampe.

Als er den Frachtraum erreichte, befahl er dem Gerätemechaniker, den Sauerstoffgehalt in der Umgebung zu berechnen.

Der Mann zog sein Tablet hervor und warf einen Blick auf die Daten, die die externen Sensoren ihm zur Verfügung stellten. »Das ist ein riesiges Raumschiff, Sir. es ist zwar leckgeschlagen, aber es wird schon noch ein paar Minuten dauern, bevor der gesamte Sauerstoff verbraucht ist. Maximal fünf Minuten aber. Ich kann Sie in einen Raumanzug stecken, aber das dauert mindestens zehn Minuten.«

»Raus aus dem Laderaum, Chief.« Als der den Eindruck vermittelte, als ob er dagegen protestieren wollte, schnitt Casper ihm das Wort ab: »Das ist ein Befehl.«

Als er alleine war, öffnete er die Frachtraumluke.

Das Raumschiff befand sich nun gut hundertfünfzig Meter über der albtraumhaften Ebene, die sich in einen apokalyptischen Staubsturm verwandelt hatte.

Sein Funkgerät meldete mit einem kurzen Piepsen, dass jemand Kontakt herzustellen versuchte. »Captain. Die Außenhülle am Bug bricht zusammen. Wir haben höchstens noch zwei Minuten. Das Ding wird über uns einstürzen.«

»Achten Sie nicht drauf. Bringen Sie uns so nah wie möglich an den Major ran.«

Die *Lexington* flog eine Schleife um die Pyramiden und verlor an Höhe. Jenseits der offenen Frachtraumluke zischten tödliche Trümmer wie wirbelnde Phantome in einem Sturm an ihnen vorbei.

Aber der Pilot der *Lexington* war gut, und er brachte die Fregatte quer zur Pyramide, die Frachtraumluke im optimalen Winkel, damit sie so nah wie möglich an Rechs herankamen.

Rechs klammerte sich mit einer Hand an der Kante einer der Pyramiden fest. Mit der anderen feuerte er auf ein groß gewachsenes Wesen, das in ein zerfetztes Leichentuch gehüllt war.

Den Dunklen Wanderer.

Der Wind heulte, kreischte und pfiff, drohte Rechs' verzweifelten Griff zu lösen und Casper die Luft aus den Lungen zu reißen. Die Luft wurde mit jeder Sekunde dünner.

Rechs war immer noch zwanzig Meter von ihm entfernt.

»Captain«, meldete sich der Pilot über den Kanal. »Wir können diese Position halten, aber wir können nicht noch näher ran.«

Die Triebwerke heulten und jammerten. Das Raumschiff wurde im Sturm hin- und hergeworfen.

Draußen, jenseits der unüberbrückbaren Leere, wandte sich Rechs ihm zu und schüttelte den Kopf. Die Aussage war klar. Sie sollten ihn zurücklassen. Jetzt.

»Hier spricht der Captain«, sagte Casper über sein Funkgerät. »Bringen Sie uns windwärts. Ich mache das

Lastenseil an meinem Tragegurt fest. Geben Sie mir etwa dreißig Meter Spiel und versuchen Sie dann, mich so nah wie möglich an ihn ranzubringen.«

Er kümmerte sich nicht um ihre Proteste. Stattdessen machte er sich mit dem Lastenseil und einer Reihe von Schraubenkarabinern an die Arbeit.

Einen Augenblick später quälten sich die Triebwerke der *Lexington* und heulten laut auf, als das Raumschiff zur Seite und nach oben glitt, weg von Rechs. Casper trat in die Leere des heulenden Sturms.

Einen scheußlichen Moment lang spürte er, wie er schwebte, und dann wurde er brutal nach unten gerissen. Nur dass er seitwärts über die mit Trümmern übersäte Hüllenlandschaft zu fliegen schien, die Schlagseite bekommen hatte und in Drehung geraten war. Über ihm und unter ihm schien die Außenhülle in Flammen zu stehen, ein brennender Metallhimmel. Große Sektionen wurden durch Explosionen abgerissen, die dann durch die Aufbauten fegten.

Casper hatte noch genügend Zeit, sich zu fragen, ob das Seil halten würde, bevor auch noch das letzte bisschen Luft aus seiner Lunge gepresst wurde, als es sich schlagartig straffte. Sterne funkelten kurz vor seinen Augen, und für einen Moment wurde er ohnmächtig. Er baumelte hilflos in der Druckwelle des an ihm vorbeizischenden Sauerstoffs.

Er war nicht weit von Rechs entfernt. Aber er war zu weit entfernt, als dass er ihn jemals würde erreichen können. In diesem orkanartigen Sturm konnte man nicht springen. In diesen Böen konnte man sich nirgendwo festhalten. Wenn Rechs die Hand nach ihm ausstrecken wollte, dann müsste er die Pyramide loslassen. Und dann...

Finsternis.

KAPITEL 32

Das Monster im Hochtal jenseits der endlosen Wüste brüllte wie ein riesiger, gigantischer Dämon aus einer unbekannten, niederen Hölle. Als sein Maul aufklappte, kamen unvorstellbar lange Fangzähne zum Vorschein. Muskulöse, affenartige Arme streckten sich nach Casper aus.

Casper fiel mit dem Rücken auf den Boden, völlig hilflos unter diesem Riesen.

Er sah nur Urmo vor sich stehen.

Und dachte... *er wird ihn einfach über den Haufen rennen, und es nicht einmal bemerken, während er auf mich zustürmt.*

Denn er kam auf ihn zu.

Der Boden erzitterte.

Und die verlorene Welt um ihn herum verschwand.

Als Casper wieder zu sich kam, befand er sich noch immer am Ende des Seils im Sturm und wurde von den heftigen Winden, die dem fernen Bug entgegenströmten, hin- und hergeschleudert. Aber Rechs hatte ihn gepackt. Hatte sich an Caspers Tragegut geklammert, wobei seine schwere Panzerung drohte, den Tragegurt abzureißen und sie dem Wirbelsturm zu übergeben.

»Zieht uns rein!«, keuchte Casper in der dünnen Luft. Und hoffe, dass sein Funkgerät das weitergeben würde. Hoffte, dass sie auf den externen Kameras zusahen.

In diesem Augenblick sah er zur größten Pyramide hinüber. Ein Gegenstand von der Größe eines Schlachtschiffsgeschützes war gerade an ihnen vorbeigezischt. Sie wurden in den hellen und sauberen Frachtraum hochgezogen, während um sie herum der Sauerstoff in den Bränden verbraucht wurde. Der riesige Gegenstand hätte sie beinahe frontal erwischt. Hätte sie beinahe in die schneller voranschreitende Zerstörung des Raumschiffs gezogen.

Dann wären sie für immer verloren gewesen.

Es wäre ihr Ende gewesen.

Und damit das Ende von allem, das noch hätte sein können.

Doch der Gegenstand verpasste sie und lenkte lediglich Caspers Aufmerksamkeit auf die zentrale Pyramide. Sie sah genauso aus wie alle anderen rätselhaften, unzugänglichen Pyramiden, die die Forschungsreisenden auf anderen Welten entdeckt hatten. Versiegelt. Unzugänglich für jede Untersuchung. Sie bewachte die Geheimnisse derer, die die Leute die Alten nannten, ohne tatsächliches Wissen über sie zu haben, ohne zu wissen, wer oder was sie gewesen waren. Ihre kantigen Oberflächen widerstanden jeder Prüfung, jedem Schnitt, Schaden oder dem Versuch, in sie einzudringen.

Nur stand *diese* Pyramide an der Seite, die ihm zugewandt war, offen. Und darin befand sich... ein leerer Ort im Universum, der seinen Blick erwiderte. Nicht einfach nur Raum wie in Weltraum. Nicht nur Leere wie in Nichts. Sondern ein leerer Ort im Bekannten. Ein Ort, den man sehen konnte, obwohl der Verstand es einem verbot.

Und in diesen Ort ging ein groß gewachsenes Wesen hinein, gehüllt in ein Leichentuch, humpelnd. Den Kopf nach unten, die Arme ausgebreitet, als ob er durch das Meer waten würde.

In der Mitte eines Orkans war dies ein Ding der Unmöglichkeit. Im Inneren eines Raumschiffs, aus dem Sauerstoff entwich und das sich in seine Bestandteile auflöste. Die Physik, Schwerkraft, Masse, Energie, Bewegung, alle Gesetze, die das Undefinierbare definierten, wurden vor seinen Augen gebrochen.

Er hatte sich oft gefragt, in den ruhigen Momenten seiner langen Suche nach der Antwort auf die Frage, was diese Macht darstellte, ob er nicht einfach aufgrund des Sauerstoffmangels halluziniert hatte.

Möglich.

Der Dunkle Wanderer verschwand in den leeren Raum im Inneren der Pyramide.

Er war fort.

Und dann wurde Casper erneut ohnmächtig. Es war kein Sauerstoff mehr vorhanden.

Das brutale Monster war wie angewurzelt stehen geblieben und erhob sich drohend über Casper. Mitten im Angriff. Es war stehen geblieben, als wäre es gegen eine unsichtbare Wand gekracht. Erde und Trümmer flogen ihnen entgegen, als sich seine furchtbaren Krallen in die Erde dieser verlorenen Welt gruben.

Casper öffnete die Augen.

Er hatte sie geschlossen, da er nur noch den Tod erwartet hatte. Er hatte sonst nichts mehr erwartet — außer vielleicht die Antwort auf alle Dinge.

Stattdessen hatte er hier wieder zu sich gefunden. Am Ende seiner Selbst.

Endlich.

Im Hochtal des verlorenen Planeten. Jenseits der Wüste.

Und Urmo stand zwischen ihm und dem gewaltigen Riesen, der im Begriff war, seine Existenz auszulöschen.

Nun konnte nichts anderes mehr getan werden. Außer zu sterben.

Es herrschte Stille im Tal. Das Monster hatte sein Brüllen eingestellt.

Er hörte in der Ferne ein leises Summen, das dem Stimmengewirr in einem Kloster ähnlich schien.

Als er mühsam auf die Beine kam, sah er, dass der dreieckige Schädel des riesigen Monstrums langsam hin- und herwankte. Seine alizarinbraunen Augen wirkten geistesabwesend. Die wuchtigen Schultern sackten ein, und auch sie schlossen sich nun dem Schwanken an. Das Summen nahm an Lautstärke zu und begann in Caspers Ohren zu sirren.

Als er nach unten blickte, sah er den kleinen Urmo, die Augen geschlossen, eine Hand ausgestreckt, und zwei seiner winzigen, pelzigen Finger deuteten auf den gigantischen Killer über ihren Köpfen. Deuteten auf eine bestimmte Stelle, als ob er versuchte, das Herz des Dings zu erreichen.

Urmos Gesichtsausdruck hätte man als glückselig bezeichnen können. Überweltlich. Friedlich. Als ob dieses kleine Ding all die Dinge wusste, die man wissen musste. Das Gute und das Böse im Universum. Und es war zufrieden mit diesem Wissen, dass man alle Dinge wieder gutmachen konnte.

Das Monster stöhnte und kippte zur Seite, was ein kleines Erdbeben hervorrief. Sein riesiger Brustkorb hob und senkte sich nicht mehr. Es war deutlich, dass es ganz plötzlich und schlagartig gestorben war.

Casper starrte Urmo mit offenem Mund an.

Urmos Augen öffneten sich flatternd. Das herzige, kleine Wesen, das früher mal existiert hatte und sich ständig mit den Details von zweiköpfigen Ratten, verschiedensten Felsen und diversen Teilen von Caspers Ausrüstung hatte beschäftigen können, war nicht mehr. An seiner Stelle stand ein neuer Urmo. Ein müder Urmo. Ein wissender Urmo, der tief in Caspers Seele blickte.

Das Wesen nickte ihm einmal zu, langsam, mit traurigem, bedauernden Blick. Es nickte Casper mit einem Blick zu, der deutlich machte: *Alles, was du weißt... ist nicht mehr.*

Und als Nächstes kam...

DIE LEKTION, DAS ZU WERDEN, WAS DU FÜRCHTEST, BEGINNT MIT DEM VERSUCH, DINGE ZU VERÄNDERN, DIE DU IMMER FÜR UNMÖGLICH GEHALTEN HAST

Tief im Tempel von Morghul rannte der Schüler durch eine atemberaubende Dunkelheit. Als ob er vor einem unbesiegbaren Drachen floh. Weil einige Dinge von bloßen Sterblichen nicht besiegt werden konnten. Einige Dinge konnte man nur fürchten. Vor einigen Dingen musste man um sein Leben rennen.

Dies war das Ende der Lektion der Furcht, und nun begann eine neue Lektion. Die letzte Lektion, bevor das Gelernte tatsächlich verstanden werden konnte. Dies war die letzte Lektion. Die Lektion, in der man sich selbst begegnete und glaubte, man würde sich seiner schlimmsten Angst stellen.

Die Leere verschlang den Schüler, aber selbst im Verschlingen gab es noch einen Weg hinaus. Selbst als der Drache, ein schwarzer Drache, ihm auf den Fersen war und er alle Waffen verloren hatte, einschließlich seiner mächtigsten.

Die Vernunft.

Der Raum, die Realität, wie immer man das hier nennen wollte in dem seltsamen Tempel, eröffnete sich ihm hier in der Leere. Und ja, es gab Sterne. Sterne im Tempel. Sterne in der Leere.

Überall waren Sterne.

Wo immer das hier auch war.

Für einen verrückten Augenblick, in diesem dem Schwindel nahen Wahnsinn, der das exakte Gegenteil der Vernunft zu sein schien, fühlte er sich wie ein Sternbild. Der verängstigte Schüler, der vor dem Drachen floh, hatte das Gefühl, dass all dies Teil einer bestimmten Sternenanordnung war. Der Schwarze Drache. Er selbst. Sicherlich gab es doch auf den Welten, aus denen eine Galaxie bestand, eine Konstellation, die nur für einen Planeten bestimmt war, und die von den Beobachtern auf der Oberfläche einer außerirdischen Welt als Zeichnung umgesetzt wurde, aus denen die Mythen entstanden.

»Erzähl mir die Geschichte von dem ängstlichen Schüler, Papa«, könnte ein Kind gesagt haben, während es mit seinem Finger auf den Nachthimmel zeigte. Auf die Glassplitter zeigte, die wir die Sterne nennen.

Erzähle mir, warum er Angst hat. Erzähle mir, warum er flieht.

Erzähl mir, Papa. Erzähle mir die Geschichte des ängstlichen Manns.

Der Weise würde vielleicht mit den Worten ansetzen: Nun, mein Kind. Vor langer Zeit war er genauso ein Kind wie du. Er lebte in den Ruinen einer zerstörten Welt. Seine Eltern wurden von Wilden getötet, die sich einfach alles nahmen, plünderten und mordeten, weil es sie schon immer gab. Ermordet von Fremden, die den endlosen Weg ihr Zuhause nannten. Ermordet von gnadenlosen, wilden Barbaren, die fast schon wie Tiere lebten und mit jedem Tag wurden sie primitiver, nur um überleben zu können. Selbst wenn das bedeutete, dass jemand anders sterben musste. Sie nahmen, und im Nehmen machten sie nieder. Eines Tages machten sie die Eltern des verängstigten Kinds nieder, während er nicht auf ihrem Bauernhof war.

Warum, Papa? Warum würden sie eine so schlimme Sache tun?

Wer weiß das schon? Wer weiß, warum die Galaxie so hart und grausam ist für die Unschuldigen und warum es so brutalen Menschen erlaubt ist, die einfachen Leben anderer zu zerstören? Wer weiß das schon?

Was ist aus ihm geworden? Was ist aus dem verängstigten Kind geworden, Papa?

Es ist weggelaufen. Es floh aus seinem Zuhause. Lief vor seinen Erinnerungen davon. Floh vor ihnen in seinem Verstand und ummauerte die Angst vor den Drachen, diesen Wilden, die gekommen waren und seine Eltern erschlagen hatten. Er floh vor dem schwarzen Drachen mit dem Namen Goth. Von den Goths. Deren Zuhause der endlose Weg war, den man die Sterne nannte. Er floh so weit, dass er mit der Zeit sogar vergaß, dass er immer noch lief, obwohl er lange gelebt und die Galaxie von einem Ende zum anderen durchquert hatte.

Flieht er immer noch, Papa? Flieht er immer noch vor dem Drachen namens Goth?

Das tut er, mein Kind... bis er es eines Tages nicht mehr tun wird.

Und dann fiel der Schüler. Wenn alles, das in dieser seltsamen und bizarren Geschichte bisher geschehen war, noch nicht verrückt genug erschien... dann war dieser Teil der Teil, der für den normalen Verstand keinen Sinn ergab. Weil das der Punkt ist, den wir nun erreicht haben. Der Punkt, der keinen Sinn ergibt, vor allem nicht, wenn man nicht verrückt ist.

Die Leere wurde real und eröffnete sich der Realität, die sich ins Nichts zurückfaltete.

Einen Augenblick später wurde der Schüler in die Realität zurück erbrochen, in eine Zeit, einen Raum, noch einmal. In einen ›anderen‹ Ort. In eine ›andere‹ Zeit. Ob dies nun real war oder nur eine andere Realität oder etwas ganz anderes, war nicht bekannt.

Als er wieder zu sich kam, hatte er den halben Weg zur Spitze der Pyramide bei Gizeh erklommen. Ägypten. In der Ferne erstreckte sich die Dunkelheit um Kairo, die nur von einigen Kochfeuern erhellt wurde. Es hätte ein beliebiger Zeitpunkt sein können in den hunderten, ja tausenden von Jahren, bevor die Elektrizität existierte. Aber der zerstörte Nurflügler, ein Airbus Luxliner, der halb vergraben im Sand lag, machte dem Schüler klar, der früher ein Kind der Postapokalypse gewesen war, dass er sich in den Jahren nach dem Exodus befinden musste. Dass er sich in einer Zeit befand, die er aus seiner eigenen Vergangenheit kannte.

Ein großer Teil des Nahen Ostens war in den Flammen des Atomkriegs verbrannt, in den letzten Jahren, bevor die Strahlenden an Bord ihrer Raumschiffen gegangen waren und sich von der Erde entfernt hatten, als ob es ihnen peinlich gewesen wäre, in welchem Zustand sich ihre Zivilisation befand. Er war in den Jahren danach angekommen. Und höchstwahrscheinlich vor der Entdeckung des Hyperraumantriebs.

Als die Gesetzeslosen tatsächlich über die Welt herrschten, und nur kleine Gruppen zusammenhielten und die Brände zu löschen versuchten, indem sie es erneut mit der Zivilisation durch Landwirtschaft und

Forschung versuchen wollten. Als die wilden Banden Öl ins Feuer gossen, indem sie das wenige niederbrannten, was nach der globalen Zerstörung übrig geblieben war, vor der die Strahlenden geflohen waren.

Das abgestürzte Flugzeug und seine Scramjet-Technologie waren der beste Beweis dafür. Irgendein verzweifelter Pilot, der die Bordelektronik aufgrund des Einsatzes einer EMP-Waffe in großer Höhe verloren hatte, hatte sein Flugzeug mit einer Gleitlandung hier zwischen den alten Monumenten und der brennenden Stadt Kairo in den Sand gesetzt.

Er hatte solche Anblicke früher schon gesehen, in Los Angeles und seiner Umgebung, und an allen anderen Orten auf der Erde, wo er nur einen kleinen Teil seines langen Daseins verbracht hatte. Er hatte Wracks gesehen, bei denen man das Metall ausgeschlachtet hatte, als Unterschlupf für die Überlebenden, die wahrscheinlich den Rest ihres Lebens in der Nähe verbringen würden, wo sie nur durch Zufall gestrandet waren, weil irgendjemand an diesem besonderen Tag zum Ende der Welt hin jemanden anderen hatte auslöschen wollen.

Die Pyramiden der Erde waren wie die Pyramiden der Alten. Wie all die Pyramiden, die sie auf den Welten entdeckt hatten, die sie bei Hyperraumgeschwindigkeit erreichen konnten. Die fast schon vergessene Erinnerung an das riesige Raumschiff, das Archeraumschiff, die *Moirai*, wie sie brannte, um ihn herum verbrannte, tauchte wie ein legendäres Meerungeheuer aus seinen Erinnerungen auf. Die Erinnerung zeigte ihm eine dunkle Gestalt, einen Wanderer zwischen den Sternen, der die unzugängliche Pyramide betrat, während die *Lexington* davonschoss, um der Zerstörung der *Moirai* zu entkommen. Er erinnerte sich, die Oberfläche der Pyramide auf der gekrümmten Ebene des Hauptwohnkomplexes gesehen zu haben, die sich Stein um Stein zusammenfaltete... wie ein Durchgang, der sich zu anderen Orten in der Galaxie hin öffnete.

Wie ein Zugang zur Leere.

Und der Weg der Leere war wie ein Weg zwischen allen ›anderen‹ Orten.

Irgendwann stolperte der Schüler die steinerne Oberfläche der alten, ägyptischen Pyramide hinab, blutverschmiert, verletzt, und erreichte den reglosen, warmen Sand unter sich. Als er an dem Wrack des Nurflüglers vorbeikam, konnte er im schwachen Mondlicht erkennen, dass er schon vor langer Zeit aufgegeben worden war. Aber nicht allzu lange, denn die Überreste geplünderter Koffer lagen immer noch auf den Wanderdünen wie das Treibgut eines schiffbrüchigen Schiffs. In der Nähe lagen die Knochen derer, die den Absturz nicht überlebt hatten — oder die Plünderung, die kurz darauf erfolgt sein musste.

In Kairo schenkte niemand seinen merkwürdigen Lumpen Aufmerksamkeit. Merkwürdigen Lumpen aus der Zukunft. Lumpen, die ein Dschungel und eine Wüste zerstört hatten, und die vielen Jahre im Tempel. In einer Zukunft, die erst noch geschehen musste.

In Kairo, nachdem die Welt zerstört worden war, trugen alle Lumpen. Neue Kleidung war seit zwei Jahren nicht mehr hergestellt worden. Oder zehn Jahren.

»Elf Jahre seit ihrem Abflug«, teilte ihm ein Straßenhändler in einer verstopften Gasse mit, die als der Basar galt. Ein Basar, in dem sauberes Wasser verkauft wurde. Konservendosen mit Essen, das nicht schlecht geworden oder durch Strahlung ungenießbar war. Und natürlich Waffen.

Der zahnlose Mann nickte ihm zu und bot ihm an, Wasser zu verkaufen, das die Reinheitsprüfung nicht bestanden hatte. Natürlich mit einem Preisnachlass.

Elf Jahre nach dem Exodus ist das Jetzt des Wann.

Was bedeutete, dass die Pyramiden im Weg der Leere wie Tore funktionierten, die ihn in der Zeit zurück reisen hatten lassen. Zurück zur Erde, bevor der ganze Schlamassel begonnen hatte. Was wie eine merkwürdige Aussage klang, wenn man bedachte, in welchem Schlamassel die Erde tatsächlich steckte.

Also, fragte die andere Stimme in ihm. *Welchen ›Schlamassel‹ genau meinst du?*

Den Schlamassel der Wilden?

Den Schlamassel, der die Galaktische Republik eines Tages werden würde?

Den Schlamassel eines auf der Suche nach einer Macht verschwendeten Lebens, die dich vor langer Zeit berauscht hat?

Aber der Schüler dachte über nichts dergleichen nach. Er dachte über seine Eltern nach.

Er konnte das Datum nicht genau bestimmen, obwohl er viele Flüchtlinge und Leute befragt hatte, die ihm geschworen hatten, ihre Smartphones würden noch funktionieren. Er wusste daher nicht, ob sie noch lebten, bis er es hinbekam, sich den Zugang zu einem UN-Luftstützpunkt außerhalb von Kairo zu verschaffen. Einen Augenblick lang fiel es ihm leicht, hier, zurück auf der Erde, zu glauben, dass nichts, gar nichts, nicht einmal der Hyperraumantrieb jemals geschehen war. Oder dass es jemals geschehen würde. Aber als er die Wachen seinem Willen unterworfen hatte und auch den Offizier, der die Papiere am Flüchtlingseingang kontrollierte, da wusste er, dass das alles passiert war. Vor allem der Tempel, wo der Meister ihn dazu ausgebildet hatte, solche Dinge zu tun, wie den Willen der Schwachen zu beherrschen, mit einem ganz einfachen Trick erzwungener Überzeugung.

Die Lektion des Willens hatte sie geheißen.

»Ich muss hier durch.«

»Natürlich müssen Sie das«, sagte der UN-Flüchtlingsoffizier.

»Ich brauche einen neuen Satz Reisedokumente mit höchster Sicherheitsfreigabe und einen QR-Code für die Reise... ein Flug, direkt nach L.A.«

»Sie brauchen Reise- und QR-Codes für die Los-Angeles-Wiederaufbauzone«, murmelte der Offizier, ohne zu wissen, dass er diese Worte überhaupt aussprach. Er wusste nur, dass er sich wünschte, diese Dinge so schnell wie möglich umzusetzen.

»Wenn ich hier weg bin«, flüsterte der Schüler dem leicht beeindruckbaren Mann ins Ohr, »wirst du vergessen, dass du mich jemals gesehen hast. Du wirst alles vergessen, was mich betrifft.«

»Ich werde alles vergessen, was dich betrifft.«

Zwölf Stunden später war er auf einem Militärflug über dem Atlantik. Das Flugzeug war nicht direkt nach Los Angeles unterwegs, aber wenn das Datum stimmte, dann hatte er noch genügend Zeit. Zeit, L.A. zu erreichen. Zeit zu verhindern, dass seine Eltern ermordet wurden. Zeit genug, um alles zu verändern, das jemals geschehen würde.

Seine Eltern würden weiterleben. Er würde jedes Barbarenraumschiff, vor allem die *Moirai*, bei Sichtkontakt in die Luft jagen. Er wusste, dass diese zukünftigen Ereignisse geschehen würden, weil er sie bereits durchlebt hatte — er wusste, wo die Wilden während des Kriegs ihre geheimen Stützpunkte aufbauen würden.

Er würde jede einzelne ihrer Bewegungen bereits kennen. Er würde nicht zulassen, dass die Republik mit allem durchkam. Er würde diesem ganzen Unsinn Einhalt gebieten. Würde die Republik daran hindern, ihre Nabelschau in den eigenen Untergang zu betreiben.

Einen Augenblick lang, als er in dem Frachtnetz in seiner UN-Uniform lag, versuchte er die Folgen zu bedenken, was geschehen würde, wenn er die Vergangenheit veränderte. Wenn er seine Eltern vor ihrem Schicksal bewahrte und sich irgendwie vor seinem eigenen schützte.

Was für andere Dinge würde er ändern?

Was würde geschehen, wenn er das tat?

Stell dir nicht solche Fragen, ermahnte er sich, als sein Verstand im Angesicht der unvorstellbar vielen Möglichkeiten ins Wanken geriet. Tu es einfach. Tu es, weil man dir die Chance geboten hat, es zu tun. Weil du die Zukunft gesehen hast, und die war nicht so toll. Wenn du die Chance hast, ganz allein die Dinge zu verändern, vielleicht brauchst du dann ja die Fähigkeiten aus dem Tempel von Morghul gar nicht. Vielleicht mussten sie es einfach nur nochmal versuchen.

Vielleicht gab es einen anderen Weg.

TEIL DREI

DAS LETZTE OPFER DES WISSENS... IST ALLES, WAS DU EINST WARST

KAPITEL 33

Casper stolperte aus dem Hochtal, wo das tote Monster nun im hohen Gras lag. Er war zunächst auf das tote Monstrum zugewankt, starrte es an, nach Luft schnappend, während die Angst wie ein reißender Strom durch seine Adern schoss. Ehrfürchtig stand er vor dem toten Ungeheuer. Als er sich umgedreht hatte, um das kleine Wesen namens Urmo anzusehen, das winzige Tier, das ihn davor bewahrt hatte, zu Tode getrampelt oder in tausend Stücke zerfetzt zu werden... Urmo war nicht mehr da.

Stattdessen hörte er nur sanfte Flüstern des Windes in den hohen Gräsern und das ferne Säuseln der nach Salz duftenden Brise, die durch den Gebirgswald fegte, der die Lichtung umgab.

Er kletterte auf eine Kammlinie, von der aus er auf das Wüstenplateau hinabschauen konnte, das er in den Tagen und Wochen zuvor durchquert hatte. Es schien eine so riesige, so weite Ebene zu sein, dass er sich wunderte, dass er es überhaupt geschafft hatte. Wie sie es bloß geschafft hatten.

Alles, die gesamte Welt, für die er die Galaxie verlassen hatte, war in tiefes Schweigen gehüllt.

Plötzlich überkam ihn Angst. Nicht die Angst, dass in dem Wald um ihn herum noch weitere dieser Monster sein könnten, sondern die Angst vor dem, das sich Urmo nannte. Das kleine Wesen, das er im Dschungel seines eigenen Wahnsinns entdeckt und nun jenseits der Wüste, auf die er hinabstarrte, verloren hatte. Ein Wesen, das ihm durch den scheinbar endlosen Sand gefolgt war, und das er die gesamte Zeit für nicht mehr als ein unbedeutendes Ärgernis gehalten hatte. Dasselbe Wesen, das den furchterregendsten Außerirdischen niedergestreckt hatte —, nein, das Monster. Der kleine Urmo hatte es mit denselben Fähigkeiten erledigt, die Casper vor all diesen Jahren an Bord der todgeweihten *Moirai* mit eigenen Augen erblickt hatte. Fähigkeiten, nach denen er die Galaxie durchsucht hatte.

Genau wie die Prophetinnen.

Genau wie der Dunkle Wanderer.

Nachdem die *Moirai* sich in einen riesigen Flammenball verwandelt hatte, der die Bruchstücke ihrer Außenhülle in alle Richtungen schleuderte, war die *Lexington* gerade noch rechtzeitig aus dem Quanten-Palast hinausgeflogen und hatte den auf den Sternenkarten als die alte Todeszone vermerkten Bereich verlassen können, in allerletzter Sekunde. Reina hatte insgeheim ein Navigationsprogramm beiseitegeschafft, das ihnen die Flucht ermöglichte — doch Reina hatte sie grimmig daran erinnert, als die Angriffsfregatte den Hyperraum aktiviert hatte, um sich mit einem Sprung vor der letzten Druckwelle des explodierenden, gigantischen Geisterschiffs *Moirai* und seines apokalyptischen Abschieds in Sicherheit zu bringen, dass sie nur ein klein wenig tiefer in das Taschenuniversum hätten eindringen müssen, und sie wären auf ewig verloren gewesen. Sie waren entkommen... und es hatte sie in alle Ewigkeit zugrunde gerichtet — Casper, Reina und Rechs. Sie hatten Mächte mit eigenen Augen gesehen... etwas jenseits des Bekannten, ja, sogar jenseits der wildesten Träume über die technologischen Wunder der Zukunft. Sie hatten etwas... ›anderes‹ geschaut.

Macht.

Mächte.

Mächte, nach denen er jahrelang gesucht und dabei die gesamte Galaxie durchkämmt hatte. Seine Reise hatte hierher geführt. Auf diesen vergessenen, verlassenen Planeten.

Und plötzlich hatte er wieder Angst. Wie damals, in den dunklen Tiefen der *Moirai*, als er wirklich Angst empfunden hatte. Auf der Flucht vor den Wilden und den Prophetinnen in diesem verdammten Raumschiff. Er hatte solche Angst, dass er TJK-133 komplett vergaß, der von dem Monster wie ein einfaches Spielzeug fortgeschleudert worden war.

Jetzt rannte Casper. Er rannte weg von der Wüste unter ihm. Er rannte in den dichten Wald, der sich an der Kammlinie entlangzog. Er rannte und versuchte die geflüsterten Worte in seinem Kopf zu ignorieren.

Er rannte einfach und krachte durch den zarten Wald, der er auf keinen Fall war. Dinge griffen nach ihm. Schlingenpflanzen rissen an ihm. Er schob sich durch dichte Dornenbüsche und stieß auf einen Pfad, der sich an den zerklüfteten Felsen und steilen Abhängen entlangschlängelte und ihn immer weiter nach oben führte. Er rannte weiter und ignorierte jegliche mögliche Bedeutung dieser Pfade. Stattdessen rannte er in einem fast schon wahnsinnigen, stumpfsinnigen Zustand um sein Leben. Denn all dies war eine alte Furcht. Eine Furcht aus seiner Kindheit, von der er so wenig gehabt hatte. Und das Getuschel, das sich hinter jedem Busch und jedem Baum und in seinem Kopf zu befinden schien, gab flüsternd das Geräusch weiter von jemandem, der erwürgt wurde.

Und das Geräusch, das es machte... war *Gothhhhh*.

Die Angst hatte ihn gepackt, und es gab keinen Grund dafür, obwohl ihn sein Verstand lauthals anschrie, dass das, was das kleine Wesen eingesetzt hatte, genau das war, wonach er die ganze Zeit gesucht hatte. Dies war das Ende seiner Queste. Er hatte die Antwort auf alle Probleme gefunden, die er nie hatte lösen können. Was Partnerschaften, die Diplomatie und Krieg nie wirklich hatten in Angriff nehmen können, das würde er mit ungezügelter Macht in Ordnung bringen. Nicht weil er verrückt war. Oder nach Macht gierte. Sondern weil er sie alle auf die Art und Weise retten wollte, wie er seine Eltern nicht hatte retten können.

Sein gesamtes Leben war das eines Zuschauers gewesen, vor dem die Katastrophe ihren Lauf nahm. Ja, er hatte versucht zu retten, was zu retten war. Aber was hatte er wirklich retten können, wenn man am Ende alles zusammenrechnete? Die Galaxie stand vor dem Ruin. Eine Macht aus einer fernen Finsternis jenseits der Galaxie war auf den Weg dorthin, wenn man Reinas letzter Übertragung glauben durfte. Alles, alles, wofür sie jemals gekämpft, was sie jemals aufgebaut hatten, geriet aus den Fugen.

Aber jetzt hatte er endlich die Macht entdeckt, mit der alles in Ordnung gebracht werden konnte. Das war das Ende seiner Queste.

Nur was es in Wirklichkeit erst der Anfang.

Das würde ihm schon bald klar werden. Umso deutlicher, in den langen und harten Jahre, die folgten.

Er folgte dem Pfad, der durch die niedrigen, zerklüfteten Hügel führte. Es war kaum mehr als ein grasbewachsener Weg, der sich an den steilen Hängen des niedrigen Gebirgsrückens entlangschlängelte, und bald fand er einen schmalen Pass, der auf die andere Seite führte. Die Brise, die die Bäume mit ihren Windböden hatte hin- und herschwanken lassen, verwandelte sich nun in einen Sturm, denn die Luft bahnte sich von der anderen Seite des Gebirgsrückens ihren Weg durch den schmalen Pass und schoss auf der anderen Seite hinaus. Es roch nach einem Ozean, nach Eisen, Rost und Stein und tropischen Blumen, und selbst dem Duft von tausend Talgkerzen, die nach exotischen Beigaben wie Sandelholz rochen und als sie erloschen eben diesen Duft dem Wind hinzufügten.

Er roch Zeit.

Eine Menge Zeit.

Er musste seinen Kopf senken, um auf die andere Seite des Passes gelangen zu können, und was er erblickte, verblüffte ihn mehr als alles anderes, was er in seinem sehr langen Leben gesehen hatte. Was er sah, verschlug ihm den Atem und veränderte alles, von dem er dachte, er hätte es verstanden. Und obwohl er alt war, wusste er jetzt doch, dass er kaum mehr als ein Kind gewesen war, als er diesen Planeten betreten hatte. Das Universum war nun ein wesentlich größerer Ort, als er es sich jemals vorgestellt hatte.

KAPITEL 34

Casper erblickte den Tempel von Morghul.

Das Gelände war gigantisch, auch wenn es in Wirklichkeit aus Hunderten, wenn nicht Tausenden uralter Gebäude bestand. Große und kleine Türme standen neben kleinen Pyramiden und rechteckigen Zikkurats. Ausgedehnte Pavillons mit bröckelnden Säulen standen vor rätselhaften Strukturen, die von Nekropolen bis hin zu Bibliotheken alles gewesen sein könnten. Aber die grobe Struktur des gesamten Orts war ein Rund, mit konzentrischen Ringstraßen und wuchtigen Mauern, die sich nach oben hin zuspitzten und alle Ringe bewachten, vom innersten bis zum äußersten.

In einem Bereich der riesigen Anlage hatte ein Fluss die Gebäude und Strukturen in seinem Weg weggeschwemmt und sogar die mächtigen Mauern niedergerissen, die die inneren Bezirke umgaben. Der Ursprung des Flusses fand sich in einem Wasserfall jenseits der Stadt, der von hohen Gipfeln herabfiel, die an einer nebelverhangenen Küste standen. Casper konnte ihn von hier aus sehen, wie er sich scheinbar langsam und prächtig hinabstürzte, und bei seinem chaotischen Aufprall in unendlich viele, schillernde Farbperlen zerplatzte. Das herabstürzende Wasser und der dahintreibende Fluss waren die einzigen Dinge, die sich bewegten.

Im Zentrum der Tempelanlage erhob sich ein kreisrunder Turm, der mehr wie ein plumper Schornstein wirkte, denn wie eine hohe Verteidigungsstellung. An der Spitze stand er offen, ohne Dach, und er erinnerte Casper eher an den Backofen eines Jäger-und-Sammler-Dorfs als an einen Turm. Nur waren seine Außenmauern von oben bis unten verziert, und er war mindestens zehn Stockwerke hoch. Er wirkte wie die Sorte Ort, an dem Tag und Nacht Zeremonien und Opferungen durchgeführt wurden. Als ob aus seinem offenstehenden Maul ununterbrochen dunkler Rauch in den Himmel aufsteigen sollte.

Dies musste der Tempel von Morghul sein. Nach einiger Zeit würde er herausfinden, dass dies der Wahrheit entsprach. Was er in den folgenden, harten Jahren manchmal bedauerte. Aber diese fantastische Entdeckung der riesigen Tempelanlage, die ihm die Macht bieten konnte, für die er die Galaxie hinter sich gelassen hatte... das machte ihn nicht sprachlos. Was ihn sprachlos machte, ihm den Mund offen stehen ließ, lag dahinter. Draußen, an der seichten Küste eines Ozeans, der sich an den Außenmauern der Tempelanlage brach, und dessen glasklares Wasser türkisfarben und aquamarinblau schillerte.

Es waren die Raumschiffe, die ihn sprachlos machten.

Der Friedhof der Raumschiffe. Dieser Anblick erschütterte ihn.

Hunderte Beispiele interstellarer Raumfahrt, wie er sie in seinen zweitausend Jahren der Reise durch das Weltall nie gesehen hatte. Unter ihnen waren nur wenige, die ihm bekannt waren.

Es hat andere gegeben, dachte er, als er sich die Wracks anschaute, die aus dem Wasser herausragten oder in ihm versunken waren. *Andere, selbst aus deiner eigenen Galaxie, die es hierher geschafft haben. Die das suchten, was du gesucht hast.*

Hatten sie es gefunden?

Würde er Reinas Raumschiff hier finden? Würde er sie finden?

Da draußen in den seichten Gewässern lagen unvorstellbar riesige Raumschiffe. Raumschiffe, die noch wesentlich größer ausfielen als die Generationenschiffe der Rama-Klasse, die auf der alten Erde gebaut worden waren. Eins dieser Raumschiffe hatte die Form eines wuchtigen Halbmonds, mit einer Spannweite von sechzig, vielleicht achtzig Kilometern. Eine Spitze des Halbmonds lag weiter draußen in den Untiefen des Ozeans verborgen. Auf der Oberseite des Halbmonds waren Türme zusammengebrochen, aber viele von ihnen standen immer noch entlang der oberen Linie der riesigen Außenhülle. In der Galaktischen Republik war ein solches Raumschiff nie gebaut worden.

Im Schatten dieses Giganten befanden sich andere Raumschiffe, die wie Kugeln aussahen oder wie Seesterne. Er konnte sehen, dass bei ihnen allen Teile der Außenhülle fehlten oder die Triebwerke zusammengebrochen waren. Selbst uraltes Glas, das immer noch zwischen den Trümmern den Lichtschein des sterbenden Roten Zwerges reflektierte. Er hätte mehrere Lebzeiten damit verbringen können, auf ihren aufgegebenen Decks herumzuwandern.

Dies sind Raumschiffe aus anderen Galaxien.

Und es waren so viele verschiedene. Raumschiffe, die allen Gesetzen des Schiffsbaus zuwiderliefen, wie sie die Republik kannte. Raumschiffe, die aus Ringen bestanden, die entlang eines dünnen Rückgrats miteinander verbunden waren und sehr zerbrechlich wirkten. Sie alle ruhten hier seit sehr langer Zeit in der sanften Meeresbrandung, die an Brechern und Riffen vorbei ihren Weg zum Strand fand. Schwärme bunter Fische huschten zwischen den beschädigten Außenhüllen und zusammengebrochenen Triebwerken hinein und hinaus, und einsame Raubfische, die bei ihrer Größe auch Wale hätten sein können, bewegten sich langsam durch die Buchten, die die Metalltrümmer gebildet hatten, und jagten ihre Beute in aller Ruhe.

Casper entdeckte ein altes Aufklärungsraumschiff, das in der Zeit vor der Republik gebaut worden war. Eine Ardent-Klasse des alten Aufklärungsdienstes. Sie lang am Strand, die Luken offen. An ihrer diamantenen Form war überall Rost zu sehen.

Verblüfft erinnerte er sich, dass diese Raumschiffe vor neunhundert Jahren im Dienst standen.

Und...

Auch andere hatten sich auf die Suche gemacht.

Und...

Wo waren sie?

Reina?

Er folgte dem Pfad entlang der grasbewachsenen, mit tropischen Blumen bewachsenen Hänge oberhalb des Tempels. Nach einiger Zeit erreichte er eine schmale Straße, die durch die äußeren Distrikte verlief und an verlassen Steingebäuden vorbeikam, die alle mit in Stein gemeißelten, Medusa-ähnlichen Gesichtern verziert waren, denen die Zungen heraushingen und deren Augen den Eindruck großen Wissens vermittelten. Diese Gebäude schienen älter zu sein als alles, was er je gesehen hatte. Als er an einem dieser Gebäude vorbeikam, dessen hohes Dach die Form eines Schiffsrumpfs hatte, beschloss er, die vor ihm liegenden, bröckelnden Stufen einer kurzen Treppe hinaufzugehen, um einen Blick in die Dunkelheit im Inneren zu werfen.

Das Gebäude war leer.

Es herrschte Stille.

Draußen hatte er hören können, wie sich der Fluss in den Ozean ergoss und von der Brandung entlang der Küstenmauern zurückgedrängt wurde. Aber hier, in diesem geheimnisvollen Gebäude, konnte er nichts hören.

Als sich seine Augen an die Dunkelheit gewöhnten, entdeckte er ein rundes Loch im Boden. Die Abwesenheit des Lichts, die ihm aus diesem Loch entgegenschlug, war dunkler als die Düsternis des leeren Raums. Er näherte sich ihm vorsichtig und hörte nur das Geräusch seiner mitgenommen Stiefel auf alten Steinplatten. Das Loch war eine Grube, und sie schien bodenlos zu sein — zumindest konnte er keinen Boden sehen. Er trat einen kleinen Kieselstein über den Rand und hörte nichts. Es gab keinen Widerhall aus den unsichtbaren Tiefen. Auch das verstörte ihn, genauso wie das Wissen, dass Urmo... mehr als das war, was er gedacht hatte. Eher etwas wie der Dunkle Wanderer. Nur war er — und irgendwie wusste er das, ohne zu wissen warum — vielleicht sogar etwas Schlimmeres.

Er verließ das leere, alte Steingebäude und war froh, wieder in den tropischen Sonnenschein zurückzukehren. Er roch die irgendwie melancholischen Blumen an den fernen Hängen, die diesen Ort umgaben, und den ihn näheren Duft der Schlingpflanzen, die sich an alle Gebäude klammerten.

Er brauchte Stunden, um in die Tiefen der Tempelanlage hinabzusteigen. Er behielt den Unheil verkündenden, gedrungenen Turm, der sich im Zentrum erhob, im Auge, während er sich einen Weg durch die zerstörten Distrikte suchte und immer wieder Lücken in den riesigen Zyklopenmauern entdeckte, die die inneren Ringe schützten. Manchmal dachte er bei sich, dass dieser Ort von Riesen bewohnt gewesen sein musste. Doch gelegentlich gab es auch Türen und Öffnungen von normaler Größe, vielleicht sogar ein wenig zu klein.

Am Nachmittag versank der Rote Zwerg langsam im Ozean und verwandelte die gestrandeten Skelette der außerirdischen, außergalaktischen Raumschiffe in finstere, geheimnisvolle Silhouetten, wie die Skelette der Verdammten, die man an Wegkreuzungen für Verbrechen aufgehängt hatte, die sie niemals hätten begehen dürfen. Die Nacht brach herein, und beide Monde erhoben sich über der stillen Tempelstadt, in der niemand mehr zu leben schien. Er sah zu ihnen hinauf, als er eine breite Straße entlangging, die mit monumentalen Säulenvorbauten gesäumt war, von denen aus man in riesige Gebäude gelangte. Diese Gebäude erinnerten ihn an die majestätischsten Regierungsgebäude, die das Haus der Vernunft in seiner Überheblichkeit sich zu Ehren hatte errichten lassen. Oder vielleicht an Tempel vergessener, finsterer Götter, die in Wirklichkeit Dämonen gewesen waren.

Am Ende dessen, was damals eine Prachtstraße gewesen sein musste, lag die letzte, hohe Mauer, die den innersten Ring schützte. Dahinter erhob sich der riesige Turm wie ein fetter Götze, der über die stillen Distrikte dieses alten, verlorenen Orts wachte. Er wusste, dass er dorthin gehen würde. Er wusste, dass er es musste. Wusste, dass wenn er es tat, er feststellen würde, dass der Turm aus nichts anderem als hohen Wänden bestand. Dass er innerhalb seines Kreisumfangs etwas Schreckliches entdecken würde, das frei unter den Sternen lag. Wie etwas, von dem er vor langer Zeit in einem längst vergessenen Fantasy-Buch gelesen hatte. Ein Ort, wo die Sterblichen das Unsterbliche mit obszönen Ritualen verärgerten, mit dem sie sich zu Göttern unter Menschen erheben wollten.

Kehre um, versuchte es eine leise, verstummende Stimme, fast zum allerletzten Mal.

»Ich bin zu weit gekommen«, flüsterte er in der sternlosen Nacht, während er Gräser und totes Holz zusammensuchte, das sich an einem der heruntergekommen, alten Gebäude angesammelt hatte. Wahrscheinlich von Taifunen hergeweht im Laufe der Zeitalter, von Stürmen, die diesen Planeten überquerten, ähnlich wie der winzige Planet hier hergeweht worden war, jenseits der Galaxie, um einen sterbenden Roten Zwerg zu umkreisen.

Ich bin zu weit gekommen, um jetzt noch umzukehren, teilte er der Nacht mit, als eine Brise vom Meer aufkam, die den Geruch toter Raumschiffe mit sich trug, auf ihrer Reise durch die Finsternis lange überfällig.

Um Mitternacht erblickte er den Meister. Nichts hätte ihn mehr überraschen können. Der Meister trat an das kleine, armselige Feuer heran, dessen Flammen in den nächtlichen Meereswinden hin- und hertänzelten. Der Meister hielt eine Fackel in den Händen, und in seinem Kopf hörte Casper das allerletzte Angebot. Die letzte Aufforderung.

Der Aufruf zur Suche nach der Macht.

Ich dachte, dies wäre das Ende, dachte er noch, bevor er sich dem Meister ergab. *Aber es ist erst der Anfang. So wie es schon lange vorherbestimmt war.*

Casper erhob sich. In seiner linken Hand hielt er den Kopf von TJK-133. Geschlagen, zerschlagen, aber stets auf Maschinenart lächelnd. Er konnte seinen ständigen, drolligen Kommentar hören, in dieser Butler-Stimme. Sogar jetzt noch, in seinem Kopf. War der Bot beim Absturz zerstört worden? Hatte er ihn den ganzen Weg bis hierher getragen, weil er den Verstand verloren und jemandem zum Reden gebraucht hatte?

Er legte den Kopf der Maschine neben dem Feuer ab. Wie viel von dem war real gewesen?, fragte er sich. Wie viel war tatsächlich geschehen?

Und...

Was war geschehen, von dem ich niemals erfahren werde? An das ich mich niemals erinnern werde...?

Er schenkte der Recheneinheit des Bots ein schwaches Lächeln, dem Kopf seines einzigen Freundes, und dachte: *Lass einen anderen Fremden ihn finden, der sich dann fragen wird, wer er gewesen war. Vielleicht wäre das der auslösende Faktor, auf seine eigene, geheimnisvolle Weise, der sie von dem abhalten würde, was ich gleich tun werde.*

Aber dann dachte er an sein eigenes, zerstörtes Raumschiff, draußen im Dschungel. Und all die zerstörten Raumschiffe entlang der Küste, jenseits der Mauern, die diesen Ort schützten. *Wie könntest du kehrtmachen, dachte er, wenn dieser Ort schon immer dein Ziel gewesen ist?*

Der Meister geleitete ihn hinter die letzte Mauer und in den Turm des Tempels.

DIE LETZTE LEKTION IST DIE LEKTION, DAS ZU WERDEN, WAS DU FÜRCHTEST

Teil Eins

Der Mann, der früher Casper gewesen war, kam zu spät, um seine Eltern vor der Vergangenheit zu bewahren. Das alte Militärflugzeug hatte über Texas den Geist aufgegeben, und sie hatten auf einer Schnellstraße neben einem UN-Flüchtlingslager notlanden müssen. Drei Tage später quälte sich schließlich der Nachschubzug für die Los-Angeles-Wiederaufbauzone in die Union Station, direkt in der Nähe der verfallenen Ruinen der Innenstadt.

Er verließ den Bahnsteig in vollem Lauf und schüttelte den vertrauten Brandgeruch und den alles bedeckenden Staub ab, aus denen seine Kindheit bestanden hatte. Denn er war nun mal wirklich zurück in seiner Kindheit. Zwei Straßenblöcke vom Bahnhof entfernt stürzte er sich in ein aufgegebenes Gebäude, das geplündert und entkernt worden war, und zog die UN-Uniform aus, die ihm auf der Reise zur Tarnung gedient hatte. Er hatte sich andere Kleidung besorgt. Kleidung, die härter im Nehmen war. Er würde den Sicherheitsperimeter der Innenstadt verlassen und in die Ackerbaudistrikte Midtown, Beverly Hills und West Side gehen. Vertraute Namen, die zu vergessen er sich vor fast zweitausend Jahren gezwungen hatte.

Als er die verwaschenen Jeans anzog und die Kampfstiefel zuzog, die er im Flüchtlingslager gestohlen hatte, war er aufgedreht. Die ganzen, alten Namen. Midtown. Beverly Hills... West Side. Die Orte seiner Kindheit. Er hatte an diesen Orten gespielt.

Das Datum hatte er für den Augenblick verdrängt.

Das Datum sagte, er wäre zu spät. Aber das war vor zweitausend Jahren gewesen, und damals war er noch ein Kind. Vielleicht erinnerte er sich ja falsch. Also zog er sich den Pistolengürtel um, steckte die Browning 1911 in das Halfter, die er gestohlen hatte, obwohl er sich die Frage stellte... brauchte er solche Waffen überhaupt noch?

Er hatte im Tempel so viel gelernt.

In einem Tempel, den er praktisch sein gesamtes Leben lang gesucht hatte. Was der Lebensdauer vieler Menschen entsprach. Aber die Waffe beruhigte ihn. Er hatte immer eine Handfeuerwaffe getragen. Einen Handblaster. Als Captain einer Angriffsfregatte der UN. Als Legionär. Selbst als Admiral der Republikanischen Navy. Und auch sonst bei allen Rollen, die er in seinem Leben gespielt hatte. Er hatte immer eine Waffe getragen.

Dann zog er sich den verblichenen grünen Trenchcoat über. Es war Frühling. Er erinnerte sich daran, dass der Frühling in Los Angeles immer recht kühl war. Schneidende Winde und plötzliche Regenschauer, die über die staubbedeckten Ruinen einer alten Stadt hinwegfegten, die sich wahrscheinlich niemals vom Untergang der Zivilisation erholen würde.

Oder hatte sie das?

Es gab Dinge auf der Erde, die er vergessen hatte und an die er sich niemals erinnern würde. Vor allem eine Sache. Aber das war nicht wichtig.

Dann begann er zu rennen. Rannte mit aller Kraft. Durchquerte die fadenscheinigen Barrieren, die die Innenstadt schützten und rannte hinaus in die Wildnis und die verlassenen Straßen nördlich der Wiederaufbauzone. Es war nicht weit bis zum La Brea Boulevard. Zum Bauernhof seiner Familie. Zum Ort des Geschehens.

Als er später ihre frisch ausgehobenen Gräber entdeckte, da ermahnte er sich, brüllte sich tatsächlich an, dass er einfach jemanden in der Innenstadt hätte fragen sollen. Sie hätten das bereits gewusst. Hätten gewusst, dass vor ein paar Tagen, ein paar Wochen Plünderer auf einem Streifzug einige Siedler umgebracht hatten. Damals waren das die wirklich großen Neuigkeiten.

Wen denn?

Die Sullivans und ein paar andere Familien, würden sie ihm mitteilen. Hätten sie ihm mitgeteilt. An die anderen Namen konnte er sich nicht mehr erinnern, obwohl er sie damals gewusst hatte. Er erinnerte sich an ein kleines blondes Mädchen, das seine Freundin gewesen war. Ihre Familie hatte ein paar Straßenblöcke entfernt in einem Kino gewohnt.

Es war vor drei Tagen passiert. Seine Eltern waren drei Tage vor seiner Ankunft bei den Überresten ihres Bauernhofs umgebracht worden.

Man hatte ihre Leichen einen Straßenblock vom Haus entfernt in der trostlosen Umgebung einer ausgebrannten Tankstelle begraben. Ihrem Haus. Dem Haus, in dem er vor zweitausend Jahren aufgewachsen war. Die Grabkreuze, die er für sie angefertigt hatte, waren immer noch da, und die anderen Familien hatten dabei geholfen, sie zu beerdigen. Sie waren alle aus ihren Wiederaufbau-Bauernhöfen in den ihnen zugeteilten Straßenblöcken hier hergekommen.

Jemand war vorbeigefahren und hatte auf das Grabkreuz geschossen, das über dem Grab seines Vaters lag. Es hatte seinen Vornamen erwischt, und aus den Überresten von ›Sullivan, Justin‹, Sheriff von La Brea war ein neues Wort entstanden. Es hatte wohl jemand eine alte Rechnung begleichen wollen in den leeren Tagen nach dem Begräbnis, an die er sich kaum noch erinnern konnte.

Ein seltsamer Gedanke, hier über ihren Gräbern stehend. Er wusste, wo er war. Mit ›er‹ meinte er das Kind, das man auf einen Wagen geworfen und zum Waisenhaus in der Wiederaufbauzone gebracht hatte. Und ›er‹ meinte auch den langlebigen Mann, der nun hier über ihren Gräbern stand.

War er an sich selbst vorbeigekommen, seinem jetzigen Selbst, damals in der Zone, als Kind? Hatte das Kind-Ich jemanden rennen sehen, als ob er vom Teufel verfolgt wäre? Der sich im Wettlauf mit der Uhr befand, die schon längst zur letzten Stunde geschlagen hatte?

»Das ist doch alles... ein grausamer Witz«, murmelte er in der ruhigen Straße im Lichtschein des späten Nachmittags.

So war der Tempel schon immer gewesen. Voller grausamer Witze, die einem die notwendigen Lektionen beibrachten. Falls man sie überlebte.

Er wusste, dass der Tempel die Gesetze von Zeit und Raum brechen konnte, um solche Lektionen zu erteilen. Dass es Möglichkeiten gab, diese Gesetze zu biegen, um die Reise an ›andere‹ Orte zu ermöglichen. Um einem das Gefühl zu vermitteln, dass sie, seine Eltern, in einer anderen Realität nicht gestorben waren. Dass sie bei seiner Abschlussfeier an der NASA dabei gewesen waren. Um ihm die Omega Seamaster als Geschenk zu überreichen, wenn das richtige Geschenk doch der Stolz in ihrem Blick und ihren Stimmen gewesen wäre. Irgendwo lebten sie noch, nur nicht in dieser Realität.

Der Tempel erwies sich in seinen Lektionen als grausam. Als ob alles im Universum durch einen wahnsinnigen Schnellzug mit dem Tempel verbunden wäre, der einen nie genau dahin brachte, wo man hinwollte, aber einen stattdessen an irgendeinem albtraumhaften Bahnhof entlang der Strecke absetzte, dessen einzige Aufgabe es war, dich daran zu erinnern, dass du es niemals nach Hause schaffen wirst. Und dass es wirklich schon spät war.

Es war ein grausamer Witz, der ihn hier hergebracht hatte, über diese immense Distanz, zurück in der Zeit, nur um ein wenig zu spät zu kommen, um noch etwas daran ändern zu können…

… was dazu geführt hatte, dass er zu dem geworden war…

… der er geworden war.

Er war dieses Kind gewesen, von dem Augenblick, genau diesem Augenblick, als er in der Ferne die Schüsse auf dem Bauernhof gehört hatte, das Kind, das Hals über Kopf losgerannt war und seit diesem Augenblick immer Angst gehabt hatte. Dem Augenblick, als er durch den plötzlichen, fernen Widerhall von Waffen wusste, dass sich alles für ihn geändert hatte. Aber anstelle sich der Furcht zu ergeben oder vor ihr wegzulaufen, hatte er gegen sie angekämpft. Das Kind hatte gekämpft… obwohl es weggerannt war. Auch wenn er immer Angst gehabt hatte, so hatte er doch gegen alles gekämpft, was den Plünderern ähnelte, die seine Eltern umgebracht hatten.

Er hatte gekämpft, als ob er das hatte wiedergutmachen wollen, was er als Kind nicht hatte verhindern können. Er hatte auf fremden Welten und untergehenden Raumschiffen gegen den Tod gekämpft. Hatte Tyrannen bekämpft, die die Galaxie und ihre Bürger in Spielzeuge hatten verwandeln wollen, die ihnen zur Belustigung und Befriedigung ihrer Gelüste dienen sollten. Hatte gegen Monster gekämpft, die einfach alles hatten brennen sehen wollen. Er hatte gegen alle gekämpft — anstelle gegen die Monster zu kämpfen, mit denen alles angefangen hatte. Die Monster, vor denen er stets in der Nacht Angst gehabt hatte und das Gefühl zu ersticken.

Gothhhhhs.

Er hatte immer gehofft, dass der Kampf gegen andere Monster die Furcht vor den ersten Monstern bannen würde, die ihm alles genommen hatten. Alles zerstört hatten, was man mühsam wiederaufgebaut hatte. Das Kind, das er einst gewesen war, ermordet hatten, ohne ihn überhaupt zu berühren.

Aber das hatte nie funktioniert. Sie waren immer da, in den schattendurchtränktenn Wäldern seiner Erinnerungen.

Und wie aufs Stichwort gefror das Blut in seinen Adern, als in der toten Stadt in einiger Ferne plötzlich ein Geräusch ertönte. In dieser Stadt pflanzte sich jedes Geräusch kilometerweit fort, man hatte sie mit schweren Waffen in Stücke gesprengt. Das Geräusch kam aus weiter Ferne und nahm an Lautstärke zu, bis es zu einem kehligen Brüllen wurde — wie das Brüllen der Monster, vor denen er eines Tages in fernen Hochtälern stehen würde. Oder das Brüllen, das er eines Tages in dunklen Dschungeln hören würde, wenn er um sein Leben rannte.

Es war das Geräusch eines Motorrads, das auf einer fernen Straße entlangraste. In die Nacht davonbrauste.

Das war das Geräusch, das er gehört hatte, als er seine sterbende Mutter fand. Die Leiche seines Vaters draußen im Hof.

Goths.

Das Wort floss wie Eis durch seine Adern. Und obwohl er zweitausend Jahre alt war, fühlte er sich erneut klein und verängstigt. Machtlos stand er über seiner Mutter, die im Haus im Sterben lag. Sein Vater war bereits tot.

Es ließ ihn erstarren, denn er hatte das Geräusch gehört, das Geräusch der in der Ferne verschwindenden Motorräder, als er ihre Leichen erreicht hatte.

Als ob sie gerade erst weggefahren wären.

Du hast immer Angst vor Monstern gehabt, weil du immer Angst vor ihnen gehabt hast.

Der Mann, der früher Casper gewesen war, war erneut zu spät gekommen, um seine Eltern in der Vergangenheit zu retten.

Casper.

Er hatte seit Jahren seinen eigenen Namen nicht mehr gehört. Seit Jahrhunderten. Im Tempel war er lediglich der Schüler gewesen. Und dort hatte es nur den Meister gegeben. Und natürlich die Toten, die versucht hatten, all das zu lernen, was er gelernt hatte, und gescheitert waren.

Vor dem Tempel... war er viele Menschen gewesen. Mit vielen Namen.

Casper.

Wer war das überhaupt noch?

Das verängstigte Kind der Toten in den Gräbern vor ihm? Aber er war mittlerweile so viel mehr geworden als nur das. Nicht nur seit den zweitausend Jahren, bevor er die Galaxie verlassen hatte, sondern auch in der unermesslichen Zeit im Tempel. Tage? Jahre?

Jahrzehnte? Im Tempel hatte die Zeit keine Bedeutung, und deswegen konnte die Geschichte auf einmal und gleichzeitig zu allen anderen Teilen erzählt werden, die erklärt werden mussten.

Er hatte keine Vorstellung davon gehabt. Er hatte vor langer Zeit aufgehört, sich selbst als Casper Sullivan zu sehen oder als eins der vielen Pseudonyme, mit denen er versucht hatte, die Republik vor sich selbst zu retten. Mit allen Mitteln, von einer Sache ausgenommen.

Das war ihre Vereinbarung gewesen. Zwischen Rechs, Reina und Casper. Sie würden sich niemals auf die Suche nach der Macht begeben, die sie im Quanten-Palast erblickt hatten. Sie, die einzigen drei Überlebenden des Grauens an Bord des Geisterschiffs *Moirai*.

Und die junge Frau.

Die junge Frau, die einzige, überlebende Sanitäterin der Leichten Mars-Infanterie, die sich auf den Weg gemacht hatte, Reina aus der *Moirai* zu retten. Auch sie hatte überlebt.

Nimm meine Hand, Corporal Maydoon! Ich werde dich retten.

Sie, das Triumvirat aus Rechs, Reina und Casper, hatten ein Auge auf sie gehabt, denn das hatten sie sich geschworen. Sie wollten zuschauen und abwarten.

Auf wen? Auf was?

Auf den Dunklen Wanderer.

Das war eine Antwort.

Auf jemanden, der versuchen würde, er zu werden.

Das war die andere.

Sie würden ein Auge auf jeden haben, der versuchen könnte, diese furchtbaren Kräfte anzuwenden, die sie mit eigenen Augen gesehen hatten. Denn, wie Reina gesagt hatte... man konnte mit nur einem Gedanken die

Gesetze des Universums umschreiben. Neben einigen anderen Dingen. Theoretisch. Man stelle sich nur die schrecklichen Möglichkeiten vor, die der Verstand eines Soziopathen hervorbringen könnte...

Nach einiger Zeit starb die Frau, die Sanitäterin, die alle nur Pille nannten. Sie war keine Sklavin auf der *Obsidia* gewesen, und daher hatte sie ein normales Leben geführt, von normaler Länge, mit einem Ehemann und Kindern, war immer bei guter Gesundheit und hatte hoffentlich Glück in ihrem Leben gefunden. Sie starb friedlich in einem hohen Alter. Vor langer Zeit. Und sie, das Triumvirat, schworen erneut, die Überwachung fortzuführen.

Sie würden ein Auge auf die gesamte Galaxie haben. Reina würde sich um die Wissenschaften kümmern und jede Entwicklung verhindern, die auf die Pfade führen konnte, die die Barbaren vor langer Zeit eingeschlagen hatten. Rechs würde sich um die Machtkämpfe kümmern und erkennen, wer sich auffällig leicht in die vordersten Ränge der Gesellschaft vorarbeitete. Diese Leute würde man schnell ergreifen. Daher gab es die Legion.

Und Casper... Casper würde hinter den Kulissen arbeiten, beschwatzen, manipulieren, verhandeln. In einer Galaxie voller Außerirdischer, die durch das feine Netz des Hyperraums miteinander verbunden waren, würde er eine Regierung bilden, die mit geballten Kräften nach dem Dunklen Wanderer Ausschau hielt. Die reagieren konnte, wenn es an der Zeit war.

Aber die Barbaren, die zu dieser Zeit anfingen, miteinander zu kommunizieren, eroberten sich ihre eigenen Welten, und begannen ihre albtraumhaften Gesellschaften aufzubauen. Der galaxieweite Konflikt, den man die Barbarischen Kriege nennen würde, stand bald bevor. Auch das war ein Grund für die Legion. Für die Republik und ihre schlagkräftige Navy.

Als er über den Gräbern seiner Eltern stand, dachte er: *Du hast das alles aus Angst getan.*

Aus der Angst heraus, dass die Wilden, die Barbaren, die Dunklen Wanderer des Universums an den Rändern der Realität auftauchen würden... wie irgendeine unbedeutende Rocker-Gang, die sich die Goths nannte. Die auftauchten und das zerbrechliche Juwel deiner Zivilisation zerstörten. Deine Familie. Deine Galaxie.

Vor ihnen hast du immer Angst gehabt. Und es war leichter, in den dunklen Kosmos zu reisen und wilde Monster zu bekämpfen, ja, selbst den Dunklen Wanderer... als sich den wahren Monstern zu stellen, die dich zu dem gemacht haben, was du bist. Die die Weichen deines Lebens gestellt hatten. Vor ihnen wirst du immer Angst haben. Bis du eines Tages keine mehr hast.

Dann... wie der Meister es oft betont hatte: *Dann wirst du es wissen.*

Los, ermahnte er sich. Denn er wusste nun, was seine Lektion war. Er würde sich seiner Furcht stellen. Seiner schlimmsten Furcht. Er war nicht hier hergebracht worden, um sie zu retten. Er war hier hergebracht worden, um befreit zu werden. Zu *wissen.*

Nur bewegten sich seine Beine nicht. Er blieb vor der Tragödie seiner Eltern wie angewurzelt stehen. Er würde ihre Gräber nie wieder besuchen. Niemals. Weder während seiner Zeit im Waisenhaus. Noch während seines Urlaubs von der NASA. Nicht während seiner Zeit bei der UN-Navy. Er würde niemals zu dem Ort zurückkommen, an dem sie begraben lagen.

Er ließ den Blick über die alten Gebäude schweifen, die so nahe beieinander standen. Gebäude, die sein Vater ausgeschlachtet hatte, für ihre Familie. Er versuchte, sie zu sehen. Versuchte seine Eltern zu sehen und sich selbst, wie sie früher existiert hatten. Versuchte ihre Geister zu erblicken, so wie sie früher umhergegangen waren, als ob all die schlimmen Dinge, die geschehen waren, nie geschehen wären. Niemals geschehen würden.

Doch das konnte er nicht.

Beweg dich.

Er wartete noch einen Augenblick. Hoffte. Hoffte, eine Erinnerung daran zu haben, wie er vor diesem Tag gewesen war, vor drei Tagen, dem Tag, der ihn hatte einen Kurs einschlagen lassen, als wäre er ein Raumschiff, das unaufhaltsam mit Lichtgeschwindigkeit auf das letzte Ziel zusteuerte.

Schließlich wandte er sich ab und machte sich daran, die zu ermorden, die ihn erschaffen hatten.

DIE LETZTE LEKTION IST DIE LEKTION, DAS ZU WERDEN, WAS DU FÜRCHTEST

Teil Zwei

In der Nacht betrat er eine Bar namens Spider Mike's. Westlich der Trümmerfelder, die von Teams der Wiederaufbauzone geräumt wurden, östlich des sinkenden Monds. Er betrat die Bar und sah aus wie jeder andere Plünderer/Schrottsammler, von denen es damals so viele gab. Er hatte den Geruch des gegrillten Fleischs schon in der sanften, nächtlichen Brise riechen können, als er einige Schrottplätze auf seinem Weg hierher durchquerte.

Eine Gang aus verzweifelten, schmutzigen Kindern war mit Rohren und Brettern, durch die sie Nägel gerammt hatten, auf ihn losgegangen, um ihm das wenige zu nehmen, was er besaß. Er hatte die Bedrohung durch sie gespürt und sich vor ihren hungrigen Gedanken verborgen.

Er hatte als Kind von diesem Ort gehört, von Spider Mike's. Aber er war noch nie hier gewesen. Andere Männer, die neben der Arbeit auf den Bauernhöfen seinem Vater bei größeren Bergungsaktionen ausgeholfen hatten, hatten gesagt, es wäre ein guter Ort für einen Drink. Sie brannten ihre eigenen Spirituosen, sie brauten ihr eigenes Bier, aber es gab Gerüchte, dass sie genverändertes

Zeug für ihre Burger nahmen. Zeug, das mit Rindfleisch nur entfernt zu tun hatte und für den Verkauf innerhalb der Wiederaufbauzone nicht zugelassen war.

Aber er war hungrig, und er konnte sich nicht erinnern, wann er das letzte Mal etwas gegessen hatte.

Im Tempel gab es keine Garantie auf Nahrung. Man gewöhnte sich daran, eher weniger zu essen.

Er näherte sich der räudigen Spelunke, deren Oldies durch die stille Nacht der sie umgebenden Schrottplätze schallten. In der Ferne durchbrachen Schüsse die Stille. Auf dem Platz vor dem Laden standen Autos und Motorräder wild durcheinander. Irgendeine Stimme ertönte über die stark rauschende Lautsprecheranlage, und sie sang von Gitarren und Cadillacs. Der Schüler schenkte dem keine Beachtung, als er die Gittertür aufstieß und sich auf den Weg zur Bar mit ihren unzähligen Neontafeln aufmachte, wo Schnapsflaschen in den seltsamsten Formen im Lichtschein der dahinter aufgestellten Kerzen schimmerten. Die Barkeeperin war von Kopf bis Fuß mit schmutzigen Tätowierungen überzogen, und eine Gesichtshälfte war vor vielen Jahren schrecklich verbrannt worden. Sie zeigte eine Menge Haut und ihren wohlgeformten Körper, um von der Verletzung abzulenken, die nie richtig abgeheilt war. Als Casper vor ihr stand, las er in ihrem Gesichtsausdruck ihr gesamtes Leben und erforschte mit seinem Verstand ihre Gedanken.

Das hatte er im Tempel gelernt.

An dem Tag, an dem alles passierte, war sie einfach irgendeine Frau.

Mit einem harten Leben. Sie hatte viele Jahre durch Menschenhandel und Drogenmissbrauch verloren. Irgendwann hatte sie gelernt zu kämpfen und selbst zu handeln und hatte sich in diese Position durchgebissen. Spider Mike's Nummer eins. Er konnte in ihren Gedanken ein Raubtier erkennen, das ihm genauso gerne Lust bereiten wie ihm ein Messer zwischen die Rippen rammen würde, je nachdem, was ihr am meisten einbrächte.

In ihrem Rücken standen die hintergrundbeleuchteten Flaschen, und dahinter erhob sich auf der Länge der gesamten Bar ein schmutziger, rissiger Spiegel. In seinem Spiegelbild konnte er all die Leute erkennen, die nicht vor langer Zeit gestorben waren und tranken, um die zu vergessen, die es erwischt hatte. Menschen, die von den Wilden zurückgelassen worden waren, die sich gerade erst in das Grauen verwandelten, das eines Tages die Galaxie plagen sollte. Menschen, die das Ende der Zivilisation nur mit Mühe überlebt hatten. Die Leute, die in nur wenigen Jahren die Galaxie übernehmen würden, wenn die Bauanleitungen für den Hyperraumantrieb auf Open-Source-Servern landeten. Nur wussten sie das noch nicht.

Die narbenbedeckte Schönheit, die hier Barkeeperin war, musterte ihn, beugte sich vor und fragte: »Was willste haben?« Die Gier in ihren Augen war nur einen Lidschlag vom Soziopathischen entfernt. Früher hatte sie als Kassiererin gearbeitet. Damals, an dem letzten Tag vor dem Ende aller Dinge.

In dem dreckigen, finsteren, rissigen Spiegel konnte Casper erkennen, wer *er* geworden war.

Er war immer schlank gewesen. Das rigorose Training im Tempel hatte ihm einen Körper beschert, der vor Muskeln strotzte. Sein eisengraues Haar war nicht mehr. Die Haut spannte sich über die glänzende Haut seines Schädels. Eine Haut, die von der gnadenlosen roten Sonne des verlorenen Planeten gebräunt und mit vielen

Falten durchzogen war, von der salzigen Meeresluft gestrafft. Er sah aus wie ein brutaler Schläger. Nicht mehr wie der gut aussehende Navy-Offizier, der er früher mal gewesen war.

Aber seine blauen Augen waren immer noch dieselben. Wenn sie nicht sogar noch deutlicher hervorstachen. Sie starrten ihn wie Edelsteine funkelnd an. Edelsteine, in denen ein Feuer brannte.

»Zwei Burger. Zwei Bier«, sagte er. Er hatte eine volltönende, kräftige Stimme. In all den Jahren im Tempel hatte er sie allerdings nur selten im Gespräch verwendet. Es war der Gesang während der Konzentrationsmeditation, der sie gestärkt, gefördert und in einen tiefen Bariton verwandelt hatte. Selbst wenn er flüsterte, vermittelte seine Stimme dem Zuhörer eine beachtliche Präsenz, die nicht ignoriert werden konnte. Der man nichts verweigern konnte.

Sie verzog das Gesicht, vielleicht zu einem Grinsen, aber wandte sich dann ab und ging in die Küche.

Er blieb stocksteif stehen und starrte auf sein Spiegelbild. Roch, wie das Fleisch gegrillt wurde. Ließ die halbstarken Wichtigtuereien und das unaufhörliche Geplapper der gebrochenen, zerstörten Leben um ihn herum als Hintergrundgeräusch der Galaxie verstummen.

Er hatte sich niemals an ihre Abmachung gehalten. Die Abmachung, die Rechs, Reina und er selbst eingegangen waren. Er dachte, dass er es getan hatte. Aber in Wirklichkeit hatte er immer danach gesucht, auch wenn es ihm nie bewusst gewesen war.

Zuerst hatte er seine unauffälligen Anfragen an tausend verschiedene Bibliotheken auf hundert alten Welten noch mit der Suche nach Informationen begründet. Um herauszufinden, wer oder was der

Dunkle Wanderer tatsächlich war. Es würde sicherlich alte Mythen und Legenden geben, die ihre Spuren in der Geschichte der Galaxie hinterlassen hatten. Das war es aber auch schon. *Nur um herauszufinden, mit wem wir es eigentlich zu tun haben*, hätte er Rechs oder Reina erzählt, hätten sie ihn darauf angesprochen. Aber er hatte seine Erkenntnisse nie mit Rechs oder Reina geteilt.

Seine Erkenntnisse gehörten nur ihm.

Er erinnerte sich an den alten Kundschafter, der den Tempel von Morghul jenseits des Randes der Galaxie entdeckt hatte, nur um sich nicht mehr erinnern zu können, wo genau er sich befand oder wie er ihn gefunden hatte. Oder wie er von dort zurückgekommen war. Konnte es sein, dass der Meister dem alten Mann die Flucht erlaubt hatte? Dass er ihn zurückgeschickt hatte, um jeden zu ihm zu locken, der der Aufgabe würdig war, jemanden, der eines Tages den verlorenen Planeten nicht nur suchen, sondern auch finden würde?

Dann gab es noch diese Erzählungen aus dem Zeitalter vor dem Hyperraumantrieb von uralten Helden mit fantastischen Kräften. Er untersuchte diese unerklärten Phänomene, die man oft ganz leicht erklären konnte... aber manchmal eben auch nicht. Das waren die rar gesäten Haupttreffer, auf die er geduldig wartete. Er ging allem nach, dass irgendwie nach ›Übernatürlichem‹ oder ›Wundern‹ klang. Tricks, wie sie der Dunkle Wanderer angewendet hatte, um die wirren Gedanken der Barbaren seinem Willen zu unterwerfen. Seinen Zielen.

Er konnte auch ›Wunder‹ wirken — hier und jetzt, in dieser Bar. Mit dem, was er im Tempel gelernt hatte, konnte er mit der Kraft seines Verstandes Dinge bewegen. Ein Genick brechen. Die alten widerlichen Möbel gegen die Boom Box auf dem Regal schleudern, wo jemand mit einer tiefen Stimme über einen Ring aus Feuer sang, in den er hinabfiel, immer tiefer. Er konnte die Beleuchtung ausschalten und das Gebäude einstürzen lassen. Er konnte sie glauben lassen, sie befänden sich in einem Sturm.

All das konnte er, und sie würden ihn wahrscheinlich am Ende anbeten.

Denn für ihn, für das, was er geworden war, stellten sie nur Wilde dar mit wimmernden, nichtssagenden Existenzen, die sich für winzige Brocken von dem, was früher mal existiert hatte, über den Haufen schossen.

Oder war er nun der Wilde? Genau wie die Eliten, die die Erde und ihre Menschheit zurückgelassen hatten. Und ›Wunder‹ mit ihrer seltsamen Technologie bewirkten. Die den Hyperraumreisenden wie Götter erscheinen mussten, die schließlich nach ihnen suchten, als die halbe Galaxie erforscht und in Anspruch genommen war.

War er jetzt der Wilde?

Er hatte an allen Ecken und Enden des Universums gesucht. Dinge entdeckt, die niemals hätten gefunden werden sollen. Hatte zugesehen, wie die Republik sich in ein Monster verwandelte, das alles zerstören würde, bloß weil die wenigen, törichten Privilegierten, die er nie hatte besiegen können, nur an sich dachten. Sie waren wie Kakerlaken. Jedes Mal, wenn er eine von ihnen zertrat, huschten zehn weitere in die Dunkelheit davon.

Er hatte versucht, die Republik vor sich selbst zu retten. Mit Kriegen, Attentaten, Ränkeschmieden. Aber am Ende musste er feststellen, was so viele andere in der Vergangenheit festgestellt hatten. Wenn die Kakerlaken das System zu ihrem eigenen Nutzen schwächen könnten, dann würden sie es ohne nachzudenken tun.

Es war ein kaputtes System. Denn die Leute waren kaputt.

Die Legion hatte wie die Antwort auf alles gewirkt. Sie hatte die Barbaren besiegt in einem Krieg, der wohl der brutalste aller Zeiten gewesen war. Dann würde sie ja wohl auch in der Lage sein, alles in den Griff zu bekommen, was die ›andere‹ Seite der Galaxie der Zivilisation entgegenwerfen würde. Aber das Monster der Regierung... das war ein ganz anderes Problem. Es kannte nur ein Ziel — alle Macht auf sich zu vereinen, ohne sie mit irgendjemandem teilen zu müssen. Die Legion hatte es nicht aufhalten können. Selbst während der Barbarischen Kriege, selbst in den glorreichen Tagen mutiger und fähiger Legionäre, hatten sich erste Risse im System abgezeichnet. Die Legion zerfiel, wenn auch nur in kleinen Schritten, unter dem erdrückenden Gewicht der ewigen Gutmenschen, die nie wirklich etwas Gutes taten, außer für sich selbst. Als die Barbarischen Kriege ein Ende fanden, veränderte sich das Gleichgewicht der Kräfte — sehr schnell. Die Republik war der Ansicht, dass sie die Legion nicht mehr brauchte, und ohne Zeit zu verschwenden, begann sie ihren Einfluss zu beschränken. Begann sie zu kontrollieren.

Casper konnte sehen, was als Nächstes geschehen würde, als ob es direkt vor seinen Augen geschähe. Die ersten Risse tauchten auf. So dünn, dass man sie kaum sehen konnte, aber mit der Zeit würde sich die Legion zur einer nutzlosen Leibgarde verändern — im Idealfall —, um das Haus der Vernunft vor den gierigen Massen zu beschützen. Sie könnte sogar so schlimm wie das Haus der Vernunft selbst werden, wenn sie das nur wollte.

Der Krieg ging seinem Ende zu, aber der Verfall hatte bereits begonnen. Das war überdeutlich.

Du hast die Republik erschaffen. Und Rechs erschuf die Legion. Alles in dem Versuch, die Galaxie vor dem zu bewahren, was immer der Dunkle Wanderer war. Am Ende konntet ihr beide die Republik nicht vor sich selbst retten, ganz abgesehen von den unbekannten Bedrohungen, die auf der anderen Seite des Vorhangs dieser Realität existieren.

Und Reina...

Verschwunden. Totenstille. Vielleicht sogar tot. Eine letzte Übertragung, in der sie Casper gesagt hatte, dass sie genau das dasselbe wie er getan hatte. Sie wusste, was die Stunde geschlagen hatte, hatte gewusst, wie viel auf dem Spiel stand, war dieselben Risiken eingegangen.

Und war niemals zurückgekehrt.

Die narbenbedeckte Barkeeperin stellte einen angeschlagenen Teller mit zwei Burgern vor ihm ab. Sie fügte ein anzügliches Zwinkern hinzu und erlaubte dem Schüler einen guten Blick auf ihre Brüste, während sie zwei ungleiche braune Bierflaschen aus einer Kühlbox unter der Bar holte.

Casper musterte sie ausgiebig, bevor er sich den ersten Burger nahm und wie hungriges Monster, das aus den Tiefen der Zeit endlich an die Oberfläche zurückkehrte, einen Bissen nahm. Der Saft lief über seine vernarbe, schwielige Hand. Er kaute einmal, zweimal, erkannte Knoblauch und sogar... Mayonnaise. Dann schluckte er.

Er schloss die Augen.

Für einen Augenblick fühlte er das, was immer er auch geworden war, schwächer werden. Er spürte eine verlorene geglaubte Verbindung zu dem, was er früher gewesen war, die ihm aus der Ferne, jenseits eines finsteren, sturmgepeitschten Meers in einer regnerischen Nacht, ein Zeichen zu geben versuchte.

Wie ein Raumschiff, das in der stellaren Finsternis an ihm vorbeiglitt und ihn ermahnte, dass er früher genauso wie die Leute hier um ihn herum gewesen war.

Er aß den Burger auf. Öffnete eine der Flaschen und leerte sie in einem kühlenden Schluck. Er gab ein zufriedenes ›Aaah!‹ von sich und rülpste. Dann aß er den zweiten Burger und leerte auch die zweite Flasche. Er verließ die Bar, suchte sich einen Wagen auf dem Parkplatz aus, und glitt hinter das Steuer eines alten, gepanzerten Muscle-Cars, an dem Unfallschäden und Einschusslöcher zu sehen waren. Es war schwarz.

Er spürte die versteckte Sprengladung, mit der man das Fahrzeug gesichert hatte, und in seinem Geist streckte er seine Hände aus und deaktivierte den Plastiksprengstoff unter den Benzintanks. Dann zwang er das Fahrzeug, ohne den Schlüssel knatternd zu starten, und einen Augenblick später fuhr er Richtung Norden in die Nacht. Die tote Stadt ließ er hinter sich zurück.

Irgendwann fand er ihre Spur. An einer schwer gesicherten Tankstelle jenseits des Sepulveda-Passes. Außerhalb von L.A. befanden sich ziemlich wilde Orte, die an die alte Frontier erinnerten, voller ausgelassener Geschichten, wie man dort überlebte. Reisende hatten sie erzählt, die während seiner Kindheit bei seinem Vater zu Besuch gewesen waren. Ein grauhaariger, alter Mann lieferte ihm die gesuchte Information. Er musste ihn nicht bedrängen, überreden oder seinen Willen brechen. Er hatte ihn einfach gefragt.

»Die Jungs sind nicht das, was sie zu sein scheinen«, sagte der alte Knabe, als er über die Rocker-Gang redete, die man die Goths nannte. »Ich erkenne wildes Zeuch, wenn ich es sehe. Ich erkenne auch Wahnsinn. Mit dem habe ich ein paar Mal angebandelt. Und sie spielen natürlich ihre Rolle, auf jeden Fall. Aber da steckt mehr dahinter.«

Casper spürte, wie ihm der kalte Schweiß über den Rücken lief. Eine Hand zitterte ganz leicht, und er starrte sie an, bis es aufhörte. Niemand von ihnen besaß, was er einsetzen konnte. Niemand von ihnen wusste, was er wusste. Also... warum diese Angst?

Ja, flüsterte diese andere Stimme. *Warum diese Angst, Junge?*

Bei Casper, der dem Mann gerade alles Bargeld gegeben hatte, das er in dem alten, gepanzerten Muscle-Car hatte finden können, um den Tank aufzufüllen, meldete sich unter dem heißen Lichtschein der Neonreklame der Tankstelle die Angst. Hier draußen, jenseits der aus geborgenen Materialien zusammengebauten Mauern, als die sanfte Abenddämmerung nahte. Schwärme schwarzer Krähen, die wegen der vielen Leichen, die der Krieg hinterlassen hatte, kühn und zahlreich geworden waren, überquerten den tiefblauen Himmel wie winzige, flatternde Schatten in der Nacht. Sie krächzten und krähten einander an.

In diesem Augenblick wurde der Schüler von Angst ergriffen.

Er spürte, wie sie ihn mit kalter, eiserner Hand packte, in einem Griff, der niemals nachlassen würde. Es gab keinen Augenblick danach, keine Befreiung aus diesem ewig dauernden Moment der Angst. Immerhin waren dies die Goths, vor denen er vor so langer Zeit geflohen war, ob nun bewusst oder unbewusst. Er brachte seine Atmung unter Kontrolle, denn mehr konnte er nicht tun, und schließlich bekam er seinen Verstand wieder in den Griff. Und hielt die Zügel der Vernunft erneut in seinen Händen. Er drehte die Kappe an seinem Tank fest und dankte dem alten Mann. Sekunden später raste er in einer Wolke aus Splitt davon, die den Staub der Zerstörung in die Nacht schleuderte.

Die Goths schlugen ihre Lager entlang der ›101‹ auf, hatte ihm der alte Mann gesagt, östlich der Ruinen eines Ortes, den der Mann ›San Barbara‹ genannt hatte. Wenn er sie finden wollte, dann dort.

Er traf vor Tagesanbruch auf eine ihrer Patrouillen. Er entdeckte sie vor sich auf dem Highway, völlig überdreht und auf dem Weg zur Küste. Die Sonne schickte ihre ersten Strahlen über die Bergspitzen hinaus aufs Meer, das in Gold und Blau schimmerte. Er trat hart aufs Gaspedal und erreichte sie schneller, als sie erwarteten. Er versuchte die hinteren Motorräder über den Haufen zu fahren und erwischte zwei ihnen. Doch der Rest teilte sich auf, und einer von ihnen ließ sein Motorrad fallen, sodass er eine lange Rutschpartie hinlegte. Er fuhr über hundertfünfzig.

Er schaltete herunter, trat auf die Bremse und hörte die Reifen quietschen, als er den Wagen oben auf der Anhöhe herumriss.

Sie stürzten sich sofort auf ihn.

Mit einer Handbewegung schleuderte er einen Fahrer mit seinem Motorrad in die Luft. Doch drei fuhren an ihm vorbei, wobei einer auf ihn schoss und ein anderer ihn mit einer kurzen, harten Kette am Hals traf. Ihm blieb die Luft weg, und er ging auf die Knie, verzweifelt nach Luft ringend. Es fühlte sich an, als ob ihn jemand mit einem Baseballschläger am Hals erwischt hätte.

Zwei der Motorradfahrer umkreisten ihn jetzt und schlugen mit ihren Ketten auf ihn ein. Ein dritter, der von seinem Motorrad abgestiegen war, versuchte seine Pistole nachzuladen.

Er stand kurz davor, das Bewusstsein zu verlieren, und die Angst war zurückgekehrt. Er hatte versucht, das einzusetzen, was er im Tempel gelernt hatte, aber nichts davon schien zu klappen. Das Einzige, was er hören konnte, war, wie er zu ersticken drohte. In seinen Ohren hörte es sich an wie *Gothhhhh*.

Wenn er sterben sollte... so dachte er bei sich... dann hatte er keine Zeit Angst zu haben. Nicht mehr. Nicht jetzt. Nicht vor diesen Monstern.

Er packte in seinem Geist ihre Kette und ließ sie sich um die Hälse der Motorradfahrer legen. Beide Fahrzeuge krachten zu Boden, als die beiden Männer mit den harten Eisenketten um ihren Hals kämpften.

Der Schüler ballte seine Hand zur Faust. Diese Ketten würden sich nie wieder bewegen. Nun stand er auf, straffte sich und ging zu dem Mann hinüber, der seine Waffe nachlud. Der Mann kriegte eine Kugel in die Kammer, hob die Waffe — und spürte, wie sie ihm aus der Hand flog. Einen Augenblick später hielt er den dreckigen Hals des Manns in seinem eisernen Griff. Er hob ihn mit einem Arm vom Boden hoch. Der Mann würgte.

»Wo ist der Rest von euch?«

Der Mann schüttelte den Kopf, und Angst stand in seinen hervorstehenden Augen.

»Sag es mir, sofort!«

Der Mann würgte und spuckte. »Straße... nördlich, Santa Barbara. Osten... Totems weisen die Richtung.«

Der Schüler brach dem Rocker das Genick und schleuderte den Mann zur Seite.

Er fuhr den Rest der Nacht durch.

Kurz nach Morgengrauen fuhr er auf den mit Rissen durchzogenen Parkplatz eines alten Hotels mit Meerblick. Er lehnte sich erschöpft und müde zurück und spürte, dass sein Körper leicht zitterte. Mit der Zeit würde er an Kraft gewinnen. Je häufiger er einsetzte, was er gelernt hatte, umso... mächtiger würde er werden, aber das war das falsche Wort. Der Meister hatte ein anderes verwendet... etwas, das ähnlich wie das Wort ›wissend‹ klang. Er schlief den ganzen Tag, und als die Nacht hereinbrach, fuhr er auf dem Highway weiter zu den Ruinen eines alten Dorfs am Meer.

Zu der Straße, die zum Schlupfwinkel der Goths führte.

DIE LETZTE LEKTION IST DIE LEKTION, DAS ZU WERDEN, WAS DU FÜRCHTEST

Teil Drei

Jenseits der stillen, von Bränden zerstörten Ruinen von Santa Barbara entdeckte er eine alte Straße, die Richtung Osten ins Küstengebirge führte. Die Straße schlängelte sich die Anhöhen hinauf, und er kam an seltsamen Totems vorbei, die von dem einen funktionierenden Scheinwerfer des Muscle-Cars erhellt wurden. Die Totems, die ihn deutlich abschrecken sollten, bestanden aus den Überresten von Menschen und Vögeln, Krähen, die man gekreuzigt und in fast schon künstlerisch wertvolle Hirngespinste verwandelt hatte. Wie die, die er vor langer Zeit auf der *Moirai* entdeckt hatte. Nur... war das noch nicht passiert.

Er konnte sie spüren, bevor sie ihn angriffen. Spürte, dass sie für alles eine Gefahr waren. Dass ihr Zorn dem Überleben diente. Dass sie vor nichts Angst hatten.

Genau wie er es im Tempel gelernt hatte.

»*Die Macht kennt weder Höhen noch Tiefen*«, hatte ihm der Meister beigebracht. »*Sie steht auch auf keiner Seite. Du entscheidest, wie groß ihre Kraft ist. Du entscheidest, welcher Seite sie dient.*«

Die Kräfte des Meisters waren groß. Nur waren sie... keine Kräfte. Sie waren nur... *eine* Macht. Und das erklärte es nicht wirklich. Sie war... einfach anders.

Er besaß einen gewissen Anteil an ihr. Mit der Zeit würde er mehr erringen. Wenn er überlebte. Vielleicht würde er eines Tages genauso viel haben wie der Meister. Doch im Augenblick hatte er... ein wenig. Damit würde er sich seiner letzten Lektion stellen müssen.

Er spürte die Goths vor sich auf der Straße, also wurde er langsamer. Er wusste, dass sie das laute Motorengrollen seines Muscle-Cars gehört hatten. Er fuhr an die Seite, weit unterhalb des bewaldeten Gipfels und stellte den Wagen dort ab.

»Werde das, wovor du Angst hast. Dann wirst du keine Angst mehr haben.«

Der Meister hatte innegehalten. Im Tempel hatte es Pausen gegeben, die Jahre zu dauern schienen. Er, der Schüler, hatte darauf gewartet, die Lektion mitgeteilt zu bekommen. Dass die Perle der Weisheit sich offenbarte. Dass er den nächsten Hinweis erhielt.

»Dann wirst du die Krux verstehen.«

Die Krux, hatte er gedacht, als er das Wort zum ersten Mal gehört hatte. Nach all den Jahren war es *das*, was die Macht ausmachte. Doch diese Worte zu hören, hatte ihn nicht so verblüfft wie die Raumschiffe in ihrem Meeresfriedhof jenseits des Tempels. Es war fast so, als ob das Wort schon immer da gewesen wäre, direkt vor seiner Nase. Das machte die Krux wirklich aus. Sie war im Mittelpunkte aller Dinge.

Der Meister schien seine Gedanken zu spüren, denn er lächelte grausam.

»Der Mittelpunkt aller Dinge ist die Krux. Keine Kraft... sondern die Fähigkeit, die Macht einzusetzen, die sich in allem befindet. Im Mittelpunkt... befindet sich die Krux. Das Wissen... ist Macht.«

Und nun hatte er verstanden. Seit dem Augenblick, als man es ihm beigebracht hatte, hatte er es Stück für Stück besser verstanden. Es war keine Macht. Es war die Fähigkeit, Kräfte davon zu überzeugen, im Auftrag ihres Besitzers zu handeln.

»Alte Orden setzten die Krux ein, vor langer Zeit, verloren in den Nebeln der Zeit. Sie waren mächtig«, fuhr der Meister fort. »Sie beherrschten die Galaxie. Sie brachten Zerstörung und Chaos, obwohl sie anderes behaupteten. Pah! Sie wussten nichts vom verborgenen Wesen der Krux. Die Krux ist. Du entscheidest dich, was du wirst, ob nun gut oder böse, ob Licht oder Dunkelheit. Die Krux ist keins von beiden. Mit der Krux ist nichts anderes nötig. Wenn du es verstehst... wirst du es wissen.«

Und zu wissen... das Wissen... war die wahre Macht. Das Wissen war die Krux.

Casper löste seinen Pistolengürtel, der ihn früher beruhigt hatte, und legte ihn auf die warme Motorhaube des alten Muscle-Cars. Wenn dies der letzte Test sein sollte, dann würde er nur das einsetzen, was er gelernt hatte. Die Krux... würde ausreichen.

Für was?

Für Rache?

Nein.

Für Macht?

Nein.

Um die Galaxie zu retten?

Nein. Nicht einmal das jetzt.

Was dann? Antworte, Casper!, schrie irgendein sterbendes Kind und erinnerte ihn zum letzten Mal daran, dass vor langer Zeit sein Name Casper gelautet hatte. Casper Sullivan.

»Sull-« (Einschussloch) »-us-« (Einschussloch). Genau wie das Grabkreuz, das er selbst geschnitzt hatte. Am Grab seines Vaters aufgestellt hatte. Nur hatte jemand in den drei Tagen, zwischen denen sein elfjähriges Ich das Grabkreuz in den harten Boden oberhalb der Leiche seines Vaters gerammt hatte, und dem zweitausendjährigen Ich, das nur kurze Zeit später zu spät aufgetaucht war, um Rache zu nehmen, aber rechtzeitig, um die letzte Lektion zu absolvieren, auf das Grabkreuz geschossen.

Sull-us

Sullivan, Justin

Das hatte er auf das Grabkreuz geschrieben. Vor so vielen Jahren. Keine Lebensjahre, kein Todesdatum, kein Grund.

Und als er es wiederentdeckte, fand er... Sull-us. Eine Erinnerung daran... dass mit Macht... was hilft das Gute?

Die Kugeln hatten die Buchstaben ›ivan‹, das ›J‹ und das ›tin‹ ausgelöscht.

Der Tod hatte *Sullus* offenbart.

Er ging die Straße hinauf. Verdrängte alle Gedanken, die auf ihn zustürzten.

Dies ist der Test, schrie er sich an, als er sich den Wachen näherte.

Rechs hatte ihn einmal gewarnt: »Wenn du dich auf die Suche danach machst... werde ich am Rand auf dich warten. Ich werde bestimmt Dinge vergessen, wenn ich lange lebe, Casper, aber das werde ich nie vergessen.«

Sein bester Freund, Rechs. Die Bedeutung der Worte war deutlich gewesen. Rechs würde Casper töten, sollte er sich jemals auf die Suche machen. Selbst als am Ende ihnen beiden klar wurde, dass der Zusammenbruch der korrupten Republik bevorstand und keiner von ihnen wusste, wie sie die Galaxie vor sich selbst bewahren sollten, selbst als Casper Rechs alles erzählte, was er wusste. Oder vielmehr vermutete. Dass die Kräfte, die der Dunkle Wanderer sein Eigen nannte, auf einem verloren Planeten jenseits des Randes der Galaxie zu finden waren, dessen Name nur als Gerücht existierte. Casper hatte gehofft, dass Rechs mit ihm mitkommen würde. Da sie es beide nicht geschafft hatten, eine einheitliche Galaxie zu erschaffen oder eine Militärmaschinerie, die sich dem entgegenstellen konnte, was der Dunkle Wanderer darstellte... war die einzige, noch verbliebene Möglichkeit, wie er zu werden.

Gemeinsam hätten sie einen Weg gefunden, die Galaxie wieder auf den richtigen Pfad zu lotsen, mit den seltsamen Fähigkeiten, die die Prophetinnen und der Dunkle Wanderer benutzt hatten. Sie würden niemals der Korruption anheimfallen. Und wenn sie es taten, dann würden sie sich vorher selbst zerstören. Casper hatte Jahre gebraucht, um den Mut aufzubringen, an den damaligen General Tyrus Rechs heranzutreten, den T-Rex der Legion, um ihm eine Andeutung seines tollkühnen Plans zu unterbreiten. Er hatte das am Ende nur getan, weil alles andere hoffnungslos, aussichtslos zu sein schien. So verdorben, so furchtbar. Weil die Suche nach dem Tempel von Morghul der einzige Hoffnungsschimmer zu sein schien, um sie alle retten zu können.

Er hatte Rechs nicht einmal mitgeteilt, was Reina entdeckt hatte. Oder was sie hatte tun wollen, weswegen sie verschwunden war. Denn Rechs hätte Reina dasselbe Versprechen wie Casper gegeben.

Ich werde am Rand auf dich warten.

In seiner Vorstellung hatte Rechs seinem Plan widerstrebend zugestimmt. Hatte nüchtern akzeptiert, wie sinnvoll der Plan war, den verlorenen Planeten und den Tempel von Morghul zu finden. Das existierte natürlich nur in Caspers Fantasie. Er hatte sich ein anderes Ergebnis vorgestellt.

Aber Rechs, der schon immer Rechs gewesen war, hatte seinen Kurs nicht geändert und Casper die Folgen aufgezählt, was passieren würde, wenn einer von ihnen gegen die Vereinbarung, die sie nach der *Moirai* getroffen hatten, verstoßen würde. Die Vereinbarung, die sie stets eingehalten hatten, während sie sich bemühten, eine Kampftruppe aufzubauen und politische Organe, die die Wilden besiegen konnten... und den Dunklen Wanderer. Eines Tages.

»Sie liegt da draußen, jenseits des Randes, Tyrus. Wir können dorthin. Zusammen«, hatte Casper ihn angefleht.

Es hatte ein kurzes Schweigen gegeben, währenddessen der gefühllose Rechs in seine Augen gestarrt hatte, als hätte er sich selbst ein Versprechen gegeben. Irgend so einen heldenhaften Schwur, an den er sich ab und zu erinnern musste.

Und dann hatte sein ältester, sein bester Freund das Wort ergriffen. Langsam und gleichmäßig. So konstant in seiner Bahn wie ein alter Stern, dessen Licht bis zum Ende des Universums scheinen würde. Das war kurz vor der letzten Schlacht gewesen, in der sie zusammen gekämpft hatten. Die Niederlage bei Telos, als die Zerstörer der Barbaren die Armada der Republik überwältigt hatten.

»*Wenn du dich auf die Suche danach machst... werde ich am Rand auf dich warten.*«

Danach... war Casper verschwunden. In dem Wissen, dass Rechs ihn nie begleiten würde. In dem Wissen, dass er sich ihm bei seiner Rückkehr würde stellen müssen. In dem Wissen, dass einer von ihnen endgültig sterben würde.

Er näherte sich in der Dunkelheit der Handvoll Wachen, die das Versteck beschützten. Sie hatten sich auf einem unbefestigten Parkplatz zusammengeschart, der früher nur eine Haltebucht oben auf dem Hügel gewesen war, der sich über der alten, toten Küstenstadt Santa Barbara erhob. Dahinter, auf der anderen Seite der Anhöhe im Osten, lag ein breites Tal mit Eichen und großen Weiden, die im gespenstischen Mondlicht silbrig glänzten.

Er konnte ihre wilde Acid-Rock-Musik in den Wäldern weiter oben auf dem Hügel hören. Ihr Versteck und ihre Zelte waren von dicht stehenden Eichen umgeben. Doch er konnte sie alle dort oben spüren, wie sie sich in ihrer Verkommenheit aalten, zu der sie sich am Ende der Welt entschlossen hatten.

»Na, was haben wir denn—«, setzte die erste Wache an, bevor der Schüler dem Mann mit einer einfachen Geste die Luft abdrückte. Er schleuderte den dreckigen, in Leder gekleideten Kerl gegen die Seite eines staubigen Autos. Selbst jetzt, als er die Krux nutzte und wusste, dass es keine Macht war, sondern nur das Wissen, wie man eine Macht nutzte, die sich im Mittelpunkt von allem befand, konnte er spüren, wie ihm die Anwendung immer leichter fiel. Mit der Zeit... würde er sogar mächtiger werden als der Dunkle Wanderer.

Die anderen zogen ihre Waffen schnell. Alte Projektilwaffen wie sie die Wilden draußen in der Finsternis, zwischen den Sternen über ihnen besaßen, während sie in ihren rotierenden Städten durch das Weltall schwebten. Der Schüler kannte nur noch Verachtung für sie und ihre unbedeutenden Waffen. Sein

Zorn schleuderte sie alle durch die Luft, bevor einer den Abzug betätigen konnte. Sie flogen in alle Richtungen über den kreidehaltigen Boden und prallten gegen die von ihnen benutzten Motorräder. In einem plötzlichen, verblüffenden Augenblick waren sie erledigt.

Nun nahm sich der Schüler Zeit, sie in Ruhe zu töten. Er rammte ihnen Felsen gegen die Schädel. Felsen, die sich von allein vom Boden hoben und schneller gegen ihre ungeschützten Schädel krachten als abgefeuerte Kugeln. Blutspritzer und Innereien färbten den Kreidestaub des einsamen Ortes rot.

Einer von ihnen schaffte es, seine Finger an eine Pistole zu bekommen, die er in einem Stiefel versteckt hatte. Er zückte sie blitzschnell, wie eine Klapperschlange. Der Schüler spürte all dies im Voraus, bevor es überhaupt geschah, als ob die Zeit für ihn langsamer verlief.

War dies der Mann, der seinen Vater erschossen hatte? Seine Mutter vergewaltigt hatte? Erneut versuchte die Angst ihn zu packen und schrie ›Goth‹, schrie es dem kleinen Kind entgegen, das er einst gewesen war. Er zögerte und war daher zu langsam in seiner Verwendung der Krux, um den Kopf des Manns zu zerquetschen, ihm die Luftröhre mit einem Gedanken zu durchtrennen, und der Mann konnte gerade genug Druck ausüben, um die Kugel in der Waffe abzufeuern.

Die Kugel schoss ihm entgegen und erinnerte den Schüler daran, dass er die Krux aller Dinge kannte.

Der Schüler hob die Hand und hinderte das Geschoss daran, ihn zu treffen. Dann sprang er vor, von einem plötzlichen, wilden Zorn gepackt. Er sprang aus dem Stillstand auf den Rocker zu, der gleich sterben würde, weiter als irgendein Mensch im Handumdrehen springen konnte. Er landete direkt neben der Pistole, aus der der

Mann gerade einen weiteren Schuss abfeuern wollte, und er packte die Hand des Manns, um sie und die Pistole unter das Kinn des unzivilisierten Manns zu rammen, kurz bevor der Rocker den Abzug betätigte. Die Waffe gab einen lauten Knall von sich, und die Kugel schoss durch das Kinn und den Mund des Manns, bevor sie in einer kleinen Eruption aus Gehirnmasse oben am Schädel austrat.

Der Widerhall war deutlich in der stillen Nacht zu hören.

Sie alle, alle Männer, die dem Schüler zu Füßen lagen, waren nun tot.

Oben am Hügel konnte man immer noch die Musik in ihrem Lager spielen hören. Aber der Lärm der Feiernden war mit dem Pistolenschuss verstummt.

Gut, dachte der Schüler. *Lass sie Angst haben.*

Er ging zu ihnen. Stieg im hellen Mondlicht den schattigen Waldweg hinauf. Sie versuchten, ihn mit Schüssen und Messern zu überfallen, aber er zerquetschte ihre Schädel und brach ihnen die Knochen mit einfachen Gesten. Sie fielen zu Boden, als hätten sie Meereswellen aus Stahl getroffen.

Mit jedem Toten wurde er wütender und wütender. Die ungezügelte Macht durchströmte ihn. Mit jedem Schlag fühlte er sich stärker. Mit jedem Tod. Lernte mehr darüber, wie weit er bei der Manipulation dieses fantastischen Dings namens Krux gehen konnte, das im Mittelpunkt aller Dinge lag. Selbst als er einen glatt rasieren Mann hochhielt, der laut schrie und fluchte und mit der Machete herumfuchtelte, mit der er den Schädel des Schülers hatte spalten wollen, fragte sich der Schüler, welche Möglichkeiten die Krux ihm nach dieser Nacht noch bieten würde.

Handelte es sich bei der Krux um die Quintessenz des Lebens, über deren Existenz so viele Philosophen vor so langer Zeit diskutiert hatten?

Er schlachtete sie ab. Und dann schlachtete er ihre Frauen und ihre Kinder ab in dem Wissen, dass dies nur ein Appetitmacher war für all die Dinge, die noch kommen sollten. Die Angst hatte nun Angst vor ihm. Sie umkreiste das Gemetzel, wartete den rechten Augenblick ab in der Hoffnung, ihn angreifen und niederwerfen zu können.

Er hörte zu, wie ihre Seelen in blankem Entsetzen und vor Angst aufschrien. Las ihre gelähmten Gefühle. Erhielt sogar Einblicke in ihr Leben vor diesem Zeitpunkt. Sie waren früher Teil einer Behörde gewesen. Irgendeine Art paramilitärische Einheit. Nach dem Zusammenbruch hatten sie sich zusammengetan und auf andere Jagd gemacht, um zu überleben. Sie hatten sich selbst verloren, wie es bei solchen Menschen immer geschah.

Sie hatten Jagd auf seine Familie gemacht.

Und auf andere.

Aber unter ihnen gab es einen, der aus der Menge herausstand. Der sich durch die Schatten ihres Lagers schlängelte und sich vom Gemetzel fernhielt. Der anders war. Der keine Angst kannte. Der wollte, dass er Angst bekam. Er war ihr Anführer. MacRaven war der Name, der vor dem inneren Auge des Schülers auftauchte, als er sich in den Schatten verbarg und die letzten Erinnerungen der Toten überall im Lager durchforschte.

Er war derjenige, wegen dem er hergekommen war.

Er war derjenige, vor dem er immer Angst gehabt hatte.

Er war ihre Krux. Der Mittelpunkt aller Dinge. Der Schwarze Drache dieses Augenblicks.

»Komm schon, komm schon, lass uns spielen... mein Kleiner«, heulte der Wahnsinnige, den er inmitten des gestohlenen Beuteguts in ihrem Lager spürte. Man hatte an den großen Eichen, die ihr Lager umstanden, Weihnachtsbeleuchtung angebracht. »Komm schon, komm schon und stirb... mein Kleiner«, summte ihr Anführer, als ob er genau wusste, wer Jagd auf sie machte.

Der Schüler kam wieder zu sich. Er schwitzte... nicht vor Angst, sondern vor plötzlichem Hunger, vor Schwäche. Er hatte beim Töten das Zeitgefühl verloren und sich hinreißen lassen. Aber nun, während er außer Sichtweite in der Dunkelheit meditierte und zuhörte, wie der Killer um ihn herumschlich, fühlte er sich plötzlich schwach und müde.

Er versuchte zu meditieren.

Er erinnerte sich an die Eislandschaft, in der er jahrelang gelebt hatte.

Die Höhle seiner eigenen Blindheit, in der er gelernt hatte, wirklich zu sehen.

Erinnerte sich an alle Lektionen und so viel mehr, die er in ungezählten Jahren in den Tiefen des Tempels gelernt hatte.

Die Krux war groß... aber ihr Gefäß war es nicht, ermahnte er sich.

Er spürte, wie sich der Killer ihm näherte, als ob der Wahnsinnige seine Schwäche spüren konnte. Der Mann griff ihn mit einem riesigen Schwert an. Einem Schwert, wie man es aus alten Filmen über Barbaren und Zauberer kannte. Das konnte er spüren.

Der Schüler trat aus den Schatten hervor und erblickte den Dunklen Wanderer. Drohend türmte er sich vor ihm auf, fast zweieinhalb Meter groß. Er hielt das Schwert in seinen Händen und hatte es auf ihn abgesehen. Genauso hatte er ihn gesehen, damals, vor all diesen Jahren an Bord der *Moirai*. Die Angst vor diesem ›anderen‹ Wesen war dieselbe wie seine Angst vor den Goths, die ihn in den Albträumen seiner Kindheit gequält hatten, bis er sich gezwungen hatte, sie zu vergessen, nur um überleben zu können.

»Dummer Sterblicher!«, ertönte das Lachen des Dunklen Wanderers aus den Tiefen seines wehenden Leichentuchs. »Ich komme, dich endlich zu holen!«

Der Dunkle Wanderer holte im großen Bogen aus und schlug mit dem glänzenden Schwert nach ihm. Der Schüler hatte gerade noch genug Zeit, um sich mit einem Sprung in Sicherheit zu bringen. Aber weit kam er nicht. Der Dunkle Wanderer wirbelte herum und hob das riesige Schwert über seinen Kopf, um es im Flammenschein auf den Schüler herabzischen zu lassen.

Ein letzter Schlag.

Der Schüler versuchte die Krux zu nutzen... versuchte mit der Kraft seiner Gedanken, das Schwert wegfliegen oder in der Luft stehen bleiben zu lassen... aber die Macht des Dunklen Wanderers war groß. Größer, weil der Dunkle Wanderer so viel davon besaß. Schon seit langer Zeit viel davon besaß. Seit Anbeginn der Zeiten. Zumindest fühlte es sich so an. Für den Schüler war das, was er in der Pikosekunde spürte, die sich fast unendlich zwischen ihnen auszudehnen schien, ein Kampf um den überlegenen Willen, bei dem nur die Krux zum Einsatz kam.

Das Schwert krachte auf den Boden, als sich der Schüler zur Seite bewegte und auf das Dach eines geborgenen Fahrzeugs sprang, das jemandem als Zuhause gedient hatte. Der Schüler ertastete das

Fahrzeug und riss mit Hilfe der Krux Teile aus ihm heraus, um sie dem Dunklen Wanderer entgegenzuschleudern.

Diese Bruchstücke prallten von allein ab, als sie dem groß gewachsenen, finsteren Wesen von der anderen Seite der Realität näherkamen. In diesem Augenblick sah er, dass das Gesicht des Dings eine Leere war. Eine klaffende Lücke, die nur zerstören wollte und nie zufrieden war.

Dieses albtraumhafte Ding war die Goth. Das war für den Schüler die Kernaussage des Wortes *Goth*, als er ein weiteres Mal zur Seite sprang, diesmal, um einem uralten Motor auszuweichen, den der Dunkle Wanderer von einigen herabhängenden Ketten losgerissen hatte und mit der unsichtbaren Macht, die er in diesem Kampf als Waffe führte, auf den Schüler schlingernd zurasen ließ.

Ein Räuber. Ein Zerstörer. Ein Nehmer.

Goth.

In diesem Ding war kein Wissen. Es trachtete nur nach Zerstörung, lautete die Schlussfolgerung seines Verstands. Die Verbindung der Krux mit dem Wissen, das hatte ihm der Meister die ganze Zeit beibringen wollen. Erst jetzt erkannte der Schüler die darin verborgene Weisheit. Die Lektion. Alles ergab sich von selbst, als der alte, ölige Motor nur wenige Zentimeter entfernt an ihm vorbeizischte. Und wie ein blindwütiger Blitz in einer baufälligen Mauer hier im Lager einschlug.

»Mit der Krux ist nichts anderes nötig. Wenn du es verstehst... wirst du es wissen.«

Es war keine Macht. Die Krux war nicht die Macht. Sie war nicht die rohe Macht, die die Galaxie immer wieder im Stich ließ. Die Krux war das Ding, das die Macht davon überzeugte, das zu tun, was getan werden musste.

Nun stand der Dunkle Wanderer unter den Lichterketten und hielt das glänzende Schwert hoch, da sein Sieg bevorstand. Das kleine, baufällige und mit Leichen übersäte Versteck geriet in Brand, als sich Flammen von einem Kochfeuer aus ausbreiteten.

Der Schüler rannte nicht weg, sondern zur Seite und sprang über den Wirbelsturm aus Trümmerteilen hinweg, in den sich der Schrottplatz verwandelt hatte. Denn er wollte nicht warten, bis der Dunkle Wanderer ihm brennende Trümmer entgegenschleuderte.

Eins der Fahrzeuge hob sich mit einem ohrenbetäubenden Knarzen aus rostigen Federn und kolossalem Gewicht in die Luft. Es handelte sich um einen alten, fünf Tonnen schweren Truck, den man mit Maschinengewehren und Metalldornen versehen hatte. Sand und Geröll regneten davon herab und verteilten sich im wirbelnden Sturm, als der Dunkle Wanderer das Kriegsfahrzeug mühelos in die Luft hob.

Er muss mir nicht einmal nahe sein, dachte der Schüler, während er sich mit Saltos von einer Plattform zur nächsten bewegte. Immer knapp außerhalb der Reichweite des gewaltigen, finsteren Wesens aus der Leere. *Er wird mich zerschmettern, wenn er nur in meine Nähe kommt.*

»*Mit der Krux ist nichts anderes nötig.*«

In diesem Augenblick lernte der Schüler. Lernte all die Lektionen, als sie im Mittelpunkt aller Dinge zu einer einzigen zusammenfanden. Die wichtigste Lektion war die letzte.

Es war keine Macht. Es war *Wissen*, das alle Dinge berührte.

Der Schüler blieb stehen. Er leerte seinen Verstand, während der Wirbelsturm ihn fortzureißen versuchte.

So wie er es bei den ganzen, furchtbaren Lektionen getan hatte, bei denen er tausend Mal gestorben oder für tausend Jahre erfroren war. Diese Dinge, das Körperliche, bedeuteten nichts. Das Wissen war der einzige Ausweg.

Der einzige Weg hindurch, um genau zu sein.

Er streckte seinen Verstand aus und spürte die gewaltige, nahezu unbegrenzte Macht des Dunklen Wesens aus einer anderen Zeit, das gekommen war, um die Galaxie zu zerstören. Er durchkämmte den Wahnsinn des Dings und entdeckte den Schlüssel, der die Tür öffnete.

War es das, wonach Reina sich auf die Suche gemacht hatte, in der Hoffnung, es auf ihre Weise zu schlagen?

Die letzte Nachricht von ihr hatte erwähnt, dass sie einen anderen Weg gefunden hatte. Einen Weg, der sich von dem unterschied, was sie auf der *Moirai* gesehen hatten.

»Aber das darfst du nicht«, hatte er zu ihr gesagt. »Erinnere dich an unsere Vereinbarung.«

Erinnere dich an Rechs.

Sei auf der Hut vor Rechs.

Das war, was er mit diesen Worten wirklich zum Ausdruck hatte bringen wollen. Denn in einer Galaxie mit einem ständig wechselnden Wertekatalog... blieb Rechs die einzige Konstante. Selbst Reina war nicht von seinem Schwur ausgenommen.

»Wir müssen«, hatte sie gefleht.

»Warum? Warum müssen wir uns selbst zerstören? Glauben wir, dass wir diejenigen sein werden, die das Ding schlagen können, das niemand je geschlagen hat? Ist es nicht das, was jeder Glücksspielsüchtige denkt, wenn er ein weiteres Gehalt verliert? Oder was der Alkoholiker auf dem Weg zum nächsten Glas denkt? Oder ein Drogensüchtiger, der die Spritze in der Hand hält? Diesmal... sollen die Dinge anders laufen?«

»Wir haben den Kontakt hergestellt, Caspar«, hatte sie über den Äther geflüstert, der sie zum allerletzten Mal miteinander verbunden hatte. »Es gibt da draußen eine ganze Galaxie voll von denen. Und sie versuchen in unsere zu gelangen. Wir müssen bereit sein, wenn sie kommen. Wir müssen sie mit ihren eigenen Waffen bekämpfen. Wir müssen...«

»Wer?«, hatte er gefragt.

Aber er hatte es gewusst.

Der Dunkle Wanderer.

Irgendwo da draußen, jenseits der Finsternis zwischen den Galaxien, auf der anderen Seite unberechenbarer Klüfte, die selbst den Hyperraumantrieb langsam wirken ließen... waren noch mehr von *ihnen*.

»Nein«, hatte er gesagt, es aber nicht wirklich gemeint. Denn hatte er nicht ohnehin schon die ganze Zeit danach gesucht? Hatte er nicht einen Grund gebraucht, um den verlorenen Planeten und den Tempel von Morghul zu finden? Das hier war der Grund. Sie hatte ihm den Grund praktisch auf einem Silbertablett präsentiert. Sie hatte sich ihm praktisch hingegeben... endlich.

»Es gibt einen anderen Weg...«, sagte sie.

Es hatte ihn viel Kraft gekostet, diese Verbindung zu beenden. Mit zitternden Fingern. Damals hatte er noch gedacht, er würde sie zu einem anderen Zeitpunkt überreden können, vernünftig zu sein.

Nur verschwand sie danach. Nicht einmal die gesamte republikanische Navy konnte sie ausfindig machen, auch nicht der Geheimdienst oder Rechs selbst. Es war so, als wäre sie einfach aus der Galaxie verschwunden.

Nur hast du sie gefunden, erinnerte er sich, als der Dunkle Wanderer versuchte, das Fahrzeug mit seiner gesamten Macht auf ihn hinabzuschleudern.

Ja, erinnerte er sich. *Das hatte ich im Tempel verdrängt. Aber ich habe sie dort gefunden.*

Auch sie war eine Schülerin gewesen. Lange vor seiner Ankunft. Nachdem sie verschwunden war. Der Tempel war mit den Skeletten von derjenigen übersät, die eine der Lektionen nicht bestanden hatten. Er hatte ihre Knochen nie entdeckt... aber er wusste, dass sie unter ihnen lag. Zu Tode strapaziert durch eine Lektion, die sie nicht hatte bestehen können. Sie hatte versagt, wo er Erfolg gehabt hatte. Er hatte das gewusst, hatte es entdeckt, als er an einem dunklen und vergessenen Ort in den Tiefen des Tempels über das Scheitern meditierte.

Oder vielleicht, meldete sich die leiser werdende Kinderstimme seines Ichs aus der Vergangenheit, vielleicht war der andere Weg, den Reina entdeckt hatte, auf einem anderen Planeten und genauso verloren wie dieser hier.

Nein, grunzte er, und er kämpfte mit dem über ihm aufragenden Wesen um die Kontrolle des über ihm schwebenden, tonnenschweren Fahrzeugs.

Nein, ermahnte er sich selbst erneut. Vielleicht würdest du irgendwo auf dem Schiffsfriedhof jenseits des Tempels, draußen in der Meeresbrandung, einen kleinen, leichten Frachter unter den Wellen schimmern sehen und das Skelett eines Mädchens, das du einst vor langer Zeit kanntest.

Eine Frau, die du einmal geliebt hast.

Der Schüler spürte die Krux im Mittelpunkt des riesigen Fahrzeugs, das über seinem Kopf schwebte. Er griff mit seinem Verstand danach, packte es und entriss es dem Wesen, das sich ihm widersetzte. Als er den mentalen Kontakt mit dem Verstand des Dings herstellte, schoss Eiswasser durch seine Seele. Und in diesem Augenblick wurde ihm plötzlich bewusst, wie hungrig dieses Ding wirklich war. Und... wie schwach der Dunkle Wanderer tatsächlich war. Ja, er verfügte über nahezu unbegrenzte Macht. Aber darin fand sich kein *Wissen*. Betrachtete man es von der Krux aus... so war er nicht viel mehr als ein Tier.

Er war nichts anderes als eine schlichte, dumme Batterie. Nur Energie. Keine Intelligenz.

Der Dunkle Wanderer hatte trotz seiner Suche keine Ahnung, was die Krux wirklich war. Dies entdeckte der Schüler im Inneren des Verstands dieses alten Dings. Jenseits der Jahrtausende aus Qualen und Schmerzen und Bildern einer fantastischen Zivilisation, die vor langer Zeit die gesamte Galaxie umfasst hatte und von Sternentürmen aus regiert worden war, hatte das Ding nicht die geringste Vorstellung vom Wesen der Krux.

Es besaß nur Macht.

Der Schüler, der sich der Macht des Wesens erwehren musste, verschob das beachtliche Gewicht des schwebenden Fahrzeugs über den Kopf des Dunklen Wanderers. Er entriss das glänzende Schwert den Krallen des Wesens.

Sein Leichentuch versuchte nach der Waffe zu greifen, als es sich zum Schüler hinüberbewegte und die kurze Strecke zwischen ihnen überbrückte.

Der Schüler, der nun das Schwert in Händen hielt, zwang sich, all seine Reserven zu mobilisieren und den Dunklen Wanderer niederzuringen und das Fahrzeug seinem Griff zu entwinden. Aber er gab nicht nach. Er würde nie nachgeben. Dieser Kampf würde so lange dauern, bis die reine, unwissende Macht des Wesens ihn zermürbte.

Also ließ er los.

Er ließ los und stürzte sich auf das Wesen, bevor der Dunkle Wanderer begriff, was gerade geschah. Der immer noch konzentriert darauf war, sich nicht von dem Fahrzeug zerquetschen zu lassen. Und in diesem kurzen Moment rammte der Schüler das glänzende Schwert durch das Wesen und zerteilte es, als er unter dem schwebenden Fahrzeug hindurchrannte. Einen Augenblick später gab das Fahrzeug seinen Widerstand gegen die Schwerkraft auf und krachte auf den Dunklen Wanderer herab.

Er war wieder im Tempel. Im Zentralturm, der einem breiten Ofen gleich zum dunklen Nachthimmel offen stand.

Der Meister war da. Wie er es von Anfang an gewesen war. Er hatte die Arme und Beine zur Meditation übereinandergeschlagen.

»Nun bist du fertig.«

Der Schüler, der kein Schüler mehr war, kippte zu Boden. Er atmete schwer. War so erschöpft wie noch nie zuvor.

Er hörte, wie sich ihm das kleine Wesen näherte. Das Wesen, dem er so lange gefolgt war. Vor langer, langer Zeit war es ihm durch die Dschungel und die Wüste gefolgt.

»Wie lautet nun dein Name?«, fragte der Meister.

»Wovor hattest du Angst?«, fragte Urmo.

Der Mann, der früher Casper Sullivan gewesen war, kniete sich hin. Er sah die Galaxie brennen. Sah den unausweichlichen Untergang der Republik. Sah den sinnlosen Tod der Legion, die er aufzubauen geholfen hatte. Sah, dass nichts den Dingen widerstehen konnte, vor denen Reina ihn gewarnt hatte und nur ihn allein. Sah die Bilder einer Sonde, die sie in eine andere Galaxie entsandt hatten. Die Kleine Magellansche Wolke.

Sah Dinge, die Dämonen waren. Ihren Wahnsinn. Ihre rätselhaften Gebäude ließen Dyson-Sphären winzig wirken und waren Sinnbilder von Gefangenschaft und Folter.

»Ich hatte Angst vor den Goths, Meister«, flüsterte er. »Aber nun sind sie tot.«

»Was wird dein Name sein?«, fragte der Meister.

Wie hatte er geheißen? Wie hatte er gelautet, als er noch ein Kind gewesen war? Ein Captain? Ein Legionär?

Er versuchte sich zu erinnern. Aber das spielte nun keine Rolle mehr. Er war nicht mehr diese Person. Diese Personen.

Er rief sich in Erinnerung, was er vor langer Zeit geflüstert hatte und vor wenigen Minuten auch. Als er über den Gräbern von... wer auch immer er gewesen war.

»Sullus«, flüsterte er.

Der kleine Meister kicherte, als die Flammen in der Mitte des Tempels höher schlugen. Seine Stimme war nur noch ein leises Krächzen. Und sie war alt. So alt wie die Galaxie, als sie sich zum ersten Mal zu drehen begann. Im Tempel schossen die Flammen freudig gen Himmel, die vermutlich vor sehr langer Zeit das letzte Mal mit Opfergaben und einem Blutbad angezündet worden waren. Über ihnen, jenseits des Turmrands, zeichneten sich die Sterne seiner Galaxie ab.

»So erhebe dich, Goth Sullus. Der Augenblick deines Schicksals... ist gekommen.«

KAPITEL 35

Die Gegenwart

All dies war vor langer Zeit geschehen.

Seitdem war er in seine Galaxie zurückgekehrt. Hatte eine Rebellion angezettelt. Dann eine Flotte aufgebaut. Seine eigene Legion. Schließlich... ein Imperium.

Und ja, er und Rechs hatten sich am Ende am Rand der Galaxie getroffen. Aber Rechs' Erinnerungen hatten nachgelassen. Jahrhundertelang war sein Verstand scharfsinnig geblieben, scharfsinniger sogar als Caspers, aber nach den Barbarischen Kriegen war etwas mit ihm geschehen. Vielleicht hatte er diese Kriege gebraucht, als Sinn. Hatte sie gebraucht, um sich daran zu erinnern, wer er war. *Warum* er war. Warum er einen Sinn, ein Ziel brauchte. Genauso wie Casper. Und Reina.

Casper hatte in den Gedanken seines Freunds gelesen, als sie sich wiedertrafen. Er war immer noch so hart und entschlossen wie immer. Lebendiger Stahl. Aber er hatte keine Vorstellung, warum er immer noch da draußen wartete. Sein bester Freund war wie ein Wachhund, der vergessen hatte, was er eigentlich bewachte. Er verstand sich mittlerweile als Kopfgeldjäger, der von der Legion gejagt wurde, die er selbst aufgebaut hatte.

Aber das war eine andere Geschichte.

Die Niederlage von Tyrus Rechs hatte zu keiner Geschichte mehr getaugt.

Goth Sullus hatte dem Mann mit einer kurzen Geste das Genick gebrochen, indem er den Kräften der Krux gebot. Und getan hatte, was getan werden musste. Er hatte weder das seltsame Gefühl der Freundschaft noch der Melancholie verspürt, als er der Leiche seines toten Freunds die legendäre Mark-I-Panzerung abgenommen hatte. Er hatte sogar nach diesem Gefühl in sich gesucht und es geradezu herausgefordert, sich in ihm zu verstecken.

War es nicht auch eine Form der Gnade, dass er Rechs getötet hatte? Was die Galaxie seinem Freund wieder und immer wieder versagt hatte, war der ehrenvolle Tod im Kampf. Goth Sullus hatte ihm dieses letzte aller Geschenke gemacht. Später, als die Nachtwinde auf der abgelegenen Wüstenwelt aufkamen, verbrannte er die Überreste seines ältesten Freunds auf einem Scheiterhaufen, den Goth Sullus selbst gebaut hatte.

Von diesem Moment an gab es niemanden mehr, der ihn daran hindern konnte, die Republik zu zerstören und ein Imperium zu errichten, zu dem die dümmlichen Demagogen des Hauses der Vernunft niemals den Mut gehabt hatten. Herrschaft durch einen gütigen Diktator. Tue das, was die beste Entscheidung ist, und ignoriere das Gejammer der Kätzchen und das Wimmern der Schafe dieser Galaxie.

Nur witterten jetzt seine eigenen Generäle, eine Gruppe machthungriger Männer, wie er sie auch im Haus der Vernunft hätte vorfinden können, ihre Chance auf die Übernahme, als nach dem großen Sieg von Tarrago das Imperium im Entstehen war. Die Chance zur Plünderung. Um zu zerstören, was ihm gehörte. Er war verletzt, während der Schlacht auf dem Mond von Tarrago schwer verwundet worden. Die Panzerung wurde mehrere Decks entfernt neu geschmiedet. Sie wussten, dass er mächtig war. Und sie wussten auch, dass er im Augenblick schwach war. Also hatten sie ihm ihre Meuchelmörder auf den Hals gehetzt — seine eigenen Männer.

Wenn man die Macht ergreifen wollte, dann musste man mit hohem Einsatz spielen. Er konnte es fast spüren, als er ihre schemenhaften Umrisse berührte... das Bild von ihnen, wie sie die Würfel warfen. Wie die Rocker auf der Straße. Und heulende Wilde in der fernen Finsternis. Sie waren Nehmer, die sich alles nahmen.

So sollte es jetzt also sein.

Zwei Kompanien Stoßtruppler, die aus ehemaligen Legionären bestanden und von zwei JK-SK-Mechs begleitet wurden für den Fall, dass er die Flucht an Bord seines persönlichen Shuttles von seinem privaten Hangardeck aus antreten wollte, und jenseits des Raumschiffs... spürte er die Unterstützung mehrerer Jäger. Die bereit waren, das Schiff anzugreifen, nur um ihn zu erwischen.

»Armselig«, hörte er sich selbst murmeln, als er den kurzen Weg humpelte, um die Sprengtür zu diesem Deck zu verriegeln. Seine Leibwache war verschwunden. Also hatten auch sie sich gegen ihn verschworen, stellte er mit Verachtung fest.

Nun, dachte er bei sich selbst, sie haben wirklich keine Ahnung, womit sie sich einlassen.

Er hatte gerade erst die obere Plattform erreicht, die den Zugang zu seinem privaten Heiligtum an Bord des Schlachtschiffs *Imperator* bewachte, als sich hinter ihm die Sprengtür in einer schnellen Bewegung öffnete. Die schwarz gepanzerten Legionäre, die er seine Stoßtruppen nannte, feuerten sofort aus dem dahinterliegenden Flur auf ihn. Rot glühendes Blasterfeuer erfüllte den breiten

Durchgang. Die Stoßtruppler hatten sich alle im Flur Deckung gesucht, und ihre schwarze Panzerung glänzte wie geölte Blitze, während sie feuerten und die Stellungen wechselten, um näher an ihn heranzukommen.

Er absorbierte den ersten Schuss, der ihn erwischt hätte. Bündelte die Krux in einen vorübergehenden Deflektorschild, der nur so lange existierte, wie es nötig war, um den Blasterschuss abzulenken. Dann holte er mit einer weiten Geste aus und errichtete einen Schild, der alle Blasterschüsse aus nächster Nähe von ihm ablenkte, während er, so gut es ihm sein verletzter Körper erlaubte, in sein privates Heiligtum zurückkroch.

Hätte er Rechs' Mark-I-Panzerung getragen, hätte er seine Kräfte nicht gebraucht, um sich zu verteidigen. Diese uralte Panzerung verblüffte bis heute die besten Ingenieure in der Galaxie damit, wie sie es schaffte, ihren Träger zu beschützen. Aber natürlich hatte keiner dieser Ingenieure den Zugriff auf die Quanten-Bibliothek.

Das war im Augenblick egal, ermahnte er sich, als ihn die Dunkelheit mit ihren grauen und blauen Schatten in seinem privaten Deck verschluckte.

Die Stoßtruppler strömten bereits in seine Kammern. »Idioten«, fluchte er leise, als er einem der Männer, der zu schnell zu weit vorgerückt war, eine Energiewelle entgegenschleuderte. Der Mann wurde plötzlich gegen ein Schott geschleudert und verlor das Bewusstsein. Ganz abgesehen vom gebrochenen Rückgrat.

Ich verwende zu viel von dem wenigen, das ich noch habe, dachte Sullus, als er kurz nachspürte, wie viel Zugang zur Krux ihm zur Verfügung stand. Nach wie viel er die Hände ausstrecken und sie ergreifen konnte. Kontrollieren. Verändern. Seinem Willen unterwerfen, ohne die ganze Zeit an die kaum erträglichen Schmerzen seines geschundenen Körpers denken zu müssen.

Er machte den Meuchelmördern keinen Vorwurf, dass sie Jagd auf ihn machten. Er hatte die ganze Zeit gewusst, dass auf seinem Weg zur totalen Herrschaft über die Galaxie ein solcher Moment kommen musste. Dass die Wölfe, die er zu einem Rudel geformt hatte, ihren Anführer herausfordern mussten, um sicherzustellen... dass er ihr Anführer war. Wenn er sich an der Spitze des Rudels behaupten wollte, dann musste er diesen Test bestehen. Jetzt.

Sein Körper funktionierte, so gut er konnte, trotz seiner Wunden, und er verbarg sich tiefer zwischen den unteren Pfeilern der Energiekontrollwände, die seinen Meditationsraum darüber stützten. Er konnte spüren, wie sie in die schattenumwobene Dunkelheit vordrangen, die Finsternis durchsuchten und nach ihm scannten.

Sullus blieb stehen und verbarg sich hinter einer Energiesäule. Er konnte das warme Summen der leistungsstarken Prozessoren in seinem Rücken spüren. In der Stille dieses verborgenen Orts sprachen die Displayleuchten und die ausgegebenen Informationen eine leise Sprache. Er schloss die Augen und konzentrierte sich, während er versuchte, für den nächsten Kampf mehr Krux aufzubauen. Er konnte nur vor ihnen zurückweichen und sie für jeden verlorenen Meter bezahlen lassen.

Aber es gab nur eine endliche Menge an Metern zu vergeben.

Mindestens eine Kompanie machte gerade Jagd auf ihn. Jetzt. Wo war die andere Kompanie Stoßtruppen-Meuchelmörder? Er konnte versuchen, nach ihnen zu suchen und ihre Position zu bestimmen, aber selbst dieser kleine Trick würde die kostbare Energie verschwenden, die er jetzt in diesem verzweifelten Augenblick brauchte, um sich zu verteidigen.

Die Reihen hoch disziplinierter, kampferfahrener Soldaten, aus denen seine Stoßtruppler bestanden, waren nur noch wenige Energiesäulen entfernt. Er ließ seinen Herzschlag langsamer werden. Ihre Sensoren konnten das erkennen, wenn sie auf den Bildgebungsmodus gewechselt hatten. Einen Augenblick lang, einen sehr langen Augenblick lang, blieb sein Herz stehen. Sein Blut floss nicht mehr durch seine Adern. Er stand still wie eine Leiche.

Vor seinem inneren Auge schwebte er in einem riesigen Teich der Finsternis. Um ihn herum schwammen urzeitliche Ungeheuer, so alt wie die Zeit selbst, in der dunklen Tiefe.

Ein Stoßtruppler tauchte direkt neben ihm auf, auf der anderen Seite der nächsten Energiesäule. Aber er blickte in die falsche Richtung, als er auf der Suche nach seinem Ziel an der Energiesäule vorbeimarschierte.

Sullus' Augen öffneten sich zu einem Schlitz.

»Da ist er«, flüsterte er dem dümmlichen Soldaten zu.

Der Mann erschoss seinen nächsten Kameraden mit nur einem Blastertreffer. Plötzlich zuckten von allen Seiten Blasterblitze durch die Luft.

Sullus übersteuerte sein Herz und bewegte sich schnell, blitzschnell, und sah zu, wie Blasterfeuer aus allen Richtungen auf ihn zuschoss, doch für ihn schienen sie alle, jeder einzelne dieser Schüsse, sich wie durch eine unglaublich dichte Flüssigkeit zu bewegen. Er konnte das Geplapper ihrer Stimmen über ihren Kanal hören. Die hektischen Ausrufe, wo sie ihn vermuteten. Die letzten Schreie und Ächzer derer, die er mit schnellen und tödlichen Energieschlägen angriff, während er ihrer

Zielerfassung auswich. Er ging so nah wie möglich an jeden der Soldaten heran und griff sie mit brutalen Salven der Krux an. So verschwendete er weniger von seiner Energie. Der Schaden, den er seinen Angreifern zufügte, war groß.

Als er die nächsten Soldaten ausgeschaltet hatte, packte er einen mit der unsichtbaren Hand, die die Krux war, und rammte den Mann gegen die flache Decke. Dann sandte er eine mächtige Energiewelle gegen den ganzen Trupp, der ihn ins Visier genommen hatte, während der Mann, den er gegen die Decke geschleudert hatte, zurück auf das Deck fiel. Die Männer krachten alle zu Boden, und Goth Sullus humpelte in den Wald der Energiesäulen, die nun wilde und ungebremste Stromstöße in die Leitungen ringsum schickten. In nur wenigen Sekunden war das gesamte Deck vom blauen Feuer elektrischer Explosionen erfüllt, die die überlebenden Stoßtruppen dieser Kompanie mit knackenden Explosionen in ihren Hightech-Rüstungen brieten.

Eine weniger, dachte er, und humpelte auf das Podium, das zu seinem persönlichen Meditationsraum in seinem Allerheiligsten führte. Vor ihm erwartete ihn das breite, mit Impenetrastahl verstärkte Fenster, das auf die Galaxie hinausblickte. In den fernen Tiefen schimmerten Sterne wie kleine Kristallsplitter. Das alles gehörte ihm, auch wenn sie es noch nicht wussten. Das alles gehörte ihm.

Er konnte nun noch mehr spüren. In den Etagen über seinem Meditationsraum. Seine einst so loyale Leibwache hatte die Seiten gewechselt, und nun warteten sie lediglich auf den Befehl, ihn niederzustrecken, sollte er vor ihnen auftauchen.

Wer gab die Befehle?, fragte sich Sullus.

Und...

Ich bin schwach. Es war besser, sich das einzugestehen als es zu leugnen.

In diesem Augenblick eröffnete seine Leibwache das Feuer aus der dunklen Leere drei Etagen über dem Hauptdeck. Sie zielten perfekt. Denn sie waren natürlich die besten der Legion gewesen. Er hatte sie persönlich ausgewählt, um sich zu schützen. Er musste fast alles, was er an der Krux noch besaß, darauf verwenden, ihre Schüsse abzulenken, während er in sein Schlafgemach humpelte und weg von dem Meditationspodium.

Ich brauche eine Waffe, dachte er, und zum ersten Mal fragte er sich, ob sie heute vielleicht mit ihren Plänen durchkommen würden. War ihnen denn nicht klar, dass er diese lange Reise auf sich genommen hatte, um sie zu retten...?

Hatte *er* nicht begriffen, dass dies vielleicht sein letzter Tag sein würde?

Ein heißer Blasterschuss traf ihn in den Oberschenkel, und er sprang nach vorne durch eine Sprengtür, die er mit seinem Geist hinter sich zufallen ließ.

Das verschaffte ihm nur eine kurze Ruhepause.

Ein letzter Moment, der sich anfühlte wie alle letzten Momente, die er je erlebt hatte.

Schon strömten die anderen schwarz gepanzerten Legionäre, die zu Attentätern geworden waren, in die Hauptkammer. Sie hatten entweder die Sprengtüren durchbrochen oder von der Brücke aus einen Überbrückungscode eingespielt, um sie zu öffnen und ihn zu erreichen. Ihm blieb nur noch ein Augenblick.

Konzentriere dich, schrie er sich in seinem Kopf an.

Es geht nicht um Macht. Darum ging es nie. Es geht um *Wissen*.

Nur fiel es ihm schwer, sich zu konzentrieren, denn der Schuss, der ihn im Oberschenkel getroffen hatte, verursachte einen heftigen, stechenden Schmerz. In dem Bewusstsein, dass all seine Pläne, all seine Bemühungen von einer weiteren Gruppe machthungriger Tyrannen zunichtegemacht werden würden, die das, was er aufgebaut hatte, an sich reißen wollten.

Er schrie auf und richtete sich auf. Der Schweiß lief ihm in Strömen hinab. Er atmete keuchend, während er versuchte, den Schmerz zu kontrollieren und seinen Verstand zu konzentrieren, um die Kräfte der Krux abrufen zu können.

Sie hatten ihm das Haus der Vernunft genommen und es in ihr persönliches Clubhaus verwandelt, um sich die eigenen Taschen mit Reichtum und Macht zu füllen. Dafür war es nie gedacht gewesen. So wie die einst mächtige Legion von Tyrus Rechs dazu gedacht gewesen war, die Schwachen vor den Starken zu schützen. Um die Galaxie vor Tyrannen zu retten. Stattdessen war sie auf ihre eigene Weise zum Tyrannen geworden.

Er erinnerte sich an den Kampf gegen den Dunklen Wanderer. Wie er die letzte Prüfung des Meisters bestanden hatte. In den darauffolgenden Tagen wurde er vollständig in das eingeweiht, was man die Krux nannte. Es war unmöglich gewesen, dieses Monster zu besiegen... und doch hatte er es geschafft. Obwohl die Krux in jenem dunklen Wesen aus dem ›Jenseits‹, jenseits der Realität dieser gegenwärtigen Galaxie, viel größer gewesen war.

Er hatte das Ding mit einer Waffe getötet. Nicht mit der Krux.

Mit einem Schwert.

Die Sprengtüren öffneten sich einen Spaltbreit.

Er konnte die glänzenden schwarzen Stiefel und Beinschützer der dunklen Legionäre sehen, die darauf warteten, ihn zu erwischen. Einige von ihnen feuerten ein paar Schüsse ab, die als Querschläger über das Deck sprangen.

Der Schneidbrenner.

Das Geschenk des schwarzen Riesen, der im Alleingang ein ganzes Raumschiff gekapert hatte. Der Schneidbrenner, den der Mann ihm aus Loyalität und Respekt gegeben hatte, als sie dem loyalen Stoßtruppler eine Medaille für seine Taten verliehen hatten. Die Männer, die ihn töten wollten, waren nicht repräsentativ für all die Legionäre, Piloten und Soldaten, die sich ihm angeschlossen hatten, um die Ungerechtigkeit des Hauses der Vernunft und der Galaktischen Republik zu bekämpfen. Die, die versuchten, ihn zu töten, waren nur die Spreu, die sich nun selbst vom Weizen trennte.

Er kämpfte die Übelkeit und den Schmerz nieder und richtete sich auf. Jetzt würden sie ihm in seiner ganzen Macht gegenüberstehen.

Goth Sullus schloss die Augen und holte tief Luft, als er spürte, wie sich die Sprengtüren schließlich öffneten. Dann streckte er die Hand aus, nahm den Schneidbrenner von dem Sockel und aktivierte ihn.

Die zuckende, klingengleiche Flamme schlug aus ihrem Gehäuse hervor wie ein Leuchtfeuer in der Dunkelheit der Galaxie.

Als die Legionäre sahen, womit sie es zu tun hatten, blieben sie stehen.

Dies waren Männer, die auf Tarrago gekämpft hatten. Und für die Legion, als sie der Galaktischen Republik in hunderten Konflikten überall in der Galaxis gedient hatten. Oft gegen eine überwältigende Übermacht.

Sie waren mutig.

Sie waren tödlich.

Aber so etwas wie das, was sie nun erblickten, als sich die Sprengtür öffnete, hatten sie noch nie erlebt.

Goth Sullus begann, sie mit dem Schneidbrenner in der Hand niederzustrecken. Er schlängelte sich zwischen ihnen hindurch und traf die ersten mit wilden Hieben, die die Panzerungen schmelzen ließen und die Männer von ihren Gliedern und Waffen trennten.

Der Mann in dem dunklen Umhang schlug und zertrümmerte mit seinem flammenden Schwert alles in einem Wirbelsturm feuriger Hiebe. Gezieltes Blasterfeuer prallte harmlos von ihm ab, während er sie reihenweise tötete und nur gelegentlich innehielt, um einen Mann mit kurzer Geste in die Luft oder gegen einen Kameraden zu schleudern.

Der Captain, der den Befehl führte, sah nur noch eine letzte Möglichkeit, während die Männer unter seinem Befehl niedergestreckt wurden.

»Wyvern Six, Einsatzleitung hier«, schrie er praktisch in sein Funkgerät, während er sich schützend hinter eine Energiesäule kauerte. »Greift unsere Position an, sofort!«

Zwei Tri-Jäger, die den Verschwörern treu ergeben waren, waren einsatzbereit, die privaten Räume des Imperators mit Blasterfeuer einzudecken. Sie würden sofort durchlöchert und dem Vakuum des Weltraums ausgesetzt, denn die *Imperator* befand sich nicht auf

Gefechtsstation und die Deflektoren waren nicht aktiviert. Aller Sauerstoff würde explosionsartig entweichen, doch die Stoßtruppen, die nicht von dem wirbelnden Derwisch in brennende Stücke geschnitten worden waren, in den sich der Imperator verwandelt hatte, würden dies überleben, weil ihre Panzerung sie mit Sauerstoff versorgte.

Sie würden überleben. Der *Imperator* nicht.

»Bereithalten, Einsatzleiter«, antwortete der Tri-Jäger-Pilot. »Im Anflug zum Angriff. Waffen bereit. Sichern für Dekompression.«

Der Captain warf einen kurzen Blick aus dem riesigen Meditationsfenster des Imperators, als er den Männern zurief, sich zu sichern. Er konnte sehen, wie die beiden tödlichen Jäger in einer engen Angriffsformation auf ihr Ziel zusteuerten. Sie würden gemeinsam die Außenhülle mit massivem Feuer durchschlagen und dabei wahrscheinlich eine ganze Reihe seiner Männer töten.

Aber das war die einzige Möglichkeit.

Goth Sullus erledigte die Soldaten, die nun die Sinnlosigkeit ihres Blasterfeuers erkannten und versuchten, sich auf ihn zu stürzen. Die drei, die drei noch übrig waren, stürzten vor, und Goth Sullus wirbelte herum, zog den Schneidbrenner über ihre Bauchgegend und zerteilte sie.

Dann spürte er die feindlichen Absichten, die Bedrohung durch die sich nähernden Kampfpiloten.

Ihm blieben nur noch Sekunden, bevor sie das Feuer eröffnen würden.

Konzentriere dich, hörte er den Meister sagen.

So viele Male.

Konzentriere dich.

Er schaltete den Schneidbrenner aus.

»*Mit der Krux ist nichts anderes nötig.*«

Er zog alles, was im noch zur Verfügung stand, in seine offene Handfläche. Er schloss die Augen und spürte, sah, wie sich beide Piloten nach vorne lehnten, um den Abzug zu betätigen. Das Brummen und Kreischen ihrer Jäger hallte wie ein ertrinkender Geist durch ihre winzigen Cockpits. Die Ziel- und Abfangdaten scrollten über ihre Head-up-Displays.

Er ballte die Hand zur Faust.

Die beiden Kampfflugzeuge krachten gegeneinander und explodierten. Der Knall ihres plötzlichen Untergangs und der freigesetzten Energie durchdrang die wuchtige Außenhülle des Schlachtschiffs.

»*Mit der Krux ist nichts anderes nötig.*«

Offiziere und loyale Stoßtruppler kamen nun auf sein Deck geeilt. Sie waren seinetwegen gekommen. Sie waren gekommen, ihren *Imperator* zu retten. Die Verräter wurden erschossen, als sie versuchten, sich zu ergeben.

»*Mit der Krux ist nichts anderes nötig.*«

Casper.

Reina.

Rechs.

Die Republik.

Die einst mächtige Legion und ihre furchterregenden Legionäre, die wie die Helden von einst kämpften. Sie hätten sich zu ihrer Zeit sogar dem Teufel gestellt.

Alles fort.

Sogar der, der er einst gewesen war. All das... all das war für den Imperator vorbei.

Mit der Krux ist nichts anderes nötig.

Schließlich ein letzter Gedanke, als die Ordnung wiederhergestellt war und die Verräter ohne Gnade und Zögern exekutiert wurden. Ein letzter Gedanke, bevor die letzten Spuren dessen, was er einst gewesen war, wie ein halb erinnerter Traum entschwanden, den ein anderer auf einem fernen Planeten erzählt hatte. Vielleicht war es ein Geständnis. Oder eine Absolution. Oder die Wahrheit.

Es war nur ein Flüstern. So leise, dass es sogar ein Gedanke gewesen sein könnte.

Was ich getan habe, habe ich getan.

Ende

Die Autoren im Portrait

Jason Anspach und Nick Cole sind zwei Autoren von der US-Westküste, die sich zusammengetan haben, um ihre Science-Fiction-Reihe »Galaxy's Edge« zu schreiben.

Jason Anspach ist ein Bestsellerautor, der mit seiner Frau und seiner ganz eigenen siebenköpfigen (kein Tippfehler!) Legionärstruppe in Puyallup, Washington, lebt. Er wuchs in einer Militärfamilie auf (Go Army!), verbrachte seine prägenden Jahre in der Nähe der Joint Base Lewis-McChord und ist in mehreren gemeinnützigen Organisationen für Kriegsveteranen aktiv. Jason geht gerne wandern und campen im wunderschönen Pazifischen Nordwesten. Im Armdrücken ist er gegen seine ganze Familie ungeschlagen. Er ist stolz auf sein deutsches Erbe, denn sein 14. Urgroßvater, Johannes Anspach, wanderte um 1716 von Steinbach im Taunus in den deutschsprachigen Teil von Pennsylvania aus. Jasons Mutter ist in Deutschland geboren und aufgewachsen, namentlich in Hanau, wo Jasons Großmutter und ihre Familie, die Kupferschmidts, lebten.

Nick Cole ist ein mit dem Dragon Award ausgezeichneter Schriftsteller, der vor allem für »The Old Man and the Wasteland«, »CTRL ALT Revolt!« und die »Wyrd Saga« bekannt ist. Nachdem er in der US Army gedient hatte, zog

Nick nach Hollywood, um eine Karriere als Schauspieler und Autor einzuschlagen. Dort wohnt er mit seiner Frau, einer professionellen Opernsängerin, südlich von Los Angeles, Kalifornien.

www.ingramcontent.com/pod-product-compliance
Lightning Source LLC
Chambersburg PA
CBHW050913030726
47503CB00007BB/2276